古典文獻研究輯刊

二三編

曾永義 主編

第 18 冊

石麟文集（第三卷）：
羅貫中與「三國」研究

石 麟 著

國家圖書館出版品預行編目資料

石麟文集（第三卷）：羅貫中與「三國」研究／石麟 著 --
初版 -- 新北市：花木蘭文化事業有限公司，2021〔民110〕
目 2+282 面；19×26 公分
（古典文學研究輯刊 二三編；第18冊）
ISBN 978-986-518-357-8（精裝）
1.（明）羅貫中 2.三國演義 3.研究考訂
820.8 110000433

ISBN-978-986-518-357-8

9 789865 183578

古典文學研究輯刊
二三編 第十八冊 ISBN：978-986-518-357-8

石麟文集（第三卷）：羅貫中與「三國」研究

作 者	石麟
主 編	曾永義
總 編 輯	杜潔祥
副總編輯	楊嘉樂
編 輯	許郁翎、張雅淋 美術編輯 陳逸婷
出 版	花木蘭文化事業有限公司
發 行 人	高小娟
聯絡地址	235 新北市中和區中安街七二號十三樓
	電話：02-2923-1455／傳真：02-2923-1452
網 址	http://www.huamulan.tw 信箱 service@huamulans.com
印 刷	普羅文化出版廣告事業
初 版	2021 年 3 月
全書字數	219056 字
定 價	二三編 31 冊（精裝）台幣 82,000 元

石麟文集（第三卷）：
羅貫中與「三國」研究

石麟　著

作者簡介

石麟，1953 年出生於湖北省黃石市。曾任湖北師範大學文學院教授，中南民族大學文學院教授，現為湖北大學客座教授。同時擔任中國《水滸》學會會長，中國《三國演義》學會副會長，中國散曲學會理事，湖北省屬高校跨世紀學科帶頭人，湖北省有突出貢獻中青年專家。先後出版專著《章回小說通論》《話本小說通論》《中國傳統文化概說》《中國古代小說批評概說》《說部門談》《稼稗兼收》《李攀龍與後七子》《野乘瑣言》《傳奇小說通論》《通俗文娛體育論》《中華文化概論》《從「三國」到「紅樓」》《閒書謎趣》《中國古代小說評點派研究》《稗史迷蹤》《石麟論文自選集‧戲曲詩文卷》《中國古代小說文本史》《從唐傳奇到紅樓夢》《古代小說與民歌時調解析》《石麟文集類編》（五卷本）《中國古代小說批評史的多角度觀照》《施耐庵與〈水滸傳〉》《俗話潛流》二十三部，與人合著《明詩選注》《金元詩三百首》二書，主編教材三套，參編參撰書籍十種，撰寫《中華活頁文選》六期，並在《文學遺產》《明清小說研究》《戲劇》《古代文學理論研究》《藝術百家》《文史知識》《中國文學研究》《中華文化論壇》等刊物上發表學術論文二百二十多篇。

提　　要

　　《三國演義》原名《三國志通俗演義》，是中國古代長篇章回小說的鼻祖，同時，也是中國歷史小說的楷模。這類歷史演義小說，在撰寫過程中有一個不可迴避的關鍵問題：歷史真實與藝術虛構的關係。同時，還必須面對塑造歷史人物成為藝術形象的過程中深厚的文化積澱在其中所起的作用。此外，還有最後寫定者羅貫中和評點者毛宗崗等人在小說作品寫作和批評過程中滲入的個人情感寄託和道德價值取向。本冊所收的二十多篇論文，就是從歷史、文化、文學、作者、批評等不同角度切入的對《三國演義》小說的整體性與個別性相結合的研究。此外，還涉及對署名羅貫中其他作品如《殘唐五代史演義傳》若干問題的評價。對於《三國演義》研究的另一重要領域──實用研究，本冊也有所涉及。

目

次

歷史・現實・理想
——羅貫中奠定的歷史小說寫作模式

　　毫無疑問，羅貫中是一位通俗文學的創作大師，尤其是他的章回小說和戲劇寫作更是成績斐然。章回小說方面，除《三國志通俗演義》外，還有《隋唐志傳》、《殘唐五代史演義》、《三遂平妖傳》均署名羅貫中原著，有人認為他還是《水滸傳》的撰寫者之一。戲劇方面，則有雜劇《宋太祖龍虎風雲會》。

　　然而，當我們將上述作品的名目放在一起稍加歸納以後就會發現，羅貫中的創作熱情主要集中在歷史題材。上面的戲劇小說作品，幾乎無一不是對歷史題材的審美觀照。尤其是《三國志通俗演義》，可以說開創了中國古代小說史的新紀元。它奠定了章回小說的基本模式，也奠定了歷史演義小說的基本寫作模式。

　　這種基本寫作模式就是「歷史」、「現實」、「理想」三者之間的有機結合。

一

　　歷史是現實的一面鏡子，從這個意義上講，世界上本不應有純粹的歷史小說，任何歷史小說中間都難免有現實感受的投影。《三國志通俗演義》也不例外。

　　為了說明這一問題，我們必須對與羅貫中和《三國志通俗演義》相關的兩個時代進行綜合考察。一個是小說作品所敘述的時代——東漢末年到三國

歸晉，一個是作者羅貫中所生活的時代——元朝末年到大明建立。這也就是歷史小說作者必須面對的兩個時代——「歷史」時代和「現實」時代。

就「歷史時代」而言，《三國志通俗演義》記事起於漢靈帝建寧二年（169），終於晉武帝太康元年（280），主要描寫魏、蜀、吳三個統治集團之間的政治鬥爭和軍事鬥爭。

就「現實時代」而論，《三國志通俗演義》的作者羅貫中大約生活於元末明初。

據《錄鬼簿續編》稱：「羅貫中，太原人，號湖海散人。與人寡合。樂府隱語，極為清新。與余為忘年交。遭時多故，各天一方。至正甲辰（1364）復會，別來又六十餘年，竟不知其所終。」

另據明·王圻《稗文彙編》稱，羅貫中為「有志圖王者」。

綜合以上兩條記載，我們基本上可以給羅貫中勾畫一個最為簡潔的畫像：一個生逢亂世、曾經有志圖王、最終以小說和戲曲作品來表達自己的人生願望和政治理想的下層文人。

更為有趣的是，如果將小說《三國志通俗演義》敘述的漢末三國與作者羅貫中親歷的元末明初這兩個時代作一比較，我們馬上就會發現，二者之間有著十分驚人的相似之處：都經歷了興亡四部曲：政治腐敗——農民起義——軍閥混戰——天下統一。

首先，亡國前夕的政治腐敗。

東漢末年桓、靈二帝時的政治腐敗，史書中多有記載，別的不說，只要看看《後漢書》卷七所載漢桓帝的幾則「罪己詔」就可瞭解大概：

建和三年（149）十一月甲申，詔曰：「朕攝政失中，災眚連仍，三光不明，陰陽錯序。監寐寤歎，疢如疾首。今京師廛捨，死者相枕，郡縣阡陌，處處有之。」

元嘉二年（152）九月丁卯，詔曰：「朝政失中，雲漢作旱，川靈湧水，蝗螽孳蔓，殘我百穀，太陽虧光，飢饉薦臻。」

延熹九年（166）正月己酉，詔曰：「比歲不登，人多饑窮，又有水旱疾疫之困。盜賊徵發，南州尤甚。災異日食，譴告累至。政亂在予，仍獲咎徵。」

而《後漢書》的編撰者是這樣評價這位皇帝的：「前史稱桓帝好音樂，善琴笙。飾芳林而考濯龍之宮，設華蓋以祠浮圖老子，斯將所謂聽於神乎？及誅梁冀，奮威怒，天下猶企其休息。而五邪嗣虐，流衍四方。自非忠賢力爭，

屢折奸鋒,雖願依斟流黿,亦不可得已。」

桓帝如此,靈帝如何?只看《後漢書》卷八光和四年(181)的一則記載就可見一斑:

「是歲,帝作列肆於後宮,使諸採女販賣,更相盜竊爭鬥。帝著商估服,飲宴為樂。又於西園弄狗,著進賢冠,帶綬。又駕四驢,帝躬自操轡,驅馳周旋,京師轉相放效。」

以上是羅貫中《三國志通俗演義》中所要反映的時代──東漢末年,那麼,作者所生活的時代──元末又是如何呢?同樣腐敗不堪。

請看亡國之君元順帝的表現:

元順帝即位之元統元年(1333):「時有阿魯輝帖木兒者,明宗親臣也,言於帝曰:『天下事重,宜委宰相決之,庶可責其成功;若躬自聽斷,則必負惡名。』帝信之,由是深居宮中,每事無所專焉。」(《元史》卷三十八)

至元三年(1337):「五月辛丑,民間訛言朝廷拘刷童男童女,一時嫁娶殆盡。」(《元史》卷三十九)

至正三年(1343)五月:「大霖雨,黃河溢,平地水二丈,決白茅堤、金堤,曹、濮、濟、兗皆被災。……秋七月戊子朔,溫州颶風大作,海水溢,地震。……丁卯,山東霖雨,民饑相食,賑之。」(《元史》卷四十一)

至正十三年(1353):「哈麻及禿魯帖木兒等陰進西天僧於帝,行房中運氣之術,號演揲兒法,又進西番僧善秘密法,帝皆習之。」(《元史》卷四十三)

至正十四年(1354):「京師大饑,加以疫癘,民有父子相食者。帝於內苑造龍船,委內官供奉少監塔思不花監工。帝自製其樣,船首尾長一百二十尺,廣二十尺,前瓦簾棚、穿廊、兩暖閣,後吾殿樓子,龍身並殿宇用五彩金妝,前有兩爪。上用水手二十四人,身衣紫衫,金荔枝帶,四帶頭巾,於船兩旁下各執篙一。自後宮至前宮山下海子內,往來遊戲,行時,其龍首眼口爪尾皆動。……時帝怠於政事,荒於遊宴,以宮女三聖奴、妙樂奴、文殊奴等一十六人按舞,名為十六天魔,首垂發數辮,戴象牙佛冠,身被纓絡、大紅綃金長短裙、金雜襖、雲肩、合袖天衣、綬帶鞋襪,各執加巴剌般之器,內一人執鈴杵奏樂。……以宦者長安迭不花管領,遇宮中贊佛,則按舞奏樂。宮官受秘密戒者得入,餘不得預。」(《元史》卷四十三)

如此歷史事實,如此現實生活,被羅貫中用藝術之筆疊加在一起,就變

成了《三國志通俗演義》開篇的一段文字：

「後漢桓帝崩，靈帝即位，時年十二歲。朝廷有大將軍竇武、太溥陳蕃、司徒胡廣共相輔佐。至秋九月，中涓曹節、王甫弄權，竇武、陳蕃預謀誅之，機謀不密，反被曹節、王甫所害。中涓自此得權。建寧二年四月十五日，帝會群臣於溫德殿中。方欲升座，殿角狂風大作，見一條青蛇，從梁上飛下來，約二十餘丈長，蟠於椅上。靈帝驚倒，武士急慌救出；文武互相推擁，倒於丹墀者無數。須臾不見。片時大雷大雨，降以冰雹，到半夜方住，東都城中壞卻房屋數千餘間。建寧四年二月，洛陽地震，省垣皆倒，海水泛溢，登、萊、沂、密盡被大浪卷掃居民入海，遂改年熹平。自此邊界時有反者。熹平五年，改為光和，雌雞化雄；六月朔，黑氣十餘丈，飛入溫德殿中；秋七月，有虹見於玉堂，五原山岸，盡皆崩裂。種種不祥，非止一端。……後張讓、趙忠、封諝、段瑾、曹節、侯覽、蹇碩、程曠、夏輝、郭勝這十人執掌朝綱。自此天下桃李，皆出於十常侍門下。朝廷待十人如師父，由是出入宮闈，稍無忌憚，府第依宮院蓋造不題。」（卷之一《祭天地桃園結義》）

由此可見，《三國志通俗演義》之所以取得成功，之所以成為長篇歷史小說的奠基之作，其根本原因，乃是由於作者將歷史與現實有機結合在一起！

其次，政治腐敗導致農民起義。

東漢末年的農民起義此起彼伏，其中規模最大的是黃巾大起義。史載：

「中平元年春二月，鉅鹿人張角自稱『黃天』，其部師有三十六萬，皆著黃巾，同日反叛。安平、甘陵人各執其王以應之。」（《後漢書》卷八）

無獨有偶，元朝末年也是農民起義風起雲湧，其中最具震撼力的則是紅巾大起義。史載：

至正十一年：「辛亥，穎州妖人劉福通為亂，以紅巾為號，陷穎州。……福通與杜遵道、羅文素、盛文郁、王顯忠、韓咬兒復鼓妖言，謂山童實宋徽宗八世孫，當為中國主。福通等殺白馬、黑牛，誓告天地，欲同起兵為亂，事覺，縣官捕之急，福通遂反。山童就擒，其妻楊氏，其子韓林兒，逃之武安。」（《元史》卷四十二）

「黃巾大起義」、「紅巾大起義」，除了頭巾的顏色稍有不同之外，這兩次相隔一千多年的農民起義何其相似乃爾！如此歷史事實，如此現實生活，被羅貫中用藝術之筆疊加在一起，就變成了以下文字：

「卻說中平元年甲子歲，鉅鹿郡有一人，姓張，名角。一個兄弟張梁，

一個兄弟張寶。……中平元年正月內，疫毒流行，張角散施符水，稱『大賢良師』。……角有徒弟五百餘人，雲遊四方救病。次後徒眾極多，角立三十六方，分布大小方者，乃將軍之稱也。大方萬餘人，小方六七千，各立渠帥，訛言：『蒼天已死，黃天當立；歲在甲子，天下大吉。』令人以白土寫『甲子』二字於各家門上；及郡縣市鎮，宮觀寺院門上，亦書『甲子』二字。青、徐、幽、冀、荊、揚、兗、豫，其八州之人，家家侍奉大賢良師張角名字。角遣大方馬元義，暗齎金帛，結交十常侍封諝、徐奉以為內應。角與弟梁、寶商議云：『至難得者，民心也。今民心已順，若不乘勢取天下，誠為萬代之可惜！』梁云：『正合弟機。』一面造下黃旗，約會三月初五一齊舉事；遣弟子唐州，馳書報封諝。唐州徑赴省中告變。帝召大將軍何進調兵，先擒馬元義斬之，次收封諝等一干人下獄。張角聞知事發，星夜起兵。張角自稱『天公將軍』，弟寶稱『地公將軍』，弟梁稱『人公將軍』，召百姓云：『今漢運數將終，大聖人出，汝等皆宜順天從正，以樂太平。』四方百姓，裹黃巾從張角反者四五十萬。」（《三國志通俗演義》卷之一《祭天地桃園結義》）

由此可見，《三國志通俗演義》之所以取得成功，之所以成為長篇歷史小說的奠基之作，其根本原因，乃是由於作者將歷史與現實有機結合在一起！

其三，農民起義導致的軍閥混戰。

在鎮壓農民起義的過程中，有些手握兵權者成長為軍閥，而農民起義軍中的某些領袖人物也逐步演變為新的軍閥。這樣一來，農民起義的最終結果就是「造就」了許許多多大大小小的軍閥。這一點，東漢末年和元朝末年又有驚人的相似之處。

東漢末年第一批軍閥聯盟是以討伐董卓為由頭的，他們的基本隊伍是：

「初平元年，紹遂以勃海起兵，與從弟後將軍術、冀州牧韓馥、豫州刺史孔伷、兗州刺史劉岱、陳留太守張邈、廣陵太守張超、河內太守王匡、山陽太守袁遺、東郡太守橋瑁、濟北相鮑信等同時俱起，眾各數萬，以討卓為名。紹與王匡屯河內，伷屯潁川，馥屯鄴，余軍咸屯酸棗，約盟，遙推紹為盟主。紹自號車騎將軍，領司隸校尉。」（《後漢書》卷一百零四上）

此外，同時或後起的軍閥中之佼佼者還有呂布、劉表、孫堅、劉璋、張魯、陶謙、馬騰、劉備等等。

元朝末年，軍閥混戰的局面與東漢末年極其相似，其中之佼佼者如下：

至正八年：「台州方國珍為亂，聚眾海上。」（《元史》卷四十一）

至正十一年：「徐壽輝為亂，起蘄、黃。」（《元史》卷一百一十七）

至正十三年：「泰州白駒場亭民張士誠及其弟士德、士信為亂，陷泰州及興化縣，遂陷高郵，據之，僭國號大周，自稱誠王，建元天祐。」（《元史》卷四十三）

至正二十年：「陳友諒殺其偽主徐壽輝於太平路，遂稱皇帝，國號大漢，改元大義，已而回駐於江州。」（《元史》卷四十五）

至正二十二年：「明玉珍據成都，自稱隴蜀王，遣偽將楊尚書守重慶，分兵寇龍州、青州，犯興元、鞏昌等路。」（《元史》卷四十六）

至正十二年：「春二月，定遠人郭子興與其黨孫德崖等起兵濠州。元將徹里不花憚不敢攻，而日俘良民以邀賞。太祖時年二十四，謀避兵，卜於神，去留皆不吉。乃曰：『得毋當舉大事乎？』卜之吉，大喜，遂以閏三月甲戌朔入濠見子興。子興奇其狀貌，留為親兵。戰輒勝，遂妻以所撫馬公女，即高皇后也。」（《明史》卷一）

如此歷史事實，如此現實生活，被羅貫中用藝術之筆疊加在一起，就變成了以下文字：

「操發檄文去後，各鎮諸侯皆起兵：第一鎮，……後將軍南陽太守袁術。第二鎮，……冀州刺史韓馥。第三鎮，……豫州刺史孔伷。第四鎮，……兗州刺史劉岱。第五鎮，……河內郡太守王匡。第六鎮，……陳留太守張邈。第七鎮，……東郡太守喬瑁。第八鎮，……山陽太守袁遺。第九鎮，……濟北相鮑信。第十鎮，……北海太守孔融。第十一鎮，……廣陵太守張超。第十二鎮，……徐州刺史陶謙。第十三鎮，……西涼太守馬騰。第十四鎮，……北平太守公孫瓚。第十五鎮，……上黨太守張楊。第十六鎮，……烏程侯太守孫堅。第十七鎮，……祁鄉侯渤海太守袁紹。諸路軍馬，多少不等，有三萬者，有一二萬者，各領文官武將，投洛陽來。」（《三國志通俗演義》卷之一《曹操起兵伐董卓》）

由此可見，《三國志通俗演義》之所以取得成功，之所以成為長篇歷史小說的奠基之作，其根本原因，乃是由於作者將歷史與現實有機結合在一起！

至於第四點，就不用詳細考察了。東漢末年軍閥混戰最終形成魏蜀吳三國，最後，三國歸晉，於公元 265 年由司馬氏統一天下。同樣，元代末年經歷了長時間的軍閥混戰以後，由強有力的軍閥朱元璋於 1368 年統一天下，建立了大明王朝。

　　正是在這樣的歷史事實、現實生活的雙重影響下，羅貫中在《三國志通俗演義》中寫下了藝術性的三國「四部曲」：政治腐敗——農民起義——軍閥混戰——天下統一。而這，就是筆者所要論證的「歷史」與「現實」的有機結合。

<h2 style="text-align:center">二</h2>

　　或許有人會認為，就算撰寫歷史小說必須達到「歷史」與「現實」的有機結合，那麼，又跟所謂「理想」有何關係呢？難道歷史小說必須體現作者政治理想嗎？正是如此！但要修正一下，歷史小說所要反映的政治理想並不僅僅屬於小說作者本人，而是小說作者在概括了歷史上、現實中許許多多讀者、主要是大眾讀者的政治理想以後而總結出來的。質言之，一部成功的歷史小說必須有政治理想的寄託，而這裡所反映的政治理想又毫無疑問是屬於人民大眾的。

　　具體而言，《三國志通俗演義》中反映的政治理想又是什麼呢？答曰：「擁劉反曹」。

　　幾乎所有的讀者都能從《三國志通俗演義》中讀出「擁劉反曹」的傾向，書中的曹操是那麼奸險狡詐、殘暴害民，而劉備則又是那麼誠實篤信、仁厚愛民。那麼，這種傾向在本質上又體現了什麼呢？

　　或曰「擁劉反曹」所代表的是一種正統觀念。作者之所以「擁劉」，是因為劉備乃劉邦嫡傳子孫，由他繼承「漢統」當皇帝理所當然；而曹操則僅僅是相國曹參的後代，他想當皇帝就是僭越，就是狼子野心何其毒也。這種看法其實是後人強加給羅貫中的，因為這不符合《三國志通俗演義》的描寫實際。

　　按照書中所寫，在曹操「挾天子以令諸侯」的時代，各路軍閥中就有漢高祖後裔多人，如荊州劉表、益州劉璋的基業均先於劉備建立，而且無論是地盤還是軍隊以及各方面的綜合實力都比同時的劉備要強大得多。羅貫中如果僅僅是歌頌劉邦的「正統」後裔，為什麼不選擇劉表或劉璋而偏偏垂青於劉備呢？其中的道理其實很明白，因為劉表昏庸而劉璋孱弱，他們的人格魅力、政治作為均遠遠不如劉備。由此亦可見得，羅貫中之所以在《三國志通俗演義》中表現出十分明晰的「擁劉反曹」傾向，並非僅僅著眼於劉備是否劉邦後裔，而是源於更為深層的思考。

　　既然羅貫中的「擁劉反曹」並非著眼於姓「劉」或姓「曹」，那麼，他著眼於什麼呢？或者說，劉備的人格魅力和政治作為在高於其他劉姓軍閥的同時又與曹操形成了一種什麼樣的參照關係呢？答曰，截然相反。《三國志通俗演義》所著力描寫的劉備性格的最為「動人」之處正在於與曹操性格的根本對立。關於這一點，當事人劉備簡明扼要的一段話最有說服力：「今與吾水火相敵者，曹操也。操以急，吾以寬；操以暴，吾以仁；操以譎，吾以忠：每與操相反，事乃可成耳。」（卷之十二《龐統獻策取四川》）

　　曹操是殘暴的代表，劉備是仁義的化身，這是讀過《三國志通俗演義》以後一般讀者的基本認識。因此，「擁劉反曹」實際上也就是「擁仁反暴」——擁護仁政、反對暴政。

　　要實行「仁政」，首先必須保證統治者是有道明君，或曰「有德」之君。封建社會的中國人民，對生活沒有過高的要求，他們只希望在仁義之君的領導下過太平生活，能夠有飯吃、有衣穿、有房子住並在此基礎上繁衍生息就行了。這就是他們的政治理想和人生追求，至於你這位皇帝是否「正統」云云，那可是社會精英們考慮的問題，離人民的理想有相當遠的距離。而《三國志通俗演義》所反映的正是羅貫中這位貼近人民大眾的下層文人站在人民立場上的「這一種」政治理想追求。

　　筆者這樣說是有證據的，在小說作品中，諸如「天下者，非一人之天下，乃天下人之天下也，惟有德者居之」的話，至少在不同人物口中重複了六次。具體而言，諸葛亮說過兩次，王允、薛琮、張松、華歆各說過一次。這正是一種反正統、擁仁政的思想的充分表現。何以謂之「有德者」？就是像劉備那樣的仁厚君主。當然，劉備的仁義或許具有虛假的一面，但在那樣的時代，能夠以這種「有德」「有道」的面目在政治舞臺上亮相，就已經相當不錯了。更何況，《三國志通俗演義》中也的的確確寫過劉備不少仁德愛民的言語和行為。

　　如桃園結義時的誓詞：「念劉備、關羽、張飛雖然異性，結為兄弟，同心協力，救困扶危，上報國家，下安黎庶。」（卷之一《祭天地桃園結義》）

　　再如三顧茅廬時的懇求：「玄德頓首謝曰：『備雖名微德薄，願先生同往新野，興仁義之師，拯救天下百姓。』孔明曰：『亮久樂耕鋤，不能奉承尊命。』玄德苦泣曰：『先生不肯匡扶生靈，漢天下休矣！』言畢，淚沾衣襟袍袖，掩面而哭。」（卷之八《定三分亮出茅廬》）

最為突出的是劉備在曹操大軍壓境自己尚無立錐之地時對新野、樊城父老鄉親的不離不棄：

「孔明曰：『可速棄樊城，取襄陽暫歇，此為上計。』玄德曰：『爭奈百姓相隨許久，安忍棄之？』孔明曰：『可令人遍告百姓，有願隨者同去，不願者留下。』先使雲長往江岸準備船隻。孫乾、簡雍二人在城中聲揚曰：『今曹兵將至，孤城不可久守，百姓願隨者，便同過江。』兩縣之民，若老若幼，齊聲大呼曰：『我等雖死，亦願隨使君！』即日號泣而行。……扶老攜幼，將男帶女，滾滾渡河，兩岸哭聲不絕。玄德於船上大慟曰：『為吾一人而使百姓遭此大難，吾何生哉！』欲投江而死，左右扯住，聞者莫不慟哭。……後軍報曰：『曹操已屯樊城，使人收拾船筏，次後渡江趕來也，可不速行？』孔明曰：『江陵要緊，可以拒守。今擁大眾十餘萬皆是百姓，披甲者少，日行十餘里，似此幾時得到江陵？倘曹操至，如何迎敵？不如暫棄百姓，先行為上。』玄德泣曰：『若濟大事，必以人為本。今人歸吾，何以棄之？』百姓聞得，莫不傷感。」（卷之九《劉玄德敗走江陵》）

通過劉備這樣的仁君，以及諸葛亮這樣的賢相，作者便可以在更大程度上表達自己的政治理想。進而言之，作者這種「擁護仁政，反對暴政」的政治理想之所以能夠在《三國志通俗演義》這樣的歷史小說中得到順暢而又圓滿的表達，又主要是因為這種政治理想所代表正是千千萬萬百姓的普通而正常的心理：人民需要仁政！

三

由上可知，「歷史」、「現實」、「理想」這三大要素的有機結合，正是歷史小說創作的一種基本模式，而這種寫作模式正是羅貫中通過《三國志通俗演義》的寫作而奠定的。

更有意味的是，自從羅貫中奠定了這種歷史小說的基本寫作模式以後，它居然垂範百代，以至於此後大量的歷史小說創作必須按照這一模式進行，否則，就很難取得成功。

歷史小說必須反映歷史，這一點無須贅言；歷史小說必定影射現實，這一點也毋庸細說。關鍵在於，歷史小說一定要體現政治理想嗎？或者，換言之，不體現政治理想就寫不好歷史小說嗎？

古代歷史小說作家們的創作實踐充分證明了這一點，甚至可以說由這一

點又派生出一個奇特而有趣的現象：歷史小說差不多都反映一個共同的主題：擁護仁政，反對暴政。明代的歷史小說尤其如此。

為了進一步闡述這一問題，我們不妨先來列舉一下保留至今的明代歷史小說中的著名作品：《殘唐五代史演義傳》、《隋唐兩朝志傳》、《大宋中興通俗演義》、《英烈傳》、《三國志後傳》、《西漢演義》、《東西晉演義》、《續英烈傳》、《東漢演義傳》、《隋煬帝豔史》、《開闢衍繹通俗志傳》、《有夏志傳》、《有商志傳》、《東周列國志》等等。這些歷史小說作品幾乎無例外地表達著相同的主題思想：歌頌仁政，反對暴政。作品中所讚美的都是聖君賢相，所鞭撻的都是暴君奸臣。最為有趣的是前面提及的在《三國志通俗演義》中被反覆宣揚的最能體現仁政思想的那句話：「天下者，非一人之天下，乃天下人之天下也，惟有德者居之。」在明代其他的歷史小說中竟然也「照葫蘆畫瓢」，得到反反覆覆的強調。

《開闢演義》中出現六次，出自「眾侯」、豷子、伊尹、湯、風、陳嚴之口。

《東西晉演義》中出現四次，出自慕容垂、苻堅、張華、傅亮之口。

《殘唐五代史演義傳》中之張文蔚，《有夏志傳》中之羿等也說過類似的話。

更為有趣的是在一些歷史演義與神魔怪異相混雜的小說作品中，也自然而然地表現了這種思想。如《封神演義》中的姜子牙，《東遊記》中的黏不聿等都講過此等話語。

最出人意料的是隋煬帝。這位前期奮發有為，後來荒淫無恥的亡國之君在即將滅亡時居然有一次非常「大度」的表態：「煬帝沉吟良久，急歎息道：『天下者，乃天下人之天下，非一人之天下。有一日之福且享一日之樂。』」（《隋煬帝豔史》第三十六回）可見，就連隋煬帝這樣荒淫無恥的亡國之君也知道天下非一人之天下，最後結果必然是有德者居之，無德者失之的道理。

那麼，「天下者，非一人之天下，乃天下人之天下也，惟有德者居之」這個口號為什麼會為許許多多的歷史小說所反反覆覆地強調呢？因為它體現了廣大民眾一個最為樸實的願望，人民希望「好皇帝」！

反過來說，開明的統治者以及幫助統治者出謀劃策的上層文人在經歷了太多的歷史風雲變幻以後，也終於慢慢地明白了一個道理：民心向背乃是政

治家成敗的根本，民眾的擁護才是長治久安的基本保證。質言之，統治者要想天下大治，必須調節好與人民的關係。

中國歷史上許多統治者或思想家都看到了這個問題的重要性，並且都有類似的表達，如：

「王若曰：『……皇天無親，惟德是輔；民心無常，惟惠之懷。為善不同，同歸於治；為惡不同，同歸於亂。爾其戒哉！』」（《偽古文尚書·蔡仲之命》）

「天下，非一人之天下也，天下之天下也。」（《呂氏春秋·貴公》）

「臣聞天生蒸民，不能相治，為立王者以統理之，方制海內非為天子，列土封疆非為諸侯，皆以為民也。垂三統，列三正，去無道，開有德，不私一姓，明天下乃天下之天下，非一人之天下也。」（《漢書》卷八十五）

封建時代開明的統治者以及為之服務的文人們的這種認識是符合廣大民眾的基本願望的。人民既然希望「好皇帝」，那麼，統治者當一個有道明君，就是件「一合兩好」的事：一方面它符合了民眾的要求，另一方面又使得自己江山永固。而這種「一合兩好」的結果，正是幾乎所有的歷史小說的作者最願意看到的。

將自己最願意看到的政治局面在筆下的歷史小說中表達出來，這就是一種政治理想的寄託。

在一部歷史小說中，如果沒有政治理想的寄託幾乎是不可能的。因為，政治理想的寄託恰恰是任何一部歷史小說的「靈魂」。

試想。一部連「靈魂」都沒有的歷史小說，它還有存在的必要嗎？一部歷史小說，如果沒有代表人民大眾的政治理想的充盈其間，將會失去主心骨，這樣的歷史小說，還寫它幹什麼？！

至此，可以從本文中總結出以下三點：

一部好的歷史小說，它必然是歷史、現實、理想三者之間的有機結合；

羅貫中的《三國志通俗演義》，正是這種「三結合」的典範之作；

羅貫中的這種寫法，奠定了歷史小說寫作的基本模式。

（原載《第二十一屆全國〈三國演義〉學術研討會論文集》，中國文史出版社，2011 年 8 月出版）

讓歷史插上翅膀
——《三國志通俗演義》影響下的史傳小說

　　由於章回小說是以宋元時代的講史話本為骨架、小說話本為血肉發展而來的，它先天帶有「史傳」意識，故而，章回小說中最早出現的一類就是以《三國志通俗演義》為代表的史傳小說。

一、史傳小說的基本特徵

　　這一類小說最大的特點就是讓歷史插上翅膀，亦即讓歷史真實與藝術虛構有機結合。具體而言，它具有以下特點：

（一）取材：七實三虛

　　這裡所謂「七實三虛」，並不能死板地理解為歷史真實與藝術虛構的「三七開」，而是指的在大的問題上的真實性和作品大體框架的真實性。例如，在時間、地點、人物、事件等方面，此類小說都追求「大」實「小」虛。大的時間概念如某年某代「實」，小的時間概念如某日某時「虛」；大的地點如州郡、關隘「實」，小的地點如街道、宅第「虛」；主要人物甚或重要人物與大事件之間的關係「實」，而一些次要人物或者重要人物所幹的次要事件則均可錯位甚或虛構。對於史傳小說而言，這是一種行之有效的創作模式。這樣進行歷史小說的寫作，既不會拘泥於歷史真實，成為歷史大事的流水帳，又不會遠離歷史真實，成為天馬行空的飛行物，而使小說與歷史之間保持一種不黏不脫、若即若離的辯證關係。

　　那麼，史傳小說的作者們在處理歷史真實與藝術虛構二者之關係時究竟

採用了哪些方法呢？

　　一是「移花接木」

　　如草船借箭一事，按《三國志‧吳主傳》裴注引《魏略》所載，本是孫權之所為，宋元講史話本《三國志平話》將這功勞轉交給周瑜，到了《三國志通俗演義》中，又移植到諸葛亮身上。作者這樣做，當然是為了集中顯示臥龍先生通天徹地的智慧。再如怒鞭督郵，按《三國志‧先主傳》乃是劉備所為，《三國志平話》將這粗活塞給張飛，寫張飛將督郵打死，且分屍六段。到《三國志通俗演義》中，作者遵從民眾的選擇，仍讓張飛鞭打督郵，但只是打得半死，然後劉關張三人掛印而去。這樣的改造，非常符合人物性格，對劉備和張飛兩個人物形象的塑造都有好處。

　　二是牽蘿蓋屋

　　如《開闢衍繹通俗志傳》第十七回，將西王母的傳說與精衛填海的神話扭作一團，牽西山之蘿蓋東海之屋，顯得更為生動：「卻說神農帝所生一女，名曰精衛公主，……一日暮春之時，心無聊賴，喚侍女同往御花園遊玩。……只見芳氣襲人，隱隱有車聲從空中來，漸漸近前，乃一女子，年可二十許，形容體態，不減公主。……謂公主曰：『吾乃西王母是也，適從東海來，欲歸西崑去，聞公主有出塵之想，故特至此，為汝洗濯凡心。』」

　　三是「黑白顛倒」

　　如《三國志通俗演義》寫魯肅設計要暗殺關羽。關羽單刀赴會，十分威風，從容不迫，而魯肅卻有些強詞奪理，最終陰謀敗露，狼狽不堪。這種寫法，是繼承關漢卿雜劇《單刀會》而來。查相關歷史資料，情況恰恰相反。是雙方約定均單刀赴會，會見時，魯肅對劉備大加指責，要求關羽歸還荊州，「羽無以答」。（裴注引《吳書》）結果是「備遂割湘水為界，於是罷軍」。（《三國志‧魯肅傳》）類似的例子還有曹操與劉備的當陽之戰，歷史上是劉備慘敗，而《三國志通俗演義》中則寫張飛在當陽橋一聲吼，「曹操聞飛之名，驟馬望西而走，冠簪盡落，披髮逃生，聽得背後人馬趕來，驚得魂不附體」。（卷之九）這樣一些顛倒黑白的描寫，主要是由於作者擁劉反曹的思想決定的，但也在某種意義上增強了故事的生動性。

　　四是「誇張渲染」

　　如劉玄德三顧茅廬，在《三國志通俗演義》中是一段極其絢麗多姿的文字。為了寫出南陽臥龍的風采，作者調動了許許多多的人物，而且都是當時

的名流來為之墊背。然而，在史書中，這件事的記載只有區區十個字：「先主遂詣亮，凡三往，乃見。」（《三國志·諸葛亮傳》）再如小說開卷第一回重筆所寫的「桃園結義」，在歷史上也只有一點小小的因由。據《三國志·關羽傳》所載：「先主與二人寢則同床，恩若兄弟。」僅僅是這裡的「恩若兄弟」一句和劉關張三人之間親密無間的友情，就被作者寫成了感天動地、流傳千古的「桃園三結義」。

五是「無中生有」

如果說以上幾個方面還算是小說中的人物和故事與歷史真實多多少少有些瓜葛的話，那麼，作者「無中生有」而創造出的人物和故事則只能說是在一種可能存在的文化氛圍之中的任意發揮了。有些故事，史書中沒有記載，或者說，即使有點影子，也根本不是小說作品中人物之所為。但是，根據小說中某些人物的思想特徵、性格邏輯，他們完全有可能做出這樣的事。於是，作者就放開筆來如此這般地「無中生有」了。如《三國志通俗演義》的蜀中「五虎大將」，如關羽的「過五關斬六將」，都是在史書中根本不見蹤跡，純然是作者無中生有的虛構。

（二）主題：基本一致

明代史傳小說有一個奇特的現象：幾十部作品的主題思想基本一致。要深入探討這一問題，我們必修從《三國志通俗演義》的主要思想傾向說起。

說到《三國志通俗演義》的主要思想傾向，人們幾乎會異口同聲地回答：擁劉反曹。但是如果進一步發問，擁劉反曹意味著什麼？各人的回答可就不太一樣了。有一種流行的說法是，擁劉反曹反映了作者的正統思想。因為按照書中卷一的描寫，劉備是「中山靖王劉勝之後，漢景帝閣下玄孫」，（卷之一）因此作者要擁護他。而曹操呢？只不過是「漢相曹參二十四代孫」，可他居然想謀奪漢朝天下，那可就大逆不道了，因此作者要反對他。這種說法其實是相當淺薄的皮毛之見，《三國志通俗演義》描寫本身就可以推翻它。書中寫漢家劉姓宗室不少，如荊州劉表、益州劉璋等等，都是雄兵數十萬，地盤數千里，作者為什麼不擁護他們，而擁護在當時並無立錐之地的劉玄德呢？其間的奧妙在於，劉玄德是仁政的代表，而他的對立面曹孟德則是暴政的化身。難道沒有看見卷之九「劉玄德敗走江陵」時的「同難甘心隨百姓」嗎？難道沒有看見卷之二「曹操興兵報父仇」時的「令但得城池，盡皆殺戮，以報父仇」嗎？這就是愛民與虐民的區別，這就是仁政與暴政的分野。《三國志通俗

演義》所描寫的擁劉反曹其實就是擁護仁政、反對暴政，其實，這八個字就是《三國志通俗演義》的主題思想。進而言之，明代史傳小說作品幾乎無例外地表達著這個相同的主題思想。上述作品中所讚美的都是聖君賢相，所鞭撻的都是暴君奸臣。最為有趣的是最能體現仁政思想的一句話：「天下者，非一人之天下，乃天下人之天下也，惟有德者居之。」在明代史傳小說中竟然得到了不厭其煩的強調。《三國志通俗演義》中出現六次，《開闢衍繹通俗志傳》中出現六次，《東西晉演義》中出現四次，《殘唐五代史演義傳》中之張文蔚，《有夏志傳》中之羿等也說過類似的話。最出人意料的是《隋煬帝豔史》中的隋煬帝。這位暴君在即將滅亡時居然有一次非常「大度」的表態：「天下者，乃天下人之天下，非一人之天下。有一日之福且享一日之樂。」（第三十六回）可見，就連隋煬帝這樣的亡國之君也明白天下非一人之天下，必然是有德者居之，無德者失之的道理。

那麼，「天下者，非一人之天下，乃天下人之天下也，惟有德者居之」這個口號為什麼會為許許多多的歷史小說所反反覆覆強調呢？因為它體現了廣大民眾一個最為樸實的願望，自古以來，中國的老百姓都相信得人心者得天下，人民希望「好皇帝」！反過來說，開明的統治者以及幫助統治者出謀劃策的上層文人在經歷了太多的歷史風雲變幻以後，也終於慢慢地明白了一個道理：民心向背乃是政治家成敗的根本，民眾的擁護才是長治久安的基本保證。

（三）表達：粗而不細

史傳小說是從話本小說發展而來的章回小說中最早的一類，因此，它帶有更為明顯的話本小說的遺傳因子，在藝術表現方面，就體現為整體表達的「粗而不細」。

首先，就人物塑造而論，這些作品一般只寫歷史名人，帝王將相是書中最為活躍的人物。進而言之，即便是帝王將相，作者也只寫環繞在他們身邊的軍國大事，很少涉及他們的私生活；只寫他們與社會、環境的衝突，人與人之間在政治利益上的衝突，而很少反映這些人物心靈深處的衝突。所有的人物在這裡都被政治化、倫理化、軍事化，這些可憐的男男女女、老老少少似乎都沒有自己的「個體化」的生活。例如醇酒婦人這種男性世界的日常生活行為，在這類作品中往往會被賦予更博大而深刻的含義，像「溫酒斬華雄」「煮酒論英雄」「連環計」「美人計」這樣一些故事中的人物，絕非僅僅好

酒或好色的問題。反之，如果與軍國大事無關的個人私生活，史傳小說的作者們是無暇顧及的，最多點到為止。例如，至今湖北襄陽一帶盛傳的諸葛亮娶黃家醜陋而聰明的女兒為妻的故事，史書中明確記載的蜀漢後主劉禪立張飛女兒為皇后的故事，如此等等，在後世佳話小說中會被寫得天花亂墜的故事，在《三國志通俗演義》中卻遭到了「冷處理」。因此，此類小說大都缺乏對人物內心世界的揭示，缺乏對人物感情細微變化的敏感捕捉。這樣一種表層、片面的寫法，往往使得書中人物過於歷史化、政治化而不能將他們還原到生活之中。這樣一種寫法，固然能使得某些人物形象的主體性格特徵十分鮮明、突出，但終不免流於概念化、類型化。即便是某些寫得比較成功的藝術形象，也往往由於缺乏性格的層次感和發展變化，而被套入單一化、凝固化的框架。

其次，情節結構則多以時間順序為脈絡，大多採用縱向型單線結構，很少用倒敘、插敘的方法。由於此類小說所敘故事的時間跨度很大，動輒十數年乃至數百年，因此，有時便不得不採取記流水帳的方式來敷衍塞責。有的甚至採取照抄史書，以保證某一階段歷史的完整性。敘事時，多用全知視角，作者連敘帶評，包攬一切。就場景描寫而言，此類小說中人物的活動場所或為浴血奮戰之雄關險隘、津渡沙場，或為計謀策劃之公堂密室、營帳帷幄；每一部作品所涉及到的地域均極為廣闊，所調動的場景均極為頻繁，作者們極少對某地的風光景物、世俗民情作細膩深入的描繪。這種只重視政治大環境、忽視生活小環境的寫法，只能在讀者心目中呈現出一幅幅政治形勢圖、戰略地理圖，而不能使讀者得到人情風物的審美享受，更難以達到通過場景描寫來烘托人物的高妙境地。儘管有的作者很注意剪裁，講究情節安排的詳略得當，善於抓住典型事件大做文章，甚至有一定程度的場景描寫，因而使得某些片斷也很精彩動人，但仍然帶有一般化的「共性」。例如《三國志通俗演義》中對諸葛亮隱居的臥龍崗的描寫，儘管寫得很像高明之士的隱居之地，但卻不帶有臥龍先生的「個性」。實在話，這樣的地方，給鳳雛先生、水鏡先生隱居，讀者照樣是可以接受的。

至於文學語言，則多以簡潔、樸實為主，不夠鮮明、生動。人物語言也大多雷同，千人一面。《三國志通俗演義》被人稱之為「文不甚深，言不甚俗」，（庸愚子《三國志通俗演義序》）雖然是表彰的話，但那是針對文人而論，對於廣大民眾讀者而言，這種文言和白話相間的語言，已經有點夠嗆了。更何

況有些史傳小說，大段照抄史書，甚至是史書中的奏章制誥，長篇累牘，讓那些不懂文言文的讀者望而興歎，不堪卒讀。這其實也是一種不肯下水磨工夫的粗疏表現。

二、《三國志通俗演義》的歷史地位

眾所周知，《三國志通俗演義》既是章回小說的奠基之作，也是章回小說中史傳類的龍頭之作。它在小說史上的地位是任何小說都無法取代的。概括而言，其歷史貢獻有以下要點：

第一，奠定了章回小說的基本要素和主要特點，結束了長篇小說不過是說書人底本的時代，這在中國通俗小說史上具有劃時代的意義。

第二，將歷史與現實、史實與理想、史傳與平話有機地鎔鑄為一體，將某一段歷史事實敷衍成為具有文學性的歷史演義小說，提供了一條史傳小說創作的最佳途徑和嶄新道路。

第三，對歷史英雄人物的大力歌頌，為後世的英雄小說也提供了可堪借鑒的藝術經驗。從《水滸傳》的作者起，不少作家相繼從一個時代中擇取一個或幾個英雄人物而創作傳奇式的長篇小說。

第四，書中某些故事片斷，或被後世的文人或民間藝人所改造，成為新的藝術品，或被後世的小說創作所模仿，成為新的故事情節。因此，從「編故事」的角度看，也可算是後世文學作品、尤其是小說作品的藝術寶庫。

第五，書中某些人物，被後世小說作家所定型化、類型化，作為各自筆下的楷模，並由此產生了某一類人物的系列形象。如張飛之後，有李逵（《水滸傳》）、牛皋（《說岳全傳》）、程咬金（《說唐全傳》）、鄭子明（《飛龍傳》）、焦贊（《楊家府通俗演義》）等一系列「莽漢」形象。再如諸葛亮之後，又有吳用（《水滸傳》）、周德威（《殘唐五代史演義傳》）、徐茂公（《說唐全傳》）、劉伯溫（《英烈傳》）、錢江（《洪秀全演義》）等一系列「軍師」形象。

第六，《三國志通俗演義》的戰爭描寫堪稱精彩絕倫，具體而言有以下幾點：善於通過對戰爭進程錯綜複雜的矛盾的揭示，展現宏偉壯闊的戰爭場面；善於抓住矛盾的特殊性，將每一次戰爭寫得各具特色；合理布局、突出重點，使戰爭的連續性和某次戰役的相對獨立性有機結合起來；在千變萬化的戰爭描寫中以寫人為主，在人物間的矛盾衝突描寫中又以鬥智為主；動靜結合、剛柔相濟、張弛有致，深諳戰爭描寫的藝術辯證法。所有這些，都成為

戰爭描寫的不二法門，在中國小說史上空前絕後。

總之，《三國志通俗演義》的出現，就我國古代通俗小說史而言，標誌著一個重大的轉折；就章回小說的發展而言，標誌著一個光輝的開端；就明代的史傳小說而言，打下了厚實的基礎。

（原載《中國古代小說文本史》，中州古籍出版社，2013 年 11 月出版）

三方君主的「疑」「信」與
鼎足之勢形成的多重矛盾
——兼論《三國演義》「赤壁之戰」發生地

歷史上建安十三年（208）的「赤壁之戰」究竟發生在哪裏？學術界爭論很大。但章回小說《三國演義》所描寫的「赤壁之戰」發生在湖北黃州，卻是毫無疑問的。

多少年來，在湖北地面上叫做赤壁的地方至少有九個。1992年，就有人撰文涉及此問題：「這九處赤壁，各有其說，言之有據。粗分一下，漢川、漢陽、天門、鍾祥四處在漢水流域，其餘五處在長江兩岸，其中的黃州、新洲兩處在北岸，蒲圻、嘉魚、武昌三處在南岸。」（毛欣《赤壁有九何處是》）

九處之中，蒲圻赤壁和黃州赤壁可能性最大，相當長一段時間，它們成為爭論的焦點。最終，隨著蒲圻市更名為赤壁市，歷史上的「赤壁之戰」發生地的爭執聲逐漸消歇。其實，相對於更多的人群而言，歷史上「赤壁之戰」發生地並不重要，因為那是歷史學家們才關心的事，普通民眾更關心的應該是小說《三國演義》所描寫的「赤壁之戰」發生地究竟在哪裏？因為大家那一點與「三國」有關的知識絕大多數並非來自《三國志》，而是《三國演義》。

筆者在上一世紀九十年代就曾經對黃州的朋友說，你們沒有必要為歷史上的「赤壁之戰」發生地與蒲圻的同人爭得面紅耳赤，黃州人只要在碼頭上豎一面大牌子，上寫「《三國演義》赤壁之戰發生地」就足夠了。

何以證明《三國演義》的「赤壁之戰」發生在黃州？我們就從這裡說起。

一

章回小說《三國演義》第四十回寫曹操下江南的目標和路線是：

> 操曰：「吾所慮者，劉備、孫權耳；余皆不足介意。今當乘此時掃平江南。」便傳令起大兵五十萬，令曹仁、曹洪為第一隊，張遼、張郃為第二隊，夏侯淵、夏侯惇為第三隊，于禁、李典為第四隊，操自領諸將為第五隊：每隊各引兵十萬。又令許褚為折衝將軍，引兵三千為先鋒。選定建安十三年秋七月丙午日出師。

接下去的戰鬥進程是：「諸葛亮火燒新野」、「劉玄德攜民渡江」、「趙子龍單騎救主」、「張翼德大鬧長阪橋」、「劉豫州敗走漢津口」、「三江口曹操折兵」、「用奇謀孔明借箭」、「鎖戰船北軍用武」、「三江口周郎縱火」、「關雲長義釋曹操」。

筆者曾經在一首詩中描述過這一戰爭進程：「雲從龍，風從虎，十萬貔貅隨魏武。黃塵蔽日鼓連天，漢水荊江排鉞斧。玄德兄弟正棲惶，直從襄陽敗當陽。斜趨漢津走江夏，臥龍東下會周郎。會周郎，戰赤壁，赤壁鏖兵旌旗濕，旌旗濕處馬瀟瀟，戰艦如蝗江水立。江水立，亂雲飛，橫是大槊小是戟，月明星稀歌未闌，大火熊熊濤聲急……。」（《荊襄行》）

以小說所描寫的劉備撤退、曹操追逼的行軍路線而言，所經之地為：新野、樊城、襄陽、當陽、漢津、夏口、樊口。如下圖：

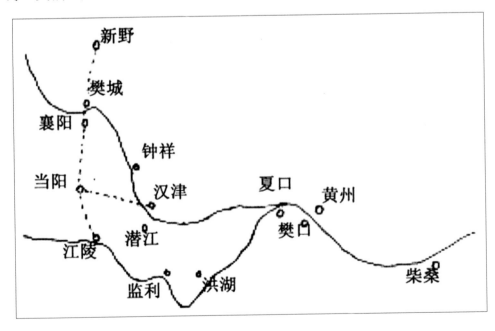

　　早在退出新野攜民渡江之時，劉備就聽從諸葛亮建議，派關羽率領五百士兵沿漢水東下，求救於公子劉琦，希望劉琦率領江夏軍馬往江陵會合，劉備自率二千餘軍隊和數萬民眾直趨江陵。江陵乃荊州糧倉，按照諸葛亮的計劃，是要依靠江夏數萬軍隊和江陵大量糧草，在廣袤的江漢平原上與曹操周旋。然而，由於劉備帶著百姓，扶老攜幼，行動緩慢，走到從襄陽到江陵半路上的當陽，就被曹軍趕上了。慘烈的當陽之戰，劉備丟妻棄子，無法到達江陵，只得斜趨漢津，在關羽、劉琦、諸葛亮接二連三的接應之下，沿漢水到達夏口。旋即命關羽留兵守之，劉備與劉琦退至江夏。此時，曹操佔據江陵，揮師向東，沿江而下，西連荊州、宜昌，東接黃州、蘄春，八十三萬人馬號稱一百萬，連營三百餘里。此時，長江南岸江夏、樊口一帶為劉備駐軍，柴桑一帶為周郎駐地。因此，《三國演義》的「赤壁之戰」發生地正在黃州。

　　《三國演義》「赤壁之戰」發生在黃州還有旁證材料。諸葛亮在周瑜駐軍之地「借東風」之後，周郎欲殺之以除後患，派丁奉、徐盛二將水陸二路截殺孔明，卻不料晚了一步，「七星壇」下江邊守軍告知：「昨晚一隻快船停在前面灘口。適間卻見孔明披髮下船，那船望上水去了。」（第四十九回）原來諸葛亮早就料到周郎要算計自己，提前讓趙雲駕船迎候。而此時，「劉玄德在夏口專候孔明回來」。旋即，「小校遙指樊口港上：『一帆風送扁舟來到，必軍師也。』」隨後，諸葛亮登岸、升帳、點兵。其中，派劉琦：「武昌一望之地，最為緊要。公子便請回，率領所部之兵，陳於江岸。」最後，臥龍先生又對劉備說：「主公可於樊口屯兵，憑高而望，坐看今夜周郎成大功也。」（同上）

　　須知，樊口是今鄂州市臨江小鎮，隔江相望即為黃州赤壁。《三國演義》的「赤壁之戰」發生地不在黃州，還能在哪裏？

　　小說《三國演義》這樣描寫，或許沒有什麼史料依據，但卻有俗文學藍本。刊刻於元代的講史話本《三國志平話》卷中寫「赤壁之戰」，反覆涉及以下地名：「玄德見在夏口。」「討虜送周瑜上路，起三十萬軍，百員名將，屯兵在江南岸上，下寨柴桑渡十里。」「咱寨在東南，曹操寨在西北。」「後說軍師度量眾軍到夏口，諸葛上臺，望見西北火起。」此書所言「赤壁之戰」發生地，恰在上自夏口下至柴桑一帶，也正是今天的武漢市到九江市之間的長江兩岸。江南鄂、贛交界處是孫劉聯軍，江北蘄、黃一帶是曹軍駐地。「赤壁之戰」的主戰場就在今天隔江相望的黃州與鄂州一帶。

二

　　戰爭是最考驗人的性格的。《三國演義》「赤壁之戰」基本形勢既明，下面就重點分析三方君主的「疑」與「信」的性格鍛鍊。大體而言，曹操是多疑輕信，劉備是堅信不疑，孫權則是疑而後信。

（一）多疑輕信的曹操

　　無論是歷史上的曹操還是小說中的曹操，都是個疑心很重的角色。而小說所描寫的「赤壁之戰」中的曹操，除了生性多疑之外，還養成了輕信的習慣。並且，在更多的時候，其多疑、輕信居然連為一體。

　　戰爭一開始，曹操想招降劉備，謀士劉曄曰：「徐庶與劉備至厚，今現在軍中，何不命他一往？」操曰：「他去恐不復來。」曄曰：「他若不來，貽笑於人矣。丞相勿疑。」（第四十一回）這是典型的「孟德式」的多疑輕信相結合。派徐庶招降劉備，他懷疑徐庶去而不歸，但劉曄一番話，他又堅決派徐庶前往。須知，劉曄對徐庶的分析是建立在十分脆弱的基礎上的：「他若不來，貽笑於人矣。」這樣的理由，曹操居然也就打消疑慮相信了。在「赤壁之戰」中，不知為什麼，曹操的智商突然變低，或許是碰到周郎、孔明而產生的「山外青山樓外樓」效應吧。

　　當然，「多疑」仍然是曹操性格的基調。收服蔡瑁、張允，曹丞相是在非常疑惑的情況下的從權之舉。當荀攸提醒他：「蔡瑁，張允乃諂佞之徒，主公何遂加以如此顯爵，更教都督水軍乎？」操笑曰：「吾豈不識人！止因吾所領北地之眾，不習水戰，故且權用此二人；待成事之後，別有理會。」（同上）而當孔明草船借箭之時，曹操傳令：「重霧迷江，彼軍忽至，必有埋伏，切不可輕動。可撥水軍弓弩手亂箭射之。」（第四十六回）就連他派往東吳實行詐降的蔡中、蔡和都深知曹丞相多疑，臨行前說：「吾等妻子俱在荊州，安敢懷二心，丞相勿疑。」（同上）

　　與「多疑」相伴而行的是曹操的「輕信」。書呆子蔣幹吹牛皮說能勸降周郎，曹操竟然輕信於他，委以重任：

> 忽帳下一人出曰：「某自幼與周郎同窗交契，願憑三寸不爛之舌，往江東說此人來降。」曹操大喜，視之，乃九江人，姓蔣，名幹，字子翼，現為帳下幕賓。操問曰：「子翼與周公瑾相厚乎？」幹曰：「丞相放心。幹到江左，必要成功。」操問曰：「要將何物去？」幹曰：「只消一童隨往，二僕駕舟，其餘不用。」操甚喜，置酒與蔣

幹送行。（第四十五回）

諸如此類的「輕信」之舉，曹孟德在「赤壁之戰」中屢屢表現。龐統獻連環計，「曹操下席而謝曰：『非先生良謀，安能破東吳耶！』統曰：『愚淺之見，丞相自裁之。』操即時傳令，喚軍中鐵匠，連夜打造連環大釘，鎖住船隻。」（第四十七回）其實，龐統的行為十分可疑。第一，他此行並非投奔或歸順曹操，只是被蔣幹「請來」獻計。第二，龐統是否真的孑然一身，他有家眷否？第三，龐統的政治傾向如何？人品性格如何？第四，為什麼獻計之後並不接受高官厚祿而急於脫身，又假惺惺地要一份保護宗族的榜文？如此多的疑點，曹操統統不作分析，一味輕信，智商跌倒谷底，無以復加。更有甚者，龐統幫助徐庶謀劃的脫身之計，讓徐在軍中造謠，說韓遂、馬騰擾亂後方，曹操在未辨真假的前提下，貿然派徐庶前往把守關隘，所相信的就是徐庶「庶蒙丞相收錄，恨無寸功報效」一句說辭，豈非太過輕信？凡讀《三國演義》者都知道「徐庶進曹營一言不發」這句近乎典故的話頭呀？難道曹操沒有察覺？他沒有察覺到徐庶這次請命不符合「常態」嗎？

最令人不可思議的是，曹操甚至還在同一個地方摔倒兩次。蔣幹第一次過江，盜來假信，使曹操中周郎反間計，殺了蔡瑁張允。不料他在萬分疑慮的時候，又一次輕信書呆子蔣幹，竟然派他第二次過江：

> 卻說曹操連得二書，心中疑惑不定，聚眾謀士商議曰：「江左甘寧，被周瑜所辱，願為內應；黃蓋受責，令闞澤來納降：俱未可深信。誰敢直入周瑜寨中，探聽實信？」蔣幹進曰：「某前日空往東吳，未得成功，深懷慚愧。今願捨身再往，務得實信，回報丞相。」操大喜，即時令蔣幹上船。（第四十七回）

這真是愚蠢至極！曹孟德多疑而輕信如此，在「赤壁之戰」中怎麼可能不失敗？

（二）堅信不疑的劉備

無論真假，「赤壁之戰」中的劉備對手下從來都是堅信不疑的，這一點與曹操迥然不同。我們首先來看劉備對趙雲的信任：

> 忽見糜芳面帶數箭，跟蹌而來，口言：「趙子龍反投曹操去了也！」玄德叱曰：「子龍是我故交，安肯反乎？」張飛曰：「他今見我等勢窮力盡，或者反投曹操，以圖富貴耳！」玄德曰：「子龍從我於患難，心如鐵石，非富貴所能動搖也。」糜芳曰：「我親見他投西

北去了。」張飛曰：「待我親自尋他去。若撞見時，一槍刺死！」玄
德曰：「休錯疑了。豈不見你二兄誅顏良、文醜之事乎？子龍此去，
必有事故。吾料子龍必不棄我也。」（第四十一回）

無論別人怎麼講，即便是桃園結義的兄弟都懷疑趙子龍，劉備卻對子龍人
格、人品堅信不疑。在對話過程中，劉備還舊事重提，表達了對關羽的無比
信任。至於對三顧茅廬而求得的臥龍先生，劉先主更是言聽計從，從不疑
惑。整個「赤壁之戰」過程中，無論是出使江東還是調兵遣將，劉玄德全都是
依照諸葛孔明的謀劃辦事。僅以一事為例：諸葛亮出使江東時，曾在船上偷
偷見過到周郎營中做客的劉備一面，他對劉備說：「亮雖居虎口，安如泰山。
今主公但收拾船隻軍馬候用。以十一月二十甲子日後為期，可令子龍駕小舟
來南岸邊等候。切勿有誤。」玄德問其意。孔明曰：「但看東南風起，亮必還
矣。」（第四十五回）及至後來，劉備果然定時定點定人駕小船接回臥龍先生。
孔明一回營寨，就問：「前者所約軍馬戰船，皆已辦否？」玄德曰：「收拾久
矣，只候軍師調用。」你看，君臣之間的配合是多麼默契，而這種默契的配合
正是源於主公對軍師的絕對信任。

劉備的「信」，不僅體現在對部下的堅信不疑，還體現在他的取信於人。
當周瑜設下鴻門宴，請劉備赴宴而欲殺之時，「玄德便教收拾快船一隻，只今
便行。雲長諫曰：『周瑜多謀之士，又無孔明書信，恐其中有詐，不可輕去。』
玄德曰：『我今結東吳以共破曹操，周郎欲見我，我若不往，非同盟之意。兩
相猜忌，事不諧矣。』」（同上）儘管此次赴宴極端危險，但劉備取信於人的人
格力量卻得到一次極大的彰顯。

劉備取信於人的最高境界是取信於天下，亦即對天下百姓施以仁政。這
在攜民渡江中得到一再表現，請看第四十一回的兩段描寫：

孔明曰：「可速棄樊城，取襄陽暫歇。」玄德曰：「奈百姓相隨
許久，安忍棄之？」孔明曰：「可令人遍告百姓：有願隨者同去，不
願者留下。」先使雲長往江岸整頓船隻，令孫乾、簡雍在城中聲揚
曰：「今曹兵將至，孤城不可久守，百姓願隨者，便同過江。」兩縣
之民，齊聲大呼曰：「我等雖死，亦願隨使君！」即日號泣而行。扶
老攜幼，將男帶女，滾滾渡河，兩岸哭聲不絕。玄德於船上望見，
大慟曰：「為吾一人而使百姓遭此大難，吾何生哉！」欲投江而死，
左右急救止。聞者莫不痛哭。船到南岸，回顧百姓，有未渡者，望

南而哭。

　　眾將皆曰：「江陵要地，足可拒守。今擁民眾數萬，日行十餘
里，似此幾時得至江陵？倘曹兵到，如何迎敵？不如暫棄百姓，先
行為上。」玄德泣曰：「舉大事者必以人為本。今人歸我，奈何棄
之？」百姓聞玄德此言，莫不傷感。

劉玄德取信於民，百姓當然真誠擁護，這也正是人們經常說的曹操得天時、
孫權得地利、劉備得人和的道理。而得民心者得天下，劉備以最無根基的薄
弱一方能與曹操、孫權三分天下，其中奧妙正在於此。當然，也許有人會說，
上述劉備的行為有「作秀」之嫌，其實，歷史上的政治家有誰不「作秀」？
「作秀」一詞，說得更好聽一點就是收買人心，《三國演義》中的劉備深諳此
道。不妨再舉一例：當趙子龍七進七出、血染征袍救出阿斗之後，「玄德接過，
擲之於地曰：『為汝這孺子，幾損我一員大將！』趙雲忙向地下抱起阿斗，泣
拜曰：『雲雖肝腦塗地，不能報也！』」（第四十二回）從趙雲的表現看，「劉備
摔孩子收買人心」的效果是的的確確達到了，由此可見，對於謀大事者而言，
收買人心的「作秀」行為還是很有必要的。

（三）疑而後信的孫權

　　在「赤壁之戰」中，三方君主最年輕的孫權「疑而後信」的性格也得到
極大的鍛鍊。孫權每臨大事的猶豫不決較之曹操更甚，如收到曹操「欲與將
軍會獵於江夏」的檄文之後，孫權的表現是「沉吟不語」、「低頭不語」、「沉吟
未決」、「猶豫不決」。諸葛亮與其初見，就已經斷定：「此人相貌非常，只可
激，不可說。等他問時，用言激之便了。」（第四十三回）

　　然而，在聽了幾位高人的意見之後，吳主孫權又體現了過人的決斷，他
對諸葛亮說：「先生之言，頓開茅塞。吾意已決，更無他疑。即日商議起兵，
共滅曹操！」（同上）最為精彩的是孫仲謀聽了吳國太轉述他哥哥孫策的話
「內事不決問張昭，外事不決問周瑜」時，他猛然醒悟，召回周郎討論大局。
最終，周郎拿出決斷：「將軍擒操，正在今日。瑜請得精兵數萬人，進屯夏口，
為將軍破之。」當此時，孫權的英雄豪氣驟然爆發：

　　權矍然起曰：「老賊欲廢漢自立久矣，所懼二袁、呂布、劉表與
孤耳。今數雄已滅，惟孤尚存。孤與老賊，誓不兩立！卿言當伐，
甚合孤意。此天以卿授我也。」瑜曰：「臣為將軍決一血戰，萬死不
辭。只恐將軍狐疑不定。」權拔佩劍砍面前奏案一角曰：「諸官將有

再言降操者，與此案同！」（第四十四回）

然而，即便如此，孔明對仲謀猶然放心不下，又通過周瑜進一步激發其鬥志：「乃復入見孫權。權曰：『公瑾夜至，必有事故。』瑜曰：『來日調撥軍馬，主公心有疑否？』權曰：『但憂曹操兵多，寡不敵眾耳。他無所疑。』瑜笑曰：『瑜特為此來開解主公。主公因見操檄文，言水陸大軍百萬，故懷疑懼，不復料其虛實。今以實較之：彼將中國之兵，不過十五六萬，且已久疲；所得袁氏之眾，亦止七八萬耳，尚多懷疑未服。夫以久疲之卒，御狐疑之眾，其數雖多，不足畏也。瑜得五萬兵，自足破之。願主公勿以為慮。』權撫瑜背曰：『公瑾此言，足釋吾疑。子布無謀，深失孤望；獨卿及子敬，與孤同心耳。卿可與子敬、程普即日選軍前進。孤當續發人馬，多載資糧，為卿後應。卿前軍倘不如意，便還就孤。孤當親與操賊決戰，更無他疑。」（同上）

就是在這接二連三的「疑」與「信」的反覆搖擺之中，作者寫出了孫仲謀在「赤壁之戰」過程中疑而後信的性格鍛鍊。

三

多疑輕信的曹操、堅信不疑的劉備、疑而後信的孫權，這三方君主性格中的「疑」「信」之關係，不僅體現了他們各自的個體性格在戰爭進程中的鍛鍊，而且反過來又促使了「赤壁之戰」中諸多矛盾的錯綜複雜性。

「赤壁之戰」是《三國演義》的重頭戲，也是精英薈萃的「角鬥場」。在整個赤壁之戰的運行過程中，作者為我們展現了錯綜複雜的矛盾衝突。

戰爭的主要矛盾是曹操要統一天下和與劉備、孫權要搞軍閥割據故組織聯軍與曹操對抗。最終，由於曹操的多疑輕信等原因，他輸給了堅決取信於民而且對部下堅信不疑的劉備和疑而後信並堅決放權於手下的孫權的聯手打擊，慘敗之餘，退出荊州。

主要矛盾之外，「赤壁之戰」的次要矛盾則分成幾個層次。

第一層次是孫劉聯軍內部周瑜與諸葛亮的矛盾

其實，周郎和孔明個人之間並沒有什麼私人恩怨，他們之間本不應有什麼矛盾衝突。但在「赤壁之戰」進程中，周瑜接二連三地尋找機會、甚至製造機會欲除掉孔明而後快，但每一次又都被臥龍先生化險為夷甚至大出風頭。似乎二人結怨很深，不共戴天。其實，他們二人的矛盾是浮在水面上的，水底深處則是劉備與孫權的矛盾，而孫劉之間的矛盾焦點又是荊州問

題。在爭奪荊州的過程中，孫劉二人是既聯合又相互攻擊的。劉備在赤壁之戰的序幕階段，就擺出了取信於荊州民眾的姿態，以其堅信不疑的性格魅力招徠了臥龍先生，並取得荊州百姓的衷心擁護。而孫權呢？一開始並沒有對荊州志在必得，他是被曹操所逼、經過一連串的「疑」之後才選擇「信任」周郎指揮作戰甚至「信任」劉備作為聯軍而染指「赤壁」的。但是，孫權和周瑜都清醒地意識到孫劉聯軍取得戰爭勝利而佔有荊州之後，下一個戲劇性的轉變就是孫劉爭奪荊州。故而，周郎要提前將劉玄德的主心骨攔腰摧折——殺死諸葛亮。

第二層次是孫、劉、曹三方各自內部的派系矛盾

曹軍內部，有嫡系部隊北方軍與非嫡系部隊荊州降軍之間的矛盾。曹操中周郎反間計而殺荊州降將蔡瑁、張允兩位水軍都督就是這種矛盾的劇烈體現：「即便喚蔡瑁、張允到帳下。操曰：『我欲使汝二人進兵。』瑁曰：『軍尚未曾練熟，不可輕進。』操怒曰：『軍若練熟，吾首級獻於周郎矣！』蔡、張二人不知其意，驚慌不能回答。操喝武士推出斬之。」（第四十五回）周郎反間計的假信，曹操以為真，這是輕信；不由蔡瑁張允二人分說，這體現了對荊州軍一貫的懷疑。正是多疑加上輕信，阿瞞中了反間計，要了蔡瑁張允的性命。也正是老瞞多疑輕信的性格，凸顯了曹軍北方軍與荊州軍的派系矛盾。

東吳內部也有矛盾，當曹操迫降的檄文傳到東吳時，孫權手下是文官主降、武官主戰，吵作一團：「時武將或有要戰的，文官都是要降的，議論紛紛不一。且說孫權退入內宅，寢食不安，猶豫不決。」（第四十三回）這種局面，造成了孫權反覆猶疑的性格，而後通過孔明之「激」、周郎之「析」，孫權才疑而後信，堅決一戰，並授權周瑜，聯劉破曹。

劉備手下也有矛盾，赤壁之戰序幕拉開，劉備三顧茅廬得到孔明，這樣劉備軍中就有了「老兄弟」和「新軍師」兩派。誰聽誰的？如果兩派發生矛盾，劉玄德支持誰？劉玄德從一開始就真的對臥龍先生的能力堅信不疑嗎？這方面並非沒有故事：

> 卻說玄德自得孔明，以師禮待之。關、張二人不悅，曰：「孔明年幼，有甚才學？兄長待之太過！又未見他真實效驗！」玄德曰：「吾得孔明，猶魚之得水也。兩弟勿復多言。」關、張見說，不言而退。……玄德召二人入，謂曰：「夏侯惇引兵到來，如何迎

敵？」張飛曰：「哥哥何不使『水』去？」玄德曰：「智賴孔明，勇須二弟，何可推諉？」關、張出，玄德請孔明商議。孔明曰：「但恐關、張二人不肯聽吾號令；主公若欲亮行兵，乞假劍印。」玄德便以劍印付孔明，孔明遂聚集眾將聽令。……雲長曰：「我等皆出迎敵，未審軍師卻作何事？」孔明曰：「我只坐守此城。」張飛大笑曰：「我們都去廝殺，你卻在家裏坐地，好自在！」孔明曰：「劍印在此，違令者斬！」玄德曰：「豈不聞『運籌帷幄之中，決勝千里之外』？二弟不可違令。」張飛冷笑而去。雲長曰：「我們且看他的計應也不應，那時卻來問他未遲。」二人去了。眾將皆未知孔明韜略，今雖聽令，卻都疑惑不定。……派撥已畢，玄德亦疑惑不定。

（第三十九回）

可見，包括劉備在內，關張以下諸人對孔明之才是懷有疑慮的。直到博望坡用兵成功之後，大家才對臥龍先生的軍事才能堅信不疑。就連關張二人，在見到諸葛亮的小車之後，均「下馬拜伏於車前」。

第三層次是各方某些重要人物之間的個人矛盾

曹操輕信蔣幹，而蔣幹一再壞曹操大事。對此，《三國演義》主要寫了蔣幹兩次過江，結果卻如毛宗崗夾批所云：「蔣幹第一次渡江，只送兩個水軍都督；第二次渡江，卻送了八十三萬大軍。」（第四十七回）這段故事，在《三國志平話》中初露端倪，不過，蔣幹的自作聰明和曹操的多疑輕信最後造成了曹軍覆沒和蔣幹慘死：「卻說武侯過江到夏口。曹操船上高叫：『吾死矣！』眾軍曰：『皆是蔣幹！』眾官亂刀銼蔣幹為萬段。」蔣幹與曹操，本身並沒有性格上的矛盾衝突，但二者之間自作聰明與多疑輕信的「性格組合」，卻在客觀上形成了一種自我戕殺的內在矛盾，結果是兩敗俱傷。眾將官「亂刀銼蔣幹為萬段」的行為，所發洩者乃是曹操對蔣幹「誤我大事」的心頭之恨。《三國演義》對這個矛盾的描寫採取了「淡化」手法，沒有寫矛盾最後爆發的血腥結局，但也並非完全沒有嶄露。請看，當蔣幹第一次過江勸降周郎失敗而歸時：「操問：『子翼幹事若何？』幹曰：『周瑜雅量高致，非言詞所能動也。』操怒曰：『事又不濟，反為所笑！』」（第四十五回）

東吳方面，孫權的疑而後信又導致新的小小矛盾。問題就出在他「拔佩劍砍面前奏案一角」的當場，就「封瑜為大都督，程普為副都督」。於是，影響到周郎升帳時出現的一個小插曲：「原來程普年長於瑜，今瑜爵居其上，心

中不樂：是日乃託病不出，令長子程諮自代。」直至程諮回見其父，說周瑜調兵，動止有法。程普乃大驚曰：「吾素欺周郎懦弱，不足為將；今能如此，真將才也！我如何不服！」於是，親自到行營謝罪。（第四十四回）

即便是劉備手下，也並非鐵板一塊，諸葛亮與關羽之間略帶玩笑意味的矛盾，也正體現了劉備對手下主要成員深信不疑的前提下究竟以誰的意志為轉移的矛盾。尤其是軍師諸葛亮與首席大將關羽之間，就存在「馴服」與「被馴服」的矛盾。諸葛亮只有讓關雲長真正對自己心悅誠服，才能在蜀漢集團真正紮下根來。於是，發生「智算華容」這個精彩片段就是必然的了。

> 時雲長在側，孔明全然不睬。雲長忍耐不住，乃高聲曰：「關某自隨兄長征戰，許多年來，未嘗落後。今日逢大敵，軍師卻不委用，此是何意？」孔明笑曰：「雲長勿怪！某本欲煩足下把一個最緊要的隘口，怎奈有些違礙，不敢教去。」雲長曰：「有何違礙？願即見諭。」孔明曰：「昔日曹操待足下甚厚，足下當有以報之。今日操兵敗，必走華容道；若令足下去時，必然放他過去。因此不敢教去。」雲長曰：「軍師好心多！當日曹操果是重待某，某已斬顏良，誅文醜，解白馬之圍，報過他了。今日撞見，豈肯放過！」孔明曰：「倘若放了時，卻如何？」雲長曰：「願依軍法！」孔明曰：「如此，立下軍令。」雲長便與了軍令狀。雲長曰：「若曹操不從那條路上來，如何？」孔明曰：「我亦與你軍令狀。」雲長大喜。（第四十九回）

軍師與首席大將賭頭顱：若曹操不走華容道，孔明輸腦袋；若曹操走華容道而被放走，關羽輸腦袋。這真是一次饒有意味的賭賽！然而，更有意思的是對這兩個結局，劉備全然堅信不疑。劉先主一方面堅信諸葛亮的判斷：曹操必走華容道；另一方面又堅信關羽的人格：大恩不報，報則以身，他必然放走曹操。於是，他等關羽離去之後，擔心地詢問諸葛亮：「吾弟義氣深重，若曹操果然投華容道去時，只恐端的放了。」不料臥龍先生有更妙的回答：「亮夜觀乾象，操賊未合身亡。留這人情，教雲長做了，亦是美事。」這就引發了劉玄德心悅誠服的讚歎：「先生神算，世所罕及！」諸葛亮「智算華容」，不僅智算了曹操、智算了關羽，還智算了地理、智算了天文、智算了君王、智算了全軍、智算了天下！最終，就連那傲慢無比的關雲長也不得不在臥龍先生面前低下他高貴的頭顱：「關某特來請死。」（第五十回）至此，諸葛亮完成了對蜀漢全軍的人格與智慧的雙重征服，而這一切都是建立在劉玄德對他堅信不

疑的基礎之上的。

通過以上三個層次的紛紜複雜的矛盾衝突的分析，我們可以看出《三國演義》「赤壁之戰」描寫過程中三方君主的「疑」與「信」的性格特徵對戰爭的複雜進程該有多麼大的影響。同時，如此眾多的矛盾層面錯綜寫來，也使得「赤壁之戰」全程非常耐看，不愧為章回小說開山之作《三國演義》中最精彩的片斷。

（原載《湖北師範大學學報》2019 年第三期）

黃鶴樓·《黃鶴樓》·《三國演義》

　　武漢三鎮之一的武昌有座蛇山，蛇山上有座名聞遐邇的黃鶴樓。黃鶴樓面臨長江，巍然屹立在黃鵠磯頭。如今人們所見到的黃鶴樓落成於 1985 年 6 月，但黃鶴樓的最早興建卻要追溯到公元 223 年，時為吳大帝孫權黃武二年。因此，黃鶴樓一出現就與「三國」有緊密的聯繫。

　　歷代與黃鶴樓相關的文學作品可謂汗牛充棟。詩歌方面比較著名的就有唐代崔顥、李白、白居易，宋代范成大，清代黃景仁等著名詩人的作品，可惜都與「三國」無關。既與「三國」相關又與黃鶴樓相關的詩歌作品也有，但又並非直接描寫。如李白《望鸚鵡洲懷禰衡》，鸚鵡洲乃與黃鶴樓隔江相望。至於唐代胡曾的《武昌》《江夏》二詩，雖未及黃鶴樓，但寫的卻是黃鶴樓所在地。

　　在中國古代文學作品中，較早地大面積地描寫發生在黃鶴樓中的故事的作品是元代刊行的《至治新刊全相平話三國志》，簡稱《三國志平話》。文不甚長，且引錄如下：

　　　　後說玄德軍東行到三十里，正東見吳軍來，兩家對陣，聽道：「來者之師，莫非周公？」皇叔下馬與周瑜相見。周瑜見了皇叔，大驚唬，言：「從其虎，救其龍，幾時見太平！」言畢，兩個相對，周瑜在左，皇權在右，行到天晚，各自下寨。周瑜自思：曹操乃篡國之臣。吾觀玄德隆準龍顏，乃帝王之貌。又思：「諸葛命世之才，輔佐玄德，天下休矣。我使小法，囚了皇叔，捉了臥龍。無比二人，天下咫尺而定。」魯肅點頭言：「元帥言是也。」次日天曉，皇叔作宴，元帥以下眾官皆請。至晚，周瑜告皇叔：「南岸有黃鶴樓，有金

山寺、西王母閣、醉翁亭，乃吳地絕景也。」皇叔允了。來日，周瑜邀皇叔過江，上黃鶴樓延（筵）會。皇叔過江，上黃鶴樓，劉備大喜，見四面勝景。周瑜言：「南不到百里，有□□關；北有大江，西有荔枝園，東有集賢堂。」眾官與皇叔筵會罷，周瑜言曰：「前者朱（諸）葛過江，美言說主公孫權，舉周瑜救皇叔。」周瑜有酒，言：「諸葛祭風，有天地三人而會。今夏口救得皇叔，若非周瑜，如何得脫？諸葛然強，如何使皇叔過江？」皇叔聞之，大驚，此乃醉中實辭。

後說漢寨趙雲心悶，使人趕諸葛、關公，二人復回。軍師入寨，不見皇叔。趙雲對軍〔師〕說張飛之過。軍師有意斬張飛，眾官告軍師免死。糜竺為參徒，使船過江，至黃鶴樓上見皇叔，令皇叔換衣，卻拾得紙一條，上有八字，書曰，「得飽且飽，得醉即離。」皇叔讀了，碎其紙。周瑜帶酒言：「曹操弄權，諸侯自霸。」皇叔告曰：「若公瑾行軍，備作先鋒。」周瑜大喜。皇叔將筆硯在手，寫短歌一首，呈與周瑜看。歌曰：「天下大亂兮劉氏將亡，英雄出世兮掃滅四方。烏林一分剉滅權剛，漢室興兮與賢為良。賢哉仁德兮美哉周郎。」贊曰：「美哉公瑾，間世而生。與吳吞霸，與魏爭鋒。烏林破敵，亦壁鏖兵。似此雄勇，更有誰同。」

周瑜令左右人，將焦尾橫於膝上，有意彈夫子杏壇。琴聲未盡，周瑜大醉，不能撫盡。玄德曰，「元帥醉也。」眾皆交錯，起坐喧嘩。皇叔潛身下樓，至江岸，把江人言：「皇叔何往？」玄德曰：「元帥醉也，今（令）明日準備筵會，等劉備過江，來日小官寨中回宴，請您眾官。」把江官人不語，皇叔上船。後說周瑜酒醒，按琴膝上，緩然而坐，問左右曰：『皇叔何往也？』告曰：「皇叔下樓去了多時。」周瑜大驚，急叫把江底官人，言：「玄德自言，元帥有令，過江準備筵會去也。」

卻說周瑜碎其琴，高罵眾官：「吾一時醉，走了滑膚（虜）劉備。」使凌統、甘寧將二千軍趕駕數隻戰船趕皇叔，「若趕上，將取皇叔首級來者！」皇叔前進，吳軍後趕。先主上岸，賊軍近後，張飛攔住，唬吳軍不敢上岸，回去告，周瑜心悶。數日，引軍過江，聽知皇叔與諸葛下寨於赤壁坡，離江一百里，周瑜令軍奔夏口四郡。

更為有趣的是，這樣一段顯得非常幼稚而粗陋的描寫，在元代後期又被改編成一本雜劇《黃鶴樓》。該劇全稱《劉玄德醉走黃鶴樓》，其故事梗概如下：周瑜於黃鶴樓設宴請劉備，欲殺之。劉封慫恿劉備赴宴，而趙雲卻認為不可。劉備赴宴後，正在追趕曹操的諸葛亮得知消息，派關平給劉備送寒衣及拄拂子。在拄拂子中，藏有赤壁之戰時諸葛亮向周瑜要來鎮壇的一枝令箭。隨後，又令姜維扮著漁夫到黃鶴樓獻魚，並在姜維手中寫上「彼驕必褒，彼醉必逃」八字，讓他伺機以告劉備。後周瑜果驕果醉，劉備依照諸葛亮的安排，利用令箭逃離黃鶴樓，渡江而歸。

《黃鶴樓》雜劇的作者，或稱無名氏，或謂朱凱。朱凱，字士凱，約元文宗至順（1331）前後在世，屬元雜劇後期作家。《黃鶴樓》為末本戲，共四折，無楔子。第一折正末扮趙雲，第二折正末扮禾俫（農村小夥子），第三折正末扮姜維，第四折正末扮張飛。整個劇本有兩大特點：其一，以賓白見長，唱詞平平，是典型的以情節取勝而非以文辭取勝的劇本。其二，第二折由鄉村姑娘小夥擔任主角，充滿鄉土氣息。然而，正由於這個劇本源自講史話本《三國志平話》，民間文學色彩太濃，故而在時間、地點、人物等方面都出現了與歷史事實大不相符的狀態。

為了說明問題，我們不妨先來看看歷史上的赤壁之戰前後，劉備和周瑜所處的地理位置和他們分別都幹了些什麼。按《三國志‧先主傳》所載，赤壁戰前，劉備「遇表長子江夏太守琦眾萬餘人，與俱到夏口」。戰後，「先主與吳軍水陸並進，追到南郡」。「先主表琦為荊州刺史，又南征四郡」。「琦病死，群下推先主為荊州牧，治公安。權稍畏之，進位固好。」《三國志‧周瑜傳》所載，亦可互為映照。赤壁戰前，劉備「進住夏口，遣諸葛亮詣權。遂遣瑜及程普等與備並力逆曹公，遇於赤壁」。戰後，「備與瑜等復共追，曹公留曹仁等守江陵城，逕自北歸。瑜與程普又進南郡，與仁相對，各隔大江，兵未交鋒」。「權拜瑜偏將軍領南郡太守，……屯據江陵。劉備以左將軍領荊州牧，治公安。備詣京見權，瑜上疏曰：『劉備以梟雄之姿，而有關羽、張飛熊虎之將，必非久屈為人用者。愚謂大計宜徙備至吳，盛為築宮室，多其美女玩好以娛其耳目，分此二人各置一方，使如瑜者得挾與攻戰，大事可定也。今猥割土地以資業之，聚此三人，俱在疆場。恐蛟龍得雲雨，終非池中物也。』權以曹公在北方，當廣攬英雄，又恐備難卒制，故不納」。

對照歷史事實，我們來看看《黃鶴樓》雜劇的「失實」問題。先看時間方

面，歷史上的赤壁之戰以及劉備南征四郡都發生在東漢建安十三年（208），而上面我們說到黃鶴樓始建於吳大帝孫權黃武二年（223），兩者之間相隔了15年之久，周瑜怎麼可能提前十幾年請劉備到未曾興建的黃鶴樓飲酒呢？再看地點，這方面的問題更多。按劇本所寫，黃鶴樓在今武漢市的武昌江邊無疑。周瑜給劉備的邀請信中有云：「今因武昌有黃鶴樓，瑜設碧蓮會，敬請明公以賀近退曹兵。」而劉封與趙雲爭執時又云：「哎，趙叔！你不知道，那黃鶴樓近在水邊。」那麼，此水為何水呢？趙雲的唱詞說得很清楚：「憑著這的盧戰馬十分壯，怎跳過那四十里漢陽江。」劉備逃脫時也說：「我片帆飛過漢陽江。」那麼，這漢陽江究竟是漢水還是長江呢？答案是後者。有張飛唱詞可證：「你怎生齎發的我哥哥，去那四十里長江那壁。」進而言之，周瑜在江南武昌黃鶴樓設宴請劉備，那劉備卻駐紮何處呢？曰：赤壁連城，這是劇本中反覆交代的。劉備云：「說與趙雲眾將，緊守赤壁連城。」「某屯軍於赤壁城中。」那麼，這裡所謂赤壁連城在什麼地方呢？周瑜云：「差手將魯肅，直至赤壁連城，請劉玄德過江赴會。」周瑜又對魯肅說：「你過江直至赤壁連城，請劉玄德去。」且劉封亦曾揚言：「我安排戰船，搭起浮橋，接應我父親。」張飛亦云：「收拾戰船，我與他交戰去，務要拿住周瑜。」可見，劉備的駐紮地就在武昌對面江北的「赤壁連城」。武昌對岸的今漢口漢陽一帶是否有赤壁連城我們暫且不論，我們要追究的是赤壁之戰以後，劉備還呆在赤壁嗎？（甚至可以問，劉備親自到過赤壁嗎？）按照我們上面所引的《三國志》中所言，劉備倒是曾經與周瑜隔江相望，但一個在江陵，一個在公安，而且那裡也沒聽說過有什麼赤壁連城。其實，武昌對面的漢陽漢口也沒有聽說過有什麼赤壁連城，這地名純然是劇作家的「發明創造」。最後，看看在人物設置方面劇作者是怎樣運作的。首先，周瑜如果想在黃鶴樓上喝酒，他必須晚死十三年，從公元 210 年（周瑜卒年）再活到 223 年（黃鶴樓始建）。其次，那大膽的姜維（202～264）也必須在五歲時就參軍入伍，聽命於諸葛亮帳下，且為劉備送去孔明妙計。這些，都顯然是不可能的。如果將上述時間、地點、人物等問題綜合交叉考察，就會發現這個劇本簡直是胡編亂造，錯得一塌糊塗。

我們在這裡對《黃鶴樓》雜劇的「失真問題」進行如此的撻伐，並不是要求它、一個帶有濃厚民間藝術色彩的劇本應該具備歷史真實。如果那樣的話，筆者豈非缺乏最基本的文學常識──連虛構都不知道了嗎？醉翁之意不

在酒，我們是為了說明下一個問題——羅貫中的《三國志通俗演義》中為什麼沒有周瑜宴請劉備於黃鶴樓而欲殺之的情節。

只要粗略地翻閱一下嘉靖本《三國志通俗演義》卷十一，就可清楚地看到該書在描寫赤壁之戰以後，緊接著就是諸葛亮智取南郡，一氣周瑜，又旁略四郡，趙雲取桂陽，關羽戰長沙，孫權戰合肥。再往後就是周瑜設美人計，趙雲救主，二氣周瑜云云。根本就沒有「黃鶴樓」一節，甚至連「黃鶴樓」三字都沒有出現。

羅貫中為什麼要這樣做？原因至少有兩條。其一，《三國志通俗演義》是一部比較嚴肅的歷史演義小說，在時間、地點、人物等問題的設置方面，要求大體上符合歷史事實，只是在細節描寫方面進行虛構。而《黃鶴樓》雜劇恰恰是在大的方面出現明顯的問題，故而這一節不為羅貫中所取。其二，歷史上赤壁之戰發生地的具體位置究竟在那裡，是有很大爭論的，而且，這爭論一直延續到今天。但在羅貫中看來，赤壁就在今天的黃州。我們且看《三國志通俗演義》中的描寫，卷九「周瑜三江戰曹操」一節中寫道：「玄德盡把荊州之兵屯於樊口駐紮」。隨後，又派麋竺到周瑜營中探聽虛實，麋竺完成任務後，「回到樊口寨中」。在卷十「周公瑾赤壁鏖兵」中作者又寫道：諸葛亮借東風後回到劉備駐地時，有「小校指樊口港中：『一帆風送扁舟來到，必軍師也。』玄德、劉琦下樓迎接。」隨即，諸葛亮又對劉備說：「主公可於樊口屯兵，憑高而望，坐看今夜周郎成大功也。」由此可知，赤壁之戰發生時，劉備一直駐紮在樊口。樊口在哪裏？就在今天鄂州市的江邊上，與黃州赤壁隔江相望。既然羅貫中認定赤壁之戰發生在黃州，那麼，在同一部書中，他就不可能又將「赤壁連城」搬到漢口或漢陽，去與黃鶴樓隔江相望。所以從細節描寫的角度，他也不可能吸取《黃鶴樓》雜劇於《三國志通俗演義》之中。

然而，羅貫中雖然沒有照搬《黃鶴樓》雜劇於書中，卻將這一戲劇性極強的故事在《三國志通俗演義》中一分為二，進行了兩次「再創造」。

第一次是在卷九「周瑜三江戰曹操」一節中，當劉備移兵駐紮樊口之後，周瑜定下計謀，請劉備到自己軍中飲酒，同時傳下密令：「如玄德至，先埋伏刀斧手五十人於壁衣中，吾擲盞為號，便出下手。」不料關羽卻跟定劉備一起到周瑜營中，結果發生了下面一幕：「卻說孔明偶來江邊，見說玄德與都督相會，吃了一驚，急入中軍帳，正遇魯肅。肅與孔明乃攜手而入，偷目先視周

瑜，面有殺氣，兩邊密排壁衣。孔明思之：『吾主休矣！』回視玄德，談笑自若；看玄德背後，一人按劍而立，乃雲長也。孔明喜曰：『吾主無危矣！料周瑜懼怕雲長，必不敢下手。』孔明不入，復回舡上，江邊伺候。周瑜起身把盞，猛見雲長在背後，忙問曰：『此何人也？』玄德曰：『乃吾弟關雲長也』瑜曰：『莫非向日斬顏良、文醜者乎？』玄德曰：『是也。』周瑜汗流滿臂，就與把盞。……雲長目之，玄德會其意，乃辭瑜曰：『備暫告別，破敵收功之後，專當拜賀。』瑜亦不留，送出轅門。玄德至船邊，忽見孔明。孔明曰：『主公知今日之危乎？』玄德曰：『不知。』孔明曰：『若無雲長，已遭瑜之難矣。』玄德方省悟。」這是《三國志通俗演義》中唯一的一次以暗殺為前提的周公瑾與劉玄德的正面衝突，在《三國志》中亦無這方面的記載，很有可能是羅貫中借鑒《三國志平話》或《黃鶴樓》雜劇的結果。

　　第二次就是著名的美人計劉備招親，其故事內容見《三國志通俗演義》卷十一中「周瑜定計取荊州」、「劉玄德娶孫夫人」、「錦囊計趙雲救主」、「諸葛亮二氣周瑜」諸節。篇幅頗長，故事亦頗為曲折動人，是《三國志通俗演義》中精彩的片斷之一，且為廣大讀者所熟悉，故而不多贅述。但有一點必須指出，在《三國志》中，只有周瑜上疏孫權企圖軟禁劉備一段話，而孫權並未實施。因此，只能說羅貫中間接受到史書的啟發，而給羅氏直接影響的還應該是《三國志平話》或《黃鶴樓》雜劇。

　　更有趣的是，當這段故事經過羅貫中生花妙筆的改造之後，反而掩蓋了原作的光華，產生了更大的藝術魅力，從而給後世造成更大的影響。僅以京劇劇本而論，有照《黃鶴樓》雜劇改編者，亦有照《三國志通俗演義》改編者，今據陶君起《京劇劇目初探》中相關材料縷述如下：

　　京劇《黃鶴樓》，一名《竹中藏令》，見元人《劉玄德醉走黃鶴樓》雜劇。其故事梗概為：周瑜設宴於黃鶴樓，誆劉備過江，伏兵樓下，逼寫退還荊州文約，並囑部屬非有令箭不得縱放。劉失措，而諸葛亮事先將借東風時攜走之令箭一支，裝入竹節中預付趙雲；此時破竹出示，周部下不察，劉備得安然脫險。

　　另有京劇《蘆花蕩》，敘張飛奉諸葛亮之命，假扮漁夫，預伏蘆花蕩，伺周瑜領兵到來，突出阻擋，擒而縱之，周瑜氣憤嘔血。此劇一名《三氣周瑜》。出明人《草廬記》傳奇。京劇原附於《黃鶴樓》之後，後來演出又移植於《回荊州》之後，亦作單折演出。

　　所謂《回荊州》，亦乃京劇劇本。它與《甘露寺》《破石兆》《美人計》連接起來，大致相當於《三國志通俗演義》卷十一中「周瑜定計取荊州」、「劉玄德娶孫夫人」、「錦囊計趙雲救主」、「諸葛亮二氣周瑜」諸節內容。其中，《甘露寺》與《美人計》連演，又名《龍鳳呈祥》，是京劇著名傳統劇目，直到今天仍盛演不衰。

　　稍作對比即可看出，《甘露寺》系列的京劇較之《黃鶴樓》系列的京劇影響要大得多，甚至原屬於《黃鶴樓》系列的《蘆花蕩》，竟至也被《甘露寺》系列「奪去」。產生這種衍變的原因可能有很多方面，但《三國志通俗演義》巨大藝術魅力的影響是絕對不能排除的。

　　通過以上簡略的巡曰和分析，我們可以看到，在文學創作、尤其是帶有濃厚的民間色彩的文學創作過程中，姊妹藝術形式之間的相互滲透和影響是何等的巨大，而一部中國文學史或一部中國藝術史，就是在這種姊妹藝術形式的相互吸收、滲透、揚棄、融合的情勢下不斷前進的。

　　除了元雜劇《黃鶴樓》和京劇《黃鶴樓》之外，還有兩個名為《黃鶴樓》的劇本。一個是清初鄭瑜的雜劇《黃鶴樓》（一折），另一個是清代前期周瑃的傳奇《黃鶴樓》。兩個劇本所演都是呂洞賓的故事，雖與《三國演義》無關，然終究與黃鶴樓有些瓜葛，故最後順便提及。

　　　　（原載《黃鶴樓前論三國》，長江文藝出版社，2003 年 10 月出版）

《三國志通俗演義》中女性形象的
政治化倫理化及其原因

　　《三國志通俗演義》中的女性形象可謂寥若晨星，然而，正如同書中那些叱吒風雲的帝王將相一樣，這些為數不多的女性人物，卻也帶有濃厚的政治化、倫理化傾向。

　　《三國志通俗演義》中的女性，大致可分為三種類型：一是政治鬥爭的工具，二是倫理思想的載體，三是出類拔萃的女中丈夫。當然，也有的女性，兼有上述兩類或三類的特點。

　　我們先來看作為政治鬥爭工具的女性。其中，最突出的一位便是貂蟬。司徒王允為了維護漢室江山，對舞女貂蟬曉之以大義、授之以密謀。他說：「百姓有倒懸之危，君臣有壘卵之難，非汝不能救也！」「今欲用連環之計，先將汝許嫁呂布，然後獻與董卓。汝於中取便，諜間他父子分顏，令布殺卓，以絕大惡。重扶宗廟，再立江山，皆汝之力也。」（卷二）一個朝廷大員，竟將漢室的危亡興盛，全寄託在一個弱女子身上。十分明顯，貂蟬在這裡扮演的乃是一個政治工具的角色。後來，她果然竭盡全力，犧牲了個人的一切，周旋於卓、布之間，使他們自相殘殺，達到了王允的政治目的。在貂蟬身上，除了作為政治工具的一面而外，還有作為倫理道德載體的一面。其中，主要是一個「義」字，是一種捨身報國與個人恩怨二者混合在一起的「義」。她在王允面前一再表示：「妾之賤軀，自幼蒙大人恩養，訓習歌舞，未嘗以婢妾相待，作親女視之。妾雖粉骨碎身，莫報大人之萬一。」「妾若不報大義，死於萬刃之下，世世不復人身。」「連環計」一段，作者用了近萬字的

篇幅，將貂蟬寫得頗為生動，使她成為《三國志通俗演義》中最富光彩的女性形象。但說到底，貂蟬仍然不過是一個深明大義的政治工具，是一隻自願投入政治鬥爭的刀叢劍樹中的羔羊。這種以女人作為政治鬥爭工具的描寫，在《三國志通俗演義》中並不少見。如紀靈勸袁術求呂布女以為兒婦，目的是為了除掉劉備，「此乃疏不間親之計也」。（卷四）如曹操為籠絡孫策，「遂以曹仁之女配策小兄弟孫匡，由是結親」。（卷六）如周瑜用孫權之妹作美人計，誘騙劉備過江，欲「使劉備束手受縛，荊州反掌可得」。（卷十一）如諸葛瑾為孫權之子向關羽之女提親，目的乃是試探關羽，「若雲長肯許，卻與雲長計議，共破曹操；若雲長不肯，然後助曹，卻取荊州」。（卷十五）以上這些，都是《三國志通俗演義》中政治聯姻的典型例證。這一次又一次的政治交易，無論成與不成，身受其害的總是那些作為政治工具的女性。對她們而言，沒有絲毫的人生選擇，沒有一丁點人格尊嚴，一切任從父兄的安排擺佈，一切都是為了父兄的基業江山。從某種意義上說，她們根本不是人，而是一件物品，是擺在政治祭臺上的犧牲。更有甚者，在《三國志通俗演義》中還出現了這麼一個令人觸目驚心的情節：劉備逃難途中，遇獵戶劉安，劉安「聞是同宗豫州牧至，遍尋野味不得，殺其妻以食之」。二人飽食之後，劉備「見殺其妻於廚下，臂上盡割其肉」。（卷四）在這裡，女人竟與野味一樣，成為她那七尺丈夫向同宗敬獻忠心的食品，連政治工具都算不上。女性之可悲，寧有過於此者！？

《三國志通俗演義》中的第二類女性，乃是作為倫理道德的載體而出現的，前面已提到貂蟬之「義」，我們再來看徐庶之母的忠孝仁義觀念。面對中曹操之計而歸的兒子，徐母勃然大怒曰：「汝自幼讀書，須知忠孝之道不能兩全。必識曹操欺君罔上之賊。劉玄德仁義布於四海，誰不仰之？況乃漢室之冑。吾以為汝得其主矣。今憑一紙偽書，更不推辭，詳其虛實，遂棄明投暗，自取惡名，汝真匹夫也！吾有何面目與汝相見！」罵畢，「自轉於屏風後」，「自縊於梁間」。（卷八）這位徐老夫人真真是大義凜然、激昂慷慨。但說到底，徐母的這些話，無非是作者宣揚正統思想、讚美劉備仁義的傳聲筒而已。如此倫理道德化的女性，在《三國志通俗演義》中可謂屢見不鮮。我們且看是書卷十三中的兩位女性，一個是姜敘之母，為激勵兒子圖謀馬超以報韋康之仇，她慷慨陳辭：「誰不有死，死於忠義者，死得其所也。汝若不聽義山之言，吾先死矣，以絕汝念！」竟要以自家性命為兒子換得一個忠義之名。另

一個是趙昂之妻，當她的丈夫欲與姜敘共同舉事、又想到兒子尚在馬超軍中而持慮未定時，趙妻厲聲應曰：「雪君父之大恥，喪身不足為重，何況一子哉？汝顧其子而不行，吾是先死矣！」為成全丈夫之名節，置親子之安危於不顧。這裡的姜母趙妻，誠可謂賢妻良母，但她們都是秉持忠義的大賢大良，而非日常生活中的賢良溫順。如此大忠大義、大賢大良的女性，在《三國志通俗演義》中還有王經之母，為忠於曹魏王朝，她與兒子一起被綁赴東市，臨死「神色不變」、「大笑受刑」。（卷二十三）還有蜀漢江油守將馬邈之妻，面對欲投降敵人的丈夫，她直唾其面曰：「汝為男子，先懷不忠之心，國家虛養汝多時，吾今亦無面目共汝為夫婦。」隨後「自縊身死」。（卷二十四）還有蜀漢北地王劉諶之妻崔夫人，當國破家亡之日，對劉諶說：「王死事父，妾死事夫，其義皆然。夫死妻亡，何必問焉！」言訖，觸柱而死。（卷二十四）《三國志通俗演義》所描寫的這些女性，真乃忠、孝、節、義，樣樣俱全。她們以各自的言行，為《三國志通俗演義》政治倫理的主題曲添上了一個個凝重悲壯的音符，從而成為作者極力表彰的倫理化的楷模；但作為人物形象，她們卻是那麼概念化、那麼蒼白，讀過《三國志通俗演義》之後，有多少人把這些人物銘記在自己的心中呢？

　　《三國志通俗演義》中的第三類女性，是那些出類拔萃的巾幗丈夫。她們的政治眼光、應變手段，有時直可與鬚眉男兒比肩。當孫權之弟丹陽太守孫翊為人所謀殺，而仇人操刀入室，欲侮辱其妻徐氏時，徐氏先以夫孝未除為辭，作緩兵之計，隨即暗中調動心腹武士除掉了仇人，其大智大勇，實在為一般男兒所不及，真可謂「三分多少英雄輩，不及東吳一婦人」也。（卷八）再如太傅司馬懿欲奪曹爽兵權，引兵屯於洛河時，局勢十分緊張。參軍辛敞以為司馬氏要造反，慌張不已，而其姐辛憲英卻分析局勢，作出了具有卓識遠見的判斷：「司馬公非奪天下也，乃殺曹將軍耳。」當辛敞問此事結局如何時，辛憲英又胸有成竹地回答：「曹將軍非司馬公之對手，必然敗矣。」後來，事態的發展果如此女子所預言，「曹爽兄弟三人並一干人犯皆斬於市曹，滅其三族」。（卷二十二）還有那位孫夫人，當她與丈夫劉備逃離東吳時，面對追趕而來的丁奉、徐盛、陳武、潘璋四員大將，大聲喝斥，「罵得四人面面相覷」、「喏喏連聲而退」。（卷十一）這裡，孫夫人雖然借助的是自己獨特的身份、地位，但仍然從中可見其巾幗英雄的風姿。這些女性，或臨大難而不懼、或當大事而有謀、或儼然男子漢氣概，真可視作《三國志通俗演義》中女性形

象之佼佼者，但無論如何，她們仍舊擺脫不了政治化、倫理化的干係。如孫翊妻徐氏為夫報仇時，是暗喚心腹舊將孫高、傅嬰二人入府，泣告曰：「先夫在日，常言二公忠義，……望二將軍想妾夫之面，雪此仇辱。」她用來激發孫、傅二將的，乃是「忠義」二字，倫理道德的傾向十分明顯。再如辛憲英，明知曹爽不是司馬懿的對手，卻仍然勸其弟辛敞出城去救曹爽，理由是：「別人有事，尚且救之，何況汝之主人乎？」這也是從道德的角度出發，明知其不可為而為之。至於孫夫人，無論她多麼有殺伐決斷之氣概、巾幗英雄之風姿，畢竟以一妙齡女郎而嫁年過半百的劉備，仍然成為孫權、劉備兩大政治集團政治鬥爭的犧牲品。

綜上所述，《三國志通俗演義》中的婦女形象，要麼是政治鬥爭的工具，要麼是倫理思想的載體，即便偶而出現的幾個女中丈夫，亦帶有政治化、倫理化的痕跡。總之，她們來到《三國志通俗演義》這部歷史演義小說中的根本任務似乎就是為政治鬥爭、倫理道德服務的。她們的一切行為，都緊緊圍繞著政治、倫理的軸心運轉。這是《三國志通俗演義》在描寫女性形象時的一個基本點，也是《三國志通俗演義》所開創的歷史演義小說的一個共同點。那麼，產生這種文學現象的原因何在呢？我認為至少有以下幾點。

其一，這是由《三國志通俗演義》的主題思想所決定的。關於《三國志通俗演義》的主題問題，論者歧義眾多。有的說它是一部形象的三國興亡史，有的說它宣揚了忠義思想，有的說是書反映了「天運」，有的說該書肯定了「正統」，有的認為此書的主題應從軍事角度來認識，有的認為此書謳歌了封建賢才，還有的認為此書乃追慕聖君賢相之風雲際遇等等。眾說紛紜，見仁見智。但說到底，上述各種各樣的「主題說」，大都沒有超出政治與倫理的範疇。而《三國志通俗演義》的主題思想的政治化、倫理化的傾向，又勢必給書中人物染上政治、倫理的色澤。不僅書中那些叱吒風雲的帝王將相離不開政治、倫理的規定，即便是著墨不多的女性形象，也必然被作者納入這條充滿著政治、倫理的創作軌道。所有的人物，都必須盡可能地為作品的主題服務。那些長期活躍在書中的男性形象是如此，那些偶而出現的女性形象也是如此。

其二，這是由《三國志通俗演義》的題材所決定的。《三國志通俗演義》是一部歷史演義小說，它的中心情節乃是要反映一朝一代的興亡。在中國封建社會中，活躍在歷史發展的政治舞臺上的，絕大多數都是那些功名卓著的

男性，人們也普遍認為，掌握著歷史命運的，乃是那些經世濟國的男子漢們，女性永遠只能處於從屬的、次要的地位。歷史演義小說的作者，總是選擇那些與政治、倫理有關的轟轟烈烈、激動人心的大題目來做文章。至於那些微波蕩漾、深曲委婉的日常生活的小故事，歷史演義小說一般不多採納。這種題材的選擇，也就決定了《三國志通俗演義》只能以男性人物作為它描寫的重點，從而使這部作品幾乎成為一個男性的世界。至於那些偶而寫到的女性，作者一方面是寥寥數筆、一帶而過，描寫極其粗略；另一方面，又儘量讓她們與政治、倫理產生某種關係，以免節外生枝，破壞了全書整體的一致性。至於這些女性本身的生活，她們的喜怒哀樂、苦辣酸甜，她們的生活細節和心靈世界，作者是無須、也不肯去進行多少描寫和挖掘的。這就使得《三國志通俗演義》中所涉及的婦女生活，幾乎全是片面的、零碎的。甚至可以說，在這部小說中沒有一個完整意義上的女性形象。

其三，這是由《三國志通俗演義》產生時所呈現的時代文化總特徵所決定的。在元末明初的文化氛圍中，充滿著一種廓大的群體意識，一種濃厚的歷史意識，一種令人窒息的倫理意識。元末的社會大動亂，無疑增強了人們對大一統的政治的渴望、對傳統倫理道德復歸的企求，而明初的文化，則又充分體現了一種大一統的氣概和倫理道德的強化。這種空氣，幾乎籠罩了當時文學、藝術的各個領域。從《琵琶記》、《金印記》到《香囊記》、《五倫全備記》，戲曲創作乃是沿著一條政治化、倫理化、歷史化的「正道」運行。從宋濂的「明道之謂文，立教之謂文，可以輔俗化民之謂文」，（《文說贈王生黼》）到「臺閣體」的「太平宰相風度」，詩文也成為政治、倫理的臣僕。從朱元璋命畫家將古時的孝行以及他自己「身所經歷艱難起家戰伐之事」畫成圖以教育後代兒孫，到流行頗久的「宮廷風致」，繪畫藝術也在政治與倫理的圈束中掙扎。誕生於元末明初的章回小說，一開始便帶上這種十分凝重的政治化、倫理化、歷史化的痕跡。現在傳為羅貫中的幾部作品，如《殘唐五代史演義傳》、《隋唐志傳》、《三遂平妖傳》，均離不開政治、倫理、歷史的範疇。在這樣一種文化氛圍中，戲曲、小說作品中的人物，勢必帶有十分明顯的政治、倫理意味。否則，便無法生存、無法立足、無法在作品中露面。男性如此，女性亦然，甚至可以說比男性有過之而無不及。因為她們不帶有政治化、倫理化的色彩，就根本沒有在《三國志通俗演義》這類歷史演義小說中出現的必要。

　　其四，這是由《三國志通俗演義》在我國小說史上所處的特殊地位所決定的。《三國志通俗演義》是我國第一部長篇章回體歷史演義小說，當它的作者偶而涉及婦女形象時，以前小說作品留下來的遺產，至少在兩個問題上使之陷於為難的境況。一方面，如唐人傳奇、宋元小說話本中那些在日常生活中尤其是在愛情婚姻故事中大放異彩的女性形象，對於以歷史大事件為題材的作品借鑒意義不大，況且那些女性形象已有不少達到了相當的藝術高度，短時間內恐怕難以超越。另一方面，恰恰相反，由講史話本發展而來的歷史演義小說，能夠為其作者所資借鑒的「歷史型」的女性形象，在以前的小說作品中卻又幾乎沒有。這就把《三國志通俗演義》的作者逼到了一條羊腸小道，只要他涉筆於女性，必須符合歷史小說的要求，必須與那些活躍於日常生活中的、已被塑造得頗為成功的女性形象異趣，必須要寫出自己筆下的具有新的風貌的女性人物。在這種十分艱難的處境下，《三國志通俗演義》的作者把女性形象的政治化、倫理化作為自己的選擇。但是，這種選擇本身就意味著作者在這方面的失敗。因為作者不是為了表現女性的生活而寫女性，而是為了傳播自己的某種觀念而寫女性。於是，在《三國志通俗演義》中出現的女性形象儘管與以前小說中的女性形象有所不同，但其影響所及，卻把真正意義上的女性形象趕出了長篇小說的藝術園地達數十年乃至於百年之久。以至於女性形象在中國小說史中所佔的位置，出現了一個令人遺憾的斷裂層和空白點，直到明代中葉才峰迴路轉，出現柳暗花明的真正新境地。

（原載《湖北師範學院學報》1992 年第一期）

《三國演義》悲劇人物論

　　亞里士多德認為悲劇性的特殊效果在於引起人們的「憐憫和恐懼之情」，惟有「一個人遭遇不應遭遇的厄運」，才能達到這種效果；黑格爾認為悲劇的特性根源於兩種對立理想和勢力的衝突；魯迅說，「將人生的有價值的東西毀滅給人看」是悲劇性的；恩格斯指出，「歷史的必然要求和這個要求的實際上不可能實現」是悲劇性的衝突；有時悲劇性也產生於由自身的缺陷和過失而引起的毀滅。

　　中國章回小說的開山之作《三國演義》，無疑也是傑出的悲劇作品。上述諸家對於悲劇內質的認定，在《三國演義》中幾乎都可得以印證。但歸納起來，造成《三國演義》中眾多悲劇人物之悲劇的根本原因，最突出的有三點：一是時勢，二是命運，三是性格。

　　有的人物，其悲劇性的原因很明顯，也很單一。如曹操手下那位冠絕群英的謀臣郭嘉，便是遭遇到無法避免的厄運——「亡年三十八歲」。這種不幸命運，不僅使為之「心腸崩裂」的主公曹操無可奈何，使為之歎息「可惜身先喪」的作者無可奈何，就是郭嘉本人，同樣無可奈何。

　　然而，像郭嘉這樣的悲劇人物，在《三國演義》中畢竟是極少數。《三國演義》中絕大多數的悲劇人物，推究其悲劇之根源，往往是多方面的、甚至是極其複雜的。

　　那也曾不可一世的溫侯呂布，最終殞命白門樓，落得個「空餘赤兔馬千里，漫有方天戟一枝」的悲劇下場，既是其本身性格所致，又是其所處時勢使然。他有那麼一段不光采的歷史，又有那麼一些招人怨的脾性，還處於那麼一種外有曹操以勢相逼、內有部將挾嫌以叛、兼之劉關張大力掣肘的情

勢。如此內外交困，呂奉先安得不亡？

那位英勇善戰的馬超，曾幾何時，也將曹操殺得割鬚棄袍、狼狽逃竄，但由於他本身有勇無謀、疑心太重的性格，給曹操留下了施反間計的空隙；又由於曹操反間計的實施，使韓遂與之離心離德，造成一種對馬超極為不利的形勢，這種反常的情勢又倍增馬超的疑心，這麼一來，馬超的性格與當時的情勢互為因果、惡性循環，使之一敗塗地，父仇未報、稱霸不成，最終「只剩三十餘騎」，急急如漏網之魚，「望隴西、臨洮而去」。

至於劉禪之子北地王劉諶，他的悲劇則是其家國的命運、嚴峻的局勢、本身的性格三者相互作用、相互反激的結果。劉諶身為鳳子龍孫，「自幼聰明，英敏過人」，在劉禪七子中乃佼佼者，然而，劉後主尚健在，軍國大事容不得他作主，不僅不能作主，就連叩頭哭諫都遭到昏庸君父的叱責。這一種悲劇性的命運使他無可奈何。大敵當前，昏君佞臣爭相議降，祖宗基業毀於一旦，面對這種悲劇性的局勢，他無力回天。而劉諶那「羞見基業棄於他人」的剛烈個性，又決定了他不可能隨同君父「面縛輿櫬」降於敵國。這種性格、情勢、命運三者之間的激烈衝突，使他選擇了「見先帝於地下，不屈膝於他人」的唯一道路，最終只能在祖廟中「大哭一場，眼中流血，自刎而死」，演完了蜀漢滅亡時最為悲壯的一幕。

如果說，劉諶的悲劇結局乃是由於命運、時勢、性格三者相互撞擊而造成的話，那麼，劉琦悲劇結局則是時勢、命運、性格三者混一的結果。這位荊州牧劉景升的長子，本為荊州的法定繼承人，然內有繼母亂政、外有政敵擅權，使他於老父病危之日，欲見一面而不能，哪裏談得上繼承父業、收拾金甌？他可算一位遭厄運的公子。荊襄九郡，雖為富庶之地，但又是逐鹿之所，北有曹操揮兵相逼，東有孫權虎視眈眈，異母弟劉琮乘勢自立，同姓叔劉備借機染指，形勢對劉琦百無一利。再看劉琦本人，正如其父劉表所言：「為人雖賢，而柔懦不足立事。」面臨內外交困局面，劉琦束手無策，反過頭來依附前來依附荊州的劉備。如此命運、如此局勢、如此性格，劉琦何以承父業而保荊州？他的悲劇結局是不可避免的。

誠然，環境、命運足以播弄人，然而，在《三國演義》中，眾多人物所處的環境基本相同，命運也大體相似，尤其是某些英雄人物，歷史都曾經給他們以出頭露面的機會，為什麼一個個都成為悲劇人物？這就使我們不得不將著眼點轉向對他們悲劇性格的認識和分析。

　　在《三國演義》中的許多人物身上，都存在著某種固有的性格缺陷以及由此而導致的行為錯失。試看堪與臥龍並稱的鳳雛先生龐士元，其所以喪命落鳳坡，正是他恃才傲物、爭功輕敵性格使然。試看足以與孔明鬥智的東吳都督周公瑾，其所以仰天長歎、連叫數聲而亡，正與他才高心狹、以算計人為能事的性格有關。還有那威震江東的小霸王孫策，何以亡身於江東未定之時？難道不是他性急少謀的結果？還有那戎馬一生的昭烈帝劉備，何以駕崩於基業初定之際？難道不因其輕敵冒進之所致？袁本初之敗，敗在不識大體、不納忠言。袁公路之亡，亡在利欲薰心、寡恩刻薄。禰衡之被殺，在於他傲世獨立、且愛逞口舌之辯。楊脩之見誅，在於他露才揚己、又好弄小巧聰明。……這各色各樣的人物，無論作者是讚揚他、或是抨擊他，不管讀者是喜愛他、或是厭惡他，有一點卻是共同的，他們都是悲劇人物，而造成他們悲劇性結局的主要原因，卻又都由他們各自的性格所決定。他們的悲劇，都可以算是性格的悲劇。

　　如果說，以上諸人物之悲劇，乃在於各自性格缺陷之所致的話，那麼，《三國演義》的作者竭盡全力塑造的兩大悲劇人物——孔明與關羽的悲劇，則是植根於他們各自的個體生命的價值觀或人生理想與他們所處環境的極不相容。

　　《三國演義》中的關羽，一輩子秉持「忠義」二字。然而，十分可憐的是，這位忠義英雄所遇到的一些境況，卻強有力地限制他實施大忠大義。因此，他不得不作出很大的讓步、甚至於立場原則上的讓步，以求得一個廉價的忠義虛名。

　　當曹孟德大兵壓境、劉關張兄弟失散之時，關羽中計被迫屯兵土山。為保護劉備家眷，關羽不得已暫時歸降曹操。此事也算是權宜之計，即使劉備知之，亦不會深責，因為劉備本人於窮途末路之時也曾幹過同樣的勾當。降曹就降曹嘛！無須遮遮掩掩。然而，關羽卻偏偏置事實不顧而追求「忠」的虛名，創造性地製造了「降漢不降曹」的美妙謊言。殊不知若漢、曹一體，則關羽降漢亦為降曹；若漢、曹各一，則身為漢將的關羽何所謂「降漢」之說？難道他的主公劉皇叔是叛漢逆賊麼？自以為得計的關羽企圖以「降漢」之名來掩蓋他「降曹」之實，卻不料鬧出了「漢臣降漢」的大笑話。在應付突如其來、極端不利的局面時，關羽失敗了，這倒不在於他「降曹」這一實際行為的失敗，而在於他鼓吹「降漢不降曹」這一自欺欺人口號的失敗。他本想維護

自己忠於漢室的尊嚴，而實際上卻諷刺了這一尊嚴。這真是一次由其悲劇性格所導致的失敗。

忠義關雲長，既能在土山之上以虛名之忠掩飾實質之不忠，當然也能在華容道中以個人恩義取代天下之大義。當時的人都知道，曹操是劉備的大敵，曹、劉兩家勢在不共戴天，諸葛亮甚至認為擒住曹操乃是「蓋世之功，與普天下除大害」。這些，關羽不會不明白。然而，華容道上，劉備手下的頭號親信卻將劉備心中的頭號敵人放了過去！在這一場極富戲劇性的衝突中，關羽所要得到的是什麼呢？無非是一個「義」的虛名。為了一己之私，出賣了自己賴以立身的集團的利益。他對曹操之義，實乃對劉備之大不義。忠義關雲長，在用自己的一套理論去應付複雜的形勢時，又一次以失敗而告終。

關羽顧卻面子上的忠義，也顧卻自己忠義的面子。不僅如此，對待一切事情，處於各種情勢，他都是一個面子至上的英雄。並且，由極愛面子轉而為極端自負，由極端自負又轉而為自高自大，藐視一切，目中無人，剛愎自用。讀過《三國演義》的人都會記得，當孔明將荊州大任交給關羽並問他守荊州的大略方針時，關羽作出了不可一世的回答：曹操北來，「以力拒之」，孫權東來，「分兵拒之」。結果被孔明斷為「若如此，荊州危矣」。再如，當劉備收伏馬超之後，關羽「知馬超武藝過人」，竟欲拋下荊州大事不顧，「要入川來與之比試高低」。幸虧素知關羽性格的孔明寫了一封「高帽子」連篇的信，才將他穩住。還有，當孫權欲與關羽聯姻共破曹操時，關羽竟勃然大怒曰：「吾虎女安肯嫁犬子乎？」真可謂狂妄至極。劉備進位漢中王，封關、張、趙、馬、黃為五虎大將，關羽聞之，又大發脾氣：「黃忠何等人，敢與吾同列？大丈夫終不與老卒為伍！」像這樣目空一切的言行，在關羽身上反覆出現。龐德領兵來戰，關羽怒曰：「天下英雄，聞吾之名，無不畏服；龐德豎子，何敢藐視吾耶？」孫權以陸遜為將，關羽指斥：「仲謀見識短淺，用此孺子為將。」徐晃阻遏關羽，關羽大言：「徐晃與吾有舊，深知其能；若彼不退，吾先斬之，以警魏將。」直到最後，關羽荊州地盤俱失，困守麥城彈丸之地，欲往西川逃跑，部下勸他小路有埋伏，可走大路。關羽竟然還在說：「雖有埋伏，吾何懼哉！」結果，就在這何所懼哉的小路上，威震華夏的關雲長終於成為孫權的階下囚。關羽，以其目中無人、剛愎自用的性格，以其自身的缺陷與過失，拉下了他作為一個悲劇英雄的終場帷幕。

在金戈鐵馬的戰場上，關羽廝殺了一生。他幾乎讓所有強硬的對手嘗過

他青龍偃月刀的硬度。這一方面，使他終究算得上一個英雄。然而，關羽自身性格的缺陷，卻比他的青龍偃月刀更富有硬度，在對待自身的問題上，關羽並無什麼自知之明，他秉持忠義，卻又廉價出售了忠義；他英雄一世，卻又狂妄不可一世。這些，正從另一個方面證明他是一個性格上的弱者。關羽所喝下的，正是自家釀造的苦酒；殺死關雲長的不是別人，正是關雲長自己。關羽的性格，是悲劇的性格；關羽的悲劇，是性格的悲劇。

如果說，關羽的悲劇性格在《三國演義》中表現得十分明顯、突出且具有其特殊性的話，那麼，孔明的悲劇性格在同一部書中卻表現得比較隱晦、複雜、更具有歷史的普遍性。

毛宗崗在《讀三國志法》中對孔明有如下評價：「歷稽載籍，賢相林立，而名高萬古者莫如孔明。其處而彈琴抱膝，居然隱士風流；出而羽扇綸巾，不改雅人深致。在草廬之中，而識三分天下，則達乎天時；承顧命之重，而至六出祁山，則盡乎人事。七擒八陣、木牛流馬，既已疑鬼疑神之不測；鞠躬盡瘁、志決身殲，仍是為臣為子之用心。比管、樂則過之，比伊、呂則兼之，是古今來賢相中第一奇人。」這一段話，比較符合《三國演義》中諸葛亮的實際情況。然而，也正是從這段話中，我們又可以看出諸葛亮性格中所蘊藏著的悲劇因素。

孔明既達乎天時，識天下之三分，何以又要盡乎人事，強祁山之六出？既能抱膝彈琴，有隱士之風流；何以又要志決身殲，盡為臣之用心？這裡所透露的，正是諸葛亮自身深刻的思想矛盾和深層的悲劇性格。

《三國演義》中所謂天時，實際上指的是當時的客觀政治形勢。對此，諸葛亮早已成竹在胸。著名的隆中對策，可謂對當時政治形勢最清醒、最有全局觀念的認識和分析。如果形勢向著孔明所希望、所預計的方向發展，那麼，孔明的一整套政治決策便是既符天時、又盡人事了。然而，孔明畢竟只能認清當時的形勢，而不能預定將來的形勢。劉備集團的幾個主要人物的所作所為，完全粉碎了孔明的希望。關羽失荊州、身敗名裂，首先破壞了孔明「命一上將將荊州之兵以向宛洛」的決策。劉備戰彝陵，元氣大傷，隨即毀滅了孔明「將軍身率益州之眾以出秦川」的計劃。至白帝城託孤之時，孔明早在腦海中就已定下的兩路夾擊，奪取整個北方的宏偉規劃實際上已成泡影。這時，確乎「天下有變」，但絲毫沒有向著蜀漢集團有利的方向轉變，恰恰相反，形勢對蜀漢集團極為不利。此時，作為蜀漢丞相的諸葛亮，正面臨極大

的政治危機。在外，北方曹魏，雖不能驟下江南，仍然實力雄厚、虎視吳蜀；東邊孫吳，已成仇讎之國，勢不能同心協力，只能相互牽制、相互利用。在內：上有昏庸信讒之阿斗為君主，下有蠅營狗苟之佞臣為同僚。處於如此極端不利的「天時」，諸葛亮卻要竭盡全力盡乎「人事」，實在是「知其不可為而為之」。「出師未捷身先死，長使英雄淚滿襟」。六出祁山，所鳴奏的決不是南陽臥龍的得勝號角，而只能是蜀漢丞相的失時悲歌。

早在劉備三顧茅廬之前，司馬徽就說過：「臥龍雖得其主，不得其時，惜哉！」孔明之不得於時，已如上述，實際上，他又何嘗得其主？不錯，聖明的劉先主在平常戰事中對軍師孔明是言聽計從，如魚得水。但是，在關鍵時刻，劉備卻對諸葛亮言不聽計不從，魚兒要跳上陸地、乾枯而死。第一次為留守荊州的人選問題，劉備早已內定由關羽擔當此任，孔明不過是執行命令而已。第二次為報關羽之仇而興兵伐吳一事，劉備面對孔明等人的「苦諫數次，只是不聽」。甚至將孔明表章擲之於地，說：「朕意已決，無得再諫！」劉先主尚且如此，那昏庸得可以的劉後主更不待言。因此，從根本上講，孔明並不能算真正「得其主」。既不得其時，又不得其主，諸葛亮為什麼要北伐中原、圖謀混一？無非要盡人事。那麼，諸葛亮所要盡的「人事」究竟指的什麼呢？且看他自己在《出師表》中作出的回答：「先帝不以臣卑鄙，猥自枉屈，三顧臣於草廬之中，諮臣以當世之事，由是感激，許先帝以驅馳。……獎帥三軍，北定中原，庶竭駑鈍，攘除奸凶，光復漢室，還於舊都。此臣所以報先帝而忠陛下之職分也。」為知遇之恩而盡義，因臣子之責而盡忠，這便是諸葛亮六出祁山、北伐中原的根本動機，也正是他所要盡的「人事」。人們常說，諸葛亮是「忠貞的代表」，也是「智慧的化身」，這兩點，的確抓住了《三國演義》中諸葛亮這一人物形象的要害。但是，若將這二者平列對待，則又知其然而未知其所以然。實際上，「忠貞」是孔明的思想內核，而「智慧」只不過是一種外在表現形式而已。諸葛亮在《三國演義》中的絕大部分言行足以證明，他的智慧是為忠貞服務的。若二者能夠統一時，諸葛亮便胸有成竹，無往而不勝。若二者不能統一時，諸葛亮則取「忠貞」而棄「明智」，明知其不可為而為之。六出祁山，正是諸葛亮「智慧」向「忠貞」讓步的明證。其結果，只能落得個謀事在人、成事在天、「辜負胸中十萬兵」的悲劇結局。諸葛亮的悲劇，說到底仍然是性格的悲劇。

關羽、孔明二人都秉持忠義，然而，忠義在關羽那兒卻常常貶值，甚至

變為負數；而忠義對於孔明而言，卻是金子般的貨真價實，寶石般的純潔晶瑩。孔明的悲劇性格與關羽的悲劇性格並不是在同一層面上的。關羽剛愎自用、狂妄自大的性格所造成的悲劇，是極為外在化的、極為明顯的，同時，也帶有他個人的特殊性。而孔明，除了誤用馬謖之外，在《三國演義》中他並沒有什麼具體的錯失。他嚴於律己、平易近人、謙虛謹慎、賞罰分明、嘔心瀝血、事必躬親，優秀的品行幾乎無懈可擊。然而，諸葛亮實際上卻是《三國演義》中最具悲劇性的人物。他的悲劇性格，較之關雲長，不知要深沉、複雜多少倍。

這裡，有一個問題不得不提出：作為藝術典型的諸葛孔明究竟繼承了哪一家的衣缽，作者究竟是以哪一家的思想為核心來塑造這位蜀漢丞相的？法家、道家、兵家、縱橫家，還是儒家？表面看來，孔明似乎是一個融各家思想為一體的大雜家。請看這樣一些描寫：臥龍崗諸葛草廬的中門大書一聯曰：「淡泊以明志，寧靜而致遠。」而草廬主人一睡就是幾個時辰，醒來便吟詩曰：「大夢誰先覺？平生我自知。」並自稱為「南陽野人」，「久樂耕鋤，懶於應世」。這位「野人」受劉使君之聘而將出山之時，尚囑咐乃弟：「勿得荒蕪田畝，待我功成之日，即當歸隱。」看到這一切，似乎孔明正是一位深受道家思想影響而隱居山野的「臥龍」。無怪乎毛宗崗大筆一揮寫道：「其處而彈琴抱膝，居然隱士風流。」然而，我們再看一下孔明在柴桑郡舌戰群儒，侃侃而談，吳侯手下眾謀士均「料道此人必來游說」。其結果，直將江東英俊一個個駁得體無完膚、做聲不得。此後，又說孫權、激周瑜，直至客居東吳，充當編外軍師。如此孔明，又儼然縱橫家風度。至於諸葛亮之用兵如神、指揮若定，運籌帷幄之中，決勝千里之外，更為人所共知，又帶有明顯的兵家色彩。乃至奪得益州之後，孔明當即提出「吾今威之以法，法行則知恩；限之以爵，爵加則知榮」。並「定擬治國條例，刑法頗重」。後來，在《出師表》中他又宣稱：「宮中府中，俱為一體；陟罰臧否，不宜異同；若有作奸犯科，及為忠善者，宜付有司，論其刑賞，以昭陛下平明之治；不宜偏私，使內外異法也。」這些地方，又分明看出孔明的法家精神。但是，不能因為上述種種，我們就可以簡單地認為諸葛亮是道家、法家、兵家或縱橫家的繼承人。只要深入一步看問題，我們就可得知：《三國演義》中孔明這一形象，從根本上說，乃是以儒家思想為其主體和內核的。

試看這樣一些事實：在隆中高臥之時，諸葛亮一直在關心時事政治。正

因如此，當劉使君光顧草廬之時，孔明便能十分迅速地拿出自己經過深思熟慮的宏偉規劃，為劉備定下了「先取荊州為家，後即取西川建基業，以成鼎足之勢，然後可圖中原」的戰略藍圖。並且，這位「臥龍」先生本人也在大書「談泊以明志，寧靜而致遠」的草堂中接受了蓋世梟雄劉玄德的徵聘，「願效犬馬之勞」，奮身投入軍閥割據的混戰之中。「臥龍出山」，本身足以表明諸葛亮到底不是長「處」於山野的隱士，而終將成為「達則兼善天下」的賢臣。再看他舌戰群儒之時，所用的思想武器實乃儒家思想的核心內質——「仁義」、「忠孝」。他所用的辯論手段實乃以儒攻儒，以君子儒攻小人儒。他一再申辯：「我主劉豫州躬行仁義」，「此真大仁大義也」，「此亦大仁大義也」。他斥責薛琮：「安得出此無父無君之言乎？夫人生天地間，以忠孝為立身之本。」又接過話頭，批判曹操「欺凌君父，是不惟無君，亦且蔑祖，不惟漢室之亂臣，亦曹氏之賊子也」。他嘲笑嚴畯唆：「尋章摘句，世之腐儒也，何能興邦立事？」最能表現孔明處世準則的，還是他舌戰群儒的閉幕詞：「儒有君子小人之別，君子之儒，忠君愛國，守正惡邪，務使澤及當時，名留後世。——若夫小人之儒，惟務雕蟲，專工翰墨，青春作賦，皓首窮經，筆下雖有千言，胸中實無一策。」孔明就是要做一個他自己所讚揚的經天緯地、忠君愛國、澤及當時、名留後世的君子儒。他讚揚的是明君仁人，仇恨的是亂臣賊子，效法的是匡扶人國的政治家，鄙薄的是皓首窮經的書呆子。道家式的隱居，不過是他蛟龍未出海的暫時小憩；法家式的政令，不過是他鳳凰倚梧桐的威嚴亮相；縱橫家的舌辯，恰體現了這位「君子儒」的外交才能；兵家式的運籌，正發揮了這位「大豪傑」的軍事才幹。孔明是偉大的，偉大之處正在於他不拘一家之言、融匯眾家之長而自成一體，且澤及當時；孔明又是可悲的，可悲之處乃在於他雖集眾家之精粹於一身，卻仍以儒家學說中最禁錮人的「忠義」思想為其根本，並遺傳後世。孔明不願意也不可能明白，在那戰火紛飛的亂世之中，時代呼喚著的並不是仁人君子，而是亂世奸雄；孔明無心也無法理解，能夠使亂世變成治世的，並非劉玄德式的「仁慈」，而是曹孟德式的「強暴」。孔明逆天時而行，錯擇主而棲，縱有經天緯地之才，終無天回地轉之術。歷史所回報他的，不是一個痛徹千古的大悲劇，又能是什麼？

《三國演義》中諸葛亮的思想，並非純然是歷史人物諸葛亮的思想。應該說，在孔明身上很大程度地體現了作者的思想，很大程度上總結、概括了中國歷史上許多「忠臣義士」的思想。盡為臣為子之用心，報知遇之恩於骨

髓，正是長期以來封建社會中以「君子儒」自命的士大夫們一致的做人標準。在君子儒們看來，這是個原則問題。誰違反了這一準則，則千夫共指、遺臭萬年；誰符合這一準則，即便是於世無補、明知不可為而為之，亦流芳百世。然而，正由於君子儒們對這一原則的恪守，釀成了許許多多歷史的悲劇，造成了一段一段悲劇的歷史。就這些悲劇人物本身而言，他們是可歌可泣的；但是，從社會的、歷史的角度看問題，這些人物不過充當了封建統治階級思想的可卑的載體而已。他們只能聚集在忠臣義士的大旗下，延緩著歷史車輪的向前滾動。

綜上所述，《三國演義》中描寫了不少的悲劇人物，然而，作者對各種悲劇人物的悲劇根源的揭示，卻各各不同。對此，我們自應作具體分析。但有兩點是明確的：其一，作者通過這些悲劇人物的悲劇故事，在客觀上再現了當時的悲劇現實，這是可喜的；其二，作者在塑造這些悲劇人物時，又在主觀上體現了他自己的思想悲劇，這卻是可悲的了。

（原載《湖北師範學院學報》1993 年「語言文學專輯」）

從《三國演義》「三絕」研究的
三個視點說起

　　凡討論《三國演義》的人都知道，這本最早的章回小說的靈魂人物有所
謂「三絕」：智絕諸葛亮、義絕關羽、奸絕曹操。這種說法，源自毛宗崗《讀
三國志法》中的一段話：

　　吾以為三國有三奇，可稱三絕：諸葛孔明一絕也，關雲長一絕
也，曹操亦一絕也。歷稽載籍，賢相林立，而名高萬古者莫如孔
明。其處而彈琴抱膝，居然隱士風流，出而羽扇綸巾，不改雅人深
致。在草廬之中，而識三分天下，則達乎天時，承顧命之重，而至
六出祁山，則盡乎人事。七擒八陣，木牛流馬，既已疑鬼疑神之不
測，鞠躬盡瘁，志決身殘，仍是為臣為子之用心。比管、樂則過
之，比伊、呂則兼之，是古今來賢相中第一奇人。歷稽載籍，名將
如雲，而絕倫超群者莫如雲長。青史對青燈，則極其儒雅；赤心如
赤面，則極其英靈。秉燭達旦，人傳其大節；單刀赴會，世服其神
威。獨行千里，報主之志堅；義釋華容，酬恩之誼重。作事如青天
白日，待人如霽月光風。心則趙抃焚香告帝之心而磊落過之，意則
阮籍白眼傲物之意而嚴正過之。是古今來名將中第一奇人。歷稽載
籍，奸雄接踵，而智足以攬人才而欺天下者莫如曹操。聽荀彧勤王
之說而自比周文，則有似乎忠，黜袁術潛號之非，而願為曹侯，則
有似乎順，不殺陳琳而愛其才，則有似乎寬，不追關公以全其志，
則有似乎義。王敦不能用郭璞，而操之得士過之；桓溫不能識王

猛，而操之知人過之。李林甫雖能制祿山，不如操之擊烏桓於塞
外，韓侂冑雖能貶秦檜，不若操之討董卓於生前。竊國家之柄而姑
存其號，異於王莽之顯然弒君；留改革之事以俟其兒，勝於劉裕之
急欲篡晉。是古今來奸雄中第一奇人。」

毫無疑問，毛宗崗對諸葛亮、關羽、曹操的評價是針對《三國演義》中的文學
形象而言的。就其本身而論，並沒有什麼問題。但在近幾十年的關於「三國」
的學術討論過程中，這方面卻出現了某些不該出現的問題：或糾纏於諸葛亮
的人格矛盾，或大談關公崇拜，或號召要為曹操翻案，如此等等不一而足，
甚至有的大專院校漢語言文學專業的學生選擇畢業論文的論題時，赫然寫下
《論曹操》《論關羽》《論諸葛亮》云云。而當我們向這些學者和學生進一步
詢問你所討論的是哪一個諸葛亮、哪一個關羽、哪一個曹操時，他們甚至會
感到詫異：怎麼？還有幾個諸葛孔明、關雲長和曹孟德嗎？

是的，《三國演義》中的核心人物，諸如「三絕」之類，除了是小說作品
中的文學人物之外，他們往往都還是歷史人物和文化人物。進而言之，我們
對這些人物進行研究的時候，至少有三個不同的視點：文獻的、文學的、文
化的。

一

《三國演義》中將帥如雲，但能真正稱得上「軍事家」的，筆者認為只
有四個：諸葛亮、曹操、周瑜、司馬懿。其中，諸葛亮又是四大軍事家中的
魁首。

最能體現這些軍事家們博弈的一次集中表現是「赤壁之戰」，在這次作
者用整整八回書所描寫的波瀾壯闊的戰爭中，除司馬懿而外的三大軍事家都
已到場，並作出最為精彩的表演。結果，就給人留下了三大軍事家層次不
同的印象：曹操「事後知」，周瑜「事中知」，諸葛亮「事先知」。從「反間
計」「火攻計」「詐降計」「苦肉計」「連環計」「借東風」直到最後的「火燒赤
壁」，曹操都是懵懵懂懂地被蒙在鼓中，事後才猛然醒悟，但已為時晚矣！周
瑜呢？走一步看一步，定下一計，開始實施，發現問題，再定一計。最妙的
是諸葛亮，無論是曹操的被矇騙，還是周郎的詭計百出，全都在臥龍先生的
預料之中、掌握之中。如此描寫，真可謂山外有山、天外有天，強中自有強
中手！在這一系列高手過招的精彩故事中，作者通過周瑜給諸葛亮墊背而曹

操又給周瑜諸葛亮雙重墊背的描寫，將諸葛孔明通天徹地的智慧渲染得淋漓盡致。

然而，這只是就《三國演義》的描寫而論，只是文學的表現。歷史上的赤壁之戰其實就是周瑜擊敗曹操，與諸葛亮沒有多大的關係。蘇軾說得很清楚：「客曰：『月明星稀，烏鵲南飛，此非曹孟德之詩乎？西望夏口，東望武昌。山川相繆，鬱乎蒼蒼；此非孟德之困於周郎者乎？方其破荊州，下江陵，順流而東也，舳艫千里，旌旗蔽空，釃酒臨江，橫槊賦詩；固一世之雄也，而今安在哉？』」（《赤壁賦》）更有甚者，就諸葛亮自身而言，他最大的長處是政治而非軍事。《三國志》的作者陳壽對諸葛亮的整體評價是：「然亮才，於治戎為長，奇謀為短，理民之幹，優於將略。」（《三國志》卷三十五《蜀書·諸葛亮傳》）由此可見，歷史文獻記載的諸葛亮與《三國演義》所描寫的諸葛亮在軍事能力上是有很大距離的，歷史上的諸葛亮並非智慧的化身。

那麼，《三國演義》中那位忠貞的代表、智慧的化身的諸葛亮又是由誰創造的呢？答案是，歷代文人和人民大眾。而且，文人與民眾各有側重。文人比較重視諸葛亮的德性人格，心目中崇拜的主要是諸葛亮「忠貞」的一面。例如：「先主與武侯，相逢雲雷際。感通君臣分，義激魚水契。」（岑參《先主武侯廟》）「三顧頻繁天下計，兩朝開濟老臣心。出師未捷身先死，長使英雄淚滿襟。」（杜甫《蜀相》）「斜谷事不濟，將星隕營中。至今出師表，讀之淚沾胸。」（文天祥《懷孔明》）「豪傑盡思為漢用，江山初不似吳強。兩朝元老心雖壯，再世中興事可常。」（元好問《新野先主廟次鄧帥韻》）無論是盛唐還是宋末，或者金元之交，無論是邊塞詩人還是抗戰英雄，或者是兩代「詩史」，這些時代迥異的詩壇高手，全都不約而同地看上了諸葛孔明的「忠貞」。君臣風雲際會，由是感激涕零，由是兩朝開濟，由是希圖中興，由是出師斜谷，直至將星隕落、熱淚沾胸。這樣，唐宋金元的文人就給我們留下了一個忠心耿耿的諸葛亮形象。而這，也恰恰形成了《三國演義》中諸葛亮形象的一個基本性格層面。

與此同時，廣大民眾也在努力塑造著他們心中的諸葛亮，一個充滿智慧的軍師形象。例如，范成大的《桂海虞衡志》中就記載了關於諸葛亮和他的醜陋而又聰明的妻子黃夫人的傳說，其中一個故事是這樣的：「諸葛亮在隆中的時候，有客來訪，他囑咐妻子做麵條款待。轉眼之間，麵條就上盤。當時，

市面上是沒有麵條賣的，孔明覺得奇怪，就到裏面窺看，只見幾個木人還在礱麥、磨麵，運轉如飛。孔明這才知道他妻子是個異人。此書還說，孔明製造木牛流馬，就是從妻子學得技術的。」（史之餘《孔明家中的幾位女性》）現在的襄陽一帶，還有很多關於諸葛亮的聰明智慧來自黃夫人的傳說。而在千里之外的廣元一帶，又有關於諸葛亮與「籌筆驛」的傳說：「相傳軍師廟一到夜晚，神筆院中金光閃閃，這閃閃的金光是從神筆院諸葛亮塑像手中的金筆上發出來的。蜀漢末年老百姓懷念諸葛亮，先是巷哭野祭，黎庶自動捐工、投資修建諸葛亮廟，後來官府牽頭，規模宏觀的軍師廟建立了。主要建築有：神筆院、天貢堂、中軍殿等主要建築，共八十多間屋宇。在太康初年峻工落成，晉漢壽郡守高明立碑撰書《籌筆記》，據諸葛亮在籌筆的活動和寫《後出師表》等而取名為『籌筆』。老百姓習慣稱它為軍師廟。」（黃應泰《諸葛亮與籌筆驛》）由於民間傳說，以致於國家出面建立規模宏大的紀念館，可見這種民間文化力量的巨大。此外，還有關於諸葛亮相術的傳說、占卜的傳說、占星的傳說、幻術的傳說等等。總而言之，這位臥龍先生是上知天文、下知地理，至於人間萬事，則更是未卜先知，真正是智慧的化身。即便是老百姓的俗語，也能體現這一點，如「開諸葛亮會」，「事後諸葛亮」，「三個臭皮匠賽過諸葛亮」等等。

如此一來，就有了歷史文獻記載的諸葛亮、文學作品描寫的諸葛亮、民俗文化傳說的諸葛亮這樣三位孔明先生。更為重要的是，這三者之間是不能混淆的，但又有著千絲萬縷的聯繫，我們在分析「諸葛亮」的時候，不弄清楚這一點是會出問題的。

二

關羽的問題，比諸葛亮更為複雜。因為他從一個沒少打敗仗的普普通通的將領居然演變成武聖人，這中間的變化確實太大了。

陳壽《三國志》本傳記載的關羽，一輩子只幹了兩件大事：守徐州失敗而被曹操所擒，守荊州失敗而被孫權所殺。然而，到了《三國演義》之中，關羽卻被作者寫成了具有上述毛宗崗評語中提到的輝煌業績的「絕倫超群」的「義絕」形象。

《三國演義》中所描寫的關羽的「義」，是一種全方位的「義」。關羽之「義」，大體而言可分為三個層次：首先是「忠君大義」，也就是他早期對大

漢王朝、後期對劉備政治集團忠心耿耿的大義。前者如許田射獵時，當曹操遮於漢獻帝之前迎受「萬歲」呼聲時，關羽憤而欲殺之，幸虧被劉備死死拉住，才免於可能兩敗俱傷的局面。後者如在下邳城外被曹軍團團包圍於土山之上時，關羽不得已投降，卻別出心裁地提出「降漢不降曹」的口號。其次是「桃園情義」，實際上也就是封建時代許多中國人、尤其是游民階層所讚賞不已的江湖義氣。這方面的例子不少。如新舊戰袍的故事，面對曹操所贈新戰袍，關羽公然宣稱：舊袍是劉皇叔所賜，穿在身上就好像見到劉備，不能因為曹操的新恩就忘了劉備的手足之情。因此，他將舊戰袍穿在了新戰袍的上面。再如赤兔馬故事，面對曹操所贈名駒赤兔，關羽欣然拜受，原因卻是，有了這樣一匹千里馬，一旦知道哥哥劉備的消息，一天就可以與之見面。關羽這樣兩次讓曹操覺得懊惱不已的表演，實際上也就是借題發揮，表達自己無論在何種情況下也心繫桃園的兄弟情義。其三是「個人恩義」，也就是中國普通百姓所推崇的「受人滴水之恩，必當湧泉相報」的思想。在《三國演義》中，關羽恩義分明，對於什麼是大恩，什麼是小恩，什麼樣的「恩」必須即刻報答，什麼樣的「恩」容當後報，他都分得清清楚楚。他以斬顏良、誅文醜的舉動來迅速報答曹操的知遇之恩，而又以冒著生命危險在華容道放曹操的行為，表現了自己「大恩不報，報則以身」的道德精神。

由上可見，作為文學形象的關雲長，他身上所體現的「義」是由忠君大義、桃園情義、個人恩義三個方面構成的。而這三個方面又分別屬於三種社會階層的意識形態：關羽的忠義被封建統治者所看重，因為如果所有的臣民都具有這種「忠君大義」，統治者的統治就會很穩定；關羽的恩義則被廣大民眾所看重，因為社會中的弱勢群體希望這種相互之間的忠誠、信義和幫助，久而久之，「個人恩義」就在廣大民眾中間形成一套道德準則；而關雲長的「桃園之義」，自然會被那些流氓無產者的游民、遊俠、游蕩江湖的英雄好漢們所看重，因為只有鼓吹四海之內皆兄弟，才能維護江湖世界的人際關係平衡。

在《三國演義》的關羽形象身上，已經具有一定程度的民間文化色彩了。但在更多的民間傳說中，關羽形象還具有更為遠離歷史的表現。

成化年間永順書堂重刊的《新編全相說唱足本花關索貶雲南傳》中有這樣一段描寫：

【說】關、張、劉備三人歇下，大小眾官各各安營下寨。不覺

時光似箭，日月如梭。歡韶光駿馬加鞭，想世情落花流水。劉先主道：「城〔成〕都府駐紮，又是一年，取了二兄弟，寡人今日，可封關公荊州並肩王，張飛閬州一字王。」封贈二人已了，大排御宴，與二人慶賀，就作〔做〕太平宴，筵席中間，關公道：「哥哥駐紮成都府，如今軍馬多，可三下分開兵將，多聚糧草。」先主道：「不可，兄弟如同手足，早晚怎得廝見說話？」先主又道：「你二人要去時，先唱〔喝〕得肖〔蕭〕牆倒，我便交〔叫〕去；如唱〔喝〕不倒肖〔蕭〕牆，不交你去。」關公道：「我且試喝看。」當時將衣甲結束了。

【唱】關公當時披掛，渾身結束佐〔做〕將軍。槽頭牽過赤兔馬，抬過剛〔鋼〕刀似板門。且說關公怎打扮，連環凱〔鎧〕甲戰袍紅。頭下烏髭〔髭〕撒五路，金獸寶刀青跡踏，繡鞍馬跨赤鬃龍。似此將軍凡世少，只疑神下九天宮。征袍戰驥荊無色，刀和朱纓一樣紅。

四馬單刀，連喝三聲。只見一聲響亮，倒了肖〔蕭〕牆。

【唱】諸葛軍師吃一嚇，嚇倒劉皇叔一人。只得交〔叫〕他與人馬，弟兄三個各分身。荊州去底關元帥，閬州去了姓張人。

這樣一個關羽，甚至包括他與劉備張飛的關係和交往，不要說《三國志》的作者陳壽無法接受，就連《三國演義》的作者羅貫中和批評者毛宗崗都難以認同。這種土得掉渣的關羽及其劉備張飛的故事，是遠離歷史真實的，甚至是與藝術真實都有一定距離的民間文學作品，但它也是一種存在，而且是一種廣泛的、頑強的存在。

由上可見，關羽如同諸葛亮一樣，既有歷史真實的關羽，也有文學形象的關羽，還有民間傳說的關羽。文獻的、文學的、文化的關羽，長期以來已經水乳交融地形成了一個符號。但是，我們在分析關羽這一人物時，還是得首先弄清楚，你所說的究竟是哪一個「關羽」，或者是二合一的，或者是三合一的。

三

曹操相對於關羽、諸葛亮而言，所受到的委屈更大。別的不說，即便是同一部中國文學史，在魏晉南北朝階段介紹「建安文學」精神領袖的曹操和

元明清階段介紹《三國演義》中的「奸雄」曹操就有天壤之別。

東漢末年的曹操，其歷史地位和卓絕功勳是有目共睹的。在那個戰亂的時代，他以其遠大的政治眼光進行著統一全國的工作，他以其豐富的軍事鬥爭經驗消滅割據北中國的群雄而使經濟得以恢復，他以其慷慨悲涼的歌聲反映了社會的動亂和人民的痛苦。這樣一個曹操、一個歷史上真實的曹操，我們完全無須任何拔高就可以將傑出的政治家、軍事家、文學家三頂桂冠戴在他的頭上。

然而，自《語林》《世說新語》以下的文學作品，卻在逐步地改變著曹操的形象。且看：

> 魏武將見匈奴使。自以形陋，不足雄遠國，使崔季珪代。帝自捉刀立床頭。既畢，令間諜問曰：「魏王何如？」匈奴使答曰：「魏王雅望非常，然床頭捉刀人，此乃英雄也！」魏武聞之，追殺此使。
>
> （劉義慶《世說新語‧容止第十四》）

這樣一段記載，出自裴啟《語林》，《世說新語》改寫成上述內容。這樣一個片段雖然又被後人編入《魏史注》，但卻與歷史事實有較大的距離，故而遭到後世著名學者如劉知幾、余嘉錫等人的駁難、譏評。由此可見，像《語林》《世說新語》這樣的作品，雖然也有人將其視為歷史文獻，如二十四史之一的《晉書》往往採集其間片段入書，但究其實，它們只是稗官野史，小說家言，是不能當做信史來讀的。《世說新語》尚且如此，更何況《三國志平話》和《三國演義》？

然而，有趣的事情終究發生了。中國歷史上最廣泛的人群，他們所認識的曹操，偏偏就是《三國演義》的作者所塑造的那位「奸雄」。一方面，這位奸雄具有英雄品格：遠大的理想、過人的眼光、博大的胸懷、超常的手段，……這些，構成了曹操崇高偉大的英雄形象。另一方面，他嫉妒、猜疑、殘忍、嗜殺，乃至將「寧教我負天下人，休教天下人負我」作為人生的座右銘，這些，又充分顯示了他奸詐的一面。如此，一個萬分奸詐的英雄形象就活在了廣大民眾的心中。但是請注意，這位「奸雄」曹操已經不再是歷史上的曹操，而是文學的曹操，是羅貫中、毛宗崗們創造和修正的曹操。隨後，在明清的戲劇舞臺上，曹操形象離歷史人物漸行漸遠、越變越壞，最終，以「大白臉」的奸臣面貌定格在人們的心目中，釘在了文學史的恥辱柱上。

與此同時，廣大民眾還在繼續「傳說」著曹操的故事，還在以各自的審

美視角塑造著曹操這個思想性格複雜的人物。

民間有一句俗語：「曹操的江山是笑出來的，劉備的江山是哭出來的。」劉備的「哭」，多半是一種虛偽的「煽情」行為，以此來博得別人的同情，從而達到自己的目的。而曹操的「笑」，在民間卻有更為意味深長的解釋，並且和他的臉譜掛上了鉤。請看：「民間傳說曹操平日在人面前總是笑呵呵的，但千萬別以為他很和善，他其實心眼多得很。他家的大門、屏門、房門、柴門、米門、後門六個門後頭，都有一把小刀子，隨時準備殺人。有句俗話，叫『不怕曹操暴，就怕曹操笑』。曹操的為人，統統表現在臉譜上，就是一張大白臉，長眉細眼，兩片臉上各有三把刀。成語『兩面三刀』就是從這兒來的。」（魯小俊《白臉的曹操》）

更令人不可思議的是，舞臺上「大白臉」的曹操，甚至還害了一位演員的性命：「據說，從前有一個木匠，經常看三國戲，很痛恨曹操的奸詐和毒辣。有一次，他看《捉放曹》這齣戲，看到曹操恩將仇報，殺了呂伯奢一家，十分氣憤，便提著斧頭上臺，把扮演曹操的演員一斧砍倒，大聲地說：今天我總算把這個奸雄殺掉了。」（丘振聲《〈三國〉迷人》）

放在今天，這位飾演曹操的演員應該被追認獲得超巨大「梅花獎」，因為他將曹操演活了，同時卻將自己演死了。但如果我們換一個角度看問題，這則傳說所體現的難道不是曹操形象的一種巨大藝術能量嗎？那位木匠的義憤填膺以及由此而導致的不可思議的過激行為，其實也正是被舞臺上的曹操刺激的結果。而所謂刺激，其實也就是一種最深層次的觸動。質言之，在《三國演義》巨大的藝術魅力影響之下，廣大民眾所接受並且在此基礎上再創造的就是這麼一個離歷史人物越來越遠的曹操。如此發展到最後，歷史的曹操和傳說的曹操之間的距離就不啻幾千萬里了！

要之，歷史的曹操、文學的曹操，傳說的曹操，或者說，文獻記載的曹操，文學作品的曹操和文化傳說中的曹操雖然相互間也有千絲萬縷的聯繫和交接，但大體上還是涇渭分明的，至少是大相徑庭。既然如此，我們又何必一定要依照歷史上曹操的「真實性」來為被文學作品和民間傳說「誣陷」性塑造的曹操形象翻案呢？

難道不為戲臺上的曹操翻案，中國的芸芸眾生就失去了判斷是非的能力了嗎？真是杞人憂天的畫蛇添足。

四

筆者曾經在一篇文章中說過：「一部《三國志通俗演義》，塑造了數以百計的英雄人物，在每一個英雄人物身上，都不同程度地體現著傳統文化的積澱。」（《〈三國志通俗演義〉中的曹操及其三大「敵人」》）此所謂「傳統文化的積澱」，主要包含的就是本文所論述的三個層面：文獻的、文學的、文化的。

以上幾節，我們從上述這三個不同的視點對《三國演義》中的「三絕」諸葛亮、關羽、曹操進行了簡要的分析。其實，這三個視點並非只是侷限於分析這三個人物形象。進而言之，幾乎所有的古代小說中的若干問題，都可以通過這三個視點的觀照而得到條分縷析而又融會貫通的解決。

近三十年來，筆者參加過《三國演義》和《水滸傳》等小說名著的研討會不下三十次，與會過程中受到的教益當然是主要的，但也覺得有些問題值得我們進一步思考。因此一併搬出，請求大家的批評。

第一，這些研討會的組織者、參與者一開始多半是來自於高校的師生和研究部門的工作人員。但隨著研究的深入和普及，不少其他部門的人員也進入研討會的行列。如文化、歷史、旅遊、方志、美術、軍事、戲曲、經濟等領域的人員，都成為古代小說學會的成員，還有一些政府官員或退休幹部也臨時或持久地加入這支隊伍。這樣，在轟轟烈烈的同時，勢必形成了研究視角的多維度。

第二，這些會議研究視角的維度雖然日益增多，但大致上仍然隸屬於歷史文獻的、文學作品的、文化傳播的三個方面。而這三者之間的關係又出現了兩種表現形式：或相互融合，或相互對立。

第三，相互融合的狀況是有利有弊的。有利的一面是將文獻的、文學的、文化的三者結合在一起研究問題，能夠提供新的角度，發掘新的課題；不利的一面是如果含混這三者之間的關係，很可能得出一些似是而非或令人啼笑皆非的不清晰、不科學的結論。

第四，相互對立的狀況則是弊大於利。有利的一面在於邏輯上的精準，但有時候又會形成極其片面的精準。不利的一面則在於各類職業人群堅守自己陣地，或以文獻來「匡正」文學，或以文化來「蔓延」文學，或以文學性來排斥「文獻」和「文化」。結果是各說各話，甚至相互攻訐。

第五，過於專注文獻研究的人，往往會對文學研究有所苛求，而對文化

研究更是不屑一顧。過於專注文化研究的人，則又容易將某些傳說當成泛小說進行研究，無視文學本身的特性，甚至為所欲為地製造假古董。而文學研究者則陷於在文獻「較真」和文化「造假」之間左右徘徊的為難境地。

第六，這種研究狀況所存在弊病的兩極是「本本主義」和「實用主義」。本本主義者是用歷史文獻的「真實性」的利刃來閹割文學創作的「虛構性」，實用主義者則是用旅遊經濟開發的指揮棒來驅趕文學作品的「審美性」。最終，喪失的無疑是《三國演義》《水滸傳》等文學名著的「文學性」。

第七，所有問題的根源都在於忽視文本自身的研究。我們必須明白，中國的，甚至包括外國的那些「三國迷」「水滸迷」，他們中間的絕大多數人之所以走進「三國」與「水滸」等藝術審美勝境，一不是因為閱讀了《三國志》和《宋史》等歷史著作，二不是因為到各地三國、水滸的「人造」景點去觀光旅遊，而是接觸到了《三國演義》與《水滸傳》這兩部名著及其派生物——戲曲、電影、電視劇乃至連環畫等等。而這些東西都是文學的、藝術的、審美的。

第八，本文的結論：我們不要為了考證而研究文學，考證只能為文學研究服務。我們也不要為了經濟利益而研究文學，文學自有其永恆而獨立的品格。文獻的、文學的、文化的研究視點三者之間是一種不可或缺、密不可分而又逐步演進的關係，先有文獻、再有文學、最後才有文化層面的影響。而站在《三國演義》《水滸傳》這些名著的立場，文獻研究和文化研究都是為文學研究服務的。當然，文學研究取得相應的成果以後，最終也可以為歷史研究和經濟開發服務。

（原載《廣西師範學院學報》2016 年第一期）

對《三國演義》「三絕」的文化批評

眾所周知，毛宗崗批評《三國演義》有所謂「三絕」之說，其說如下：「吾以為三國有三奇，可稱三絕：諸葛孔明一絕也，關雲長一絕也，曹操亦一絕也。歷稽載籍，賢相林立，而名高萬古者莫如孔明。其處而彈琴抱膝，居然隱士風流。出而羽扇綸巾，不改雅人深致。在草廬之中，而識三分天下，則達乎天時，承顧命之重，而至六出祁山，則盡乎人事。七擒八陣，木牛流馬，既已疑鬼疑神之不測，鞠躬盡瘁。志決身殲，仍是為臣為子之用心。比管、樂則過之，比伊、呂則兼之，是古今賢相中第一奇人。歷稽載藉，名將如雲，而絕倫超群者莫如雲長。青史對青燈，則極其儒雅；赤心如赤面，則極其英靈。秉燭達旦，人傳其大節；單刀赴會，世服其神威。獨行千里，報主之志堅；義釋華容，酬恩之誼重。作事如青天白日，待人如霽月光風。心則趙抃焚香告帝之心而磊落過之，意則阮籍白眼傲物之意而嚴正過之。是古今名將中第一奇人。歷稽載籍，奸雄接踵，而智足以攬人才而欺天下者莫如曹操。聽荀彧勤王之說而自比周文，則有似乎忠，黜袁術潛號之非，而願為曹侯，則有似乎順，不殺陳琳而愛其才，則有似乎寬，不追關公以全其志，則有似乎義。王敦不能用郭璞，而操之得士過之；桓溫不能識王猛，而操之知人過之。李林甫雖能制祿山，不如操之擊烏桓於塞外，韓侂冑雖能貶秦檜，不若操之討董卓於生前。竊國家之柄而姑存其號，異於王莽之顯然弒君，留改革之事以俟其兒，勝於劉裕之急欲篡晉，是古今來奸雄中第一奇人。」（《讀三國志法》）

這是一段被不少人反覆引用的文字，人們甚至可以從中概括出更為精練的「三絕」評判——「智絕」孔明、「義絕」關羽、「奸絕」曹操。然而，當我

們從更高的層次來看問題，就可以發現。毛宗崗的觀點是存在著內在的矛盾的。或者說，他在對這三個人物進行評價時所使用的標準並不一致，甚至在同一人物身上也運用雙重標準。

大要而言，毛宗崗對「三絕」的評判主要是運用了兩大標準——道德標準和功利標準。而在對諸葛亮、關羽、曹操使用這兩大標準進行評判時，又呈現出不平衡的態勢。下面，我們就依照毛宗崗原文的順序逐一加以分析評價。

一

毛宗崗對《三國演義》中諸葛亮的評價，主要是依照道德標準，而這種道德評判，又是從政治和人格兩方面入手的。上述《讀三國志法》中評價諸葛亮那段文字，主要在於說明臥龍先生之行為所表現的思想淵藪。這裡有「彈琴抱膝」的隱士風流，有「羽扇綸巾」的儒臣風采，還有指揮若定的兵家氣質……。然而，核心卻在「出」與「處」二字。在這裡，諸葛亮被毛宗崗描繪為善於處理「出」與「處」的矛盾統一關係的高明之士。對此，毛宗崗另有一段更為詳盡的論述：「順天者逸，逆天者勞。無論徐庶有始無終，不如不出；即如孔明盡瘁而死，畢竟魏未滅、吳未吞，濟得甚事！然使春秋賢士盡學長沮、桀溺、接輿、丈人，而無知其不可為而為之仲尼，則誰著尊周之義於萬年？使三國名流，盡學水鏡、州平、廣元、公威，而無志決身殲、不計利鈍之孔明，則誰傳扶漢之心於千古？玄德之言曰：『何敢委之數與命！』孔明其同此心與？」（第三十七回回前批）這段話說得十分明白，毛宗崗認為諸葛亮之所以成為「古今來賢相中第一奇人」，主要並不在於他的業績，而在於他的正確選擇。而支持孔明先生這種選擇的內在動力，乃是對政治理想和完美人格的雙重追求。那麼，具體而言，諸葛亮所追求的究竟是什麼呢？按毛宗崗的說法，就是在「識三分天下，則達乎天時」的前提下仍然要「承顧命之重，而至六出祁山」、「盡乎人事」，就是要「鞠躬盡瘁，志決身殲」，盡「為臣為子之用心」。人們分析《三國演義》中的諸葛亮這一人物，多半從兩各方面著眼：「忠貞」和「智慧」。當孔明先生的德性人格與智性人格相吻合時他就會無往而不勝。反之，如果他的忠貞與智慧不能統一時，往往會出現智慧向忠貞讓步、德性人格壓抑智性人格的態勢，諸葛孔明先生也會犯下遺憾終身的過錯。而這，恰恰正是南陽臥龍的最大悲劇。

　　如果說，諸葛亮的智性人格臣服於德性人格、他信守的君臣之道壓抑了他的知人善任的聰明才智因而造成了荊州之失的話，那麼，他的六出祁山則更是抱撼終身的大悲劇。這裡所說的「悲劇」，絕不是杜甫所代表的廣大封建時代的知識分子昔遍認為的「出師未捷身先死，長使英雄淚滿襟」的悲劇結局，而是諸葛亮執著地要求「六出祁山」的錯誤選擇所體現的悲劇心理。因為蜀漢後期根本不存在北伐中原的條件。

　　我們不妨先來回顧一下諸葛亮在《隆中對》裏對北伐中原的分析，因為從中可以窺探諸葛亮六出祁山的初衷。在隆中，臥龍先生對劉玄德說：「將軍既帝室之胄，信義著於四海，總攬英雄，思賢如渴，若跨有荊、益。保其岩阻，西和諸戎，南撫彝、越，外結孫權，內修政理；待天下有變，則命一上將將荊州之兵以向宛洛，將軍身率益州之眾以出秦川，百姓有不簞食壺漿以迎將軍乎？誠如是，則大業可成。漢室可興矣。」（第三十八回）這是多麼美好的政治藍圖。劉備若按此步步實行，是真正可以做到成大業而興漢室的。可惜的是，劉備雖然曾一度橫跨荊、益二州，但旋即丟掉了荊州。到了諸葛孔明六出祁山的對侯。確實是等到了「天下有變」。然而卻不是向著蜀漢集團有利的方向「變」，而是恰恰相反，向著蜀漢集團不利的方向轉變。首先是關雲長大意失荊州，使諸葛亮「命一上將將荊州之兵以向宛、洛」的宏圖成為泡影；接著是劉先主遺詔託孤兒，使諸葛亮「將軍身率益州之眾以出秦川」的計劃成為空談。至此，北伐中原的兩條胳膊都已被折斷。不僅如此，更兼之「今天下三分，益州疲敝」，真正可以算得上「危急存亡之秋也」。在這種艱難困苦的情況下，諸葛仍然堅持北伐，他到底要幹什麼呢？難道他失去了早年那種權衡利弊、胸藏乾坤的通天徹地的智慧嗎？不！諸葛亮還是諸葛亮，南陽臥龍仍然是智慧的化身。只不過他的智慧再一次被其忠貞所蒙蔽、所壓抑、所統治，他智性人格的一面再一次被其德性人格的一面所掩蓋、所摧殘、所吞噬，因此，他勢所必然地作出了殘天缺地而又痛煞人心的錯誤選擇。

　　《三國演義》的作者在諸葛亮身上寄託了太多的政治理想，而其中又混雜著傳統的儒家思想、正統觀念以及老百姓對清明政治的呼喚。這樣，諸葛亮就被塑造成千古第一賢相的典型。與此同時，在諸葛亮身上也體現了作者對人格理想的追求。孔明先生的「隱士風流」、「雅人深致」。尤其是他「鞠躬盡瘁，志決身殲」的精神，更成為一種極具人格魅力的思想結晶。因此，千百

年來，人們大多已經忘記了他那略帶愚忠意味的「明知其不可為而為之」的錯誤選擇，而只是將其偉大的人格精神牢牢記在心頭。這大概就是一種中華民族的悲劇精神吧！

二

如果說，《三國演義》中的諸葛亮身上所體現的是作者政治理想和人格理想的雙重寄託的話，那麼，在關羽這一人物形象身上所體現的則主要是作者比較單純的人格理想的追求。

分析關羽，可以從「義」、「勇」、「驕」三方面入手，而其核心則是「義」。

關羽的「義」，具有多層次的含義。首先是「忠君大義」，亦即他對大漢王朝、對劉備政治集團忠心耿耿的大義。且看以下事實：許田射獵時，當曹操縱馬直出，遮於天子漢獻帝之前迎受「萬歲」呼聲的一瞬間，眾官只有大驚失色。惟有一人「豎起臥蠶眉，睜開丹鳳眼，提刀拍馬便出，要斬曹操」，此人就是關雲長。此乃關羽忠於大漢王朝之大義，誠如關羽自己事後所言：「操賊欺君罔上。我欲殺之。為國除害。」（第二十回）當關羽在下邳城外的土山上被曹操團團包圍，不得已而準備降曹時，卻別出心裁地提出了三事之約，其中第一條就是「降漢不降曹」。這一口號雖然冠冕堂皇，實際上卻是邏輯混亂。就關羽而言，所謂降漢者，只有當自己、或者自己的主公劉備作為漢朝的對立面時方有此說。眾所周知，劉備是漢獻帝的皇叔，是忠心耿耿的漢臣，他結義的弟弟何以有「降漢」之說？這不是鬧了「漢臣降漢」的大笑話嗎？對此，毛宗崗有一段回首批語，似乎可以解釋關羽此時的心理。毛宗崗說：「雲長本來事漢，何云降漢？降漢云者，特為不降曹三字下注腳耳。」（第二十五回）由此可見，「忠義」之名聲，在關雲長看來是何等的重要。

其次是「桃園情義」，亦即為中國封建時代許多人所稱讚不已的江湖義氣。這方面的事實更多，我們且看其中最集中最典型的片斷——關羽降曹後對劉備的夢繞神牽。曹操對關羽實在是恩重如山。「既到許昌，操撥一府與關公居住」。「又備綾錦及金銀器皿相送」。「小宴三日，大宴五日；又送美女十人，使侍關公」。後來，又「封雲長為漢壽亭侯」。但是，關羽卻利用一切機會向曹操表達他對劉備的忠誠和思念。一日，曹操見關羽綠錦戰袍已舊，即做新戰袍相送。而關羽卻將新袍穿於衣底、上面用舊袍罩之。又一日，曹操見

關羽馬瘦，便將名馬赤兔相送。關羽再拜稱謝。曹操問曰：「吾累送美女金帛，公未嘗下拜。今吾贈馬，乃喜而再拜：何賤人而貴馬耶？」關羽回答：「吾知此馬日行千里。今幸得之，若知兄長下落，可一日而見面矣。」當張遼奉曹操之命勸說關羽的時候，關羽回答「深感丞相厚意，只是吾身雖在此，心念皇叔，未嘗去懷。」他最後畢竟真正做到了掛印封金，提刀跨馬，過五關斬六將，尋找劉備而去。關羽所尊崇的「桃園情義」，在封建時代、甚至直到今天，最被普通百姓所看重。人們在這裡宣洩著儘管在現實生活中不能體現、但在理想世界卻希望體現的豪俠之氣。正因如此，關雲長千百年來才作為「桃園情義」的化身被後人所崇拜、信仰和歌頌。

其三是「個人恩義」，亦即人與人之間有恩必報的一種道德規範的表現。在《三國演義》中，關羽是一個恩義分明的英雄人物，而且對於什麼是大恩，什麼是小恩，什麼樣的恩必須即刻報答，什麼樣的恩容當後報，都分得清清楚楚。在上面所引關羽回答張遼勸告的一段話中，一方面表示永遠不忘劉備深恩，另一方面，對於曹操所施的恩典，關羽也表示「要必立效以報曹公，然後去耳」。故而在華容道上，當走投無路的曹操請求關羽「以昔日之情為重」從而放他一馬時，關羽最終只有「長歎一聲」，將曹操及其手下「並皆放去」。（第五十回）華容道放曹，至少有兩點值得我們思考。第一，關羽放曹操是以個人感情代替了集體原則。當時的曹操，不僅是所謂「國賊」，而且是劉備政治集團最大的敵人。而關羽放曹的行為，是出賣了自己賴以生存的政治集團的利益而遷就於個人恩義。第二，關羽是立下了軍令狀的。也就是說，他放了曹操，自己就得被斬首。在這關鍵時刻，他是捨身而取義的。而這一點，又是極其符合封建時代一般民眾的道德觀念的。關雲長既對曹操湧泉相報，又報之以身。無怪乎《三國演義》的作者對關雲長的這種行為要大加讚賞，將個人恩義置於自家生死之上，正是人人希望做到但又不是所有的人都能做到的一種高尚的行為。

綜上所述，關羽的忠君大義、桃園情義、個人恩義，構成了關雲長完整意義上的「義」。而這三個方面又分別被社會各階層的人們所推重、所吸取。封建統治者所看中的當然是關羽的忠義，因為這有利於他們君君臣臣的統治；廣大民眾所看中的則多半是關羽的恩義，因為這符合人民的道德準則；而那些游民、遊俠、游蕩江湖的英雄好漢，即許多人所談到的流氓無產者，他們所看中的就主要是關雲長的桃園之義了。《三國演義》中的關羽這一人物

形象絕不是哪一個作者創造的，甚至他也不是哪一個社會階層所創造的。他是中華民族傳統文化長期積澱的產物，是中華傳統文化中「義」的思想的生動說明。

關羽不同尋常的「義」，只有加上他不同尋常的「勇」和「驕」，才能構成其完整的英雄形象。三國英雄，以「勇」著稱者亦不乏其人，然而，關羽的「勇」卻獨具特色。《三國演義》的作者寫關羽之勇，重在一個「威」字。關羽上陣殺敵，從來都是在極其迅速的情況下消滅敵人。斬顏良、誅文丑、溫酒斬華雄，殺蔡陽、襲車冑、五關斬六將。無不如此。這種大將軍八面威風之「勇」，是那些僅憑武藝高強或一腔忿氣的匹夫之勇所無法比擬的。這是一種凌駕於萬「勇」之上的「威勇」，是一種陽剛之氣的真正表現。關羽之「驕」，固然有著令人惋惜乃至厭惡的一面。而且也的確壞了關羽的大事、劉備的大事。但是，如果換一個角度看問題，關羽的「驕」，或許正是一個充滿陽剛之氣的英雄人物的自信心、自尊心的曲折表現，是一種大丈夫傲視塵寰的由衷表露。

三

毫無疑問，曹操是個奸雄，而且是千古第一奸雄。在《三國演義》開卷第一回，有一段饒有意味的描寫：少年曹操「恣意放蕩」，時人橋玄謂操曰：「天下將亂，非命世之才不能濟。能安之者，其在君乎？」南陽何顒見操，言「漢室將亡，安天下者，必此人也。」對於這兩個人對曹操的評價，毛宗岡批之曰：「二人皆不識曹操，曹操聞之亦不答。」但接下去，有趣的事情發生了。汝南許邵，有知人之名。操往見之，問曰：「我何如人？」邵不答。又問，邵曰：「子治世之能臣，亂世之奸雄也。」操聞言大喜。毛宗岡在此處又批曰：「稱之為奸雄而大喜，大喜便是真正奸雄。」毛宗岡的眼光無疑是犀利的，因為他把握住了曹操此時的心理。問題在於，曹操為什麼對橋玄、何顒的話不感興趣，而對許邵的話卻笑而受之呢？從表面看來，「命世之才」、「安天下者」均乃極度讚美之辭，這樣的讚譽之辭，如果讓劉玄德聽見，不知道有多高興哩！而「奸雄」二字半褒半貶，委實不是拍馬屁的好詞彙。曹操的選擇，究竟有何道理呢？須知，曹操非常人也。那麼，我們評價曹操，就不應該用平常的眼光去看待他。而三國時代亦非正常的時代，我們評價這一英雄輩出的時代，也不應該用正常的眼光去看待它。橋玄、何顒之所以被毛宗岡認為

「皆不識曹操」，關鍵就在於他們用對待常人的眼光來衡量曹操、用對待正常時代的眼光來評價非常時代的英雄曹操，認為曹孟德是「亂世」之「能臣」。而千百年的歷史告訴我們：「亂世」所呼喚的並不是所謂「能臣」，而恰恰是曹孟德式的「奸雄」。

曹操的超乎尋常之處主要體現在他所幹的許多事情正在於既符合傳統道德、傳統心理又不符合傳統道德、傳統心理之間，正在於表面看來逆天而行，實際上卻符合社會歷史運行的規律，這正就是所謂「奸雄」品格。請看如下事例：當曹操三分天下已有其二，躊躇滿志，大宴銅雀臺時，他對手下文武百官說了一番話：「念自討董卓、剿黃巾以來，除袁術、破呂布、滅袁紹、定劉表，遂平天下。身為宰相，人臣之貴已極，又復何望哉？如國家無孤一人，正不知幾人稱帝，幾人稱王。或見孤權重，妄相忖度，疑孤有異心，此大謬也。孤常念孔子稱文王之至德，此言耿耿在心。但欲孤委捐兵眾，歸就所封武平侯之國，實不可耳：誠恐一解兵權，為人所害；孤敗則國家傾危；是以不得慕虛名而處實禍也。諸公必無知孤意者。」（第五十六回）這段話，完全可以看作是曹操符合客觀現實的心靈自白，同時，也體現了他作為絕世「奸雄」的兩面性和心理矛盾。討董卓、剿黃巾、除袁術、破呂布、滅袁紹、定劉表，從而平定天下，這正是曹孟德大半生的「豐功偉績」，而具有如此功績的曹孟德何以不乾乾脆脆取漢獻帝而代之呢？為什麼曹操不像袁術等人那樣動不動就稱王稱帝呢？袁術之流不過是目光短淺的笨伯而已，英明的曹操絕不幹這樣的傻事。從倫理道德的角度出發，曹操也不願讓自己背上一個「叛逆」的罪名，而願意將此可怕的罪名與那可愛的皇冠一併交給自己的兒孫，讓他們去「享受」。這就是曹操何以要當周文王的緣故。這種心理，正是「奸雄」的兩重性的確切表現。對此，毛宗崗有極其精當的批語。在曹操說「孤常念孔子稱文王之至德，此言耿耿在心」時，毛批：「自比周文王，推不好人與子孫做。」在曹操說「誠恐一解兵權，為人所害」時，毛批：「此是實話，亦騎虎難下之勢矣。」從中可見毛宗崗對曹操是「古今來奸雄中第一奇人」的準確把握。

曹操之為奸雄，絕非僅僅表現在對政權、政治這樣大的方面，而是在他生活的方方面面都閃爍著「奸雄」二字的光芒。陳琳為袁紹草擬討伐曹操的檄文，從曹操祖宗三代直罵到曹操本人。曹操讀了這篇檄文之後，「毛骨悚然，出了一身冷汗」。（第二十二回）然而，當曹操大破袁紹而陳琳成為俘虜時，

「左右勸操殺之，操憐其才。乃赦之，命為從事」。（第三十二回）這便是曹操在用人方面所體現的奸雄胸襟。關雲長過五關、斬六將，最終在黃河邊被曹操手下大將夏侯惇追趕上來而不得脫身時，是曹操一連三次派人送來關文，派大將張遼親自來放行關羽。毛宗崗在此處批曰：「前二次言不知者，恐知其斬關而後發使不見了人情也。此直言已知者，見得知其斬關而並不怒，索性再賣個人情也，皆是曹操奸猾處。」（第二十八回）這便是曹操圖知人之明、容人之量的高名美譽的奸雄特色。諸如此類的事情在《三國演義》中的曹孟德身上可謂屢屢發生，不勝枚舉。

曹操這一「古今來奸雄中第一奇人」的生動形象的塑造，體現了《三國演義》作者關心現實、吸取現實、提煉現實、反映現實的偉大勝利。曹操這一人物形象，既不同於關羽是一種人格理想的寄託，也不同於諸葛亮，是政治理想和人格理想的雙重寄託。曹孟德是真正充分現實化的。他是時代風雲的產物又叱吒風雲，他以暴力左右著那混亂而又充滿活力的社會，他「奸」得令人望而生畏，「雄」得令人望而興歡。在他的身上集中體現了一個在混亂的時代真正有所作為的政治家所應該具備的基本素質和處世態度，因而，他所代表的正是時代的前進、前進的時代。曹孟德是切切實實地將傳統道德甩到了身後，而只是向著社會的明天翹首。從這個意義上講，曹操應該被稱之為整部小說中寫得最為成功的人物形象，即便在「三絕」之中也應該居於第一絕的地位。

一部《三國演義》，塑造了數以百計的英雄人物，在每一個英雄人物身上，都不同程度地體現著傳統文化的積澱。其間，最能體現傳統文化深層底蘊的又恰是書中之「三絕」曹操、諸葛亮和關羽。何以見得？因為在諸葛亮和關羽身上所積澱的乃是傳統文化中最核心的東西——意識形態，乃是傳統封建社會意識形態中最核心的東西——傳統道德，乃是傳統道德中最核心的東西——人格理想和政治理想。而曹孟德之所以不朽，主要有兩條原因：其一，作者在有意無意之間，通過曹操這一人物道出了一條在有階級社會中顛撲不破的真理——歷史的前進需要曹操這樣的「奸雄」、或者美名其曰鐵腕政治家，尤其在亂世更是如此。其二，曹操在《三國演義》中是作為諸葛亮和關羽的對立面出現的，諸葛亮和關羽都屬於理想人格，而曹操的人格魅力正體現在他的非理想化，體現在他的充分現實性。過分理想化、特別是離開現實可能的理想化的人物，讓人們去崇拜他是可以的，並且也具有一定的社會效用，

但是，如果要人們去學習、仿傚他們，那就會犯歷史性的錯誤。當我們讀完《三國演義》以後會有這麼一種感覺：在口頭上我們會大聲呼喊：諸葛亮、關羽真偉大；而在心目中也會不知不覺地反覆吟哦：曹孟德不朽！

（原載《新世紀三國演義論文集》，《文教資料》增刊 2002 年 12 月出版）

從諸葛亮形象透視《三國演義》作者的心靈悲劇

一

如果說《三國演義》是我們民族的雄偉的歷史悲劇的話，那麼，諸葛亮則毫無疑問是這一悲劇中的靈魂。進而言之，從《三國演義》這一悲劇人物身上，我們又可窺探到《三國演義》作者的心靈悲劇。

《三國演義》中多悲劇人物，在《三國演義》的眾多悲劇人物中，又以關羽和諸葛亮的悲劇更具有深層意蘊。這裡，重點談談與諸葛亮悲劇相關的一些問題。

關羽與諸葛亮這兩大悲劇人物的悲劇特質，有著共同的一面，即作者在他們身上都塗飾了十分濃烈的理想主義色彩，但這種理想化的東西卻與現實極不相容。這兩大悲劇人物的悲劇特質，更有著不相同的一面，即：作者在關羽身上所體現的主要是一種道德理想，而在諸葛亮身上所體現的則更多的是一種政治理想。在作者筆下，關羽具有極大的人格力量，而諸葛亮則具有更大的超人格力量。相比較而言，關羽的悲劇主要體現了作者的道德理想與現實生活的不相容，而諸葛亮的悲劇則體現了作者的政治理想與歷史進程的不合拍。

放下關羽不談，我們先來看看毛宗崗那段對諸葛亮的著名論斷：「歷稽載籍，賢相林立，而名高萬古者莫如孔明。其處而彈琴抱膝，居然隱士風流；出而羽扇綸巾，不改雅人深致。在草廬之中而識三分天下，則達乎天時；承顧

命之重而至六出祁山，則盡乎人事。七擒八陣，木牛流馬，既已疑鬼疑神之不測；鞠躬盡瘁，志決身殲，仍是為臣為子之用心。比管、樂則過之，比伊、呂則兼之。是古今來賢相中第一奇人。」（《讀三國志法》）

這段話有幾點值得我們注意：其一，毛氏謂孔明先生「處而彈琴抱膝」，此乃隱士風流；「出而羽扇綸巾」，此乃儒將風采。這涉及到「出」與「處」的問題，或者說是道家思想影響下的隱居山林還是儒家思想影響下的報效朝廷的問題。其二，隆中對談天下三分，是孔明「達乎天時」；承顧命而祁山六出，是孔明「盡乎人事」。這是提到的「天時」和「人事」是一對相關的概念。其三，毛氏認為諸葛亮既有「疑神疑鬼」之神機妙算，又有「為臣為子」之赤膽忠心。「智」與「忠」在孔明身上是如何統一的？

如果將上述三個問題作進一步的分析，無疑會幫助我們更深入地瞭解《三國演義》中諸葛亮這一悲劇人物形象。

二

首先來看第一點，諸葛亮頭腦中的道家思想和儒家思想。

今天的戲劇舞臺上諸葛亮身穿八卦衣，口稱「山人」，這些正好體現了民眾心目中孔明先生與道家的思想淵源、文化淵源。（儘管在學者們那兒「道家」與「道教」是兩回事，但老百姓則大多認為是一回事）《三國演義》中的描寫亦乃如此。請看出山以前的臥龍先生，中門大書「淡泊以明志，寧靜而致遠」一聯，足見草廬主人之志趣。而臥龍先生長睡醒來後開口吟道：「大夢誰先覺？平生我自知。草堂春睡足，窗外日遲遲。」足見草廬主人之風神。這位孔明先生還自稱「南陽野人」，自謂「久樂耕鋤，懶於應世」。而這位隱士在受劉玄德三顧之恩即將出山之時，尚囑咐乃弟：「勿得荒蕪田畝。待我功成之日，即當歸隱。」（以上引文見《三國演義》第三十七回、三十八回）所有這些均可證明諸葛孔明之深受道家思想影響。

然而，與道家思想相比，對諸葛亮影響更大的則是儒家思想。請看如下事實：孔明雖隱居隆中，但念念不忘天下大事。在那軍閥混戰的亂世之中應當怎樣實現一個政治家的理想宏圖，在孔明心中早有規劃。正因為有成竹在胸，因此，當劉備三顧茅廬時，諸葛先生就十分迅速地為對方提出了自己的設想：「將軍欲成霸業，北讓曹操占天時，南讓孫權佔地利，將軍可占人和。先取荊州為家，後即取西川建基業，以成鼎足之勢，然後可圖中原也。」（三

十八回）按照道家的觀點，「至人無己，神人無功，聖人無名」。（《莊子‧逍遙遊》）無視自我，無視功名，這才是道家的追求，這才是真正的「逍遙」境界。而諸葛亮關心現實政治、注目王基霸業，可知其隱居只是表象，用世方為真心；亦可見其仙風道骨只是表象，為帝王師才是本質。臥龍出山，這本身足以證明南陽臥龍先生終究不是長「處」於山野的隱士，而只能是達則兼善天下的賢臣。謂予不信，我們再看諸葛亮舌戰群儒一段。

舌戰群儒，如果站在諸葛亮的角度看問題，乃是君子儒對小人儒的鬥爭，是通達之儒對閉塞之儒的鬥爭。諸葛亮所秉持的思想武器是儒家思想的核心內質——仁、義、忠、孝，他所用的論辨方法則是以儒攻儒，以君子儒攻小人儒。請看，諸葛亮在與張昭的論辯中一再宣稱：「我主劉豫州躬行仁義」，「此真大仁大義也」，「此亦大仁大義也」。以表示自家主公劉玄德是秉持儒家思想的仁義之君。反過來，當薛綜、陸績二人先後頌揚曹操、貶低劉備時，諸葛亮則在大力表彰劉備的同時對曹操這種不遵從儒家思想的亂臣賊子進行了尖銳而猛烈的抨擊：「薛敬文安得出此無父無君之言乎！夫人生天地間，以忠孝為立身之本。公既為漢臣，則見有不臣之人，當誓共戮之，臣之道也。今曹操祖宗叨食漢祿，不思報效，反懷篡逆之心，天下之所共憤。公乃以天數歸之，真無父無君小人也！不足與語！請勿復言！」「曹操既為曹相國之後，則世為漢臣矣。今乃專權肆橫，欺凌君父，是不惟無君，亦且蔑祖，不惟漢室之亂臣，亦曹氏之賊子也。」這兩段話，除了「忠孝」之義外，還有就是血統論。而忠孝觀念也罷，血統觀念也罷，正是儒家思想的重要內容。最能體現諸葛亮以君子儒自居而嘲諷小人儒的，是他在舌戰群儒的最後兩段話：「尋章摘句，世之腐儒也，何能興邦立事？」「儒有君子小人之別。君子之儒，忠君愛國，守正惡邪，務使澤及當時，名留後世。若夫小人之儒，惟務雕蟲，專工翰墨，青春作賦，皓首窮經；筆下雖有千言，胸中實無一策。」（四十三回）

那麼，是不是說，在諸葛亮身上只有儒道二家思想、且以儒為主以道為輔呢？非也。諸葛的思想以儒為主是無疑問的，但所「輔」者，絕非僅止於「道」，而是具有多重思想因素之影響的。且看：諸葛先生用兵如神，決勝千里之外；指揮若定，運籌惟幄之中。他三氣周瑜、六出祁山、七擒孟獲、安居平五路⋯⋯如此等等豈非姜太公、孫武子之流？在臥龍先生身上，難道沒有兵家色彩？再看：諸葛先生輔佐劉先主奪得益州之後，「定擬治國條例，刑法

頗重。」（六十六回）「諸葛丞相在於成都，事無大小，皆親自從公決斷」。（八十七回）他還在《出師表》中說：「宮中府中，俱為一體；陟罰臧否，不宜異同。若有作奸犯科及為忠善者，宜付有司，論其刑賞，以昭陛下平明之治；不宜偏私，使內外異法也。」（九十一回）看了這些言論，難道我們從中不會感覺到諸葛丞相身上的法家精神？還有：諸葛先生在柴桑郡舌戰群儒，「張昭等見孔明豐神飄灑，器宇軒昂，料道此人必來游說」。而後來，他果然將江東英俊一個個駁得狼狽不堪，「說得張昭並無一言回答」，「虞翻不能對」，「步騭默然無語」，「薛綜滿面羞慚，不能對答」，「陸績語塞」，「嚴峻低頭喪氣而不能對」，「程德樞不能對」，「眾人見孔明對答如流，盡皆失色」。（四十三回）看到這裡，我們應當能從孔明身上領略一番縱橫家之風采了吧。更何況，在回答步騭譏刺其「欲效儀、秦之舌游說東吳」時，諸葛亮振振有辭地回答：「蘇秦佩六國相印，張儀兩次相秦，皆有匡扶人國之謀，非比畏強凌弱，懼刀避劍之人也。」（同上）由上可見，諸葛亮是《三國演義》的作者依照一定的史實、民間傳說，再兼之想像虛構而塑造出來的一個思想複雜的政治家典型。在諸葛亮的思想深處，儒家思想是主導、是核心，同時又兼容了道家、法家、兵家、縱橫家等各家思想。

三

下面，再來看第二點，諸葛亮「達乎天時」與「盡乎人事」之間的關係。

《三國演義》的作者曾多次在小說中表明這麼一個事實：三國紛爭，曹操得天時，孫權得地利，劉備得人和。在這裡，「地利」與「人和」很好理解，即佔據有利地形或取得百姓信任；不好解釋者，乃「天時」也。何謂「天時」？先看諸葛亮的說法：「今操已擁有百萬之眾，挾天子以令諸侯，此誠不可與爭鋒。」（38回）也就是說，曹操占「天時」有兩大要點，一是「擁百萬之眾」，二是「挾天子以令諸侯」。而這兩點結合在一起，可以理解為曹操佔據了政治上、軍事上的有利形勢、主導地位。或者說得更簡明一點，《三國演義》中的所謂「天時」，指的就是當時的客觀政治形勢。明確了這一點，我們才能理解毛宗崗那段話中「在草廬之中而識三分天下，則達乎天時」的含義，它指的就是諸葛亮在隱居之時就已預料到將來天下三分的政治形勢。更有意味的是，孔明不僅預料到天下三分的局面，而且還為劉備作出了科學

而又系統的政治對策:「若跨有荊益,保其岩阻,西和諸戎,南撫彝、越,外結孫權,內修政理,待天下有變,則命一上將將荊州之兵以出宛洛,將軍身率益州之眾以出秦川,百姓有不簞食壺漿以迎將軍者乎!誠如是,則大業可成,漢室可興矣!」(同上)這便是諸葛孔明根據「天時」為劉玄德所謀劃的「人事」,或者說,是諸葛亮根據客觀政治形勢為劉備所謀劃的政治決策和戰略方針。

在處於草廬中的臥龍先生看來,他這一套政治決策、戰略方針是符合當時的客觀形勢的,對劉備而言,是切實可行的。或者說,在這裡「天時」與「人事」是吻合的。然而,謀事在人,成事在天。客觀形勢的發展證明諸葛亮的預計只對了一半,即「三分天下」那一半,而他那「天下有變」以後的預計卻已基本成為泡影。為什麼諸葛亮在隆中時對當時局勢最清醒、最有整體觀念的分析和預測會打一個大大的折扣呢?這是因為,南陽臥龍再高明,也只能認清、分析當時的形勢,而不能預定將來發展著的形勢;只能分析、研究客觀形勢,而不能強迫具有主觀能動性的人、許多的人不去破壞自己的宏偉規劃。

諸葛亮「大業可成,漢室可興」的宏偉規劃的破壞者不是別人,正是蜀漢政治集團中的領袖劉備和主要將領關羽。關雲長剛愎自用,破壞了聯吳抗魏的基本政策,最終丟失荊州、身敗名裂,使諸葛亮「命一上將將荊州之兵以向宛洛」的計劃破產,無異於斬斷了北伐二臂之一肢。劉備同樣剛愎自用,同樣破壞了聯吳抗魏的基本政策,急於報仇,興師伐吳,最終落得個白帝託孤的悲慘結局,使諸葛亮「將軍身宰益州之眾以出秦川」的計劃落空,無異於斬斷了北伐二臂之另一肢。到諸葛亮輔佐後主之時,蜀漢政權充其量只能偏安一隅,已不具備北伐中原的力量。此時之「天時」,亦即天下政治形勢,對蜀漢極其不利。在這種情況下,諸葛丞相要興師北伐,盡人事而六出祁山,實在是明知其不可為而為之的悲壯之舉。

既然是明知其不可為,諸葛亮何以勉力而為之呢?既達乎天時的孔明,何以要盡這種難以取得成效的人事呢?具體而言,諸葛亮在六出祁山時所盡「人事」的深刻內涵是什麼呢?關於這些,還是諸葛丞相的《出師表》中說得明白:「臣本布衣,躬耕南陽,苟全性命於亂世,不求聞達於諸侯。先帝不以臣卑鄙,猥自枉屈,三顧臣於草廬之中,諮臣以當世之事,由是感激,遂許先帝以驅馳。後值傾覆,受任於敗軍之際,奉命於危難之間,爾來二十有一

年矣。先帝知臣謹慎，故臨崩寄臣以大事也。受命以來，夙夜憂慮，恐付託不效，以傷先帝之明；故五月渡瀘，深入不毛。今南方已定，兵甲已足，當獎率三軍，北定中原，庶竭駑鈍，攘除奸凶，興復漢室，還於舊都，此臣所以報先帝而忠陛下之職分也。」（九十二回）由上可見，諸葛亮六出祁山所盡之「人事」，所包含者大要有三：一曰興復漢室，還於舊都，這是打著復興「東漢」的旗號而為「蜀漢」謀利益、爭天下。二曰報先帝知遇之恩，這是一種君臣間風雲際會的個人感激之情。三曰受先帝之命而效忠後主，這是為人臣者所必備的忠君信念。這三點的結合，正是蜀漢丞相六出祁山、北伐中原的根本動機和根本動力。可惜的是，諸葛亮這種出於實利、感情、信念三者相結合的盡「人事」之舉，卻不合三國後期之「天時」。蜀漢丞相在北伐之時所面臨著的，只是一個對蜀漢集團極為不利的政治形勢。首先，如上所述，孔明隆中對時所規劃的荊州以向宛洛、益州以出秦川的兩路夾擊而奪取北中國的宏偉藍圖已被關羽、劉備先後破壞。其次，曹魏勢力並沒有絲毫減弱，反而更加強大。其三，盟軍東吳已成仇敵，不僅不能協力同心，反而掣肘。其四，蜀漢之君主是昏庸的劉禪而非一代梟雄劉備。其五，蜀中大將已先後謝世，且後繼無人。其六，在阿斗身邊有佞臣存在。其七，由於連年征戰，蜀漢元氣並未恢復。如此等等，還有其他一些次要因素。總之是從各方面綜合分析，諸葛丞相之六出祁山、北伐中原是「明知其不可為而為之」的悲壯之舉，其結局只能是「出師未捷身先死，長使英雄淚滿襟」。

四

人們常說，諸葛亮是「忠貞的代表」，又是「智慧的化身」。或曰，在諸葛亮身上同時具有「德性人格」和「智性人格」。而「忠」與「智」這兩方面的結合，也就是毛宗崗評語中所說的：「既已疑鬼疑神之不測」、「仍是為臣為子之用心」。

值得注意的是，「忠」與「智」在孔明身上並不是平列存在的。大致而言，忠貞是其思想內核，而智慧則是其外在表現。縱觀《三國演義》中的描寫，諸葛亮的德性人格始終占主導地位，而智性人格則往往臣服於德性人格。更有意味的是，當孔明先生身上「忠」與「智」達到統一時，這位由隱士到軍師再到丞相的偉大人物往往是成竹在胸、指揮若定，無往而不勝。這方面的例子太多太多，一部《三國演義》從第三十七回的「劉玄德三顧草廬」到第一百零

四回的「隕大星漢丞相歸天」，其中絕大篇幅寫的就是諸葛孔明「忠貞」與「智慧」相結合的輝煌歷程。然而，當孔明先生身上的「忠」與「智」不能統一時，他往往棄「智」而取「忠」，也做過一些不明智的事，甚至明知其不可為而為之，釀成悲劇性的結果。以上所談到的諸葛亮六出祁山的悲劇結局，便是他「智慧」向「忠貞」讓步的明證。下面再看另一個典型事例。

《三國演義》第六十三回寫到：劉備副軍師龐統「被張任在落鳳坡前箭射身故」。孔明聞信後說：「既主公在涪關進退兩難之際，亮不得不去。」關羽問道：「軍師去，誰人保守荊州？荊州乃重地，干係非輕。」孔明回答：「主公書中雖不明寫其人，吾已知其意了。」接著，將劉備書信給眾官看了，又說：「主公書中，把荊州託在吾身上，教我自量才委用。雖然如此，今教關平齎書前來，其意欲雲長公當此重任。雲長想桃園結義之情，可竭力保守此地。責任非輕，公宜勉之。」關羽更不推辭，慨然領諾。此後，當孔明設宴交割印綬時，關羽雙手來接。孔明擎著印說：「這干係都在將軍身上。」關羽回答：「大丈夫既領重任，除死方休。」孔明見關羽說個「死」字，心中不悅。欲待不與印綬，其言已出。於是，問關羽：「倘曹操引兵來到，當如之何？」雲長回答：「以力拒之。」孔明又問：「倘曹操、孫權齊起兵來，如之奈何？」雲長答道：「分兵拒之。」孔明曰：「若如此，荊州危矣。吾有八個字，將軍牢記，可保荊州。」關羽問：「哪八個字？」孔明曰：「北拒曹操，東和孫權。」關羽說道：「軍師之言，當銘肺腑。」孔明遂與之印綬。

筆者之所以不厭其詳地引述這一大段文字，乃是因為這一段描寫能十分成功地凸現關羽、孔明二人之性格。在這裡，關羽之目空一切、自以為是的性格自不待言，更重要的是我們應當能從中體味到孔明先生此時微妙而複雜的心理狀態。

荊州對於劉備集團的重要性是不言而喻、人人自明的。諸葛亮出於征益州的需要，不得已要交出荊州的指揮權，但由誰來接手呢？「智慧的化身」諸葛亮從劉備派關平送信這一細節窺測到了主公的用意——由關羽守荊州，但在孔明的潛意識中卻認為關羽並非合適人選。故而，他先以「桃園結義之情」激發之，又以「責任非輕」勉勵之。接交印綬時孔明與關羽的一番對話證實了孔明潛意識中的擔憂是有可能變為事實的，因為作為將來荊州的最高指揮員關羽甚至連聯孫抗曹的基本政治方針都不懂，揚言要對曹、孫「分兵拒之」。故而孔明一針見血地指出：「若如此，荊州危矣。」並送給關羽八個

大字：「北拒曹操，東和孫權。」關羽雖然滿口答應，實際上並未放在心上，以後他「大意失荊州」的事實充分證明了這一點。那麼，在交接印綬之時，「智慧」的孔明是否被關羽所蒙蔽而對之產生了信任感呢？不是！孔明之交給關羽以荊州印綬也是一個「明知其不可為而為之」的舉動，也是他之「智慧」向「忠貞」讓步的一個證明。何以見得？因為讓關羽守荊州，表面看來是由孔明自己「量才委用」的結果，而實際上孔明不過是在執行劉備的決定。劉備深知孔明之心，他知道孔明在原則問題上是不會違背「主公」的意願的，故而稍作暗示，孔明就會明白其意並執行之。因此，讓關羽守荊州，不能說明諸葛亮對關羽的信任，恰恰相反，孔明在這一問題上是不信任關羽的，這一舉動，只能說明孔明對劉備的赤膽忠心、忠貞不二。但在客觀上，卻體現了諸葛先生智性人格屈從於德性人格、智慧向忠貞讓步的思想性格特徵。同時，這種不明智的行為也導致了荊州的丟失、蜀漢政治集團根本利益的被損害。

由上可知，具有「疑神疑鬼之不測」的高度智慧的諸葛孔明先生，並沒有在三國戰場上最大限度地、自如而自由地發揮他的聰明才智，因為約束、限制、乃至控制、壓迫他通天徹地之「智慧」的，還有那「為臣為子之用心」的對蜀漢先主或後主的無限「忠貞」。

五

通過以上分析，可以看到，《三國演義》中的諸葛亮是作者精心塑造的一個悲劇典型形象。諸葛亮的悲劇性主要體現在三個方面：身處亂世而秉持儒家思想以救之，以其一也；雖達乎天時卻又勉力盡人事，明知其不可為而為之，此其二也；智慧讓位於忠貞、智性人格臣服於德性人格，因而有不明智之舉，此其三也。這三方面交織在一起，便使孔明的悲劇具有了十分深厚的歷史積澱的思想底蘊。值得注意的是，《三國演義》的作者是深深愛著自己筆下的悲劇主人公的。作者每寫到有關諸葛孔明的片斷，總是充滿激情、妙筆生花。之所以會出現這種情況，固然因為歷史上的諸葛亮是一個傑出人物，然而我們更應看到在諸葛孔明這一藝術形象身上寄託著作者的政治思想。透過諸葛亮那充滿崇高意味的悲劇身影，我們應該能聆聽到作者悲劇靈臺悸動與顫抖的聲響。從一定意義上講，諸葛亮的悲劇結局正代表了作者政治理想的破滅。

　　《三國演義》作者羅貫中所處的元末明初那個悲劇的時代，與《三國演義》中所描寫的漢末三國時代極為相似。天下大亂，群雄並起，軍閥割據，逐鹿中原。在這一個充滿著血與火的時代裏，許多亂世英雄在掙扎、在搏鬥，也在實現自己的理想之夢——建功立業、青史留名。在這麼一個充滿著混亂與痛苦的時代裏，廣大民眾在死亡線上掙扎、搏鬥，也在期盼著一個美好的夢境能成為現實——天下太平、安居樂業。而像羅貫中這樣一些下層文人，既同情民生疾苦，又抱定經世之心，希望在解民於倒懸的同時能展自身大鵬之翅而直上九萬里。然而，羅貫中輩雖有志圖王，卻難酬壯志，歷史賦予他的也是一個悲劇的結局。但無論如何，自身的這份才華、這份膽氣是不能隨便荒棄的。天生我材必有用，既未能縱橫於熾烈的九州大地而嶄露頭角，亦不防精思於清靜的方丈斗室而紙上談兵。《三國演義》，這中國章回小說中的開山之作，應該是處於悲劇環境之中而又滿心塊壘的作者的心靈悲劇的袒露。

　　要反映那個悲劇時代的悲劇生活，必然要在頭號悲劇主人公身上積聚全部的心血；要塑造一個具有時代特色而又帶有歷史積澱的悲劇主人公，就必須要將中國歷史上和現實生活中的許多類似的人物的思想精華集中在這一人物身上；要完成這麼一個集眾多精華於一身的悲劇人物形象，就必須給這一人物一個主導思想。諸葛亮，便是羅貫中積聚全部心血所塑造的頭號悲劇主人公，他身上就疑聚著中國歷史上許多「忠臣義士」的思想，作者給諸葛亮的主導思想便是儒家的「仁義忠孝」。

　　《三國演義》中的諸葛孔明無疑是偉大的，他的偉大之處正在於能不拘一家之言、融匯眾家之長而自成一體，用自己通天徹地的智慧、無與倫比的精力去對社會作出貢獻，並在當時發生了巨大的影響。然而，這一由羅貫中精心塑造的蜀漢丞相同時又是最為可悲的，他的可悲之處乃在於雖集眾家之長於一身，但仍以儒家思想中最禁錮人的「忠義」思想為其主導。《三國演義》中的諸葛亮是歷史上許許多多忠義之士的藝術概括，後來竟至成為賢臣的楷模。他身上那種盡為臣為子之用心、報知遇之恩於骨髓的思想，正是千百年來以「君子儒」自命的封建士大夫們的人生信條。

　　對現實社會具有極強的責任心的羅貫中們塑造了同樣對社會、對歷史極其負責的諸葛亮的形象。這一塑造，無疑是偉大的，因為作者在諸葛孔明身上不僅創造了一種人格範型，同時又寄託了自己的政治理想。然而，這一塑

造又是極其可悲的，因為孔明這一人物形象不合時宜、不符合歷史演進的規律，尤其是他所秉持的儒家「仁義忠孝」思想與時代前進的步伐有著太大的差距。

羅貫中有心通過孔明的塑造來寄託自己有益於世、甚至是挽狂瀾於既倒的政治理想，但他始終沒有弄明白，在那戰火紛飛的亂世，時代的驕子並非仁人君子，而是亂世奸雄；能夠使亂世變為治世的，不是諸葛亮式的「忠貞」，而是曹阿瞞式的「權詐」。諸葛亮所秉持的、或者說作者在諸葛亮身上所寄託的儒家政治思想並非全無用處，但要看將這種思想用於什麼時代、什麼環境。平心而論，儒家思想的基本功能乃在於維護正常的社會秩序，它是以血緣關係為紐帶、等級制度為基礎的「治世」的學說。作為一個封建中國的統治者或政治家，不懂得儒家思想便無法達到天下大治。然而，對於非正常的時代，對於封建亂世，儒家思想是沒有多大用處的。如果誰想用「仁義忠孝」的思想亂中求治、改造現實，那就好比堂吉訶德先生穿著古老的服裝、用著陳舊的兵器去大戰風車。試看，中國封建時期的歷代開國君王如秦皇漢祖、晉武隋文，乃至唐宋元明等每一個封建王朝的締造者，有哪一位是倚仗儒家的「仁義忠孝」來取得統一的？明確了這一點，我們就會明白，就《三國演義》的作者所塑造的諸葛亮這一形象自身的人格範型而言，是可欽可佩乃至可歌可泣的。但如果從社會的、歷史的角度看問題，這一人物形象只能是可悲的，因為他的思想不符合歷史潮流、不符合現實政治的需要，正如書中人物司馬徽所歎息的：「臥龍雖得其主，不得其時，惜哉！」（三十七回）

進一步而論，《三國演義》的作者羅貫中將自己的政治思想寄託在諸葛亮這麼一個悲劇人物身上並表現了極大的創作激情，這又正是羅貫中的可悲之處。諸葛亮的悲劇結局，在某種意義上代表了作者政治理想的破滅。作者一方面傾心歌頌諸葛亮這樣的悲劇英雄人物，一方面又隱隱約約地感受到環繞在諸葛亮身邊的悲涼之霧，從而自覺不自覺地流露出自己政治思想難以實現的迷茫與痛苦。

但無論如何，作者畢竟給我們留下了諸葛亮這一不朽的藝術形象，而在這一形象身上所寄託的政治理想又與作者改造現實、變亂為治的思想大有矛盾，這大概可視為羅貫中心靈深處的莫可名狀的悲劇吧。更為可悲的是，作者為歷代忠臣義士所樹立的楷模諸葛亮又被千百年來無數的讀者所景仰、所

褒揚、所效法,以至於釀造了許許多多歷史的悲劇,締造了一段一段悲劇的歷史。這恐怕是有悖於作者初衷的更深層的悲劇了。

（原載《〈三國演義〉與羅貫中》,中州古籍出版社,2000 年 4 月出版）

崇高者的悲劇與悲劇性的崇高
——關雲長散論

　　三國英雄關雲長，是中國歷史上罕見的一個「奇人」，奇就奇在他一氣化三身，一是被統治階級規範化，二是被文學作品藝術化，三是被芸芸眾生神聖化。

　　歷史上的關羽，出身經歷本屬平常，性格為人亦屬正常。他只是一個來於江湖、起於行伍的軍人，一個某政治集團中的骨幹，一個曾經名震一時的將領，一個最終失敗的英雄。他也有七情六欲，愛讀《春秋》、恩義分明，作戰勇敢、性格剛強，喜受恭維、愛說大話，亦好女色。如此人物，在中國歷史上並非前無古人、後無來者。何以唯獨這位關將軍死後，竟由侯而王、由王而帝、由帝而神呢？個中緣故，發人深思。

　　關羽身後之走紅運，至遲在陳隋之際就開始了。（見唐代董侹《玉泉寺重修關侯廟記》）唐以降，關羽廟宇日益增多，關羽的缺點逐漸被人們所掩飾，而他那徇義感恩之美德、力敵萬人之神威卻被文人騷客所頌揚。「將軍秉天姿，義勇冠今昔。走馬百沙場，一劍萬人敵。」（唐·郎君胄《壯繆侯廟別友人》）「氣蓋世，勇而頑。萬眾中，刺顏良。身歸漢，義益彰。位上將，威莫當。」（宋·黃茂才《武安王贊》）「憶昔天下初三分，猛將並驅誰軼群？桓桓膽氣萬人敵，臥龍獨許髯將軍。」（金·張珣《義勇行》）「一面荊州赤手擎，當時華夏震威名。平生不背劉玄德，獨有曹公察此情。」（元·宋無《關雲長》）在這一片讚歌聲中，關雲長開始了由常人向著超人的過渡。這些文人騷客正是按照中國傳統的、以儒家思想為核心的觀念意識來塑造自己心目中

的英雄，賦予關羽以理想人格的。關羽之所以身後走運，並非由於他一生業績足以推動歷史發展，或為常人所不及，而是他平生所為恰恰符合於後世文人們的審美心理、恰恰符合了在中國占統治地位的忠、義、禮、信等傳統道德，正是這種奇妙的吻合，使關羽頓出塵埃而直上雲霄，令後人歎為高山仰止；也正是這種奇妙的吻合，適應了封建統治階級的需要，從而對關羽之魂靈層層追封、步步升級。

關羽死後，劉禪於景耀三年追諡他為「壯繆侯」；宋徽宗時，始封為「忠惠公」和「崇寧真君」，後又加封為「武安王」和「義勇武安王」。宋高宗時加封為「壯繆義勇王」，宋孝宗時改封為「英濟王」。元文宗時加封為「顯靈義勇武安英濟王」。明憲宗時封為「壯繆義勇武安顯靈英濟王」。明神宗萬曆二十二年，始從道士張通元請，進爵為帝，廟曰「英烈」；四十二年又敕封「三界伏魔大帝神威遠鎮天尊關聖帝君」。清世祖時封為「忠義神武關聖大帝」，清高宗時加封為「忠義神武靈祐關聖大帝」，清仁宗時加封為「忠義神武靈祐仁勇關聖大帝」，清宣宗時加封為「忠義神武靈祐仁勇威顯關聖大帝」。民國三年，關羽與岳飛合祀於「武廟」。此外，明末時關羽還被稱之為「關夫子」。（佚名《老圃叢談》）清代，有人乾脆直接稱關羽為「關忠義」。（王侃《江州筆談》）

關羽一介武夫，何以能與孔子匹敵而並稱「夫子」？對此，清人張鵬翮有一段「精妙」的解釋：「夫侯生於千載之上，千載之下，無論貴賤智愚，聞侯之名，莫不敬之畏之；夙夜駿奔，若有所惕，然而不容自己者，何也？天理之不泯於人心，而三代之直道尚存也。充是心也，以之事親則孝、事君則忠、交友則信。如萬斛湧泉，取之不盡而用之無窮，則是侯之大有造於名教也，稱之曰夫子，誰曰不宜？於戲！夫子者，孔子之盛德而甚美之稱也。侯雖未登洙泗之堂，而剛大之氣、忠義之概，暗與道合。」（《關夫子志序》）這真是對關羽那一連串美諡的最好注腳。對此，歷代帝王領會之深者無過於乾隆皇帝，他在四十一年七月二十六日給修《四庫全書》的館臣們特地下了道諭旨，略謂：「夫以神之義烈忠誠，海內咸知敬祀，而正史猶存舊諡，隱於譏評，非所以傳信萬世也。今當鈔錄四庫全書，不可相沿陋習，所有志內關帝之諡，應改為忠義。」「繆」與「穆」通。這一點，明代郎瑛在《七修類稿》中早已辨明：「但傳公諡壯繆，乃為不學者所疑。當讀為穆，如秦繆、魯繆是也，予已辨於繆字下。諡法：壯為克亂不遂，穆為執義布德，此非神之行乎？」可

見，史載劉禪給關羽諡以「壯繆」，倒是符合關羽實際的，然而，卻不符合乾隆天子們的意願，倒不如直接改為「忠義」，豈不是一目了然？也無須向百姓們去作咬文嚼字的解釋了。

由於封建統治階級的逐步加封，由於歷代文人的傾心歌頌，關羽已經被傳統的封建道德不斷淨化，最終成為「超人」「完人」，成為一種絕對精神，成為一個乾癟的概念——「忠義」。

在關羽之「忠義」被統治者們所發揚光大的同時，他的另一面卻又被另一些人所擴大，那就是他的悲劇性。張未《明道雜志》說京師有一富家子，好看影戲，「每弄至斬關羽輒為之泣下，囑弄者且緩之」。這是對關羽悲劇結局感性上的同情。洪邁《容齋續筆》云：「自古威名之將，立蓋世之勳，而晚謬不克終者，多失於恃功矜能而輕敵也。……羽威震華夏，曹操議徙許都以避其銳，其功名盛矣。而不悟呂蒙、陸遜之詐，竟墮孫權計中，父子成擒，以敗大事。」這是對關羽悲劇結局理性上的評議。還有元代的幾首《題大王冢》詩分別寫道：「俘來于禁元輕敵，釁起孫吳為絕親。」（劉緯）「最恨含沙多鬼域，堪憐失水制鯤鯨。」，（程嚴卿）「欲除曹氏眼前害，豈料吳兒肘後欺。」（何溟）「嵯峨一家餘千年，長使英雄淚如水。」（周午）「傅麝懼罪生狂計，蒙遜陰謀謬見親。」（李鑒）這些詩句，更是從當時局勢、關羽性格之外因內因各個方面分析了「大意失荊州」的悲劇，並對這位失敗的英雄表示了由衷的惋惜、深沉的浩歎。

經過如此反覆的詠歎，關羽悲劇性的一面愈染愈濃，當關羽在這麼一種文學氛圍中進入元雜劇舞臺時，他已經是一個崇高美和悲劇美兼而有之的藝術典型了。

現存元雜劇作品中，真正表現關羽的戲僅四本，即關漢卿《單刀會》、《西蜀夢》，鄭光祖《三戰呂布》，無名氏《千里獨行》。其中，尤以關漢卿的兩個劇本最能見關羽悲劇英雄的特色。

先看《西蜀夢》：「九尺軀陰雲裏惹大，三縷髯把玉帶垂過，正是俺荊州里的二哥哥。」「往常開懷常是笑呵呵，絳雲也似丹臉若頻婆，今日臥蠶眉皺定面沒羅。卻是為何，雨淚如梭？」（第三折）這是張飛眼中作為鬼魂的關羽，雖仍是那麼威風凜凜、相貌堂堂，但畢竟已成鬼雄，被一層濃厚的悲涼之霧所籠罩。

再看《單刀會》：「折末他雄起起軍排成殺場，威凜凜兵屯合虎帳，大將

軍氣銳在孫吳上，倚著馬如龍人似金剛。不是我十分強，硬主仗，題著廝殺去摩拳擦掌。」（第三折）「水湧山疊，年少周郎何處也？不覺灰飛煙滅，可憐黃蓋轉傷嗟。破曹檣櫓當時絕，鏖兵江水元然熱。好交我心下情慘切！二十年流不盡英雄血！」（第四折）這個關雲長，撫今追昔，抒情言志，真是十二分壯志豪情，同時又有十二分幽懷悲訴。崇高的關羽、悲劇的關羽，在這裡真正地合為一體。（為保證此處關羽形象產生於《三國志通俗演義》之前，以上曲辭均引自徐沁君《新校元刊雜劇三十種》）

　　文學作品中的關羽，在《三國志通俗演義》中才得以定型。羅貫中一方面受到統治階級思想的影響，另一方面又受到歷代文人和民間藝人的影響，因此，他筆下的關羽就必然成為威勇其表、忠義其質的崇高性與環境、性格所造成的悲劇性的融合體。

　　《三國志通俗演義》中的關羽，給人最初步的印象便是臨敵之「勇」。沂水華雄、徐州車冑、白馬顏良、延津文丑、五關六將，直至古城外之老蔡陽，或交手僅一合，或上馬只一刀，關羽總只用片刻工夫就讓他們一個個屍橫塵埃、血濺長空。作者之所以不嫌重複地如此寫來，無非是要極力表現關羽威勇無比的狀貌風神。除了描寫關羽臨敵作戰之「勇」而外，作者還重筆描寫了關羽超乎常人的英雄風姿。「玄德看其人，身長九尺三寸，髯長一尺八寸，面如重棗，唇若抹朱，丹鳳眼，臥蠶眉，相貌堂堂，威風凜凜。」「公奮然上馬，倒提青龍刀，跑下土山，將盔取下放於鞍前，鳳目圓睜，蠶眉直豎，來到陣前。河北軍見了，如波開浪裂，分作兩邊。」「胡班往觀，見雲長左手綽髯，憑几於燈下看書。班見了，大驚曰：『真天人也！』」「船漸近岸，見雲長青巾綠袍，坐於船上；傍邊周倉捧著大刀，八九個關西大漢各跨腰刀一口。魯肅驚疑。侍從遠立，惟周倉在側。肅接入亭內，敘禮畢，舉杯相勸，不敢仰視。」「陀下刀割開皮肉，直至於骨，骨上已青。陀用刀刮之有聲，帳上帳下見者皆掩面失色。公飲酒食肉，談笑奕棋。」通過這樣一些描寫，一個充滿陽剛之氣、神威無比的關雲長就聳立在讀者面前了。

　　然而，這些描寫還不足以使關羽在廣大讀者心中形成崇高美的印象和感受。封建時代人們所景仰的崇高偶像，除了具有相應的風神氣概而外，還必須具備忠、義、禮、信和正大光明的道德人格。「統治階級的思想在每一時代都是占統治地位的思想。……那些沒有精神生產資料的人的思想，一般地是受統治階級支配的。」（《馬克思恩格斯選集》第一卷）封建主義的倫理道

德，在封建社會中，是占統治地位的，是包括《三國志通俗演義》的作者和讀者在內的廣大人民群眾在無形之中不得不接受的「美德。」因此，作者願意寫出一個忠義禮信、光明正大的關雲長，讀者也樂於接受這麼一個關雲長。許田射獵，要斬遮於天子之前、迎受萬歲呼聲之曹操，是關羽對漢室之忠。千里單騎、奪關斬將以尋劉備，是關羽不忘桃園之「義」。嫂居其內，自居其外，是關羽十分看重的人倫之禮。斬顏良誅文醜而報曹操厚待知遇之恩，是關羽的言而有信。不殺馬失前蹄的黃忠，是關羽的正大光明。作者一方面將忠義禮信、正大光明等美德一一從正面賦予關羽；另一方面，又將那些本來有損於關羽形象的情節，或進行遮蓋掩飾，或為之辯護開脫。如《三國志》裴松之注引《蜀記》所言：「曹公與劉備圍呂布於下邳，關羽啟公，布使宜祿行求救，乞娶其妻。公許之，臨破，又屢啟於公。公疑其有異色，先遣迎看，因自留之。羽心不自安。」像這樣欲乘人之危而奪人之妻的行徑，太損關羽品格，萬萬不可寫進作品。再如《三國志平話》中寫關羽曾在太行山落草的情節，也只能摒棄不用。甚至於某些並非美德的東西，仍要歸於美德之中。關羽歸順曹操一事，為正史所載，無法刪削，作者便讓他約以三章之事，美名其曰「降漢不降曹」。關羽華容道放曹操，作者卻說他「義重如山」「傲上而不忍下」。這麼一來，關羽就不僅威風其外，而且高節其內，成為一個道德完人了。無怪乎毛宗崗要極力稱讚他「是古今來名將中第一奇人。」（《讀三國志法》）

毛宗崗專論關羽的一段話，可以看作是對《三國志通俗演義》中關羽形象崇高一面的總結。但還有另一面，毛氏卻未總結出來，那就是關羽的悲劇性。不錯，關羽的確是一位英雄，但同時，他又是一位倒楣的英雄，是一個經常處於客觀環境與其主觀願望異常對立、激烈衝突之兩難境地中的人物。每逢關鍵時刻，關羽都企圖以自己的一定的標準去應付、征服周圍的一切，但迎接他的往往是失敗，甚至是十分窩囊的失敗，這便是關雲長的「崇高」不適應那瞬息萬變的複雜環境的崇高者的悲劇。

關羽降曹，實乃形勢所迫，本可算作權宜之計，至少可以達到保護劉備眷屬的目的。即便是劉備知之，亦不會深責，因為劉備本人於窮途末路時也幹過同樣的勾當。降曹就降曹嘛，無須遮遮掩掩、羞羞答答。而關羽卻給自己弄出一塊「降漢不降曹」的遮羞布來。殊不知若漢、曹一體，則降漢亦為降曹；若漢、曹各一，則身為漢將之關羽何所謂「降漢」？難道他的主公劉皇權

是叛漢的逆賊不成？自以為得計的關羽企圖用「降漢」之名來掩蓋「降曹」之實，卻不料鬧出了「漢臣降漢」的大笑話。在應付這一突變的、極端不利的局面時，關羽失敗了。這倒不在於他「降曹」這一實際行為的失敗，而在於他鼓吹「降漢不降曹」這一口號的失敗。他欲維護「忠」的尊嚴，實際上卻諷刺了這個尊嚴。

忠義關雲長，既能在土山之上以虛名之忠掩蓋實質之不忠，當然也能在華容道上以個人恩義取代集團公義。當時人誰都清楚，曹操是劉備大敵，曹、劉兩家勢在不共戴天，諸葛亮甚至認為拿住曹操乃是「蓋世之功，與普天下除大害」。這些，關羽不會不明白。然而，在關鍵時刻，他這個劉備手下的頭號親信卻將劉備心中的頭號敵人放了過去。在這一場極富戲劇性的衝突中，關羽所要得到的是什麼呢？無非是一個「義」的虛名。他為了一己之虛名，出賣了自己賴以立身的集團的利益。他所行的「義」之實，對他所秉持的「義」之名，其實是一個負數，是一種大不義的「大義」。他的「義」釋曹操，分明是對「義」結桃園的反動。

在虛名與實質之間，關羽選擇的是虛名；在個人與大局之間，關羽看重的是自己。這樣，就必然導致他虛榮自尊、狂妄自大、剛愎自用的性格，而這種性格又決定了他極難處理好本集團內外的各種關係，從而使他一次又一次地失策、失利、直到徹底失敗。對馬超，他欲逞匹夫之勇要入川比個高低；對黃忠，他恥於與老卒為伍；對孫權，他視為鼠輩；對陸遜，他看作孺子；對龐德、徐晃，他更不放在眼裏。直到「走麥城」時，部下勸他「小路有埋伏，可走大路」。關羽竟還在說：「雖有埋伏，吾何懼哉？」結果，就在這何所懼哉的小路上，關雲長以其自身不可克服的缺陷和過失，拉下了他作為一個悲劇英雄的終場帷幕。

《三國志通俗演義》中的關羽是一個以悲劇為其底色、以忠義為其核心、以威勇為其風神的英雄人物，是一個具有濃厚悲劇意味的封建正統崇高美的藝術典型。而當這一形象得以定型並傳諸後世時，一場造神運動便不可遏制地開始了。按照中華民族的傳統審美心理，這種悲劇性的英雄最值得同情，這種道德完人最值得讚譽，這種崇高的形象最值得景仰。因此，這種具備了悲劇性、正統性、崇高性的三位一體者，人們勢必神化之。至於這個被神化對象的某些毛病和缺陷，人們大都視而不見或飛快地忘卻。在神化關羽的過程中，有三大力量在起作用，一是芸芸眾生將生活中的希望寄託於正直

神靈的心理，二是封建統治者希望通過樹立政治榜樣來教育人民統治人民的需要，三是文學作品所具有的強大的藝術感染力。這三種力量，經過長時間的歷史積澱，已融合在一起，融合到這一個「關帝」身上了。這麼一來，上至帝王，下至百姓，士農工商，三教九流，乃至邦門會黨、各色人等，都從各自的角度來崇拜關羽，都想從關羽那兒尋求一種有利於自己的精神需要。請看如下事例：

「本朝羈縻蒙古，實是利用《三國志》一書，當世祖之未入關也，先征服內蒙古諸部，因與蒙古諸汗約為兄弟，引《三國志》桃園結誼事為例，滿洲自認為劉備，而以蒙古為關羽。其後入帝中夏，恐蒙古之攜貳焉，於是累封忠誼神武靈祐仁勇威顯護國保民精誠綏靖翊贊宣德關聖大帝，以示遵崇蒙古之意；時以蒙古人於信仰剌麻外，所最尊奉者，厥唯關羽。二百餘年，備北藩而為不侵不叛之臣者，專在於此。其意亦如關羽之於劉備，服事唯謹也。」（孔另境《中國小說史料》引《缺名筆記》）一個「關帝」的名頭，竟能幫助清廷羈縻盟友、安定北陲，其作用可謂大矣！

「吾郡江大中丞，每於公宴，見有扮演關侯者，則拱立致敬。」（焦循《劇說》）「張遂寧先生平生極愛關夫子。……有時集僚屬商略，稍有私曲，即拱手曰：『關夫子在上，監察無遺，豈敢徇隱？』」（劉廷璣《在園雜誌》）這些大人先生們故作玄虛的鬼把戲，是欺人，抑或自欺？或者兼而有之吧。

既然「關帝」能為王公大臣服務，那麼，庶民百姓千頭萬緒的事他便全部管得。於是乎，讀書人請關聖示闈題，（徐珂《清稗類鈔》卷七十三）督軍者請關聖占戰事，（林昌彝《海天琴思錄》卷一）求終身前程者可問關聖，（袁枚《子不語》卷十三）想免去軍籍者亦可求關聖，（褚人獲《堅瓠集續集》卷四）就連鄰居之間偷竊小雞之事，也得去麻煩神聖關老爺。（《子不語》卷二）與此同時，清代的不少會黨也以關羽相號召：「三合會，……各公所均祀關羽，每以六月二十四日為其忌日，以五月十三日為其生誕，皆慶祝。」「哥老會，……場中正面牆上，祀五祖、關羽等神」。（《清稗類鈔》卷六十六）

在封建社會走向崩潰的時候，我們的先人們接受的就是這麼一個關羽，一個被改造得與歷史上的關羽無甚干係的、充滿宗教色彩的崇高的「關帝」。

然而，這種崇高實際上是一種悲劇性的崇高。

這麼一個「關帝」，在中華民族的精神歷史中具有何種意義和作用呢？在某種意義上，它具有一定程度的凝聚力，它可以團結人民大眾，增強民族自信心，滿足人們的一種審美要求和精神依託。但是，在更多的時候，它卻具有相當嚴重的阻滯力，它被納入封建主義的軌道中，為封建統治者服務，起著阻礙社會發展、禁錮大眾心靈、壓縮個體人格的作用。它既是民族的興奮劑，也是民族的麻醉劑。

人民所賦予關羽的，是一個悲劇性的崇高者的楷模，而這個楷模所還報人民的，卻是一種以麻醉為主、鎮痛次之、興奮再次之的精神鴉片的作用。這已不僅僅是關羽這個「崇高者」自身的悲劇了，而是一種創造、接受、景仰、學習這個「崇高者」的歷史的、民族的大悲劇。

（原載《「三國演義」與荊州》，中州古籍出版社，1993 年 9 月出版）

「關公信仰」文化現象溯源

　　在中華民族的歷史人物中，能與孔子並列而千百年來備受人們崇敬者，恐怕只有關公了。孔子與關公，一文聖、一武聖，給人們的影響是不盡相同的。作為思想家的孔子，其博大精深的思想，已深深地溶入中華民族傳統文化的血液之中，人們在接受孔子巨大而深刻的影響時，有自覺者，亦有不自覺者；而關公，本身無所謂思想體系，他完全是作為一尊偶像而被人們所信仰和崇拜。從偶像崇拜的角度出發，孔子的形象，主要是在文廟和私塾中供奉，作為至聖先師而受到舊時讀書人的崇仰；而關公的形象，除了關帝廟而外，在道觀、佛寺中也能經常見到，甚至一般百姓家中也供奉著這位關老爺，尤其是在一些行會組織中，關聖人的香火更是綿延不絕、隨處可見，即便在商品經濟如此發達的今天，東南亞一帶的某些商人家裏，也往往將趙元帥的偶像換成關大王。關公，實際上已成為一種文化符號。逾越千年，名震三界，乃至遠涉重洋，揚威海外，被成千上萬的炎黃子孫所景仰、崇拜。因此，僅從偶像崇拜的普及性著眼，關公較之孔子，實在是有過之而無不及。這真是一種發人深思的文化現象。

　　其實，「關公」這一符號，代表著三個方面的含義：一是歷史人物的關羽，二是文學形象的關羽，三是神聖偶像的關羽。三者之間的聯繫顯然是無法割裂的，但如果對這三者之間的關係進行爬梳探究，便可大致找到關羽是怎樣由人而神的演變脈絡。

　　作為歷史人物的關羽，只是一個經歷平常、性格正常的人物。陳壽《三國志・蜀志・關羽傳》的正文只有一千字左右，加上裴松之的注文，亦只有兩千來字。《關羽傳》除交待關羽其人的出身和子嗣等基本情說外，主要記述了

他生平的幾件大事。一是投奔劉備、恩若兄弟，二是守下邳城、為操所擒，三是襲斬顏良、解困白馬，四是封操所賜、追尋玄德，五是乘船數百、南至夏口，六是受劉備命、董督荊州，七是寄書孔明、比才馬超，八是誤中流矢、刮骨療毒，九是水淹七軍、威震華夏，十是輕視東吳、終被擒殺。在裴松之的注文中，引用了有關資料，補充了關羽生平中的某些細節。如裴注引《蜀記》曰：「曹公與劉備圍呂布於下邳，關羽啟公，布使秦宜祿行求救，乞娶其妻。公許之。臨破，又屢啟於公。公疑其有異色，先遣迎看，因自留之。羽心不自安。」此事又見《三國志‧魏志‧明帝紀》裴松之注引《魏氏春秋》，所載略同。由此可見，作為歷史人物的關羽，由一個處於亂世、擇主而棲的軍人，爾後逐步成為劉備政治集團中的骨幹。他也曾名震一時，終因目空一切而被東吳擒殺，成為一個失敗的英堆。他雖然作戰勇敢、秉性剛強，但又剛愎自用、自以為是。他也有七情六欲，甚至趁人之危而欲奪人妻。如此人物，在中國歷史上數以千百計，何以唯獨關羽一人倍受後人青睞，「儒稱聖、釋稱佛、道稱天尊、三教盡皈依」，「漢封侯、宋封王、明封大帝、歷朝加尊號」（王楚香《古今楹聯大觀》卷五）呢？其中，最根本的原因有兩條，一是各種文學作品的渲染，二是歷代統治階級的標榜。

　　早在陳隋之際，就有關羽魂遊當陽的傳說，人們還為之建廟以示紀念。唐人董侹《貞元重建廟記》在記述此事的過程中，已流露出對關羽的崇敬之情：「惟將軍當三國之時，負萬人之敵。孟德且避其銳，孔明謂之絕倫。其於徇義感恩，死生一致。斬良擒禁：此其效也。嗚呼！生為英賢，沒為神明。精靈所託，此山之下，邦之興廢，歲之豐荒，於是乎繫。」唐以降，對關羽的讚頌之辭逐漸多了起來。如唐代郎君胄《壯繆侯廟別友人》詩云：「將軍秉天姿，義勇冠今昔。走馬百戰場，一劍萬人敵。」宋代黃茂才《武安王贊》曰：「氣蓋世，勇而強。萬眾中，刺顏良。身歸漢，義益彰。位上將，威莫當。」金代張珣《義勇行》云：「憶昔天下初三分，猛將並驅誰軼群。桓桓膽氣萬人敵，臥龍獨許髯將軍。」元代宋無《關雲長》寫道：「一面荊州赤手擎，當時華夏震威名。平生不背劉玄德，獨有曹公察此情。」在唐、宋、金、元文人的吟詠之中，關羽徇義感恩之美德、萬人莫敵之神威得到了突出的體現；而他的某些缺點、弱點則逐漸被人們所掩飾或遺忘。這些文人騷客並非單純在詩歌作品中復述歷史人物關羽，而是按照中國傳統的、以儒家思想為核心的意識觀念來塑造自己心目中的英雄，賦予關羽以理想的人格精神。與此同時，作為

歷史人物的關羽的另一面，亦即他悲劇性結局的一面，也被後人不斷加以渲染。宋·張耒《明道雜志》說一京師富家子，好看弄影戲，「每弄至斬關羽，輒為之泣下，囑弄者且緩之」。而元代的幾首《題大王冢》詩，則更從不同的角度評議了關羽失荊州而被擒身亡的悲劇：「俘來于禁元輕敵，釁起孫吳為絕親。」（劉緯）「一時成敗風雲散，千古精誠日月明。」（程嚴卿）「欲除曹氏眼前害，豈料吳兒肘後欺？」（何溟）「嵯峨一冢餘千年，長使英雄淚如水。」（周午）「傅糜懼罪生狂計，蒙遜陰謀謬見親。」（李鑒）將唐、宋、金、元這些文人騷客的吟詠概括起來並加以過濾，我們可以看到，在他們筆下的關羽形象的內質結構主要有三大要素：義、勇、悲。

當這個義勇兼備、且具悲劇色彩的關羽由文人筆下轉入通俗文學作品之中的時候，一個具有崇高美的悲劇英雄形象便矗立在千百萬民眾的心目中了。不過，其間也有一個演變過程。

刊刻於元代至治年間的講史話本《三國志平話》的關羽形象，其主要特質乃在於「義」「勇」兩個方面。除此而外，這一形象還帶有民眾審美要求的草莽氣息和歷史人物所固有的驕恣之氣。是書寫關羽之「勇」，只看斬顏良、誅文醜兩個片斷便可見一斑：「雲長單馬持刀奔寨，見顏良寨中不做疑阻，一刀砍顏良頭落地，用刀尖挑顏良頭，復出寨。卻還本營見曹公，駭然而驚，手撫雲長之背，言曰：『十萬軍中取顏良首級，如觀手掌。將軍英勇之絕也。』」「關公不打話，便取文醜。交戰都無十合，文醜敗，撥馬走。關公怒曰：『焉能不戰？』急追三十餘里，至渡口名曰官渡至近，關公輪刀，覷文醜便砍，連肩卸膊，分為兩段，文醜落馬死。」（卷中）至於關羽之「義」，是書寫降曹約三事、千里獨行等情節，亦頗充分。《三國志平話》最具特色之處是寫了關羽的草莽氣息與驕恣之氣。如敘關羽出身一段，作者寫道：「話說一人，姓關名羽，字雲長，乃平陽莆州解良人也。生得神眉鳳目虬髯，面如紫玉，身長九尺二寸。喜看《春秋左傳》，觀亂臣賊子傳，便生怒惡。因本縣官員貪財好賄，酷害黎民，將縣令殺了，亡命逃遁，前往涿郡。」後來遇上張飛，二人氣味相投，一起到酒肆中痛飲，張飛先叫：「將二百錢酒來！」二人暢飲一陣，「酒盡，關公欲待還杯，乃身邊無錢，有艱難之意。飛曰：『豈有是理！』再叫主人將酒來。二人把盞相勸，言語相投，有如契舊。」（卷上）這一段描寫，頗同於後來《水滸傳》寫梁山好漢，一片草莽之氣。正因如此，當張飛怒鞭督郵之後，才會有「劉備、關、張眾將軍兵都往太（行）山落草」的

可能。在《三國志平話》中，關羽尚未被神化，仍保持著一個活生生的「人」的某些性格缺陷。如在滑榮道上，曹操為關羽所阻，曹操美言相告：「雲長看操亭侯有恩。」關羽卻說：「軍師嚴令。」曹操無奈，只好撞陣，因「面生塵霧，使曹公得脫」。關羽趕了數里復回，見劉備。諸葛亮說：「關將仁德之人，往日蒙曹相恩，其此而脫矣。」不料這話引起了關羽一腔忿氣，「關公聞言，忿然上馬，告主公復追之」。（卷中）再如劉備封五虎將一段，關羽得知馬超被封為定遠侯之後，公然表示不滿：「自桃園結義，兄弟相逐二十餘年，無人可當關、張二將。」並令人送信入川見軍師，得到孔明回信之後，關羽洋洋自得，對手下眾官說：「軍師言者甚當。」「馬超者，張飛、黃忠並為，倘比吾，難。」（卷下）此後，關羽甚至對前來提親的東吳使者說：「吾乃龍虎之子，豈嫁種瓜之孫！」（卷下）這些地方，都體現了關羽狂傲自大的一面，帶有歷史人物的本色。

通過以上分析，我們可以看到，《三國志平話》中的關羽身上所體現的正是宋元時期一般民眾的審美要求，他們所喜愛的乃是一個義勇雙全而又真實可信的關羽，而不是一尊偶像。

元代戲劇舞臺上出現的關羽，已在歷史人物的基礎上有所提高，在講史話本的基礎上有所淨化。關羽已被塑造成一個由常人向超人過渡的藝術典型。他身上的草莽氣息和驕忿之氣已大為減弱。由於特殊的時代因素，在關羽這一形象身上，帶有劇作家們相當濃厚的歷史觀照和現實感受。甚至可以說，元代雜劇舞臺上的關羽，已成為一尊寄託著劇作家們民族意識、悲劇意識且帶有「理念」意味的正義之神。

在元雜劇現存作品中，與關羽相關的戲至少有《單刀會》《雙赴夢》《千里獨行》《三戰呂布》《博望燒屯》《襄陽會》《黃鶴樓》《隔江鬥智》等八種。其中，後五種中關羽俱是配角，暫置勿論。《千里獨行》一劇，雖是曲甘夫人主唱的旦本戲，而實際上全劇的中心人物則無疑是關羽。在這個劇本中，作者除了表現關羽勇武剛強的英雄氣概之外，更突出體現了他忠、義、禮、信的內在精神。如該劇第三折寫關羽灞陵橋別曹操，當張遼奉命向關羽要一件回奉之物時，關羽回答道：「丞相的恩，我報了也。我與他刺了顏良，誅了文醜，他今日又要回奉之物，我隨身無甚麼值錢對象。我這一去，見了哥哥，我異日借起兵來，與您曹丞相交鋒，我若拿住你曹丞相，我這大刀下饒你丞相一個死，便是回奉。」在這裡，關羽忠、義、禮、信四種美德俱全，但其中更

突出的乃是義和信兩點，這正是能為生活在那特定的悲劇時代的人民大眾所接受的關羽崇高精神的核心之所在。然而，劇作者又通過關羽那既要秉持崇高的人格精神又迫於形勢而不得已許諾曹操的言辭，準確地體現了關羽這一崇高形象在極端不利的環境中痛苦掙扎的悲劇個性。

如果說，《千里獨行》中的關羽形象已具有相當程度的悲劇意味的話。那麼，《雙赴夢》中的關羽形象則更被蒙上一層濃厚的悲劇色彩了。該劇第一折中，蜀國使臣唱道：「關將軍但相持，無一個敢欺敵。素衣匹馬單刀會，覷敵軍如兒戲不若土和泥。殺曹仁七萬軍，刺顏良萬萬威。今日被歹人將你算，暢則為你大膽上落便宜。」在極贊關羽之威風和業績之後，忽然拖上一句悲愴的呼號、愛極的埋怨。再看第三折張飛所唱：「九尺軀陰雲裏惹大，三縷髯把玉帶垂過，正是俺荊州里的二哥哥。」「往常開懷常是笑呵呵，絳雲也似丹臉若頻婆。今日臥蠶眉愁定面沒羅，卻是因何，兩淚如梭？」作為鬼魂的關羽，雖仍然那麼威風凜凜、相貌堂堂，但畢竟已成為鬼雄，一層悲涼之霧籠罩在他的身邊。這一層悲涼之霧的內蘊是極其深厚的，它包含著生活於階級、民族雙重矛盾交織在一起的特殊歷史環境中的下層民眾對於「生當作人傑，死亦為鬼雄」的歷史英雄的低沉呼喚，同時，也可看作是劇作家本人發自內心深處的一首民族英靈的招魂曲。

以上二劇，尚是從旁觀者的角度寫出了關羽外在的義、勇、悲，而真正能揭示關羽這一悲劇英雄內心世界的則是《單刀會》。我們且看該劇第四折所展現的關羽的悲壯情懷：「水湧山疊，年少周郎何處也，不覺的灰飛煙滅。可憐黃蓋轉傷嗟，破曹的檣櫓一時絕，鏖兵的江水猶然熱，好教我情慘切。這也不是江水，二十年流不盡的英雄血。」撫今追昔，言志抒情，十二分的壯志豪情，十二分的幽懷悲訴，崇高的關羽、悲劇的關羽，在這裡真正地合為一體。在這麼一個悲壯而崇高的關大王身上，已寄託著劇作者對歷史的觀照，甚或隱約的民族意識。而這一個關羽本身，已不復再是那一個歷史人物或一般的舞臺形象，而成為一位超越歷史的「巨人」，一個在「人」的基礎上帶有神化痕跡的「超人」。

元代雜劇舞臺上關羽形象身上所體現的悲劇色彩，自由其特殊的歷史背景所致。但，這種悲劇英雄一旦定型，一旦積澱成為民族精神的一部分，必將引起後人更多的同情、惋惜和謳歌。中國的民眾是崇拜英雄的，尤其崇拜那些為正義而奮鬥不息而終歸失敗的悲劇英雄。關羽之所以成為一個被後

人崇拜的神明，與元雜劇中這種大力渲染關羽之悲壯的舞臺效果有著密不可分的關係，因為無論何種文化層次的人都可以看戲，而直觀教育的力量是無窮的。

當然，文學作品中的關羽形象的最終定型，還在《三國志通俗演義》之中。在這部被稱為中國章回小說的開山之作的巨著中，作者對關羽這一人物形象進行了多側面、多層次的刻畫和描寫，使之成為一個威勇其表、忠義其裏且又帶有濃厚悲劇意味的藝術典型；同時，作者又給後世留下了一位氣貫日月、睥睨萬物的足以令人高山仰止的「尊神」。

《三國志通俗演義》寫關羽之勇，不是粗莽之勇，而是帶有十足的大將軍氣概的「威」勇，而對其威勇的具體描寫又往往體現在臨陣殺敵之迅猛異常。沂水華雄、徐州車冑、白馬顏良、延津文醜、五關六將，乃至古城外之老蔡陽，多少能征慣戰之將，只要碰上關雲長，或上馬只一合，或交手僅一刀，片刻工夫他們就一個個屍橫塵埃、血濺長空。這便是作者有意突出關羽無與倫比的神將之「威」。與此同時，作者還在封金掛印、夜讀兵書、單刀赴會、刮骨療毒等片斷中，以重筆描寫了關羽異乎常人的恢宏氣度和壯貌風神。通過這樣反覆的渲染，一個充滿陽剛之氣、神威無比、超群絕倫的關羽就矗立在讀者面前了。

在充分描寫關羽威武雄壯的風采的同時，作者更以細膩之筆賦予關羽以忠、義、禮、信和正大光明的內在美德。許田射獵，欲斬遮於天子之前迎受萬歲呼聲之曹操，是關羽對漢室之忠。千里走單騎，追尋兄長劉備，是關羽不忘桃園之義。嫂居其內，自居其外，是關羽牢記人倫之禮。斬顏良、誅文醜以報曹操知遇之恩，是關羽的大丈夫言而有信。不殺馬失前蹄的黃忠，則正是關雲長的正大光明之處。作者一方面大力張揚關羽的美德，另一方面。又將正史、野史中某些有損關羽形象的情節進行刪改遮飾。《三國志》裴注所引關羽趁人之危欲奪人妻一事，在這裡已不見蹤影，反而寫他將曹操送來的十名美女「盡送入內門，令服侍二嫂嫂」（卷五）。《三國志平話》中寫劉、關、張曾落草於太行山，在這裡卻變成「關、張各自收得些人馬，往山駐紮，如落草一般。」後來又乾脆讓張飛一人「在碭山落草為寇」。（卷四）《三國志平話》中那華容道未曾有心放曹，受孔明一激忿而再追的關羽，在這裡不僅有意放了曹操，並且被譽為「傲上而不忍下，欺強而不凌弱」的「義重如山之人」（卷十）。由此，關羽便成為一個威勇其外、美德其內的崇高美的典型，成為

千古名將中的典範楷模。誠如毛宗崗在《讀三國志法》中所言：「歷稽載籍，名將如雲，而絕倫超群者莫如雲長。青史對青燈，則極其儒雅；赤心如赤面，則極其英靈。秉燭達旦，人傳其大節；單刀赴會，世服其神威。獨行千里，報主之志堅；義釋華容，酬恩之誼重。作事如青天白日，待人如霽月光風。心則趙抃焚香告帝之心而磊落過之，意則阮籍白眼傲物之意而嚴正過之。是古今來名將中第一奇人。」

毛宗崗這一番熱情洋溢的讚譽之辭，可說是對《三國志通俗演義》中關羽形象的人格總結。然而，這一總結並不全面。《三國志通俗演義》中多次寫到關羽性格的若干缺陷，諸如剛愎自用、目中無人、狂傲自大，以及由這些悲劇性格所造成的悲劇結局，毛氏在這裡有意迴避，隻字未提。這似乎給我們透露了一點時代訊息：在《三國志通俗演義》產生的元末明初之時，文學作品中的關羽形象雖已逐步偶像化，但仍帶有相當程度的歷史人物固有的痕跡；而到了毛宗崗所處的清代，關羽已被提到了神聖不可侵犯的地步，對他的評價，只能褒、不能貶，只可頌揚、而不可損抑。換言之，關羽之由人而變成神的決定性階段，正在於明中葉至清代。這種文化現象之所以產生，與歷代封建統治階級、尤其是明中葉至清代的統治者對關羽的層層加封、不斷升級的做法有著不可分割的關係。下面所列舉的關羽死後所受的封號的簡明統計，正向我們證實了這一點。

關羽死後，蜀漢後主劉禪於景耀三年追諡他為「壯繆侯」。宋徽宗時，始封之為「忠惠公」和「崇寧真君」，後又加封為「武安王」和「義勇武安王」。宋高宗時加封為「壯繆義勇王」。宋孝宗時改封為「英濟王」。元文宗時加封為「顯靈義勇武安英濟王」。明太祖時復侯元封。明憲宗時封為「壯繆義勇武安顯靈英濟王」。明神宗萬曆二十二年，始從道士張通元請，進爵為帝，廟曰「英烈」；四十二年又敕封「三界伏魔大帝神威遠鎮天尊關聖帝君。清世祖時封為「忠義神武關聖大帝」。清高宗時加封為「忠義神武靈祐關聖大帝」。清仁宗時加封為「忠義神武靈祐仁勇關聖大帝」。清宣宗時加封為「忠義神武靈祐仁勇威顯關聖大帝」。

關羽封號的演變是很有意味的，從中似乎可以窺見不同朝代的統治者們各自的心態。劉禪封之以「侯」，名正言順。自魏晉六朝直到隋唐及北宋中期，關羽並未引起統治者們多大興趣。宋代「靖康之變」前後，關羽突然發跡，一躍而為「王」，其間大概多少帶有社稷危亡需神靈護衛之意。元文宗時，成吉

思汗的兒孫們銳氣已將盡，故又重新對關羽亡靈進行認定。明太祖馬上得天下，連亞聖孟子都敢於不恭，何在一關大王？故復侯之元封。明憲宗承大明之盛世，然已漸趨尾聲，故又舊調重彈。至神宗，則大明之勢已逞強弩之末，因使關羽封號大放光彩，進爵為帝，且越封越高、越封越玄。滿清貴族入主中原，以漢治漢，抬高關羽以為楷模，從而定世道、正人心，何樂而不為？故而關帝封號越加越長，但變來變去，「忠義」為之首，則永為定格。

在官方的大力張揚之下，民間對關羽的崇拜亦成為社會風習。明末時，關羽被稱為「關夫子」（佚名《老圃叢談》）。清代，有人乾脆稱關羽為「關忠義」（王侃《江州筆談》）。民國三年，關羽與岳飛合祀於武廟。

關羽一介武夫，何以能與孔子並列而被稱之為「夫子」？對此。清人張鵬翮有一段話說得明白：「夫侯生於千載之上，千載之下，無論貴賤智愚，聞侯之名，莫不敬之畏之，夙夜駿奔，若有所惕，然而不容自己者，何也？天理之不泯於人心，而三代之直道尚存也。充是心也，以之事親則孝，事君則忠，交友則信，如萬斛源泉，取之不盡而用之無窮，則是侯之大有造於名教也。稱之曰夫子，誰曰不宜？於戲！夫子者，孔子之盛德而甚美之稱也。侯雖未登洙泗之堂，而剛大之氣，忠義之概，暗與道合。」（《關夫子志序》）這段話，真可看作關羽那一連串美諡的最好注腳。對此，歷代帝王領會之深者無過於清高宗，他在乾隆四十一年七目二十六日給修《四庫全書》的館臣們特地下了一道諭旨，略謂：「夫以神之義烈忠誠，海內咸知敬祀。而正史猶存舊諡，隱寓譏評，非所以傳信萬世也。今當抄錄四庫全書，不可相沿陋習，所有志內關帝之諡，應改為忠義。」（據《四庫全書總目》卷首）這裡，清高宗所謂「正史猶存舊諡，隱寓譏評」，指的是史載劉禪諡關羽以「壯繆」一事。其實，「繆」與「穆」通，這一點，明人郎瑛在《七修類稿》卷四中早已辯明：「但傳公諡壯繆，乃為不學者所疑，當讀為穆，如秦繆、魯繆是也。予已辨於繆字下。諡法，壯為克亂不遂，穆為執義布德，此非神之行乎？」可見，「壯繆」之諡，的確很符合關羽的實際，只是象乾隆那樣的統治者們認為「壯繆」不如「忠義」來得明白，因此，他們才不惜篡改史書以突出關羽的「忠義」。

在封建統治階級的大力提倡下，關羽作為「人」的一面逐漸銷磨，而作為「神」的一面卻逐步擴大，而「忠義」二字，則是這尊神道頭上最耀眼的光環。在明清兩代文人對關羽的歌詠聲中，這「忠義」的主旋律顯得越來越鮮

明嘹亮。請看：「黃壤一抔蓋忠義，空餘遺恨失吞吳。」（明‧劉巽《題大王冢》）「古來不沒稱忠義，弔客常過薦酒卮。」（明‧趙璞《次何州判韻》）「百萬貔貅屬揩麾，死生忠義總無虧。」（明‧黃玄《謁解州廟》）「一片忠心扶帝冑，千尋義氣壓奸權。」（明‧劉翔《謁解廟》）「揆義不妨權報魏，攄忠直欲再興劉。」（明‧俞浩《謁武安王廟》）「當其忠義發，直欲凌太行。」（清‧果親王《謁解州廟》）「可歎孫曹甘僭竊，何如忠義萬年芳。」（清‧喬庭桂《修志有感》）「忠貞垂宇宙，浩氣塞蒼穹。」（清‧張鵬翮《謁荊州廟》）「心契麟經昭大義，志維漢鼎矢孤忠。」（清‧喬壽愷《謁帝廟》）

在封建統治階級和各階層文人大力表彰關羽之「忠義」並將其神化的過程中，自然離不了佛、道二教的參與。上述關羽諸多封號中，就有一些明確帶有佛、道的色彩，而關羽於明萬曆二十二年進爵為帝，則更是由於道士的請求。再如：「《桑榆漫志》，關侯聽天師召，使受戒護法，乃陳妖僧智顗、宋佞臣王欽若附會私言。至於降神助兵諸怪誕事，又為腐儒收冊，疑以傳疑。」（郎瑛《七修類稿》卷四）此外，又離不開封建文人的鼓搗：「張遂寧先生平生極愛關夫子，……總河行署川堂後，有廳事三楹，南面供奉關帝像，旁周將軍持刀侍立，西面設几案，遂寧先生端坐辦理公務。幕中無一友，一應案牘，俱係親裁。有時集僚屬商略，稍有私曲，即拱手曰：『關夫子在上，監察無遺，豈敢徇隱？』」（劉廷璣《在園雜誌》卷三）關羽既被神化，由一普通的將領侯而王、王而帝、帝而神，那麼，他的聖像便不容褻瀆，自然備受崇敬。九州大地關帝廟中的聖像自不必說，就連戲劇舞臺上亦即如此。焦循《劇說》卷六云：「吾郡江大中丞蘭，每於公宴，見有扮演關侯者，則拱立致敬。」周劍雲《劍氣凌雲盧劇話》云：「三麻子生平崇奉壯繆最篤，每於演劇之先，對其像焚香膜拜，然後化裝。」周壽昌《思益堂日劄》卷九云：「今都中演劇，不扮漢壽亭侯，或演三國傳奇有交涉者，即以關將軍平代之。則由人心敬畏，不煩法令者矣。」齊如山《增訂再版京劇之變遷》云：「戲中每遇關羽的戲，皆不許直呼其名，本人則稱關某，通名時則只稱關字，別人或敵方則都稱他為關公。」「乾隆中，有一位唱老生的，名米喜子，演關公的戲極出名。一日都老爺團拜，約米喜子演《戰長沙》。出場時用袖子遮臉，走到臺前，乍一撒袖，全堂觀客，為之起立，都說是彷彿真關公顯聖一樣，所以不覺離座。」「宮裏頭演關公的戲，每逢關公一上場，皇上與西太后均要離座，佯為散行幾步，方再坐下。」從皇帝太后到一般庶民，從演員到觀眾，關羽的形象竟然

如此受到人們的崇敬，真可以稱得上古今來第一神明了。

在這場「造神」運動中，上自帝王，下至百姓，仕農工商，三教九流，都在出著一份力，但也都想沾上一點光。或者說，「造神」的終極目的其實不過是社會各階層各自的為我所用而已。滿州貴族入主中原之前，與蒙古約為兄弟，自以為劉備，以蒙古為關羽，目的是羈縻蒙古，使之成為不侵不叛之臣（見孔另境《中國小說史料》引《缺名筆記》）。上有好者，下必甚焉。於是乎：讀書人請關聖示闈題（徐珂《清稗類抄》卷七十三），督軍者請關聖占戰事（林昌彝《海天琴思錄》卷一），求終身前程者可問關聖（袁枚《子不語》卷十三），想免去軍籍者亦可求關聖（褚人獲《堅瓠集》續集卷四），甚至連鄰居間偷竊一雞的小事，也得去麻煩神聖關老爺（《子不語》卷二）。至於清代的一些會黨，如三合會、哥老會等，也都以關羽相號召（《清稗類抄》卷六十六）。關聖人不僅血食遍九州，而且服務遍九州了。直至今天，在許多電影、電視劇中，聰明的導演也往往在一些帶有會黨意味的劇中人家中供上一幅關羽的畫像。「關公信仰」，已成為一種文化現象，一種經過千百年來歷史積澱的文化現象。

通過以上簡單的巡閱，我們可以看到，造成「關公信仰」文化現象的原因是極其複雜的。但大要而言，建統治階級抬高關羽，關鍵在於表彰其「忠義」，將他作為忠義的楷模，讓人們效法，從而維護自己的統治；而被治者們崇拜關羽，則主要著眼於他的「信義」，並將他作為正義的化身，通過這尊正直之神來保護弱者，調解、評判紛紜人世的各種糾紛，加強人與人之間的信賴感，增強群體內部的凝聚力。總之，社會各階層崇拜關羽的表象大體如一，而其真正內涵卻是極其複雜而豐富的。

（原載《湖北師範學院學報》1996 年第一期）

關公三題

在中國古代小說的人物畫廊中，很多膾炙人口的人物其實都是某種文化現象的載體。其中，最具文化意味的是《三國志通俗演義》中的關公和《西遊記》中的孫悟空，孫悟空另作別論，此處僅對關公形象的文化意味作點小小的探究。

一、三教同構

中國傳統文化留給後世的關公，是一位「儒釋道」三教同構的神靈。

關公卒後，蜀漢後主劉禪於景耀三年追諡他為「壯繆侯」。這本來是一個很符合關公生平表現的諡號，但卻也引發了一場不大不小的筆墨官司。清高宗在乾隆四十一年七月二十六日特地給《四庫全書》館臣下了道諭旨，略謂：「夫以神（指關公）之義烈忠誠，海內咸知敬祀，而正史猶存舊諡，隱於譏評，非所以傳信萬世也，今當鈔錄四庫全書，不可相沿陋習，所有志內關帝之諡，應改為忠義。」這裡所說的舊諡，就是「壯繆」。其實，乾隆皇帝完全是多此一舉。關公諡號中的「繆」與「穆」通，是一個極好的字眼。這一點，明代郎瑛在《七修類稿》中早已辨明：「但傳公諡壯繆，乃為不學者所疑。當讀為穆，如秦繆、魯繆是也，予已辨於繆字下。諡法：壯為克亂不遂，穆為執義布德，此非神之行乎？」可見，劉禪給關羽諡以「壯繆」，倒是很恰當的。然而，乾隆皇帝卻覺得「壯繆」二字「隱於譏評」，至少老百姓弄不懂，不利於傳播關公克亂不遂、執義布德的精神，倒不如直接改為「忠義」，豈不是一目了然？

這裡，我們所看到的正是儒家思想最核心的東西——忠義在關公身上的

體現。換言之，關公這麼一個崇高的文化符號首先體現的是儒家思想。謂予不信，再看以下事實：明末，關公被稱之為「關夫子」。（佚名《老圃叢談》）清代，有人乾脆直接稱關公為「關忠義」。（王侃《江州筆談》）民國三年，關公與岳飛合祀於「武廟」，成為與孔子並列的武聖人。

一介武夫出身的關公，何以能與萬世宗師孔子並稱為「夫子」？對此，清人張鵬翩解釋得非常到位：「夫侯（指關公）生於千載之上，千載之下，無論貴賤智愚，聞侯之名，莫不敬之畏之；夙夜駿奔，若有所惕，然而不容自己者，何也？天理之不泯於人心，而三代之直道尚存也。充是心也，以之事親則孝、事君則忠、交友則信。如萬斛湧泉，取之不盡而用之無窮，則是侯之大有造於名教也，稱之曰夫子，誰曰不宜？於戲！夫子者，孔子之盛德而甚美之稱也。侯雖未登洙泗之堂，而剛大之氣、忠義之概，暗與道合。」（《關夫子志序》）

然而，關公生前並不走運，死後數百年也並不輝煌。關公作為偶像被人崇拜是在六朝之末的陳隋之際。唐代董侹《貞元重建廟記》載：「玉泉寺在覆船山東，去當陽縣二十里。……寺西北三百步，有蜀將軍都督荊州事關公遺廟存焉。將軍姓關，名羽，字雲長，河東解人。公族功績，詳於國史。先是，陳光大中智顗禪師者，至自天台，宴坐喬木之下，夜分忽與神（此指關公）遇，雲願捨此地為僧坊，請師出山，以觀其用。……嗚呼！生為英賢，沒為神明。精靈所託，此山之下，邦之興廢，歲之豐荒，於是乎繫。」如今，幾經修建的湖北當陽玉泉寺仍然是敬奉關公的廟宇。由此，亦可見關公崇拜已不是儒門的專利，早在隋唐時，關公就與佛教交往，並很快成為佛門的崇敬者，而且，還與佛門弟子聯袂護祐著一方的興廢豐荒。

關公時來運轉，被官方層層加封始於宋代。北宋那位酷信道教的道君皇帝宋徽宗，始封關公為「忠惠公」和「崇寧真君」。這是兩個帶有十分明顯的道教意味的封號。而後，宋徽宗又加封關公為「武安王」和「義勇武安王」，這又是儒家與道教相結合的封號了。再往後，歷代帝王對關公的封號愈來愈顯赫，也愈來愈繁瑣。但繞來繞去，終不離儒釋道三教。試舉其犖犖大者如下：宋高宗時加封為「壯繆義勇王」，宋孝宗時改封為「英濟王」。元文宗時加封為「顯靈義勇武安英濟王」。明憲宗時封為「壯繆義勇武安顯靈英濟王」。明神宗萬曆二十二年，始從道士張通元請，進爵為帝，廟曰「英烈」。萬曆四十二年又敕封為「三界伏魔大帝神威遠鎮天尊關聖帝君」。清世祖時封為「忠

義神武關聖大帝」，清高宗時加封為「忠義神武靈祐關聖大帝」，清仁宗時加封為「忠義神武靈祐仁勇關聖大帝」，清宣宗時加封為「忠義神武靈祐仁勇威顯關聖大帝」。

看看上面這些封號，我們就會產生一種強烈的感覺：關公，乃三教同構之神靈。

二、美髯飄拂

關羽號稱「美髯公」，並非小說家的向壁虛構，而是實實在在大有來歷的。《三國志・關羽傳》載諸葛亮給關羽寫信，稱馬超「未及髯之絕倫逸群也」。直以「髯」稱關公。作者陳壽還在下面補充一句：「羽美鬚髯，故亮謂之。」

此後，對關公美髯的讚譽不乏其辭。金・張珣《義勇行》曰：「桓桓膽氣萬人敵，臥龍獨許髯將軍。」元・周午《題大王冢》曰：「奮髯北伐將徙都，白衣狙詐芳仁呼。」都提到關公的「髯」。然而，關公之「髯」究竟如何一個「美」法，史書並未解釋明白，文人也未交代清楚。於是，給後人留下了無比豐富的想像空間。

元代至治年間（公元 1321 年～1323 年）刊刻的講史話本《三國志平話》對關公的肖像描寫是：「生得神眉鳳目虯髯，面如紫玉，身長九尺二寸。」在那時的民間說書藝人心中，關羽的「美髯」，乃是一部「虯髯」——長在兩腮上的拳曲的鬍子。

元雜劇的作家對關公之「髯」又是一種描寫。《西蜀夢》第三折的唱辭中說關羽：「九尺軀陰雲裏惹大，三縷髯把玉帶垂過。」《單刀會》第一折的唱辭中也說關羽：「上陣處三縷美鬚飄，將九尺虎軀搖。」在這兩本同為關漢卿創作的雜劇劇本中，都說關羽美髯乃是「三縷」，與「虯髯」大相異趣。（本文所引元雜劇原文均據徐沁君《新校元刊雜劇三十種》）

到《三國志通俗演義》中，情況又發生變化，羅貫中將關羽的「美髯」描寫為「身長九尺三寸，髯長一尺八寸。」（卷之一）「約數百根，每秋月約退三五根。」「帝令當殿披拂，過於其腹。帝曰：『真美髯公也！』」（卷之五）關公之「髯」，在這裡竟是以「長」為美了。

虯髯——三縷髯——長髯，關羽「美髯」的演化真是饒有趣味。「虯髯」雖則威風凜凜，然似乎過於粗豪，如五代時的皇甫遇，（見《新五代史・皇甫

遇傳》）或如唐人小說中的虬髯客，（見《太平廣記‧虬髯客傳》）或者竟如戲臺上的淨角魯智深之流了。「三縷髯」美則美矣，無奈太過文雅，當屬之於戲劇舞臺上的諸葛亮、楊延昭等人，而飄拂的「長髯」，則處於豪壯與瀟灑之間，正好體現關雲長威武而又儒雅的英雄氣度，並與關公九尺（相當於今天兩米多）身高相匹配，真正稱得上是專屬於關雲長的「美髯」。

三、刀如其人

關公究竟使用什麼兵器？這問題乍一提出，簡直有點好笑。小學生也會回答：「青龍偃月刀」，或者乾脆叫「關刀」。《三國志通俗演義》是這樣寫的，戲臺上也是這樣演的，這是不成問題的問題。關公離開了「關刀」，還像「關公」嗎？關刀離開了「關公」，還是「關刀」嗎？

然而，事情並非如此簡單，關公究竟使用何種兵器倒的確是一個十分複雜的問題。

《三國志‧關羽傳》僅一千字左右，其中只有一處涉及關公所用的兵器：「羽望見良麾蓋，策馬刺良於萬眾之中，斬其首，退。」此處寫關羽斬顏良，乃用一「刺」字。盡人皆知，青龍偃月刀是不能「刺」的。可見關羽殺顏良時，所用兵器並非大刀。

唐宋時，讚頌關羽的詩文不少，其中一些作品也提到他所使用的兵器。如唐‧郎君冑《壯繆侯廟別友人》詩云：「將軍秉天資，義勇冠今昔。走馬百沙場，一劍萬人敵。」明確提出關羽所用兵器是「劍」。宋‧無名氏《武成王廟從祀贊》亦讚揚關羽「劍氣凌雲，實曰虎臣。」而宋‧南濤在《紹興重修廟記》一文中則謂關羽：「及刺顏良於東郡，曹公即表王漢壽亭侯，優加賞齎。」此外，宋‧黃茂才也在《武安王贊》中說得很清楚：「氣蓋世，勇而頑。萬眾中，刺顏良。」諸如此類的例子還有一些，不贅舉。

由上可見，從晉到宋，史書之中與文人筆下所載關羽所用兵器乃是能「刺」敵之「劍」一類，而不是用來「劈」或「砍」敵人的大刀之類。

關羽用「刀」的記載，大約始於金、元之際。元代詩人郝經《重建廟記》文後所繫詩曰：「橫刀拜書去曹公，千古凜凜國士風。」已經明明白白地指出關公所用的兵器乃是大刀了。

到了《三國志平話》中，關羽上戰場時，則更是橫刀立馬了。如：「關公上馬加鞭，離徐州至近，遂襲車冑。車冑一躲，刀坎（砍）頭落。」再如：「雲

長單馬持刀奔寨,見顏良寨中,不做疑阻,一刀砍顏良頭落地,用刀尖挑顏良頭,復出寨。」還有:「關公輪刀,覷文醜便砍,連肩卸膊,分為兩段,文醜落馬死。」如此描寫甚多,不勝枚舉。可見該書寫關公用「刀」確鑿無疑。有趣的是,該書關公殺顏良一段,內容明明寫的是「一刀砍顏良頭落地」,而此處長圓框中的黑地陰文小標題卻是「關公刺顏良」五字,仍用「刺」,之所以出現這種自相矛盾的情況,大概是《三國志》對《三國志平話》產生影響所留下的一點痕跡吧。

其實,具有這種矛盾的絕不止一部《三國志平話》,元雜劇《西蜀夢》中第一折有唱辭云:「關將軍但相持,無一個敢欺敵。素衣匹馬單刀會,覷敵軍如兒戲,不若土和泥,殺曹仁十萬軍,刺顏良萬丈威。」而在《單刀會》第一折衷正末一會兒唱:「他誅文醜騁粗躁,刺顏良顯英豪。」一會兒又唱:「那神道須勒著追風騎,輕掄動偃月刀。」到第二折,正末唱得更妙:「他千里獨行覓二友,匹馬單刀鎮九州,人似爬山越嶺彪,馬跨翻江混海虯,他輕舉龍泉殺車冑,怒拔昆吾壞文醜,麾蓋下顏良劍梟了首,蔡陽英雄立取了頭。」可見在元雜劇舞臺上,關公是既用刀又用劍的。直到《三國志通俗演義》中,關羽的兵器才確定為「青龍偃月刀」,並有「冷豔鋸」的美稱,而且點明大刀重八十二斤。然而,是書卷之五的回目中卻有「雲長策馬刺顏良」一條,猶著一「刺」字,仍可看出史書的影響。

關公從用「劍」到用「刀」,看似一個微不足道的問題,但卻體現了古代民眾的一種審美心理。像關羽這樣一位威嚴勇猛的大將,若僅僅提著三尺龍泉上陣,實在不夠威風。只有給他配上一柄「青龍偃月刀」,那才是十足的大將風度哩!到後來,人們乾脆又安排了一個刀奴——黑大漢周倉,來給關羽扛大刀。這樣,大刀就不僅是關羽的武器,甚至可以稱得上是關公形象的帶裝飾性的附屬品,甚至可以稱之為關公精神的寫照了,真乃刀如其人。

(原載《中國山西‧關公文化論壇論文彙編》,
山西省關公文化研究會,2006 年 9 月)

《三國志通俗演義》中的曹操
及其三大「敵人」

　　如今的曹操，已經成為一個文化符號。這一文化符號最基本的內涵有兩點：歷史上的曹操與文學作品中的曹操。這兩個「曹操」區別是很大的，我們絕不可將他們混為一談。因此，本文一開始就發表一個常識性的聲明：以下分析的乃是《三國志通俗演義》中的曹操這一人物形象。

一

　　毫無疑問，小說中的曹操是個奸雄，而且是千古第一奸雄。在作品開始後不久，作者就對曹操進行了一段饒有意味的描寫：「操幼年時，好飛鷹走犬，喜歌舞吹彈。少機警，有權數，游蕩無度。」「恣意放蕩，不務行業。」時人橋玄謂操曰：「天下將亂，非命世之才，不能濟也。能安之者，其在君乎？」南陽何顒見操，言「漢室將亡，安天下者，必此人也。」對於這兩個人的評價，曹操聞之不予理會。但接下去，有趣的事情發生了。汝南許邵，有知人之名。操往見之，問曰：「我何如人耶？」邵不答。又問，邵曰：「子治世之能臣，亂世之奸雄也。」（卷之一）操喜而謝之。那麼，曹操為什麼對橋玄、何顒的話不感興趣，而對許邵的話卻笑而受之呢？從表面看來，「命世之才」、「安天下者」均乃極度讚美之辭，這樣的讚譽之辭，如果讓劉玄德聽見，不知道有多高興哩！而「奸雄」二字半褒半貶，委實不是拍馬屁的好詞彙，曹操卻欣然接受。曹操的選擇，究竟有何道理呢？須知，曹操非常人也。那麼，我們評價曹操，就不應該用平常的眼光去看待他。而三國時代亦

非正常的時代，我們評價這一英雄輩出的時代，也不應該用正常的眼光去看待它。橋玄、何顒的話之所以沒能引起曹操的興趣，關鍵就在於他們用對待常人的眼光來衡量曹操、用對待正常時代的眼光來評價非常時代的英雄曹操，認為曹孟德是「亂世」之「能臣」。而千百年的歷史告訴我們：「亂世」所呼喚的並不是所謂「能臣」，而恰恰是「奸雄」、曹孟德式的奸雄。

曹操的超乎尋常之處主要在於他所幹的許多事情既符合傳統道德、傳統心理又不符合傳統道德、傳統心理，正在於表面看來逆天而行，實際上卻符合社會歷史運行的規律，這正是所謂「奸雄」品格。

我們不妨先來看看這奸雄品格的底蘊。當曹操三分天下已有其二，躊躇滿志，大宴銅雀臺時，他對手下文武百官說了一番話：「遭董卓之難，興舉義兵；因黃巾之亂，剿降萬餘。又討擊袁術，擒其四將；摧破袁紹，梟其二子；復定劉表，遂平天下。身為宰相，人臣之貴已極，意望已過。如國家無孤一人，正不知幾人稱帝，幾人稱王。或有一等人，見孤強盛，妄相忖度，言孤有篡位之心，此言大亂之道也。……孔子云：『周文王三分天下有其二以服事殷，周之德，其可為至德也已矣！』夫能以大事小，此言耿耿在心。……孤安有篡逆之心哉？……然欲孤便爾委捐所典兵眾，以還執事，歸就所封武平侯之國，實不可也。何者？誠恐已離兵為人所害也。既為子孫計，又已敗則國家傾危，是以不得慕虛名而處實禍也。汝諸文武必不知孤心也。」（卷之十二）這段話，完全可以看作是曹操符合客觀現實的心靈自白，同時，也體現了他作為絕世「奸雄」的兩面性和心理矛盾。討董卓、剿黃巾、除袁術、滅袁紹、破劉表，從而平定天下，這正是曹孟德大半生的「豐功偉績」，而具有如此功績的曹孟德何以不乾乾脆脆取漢獻帝而代之呢？為什麼曹操不像袁術等人那樣動不動就稱王稱帝呢？因為袁術之流不過是目光短淺的笨伯而已，英明的曹操絕不幹這樣的傻事。從倫理道德的角度出發，曹操也不願讓自己背上一個「叛逆」的罪名，而願意將此可怕的罪名與那可愛的皇冠一併交給自己的兒孫，讓他們去「享受」。這就是曹操何以要當周文王的緣故。這種心理，正是「奸雄」的兩重性的確切表現。

毛宗岡對曹操亦有一段精彩的評語，大致上也是圍繞「奸雄」二字展開的：「歷稽載籍，奸雄接踵，而智足以攬人才而欺天下者莫如曹操。聽荀彧勤王之說而自比周文，則有似乎忠，黜袁術潛號之非，而願為曹侯，則有似乎順，不殺陳琳而愛其才，則有似乎寬，不追關公以全其志，則有似乎義。

王敦不能用郭璞，而操之得士過之；桓溫不能識王猛，而操之知人過之。李林甫雖能制祿山，不如操之擊烏桓於塞外，韓侂胄雖能貶秦檜，不若操之討董卓於生前。竊國家之柄而姑存其號，異於王莽之顯然弒君；留改革之事以俟其兒，勝於劉裕之急欲篡晉。是古今來奸雄中第一奇人。」(《讀三國志法》)

曹操之為奸雄，絕非僅僅表現在對政權、政治這樣大的方面，而是在他生活的方方面面都閃爍著「奸雄」二字的光芒。而且，「奸雄」二字在曹操身上達到了一種辯證的統一。

我們先看他「雄」的一面。

什麼是英雄？或者說，什麼是在政治舞臺上叱吒風雲的英雄人物呢？《三國志通俗演義》通過對曹操形象的塑造，告訴我們至少要具備以下幾個方面的基本素質。

首先是遠大的政治理想。曹操在「青梅煮酒論英雄」時曾經對劉備說過這樣的話：「夫英雄者，胸懷大志，腹隱良謀，有包藏宇宙之機，吐衝天地之志，方可為英雄也。」(卷之五)曹操本人就是這麼一位「胸懷大志，腹隱良謀」的政治家。在《三國志通俗演義》全書中，絕大多數的英雄人物都只是想到搞封建割據，能將自己的政治作為定格在統一全國這一方向的英雄並不多，而曹操就是其中一個。當他消滅了眾多軍閥，統一了北中國，三分天下已有其二的時候，他並沒有將自己的政治行為停留在「割據」這一基點上，而是率領數十萬人馬下江南，希望一舉消滅最後兩大敵人——孫權和劉備，從而謀求江山一統。這在封建時代，應該屬於是最遠大的政治理想了。

其次是廣闊的政治胸懷。官渡之戰，曹操大獲全勝。當他攻到袁紹大本營的時候，「於圖書中忽撿出書信一束，皆許都及曹軍中諸人暗通之書。荀攸曰：『可逐一點對姓名，收而殺之。』操曰：『當紹之強，孤亦不能自保，況他人乎？』盡皆將書焚之，遂不再問。」(卷之六)能夠推己及人，原諒在大戰前夕向對手「暗送秋波」的手下，這便是曹操英雄胸襟的體現。更為典型的是，曹操對關羽屢有恩典，而關羽最終還是棄他而去。在這種情況下，曹操居然演出了「灞陵送別」這動人的一幕，並再三表達對關羽的欽佩和留戀之情：「恐將軍於路缺費特具路費相送。」「雲長忠義之士，恨吾薄福，不得相從。錦袍一領，略表寸心。」(卷之六)後來，當關雲長過五關、斬六將，最終在黃河邊被曹操手下大將夏侯惇追趕上來而不得脫身時，又是曹操一連三

次派人送來關文，派大將張遼親自趕來「教於路關隘任便行」。（同上）這樣一種容人之量，並不是每一個英雄人物都能達到的。

再次是敏銳的政治眼光。在《三國志通俗演義》展現給我們的群雄逐鹿圖中，有一個特殊的人物——漢獻帝。他本身算不上英雄人物，但他卻可以充當別人爭雄天下的砝碼。換言之，在當時那個十分混亂的政治環境中，誰將漢獻帝掌握在手上，誰就可以挾天子以令諸侯。對此，其他軍閥或視而不見，或無能為力，總之是都沒有掌握漢獻帝這張「王牌」。曹操則不然，他聽從了荀彧的勸告，當漢獻帝洛陽受困時，「盡起山東之兵，前來保駕」。隨即，又挾持漢獻帝遷都許昌。「操自封為大將軍、武平侯。……自此大權皆歸於曹操，出入長帶鐵甲軍馬數百，朝中大臣有事先稟曹操，然後方奏天子。」（卷之三）這樣一來，任何軍閥欲攻擊曹操，他就可以誣陷你進攻天子，而曹操要消滅任何軍閥，又可以說是奉詔討賊，總之是政治上的制控權、主動權全都在曹操手上。這也就是人們常常所說的曹操得「天時」的多層含義之一。

最後是超常的政治手段。作為一個政治家，沒有相應的政治手段是不行的。其間的道理很簡單，如果你不用手段，別人可毫不客氣地耍手段，到時你就得下臺，就得完蛋。問題的關鍵只是在於，你所用的手段是善意的還是惡毒的。曹操所用之政治手段，有時是善意的，有時是惡毒的，有時甚至是善中有惡、惡中有善的。我們且看一個善意手段的例子。《三國志通俗演義》中寫到建安三年夏四月曹操征剿張繡時，正逢麥收季節。曹操下令：「此去，大小將校，凡過麥田，但有作踐者，並皆斬首。」不料下令不久，曹操自己的馬因故「竄入麥中，踐倒其麥」，曹操即「掣所佩之劍欲刎」。經部下勸阻後，曹操「乃以劍割自己之發，擲於地，曰：『割髮權代首耳！』萬軍悚然。」（卷之四）我們千萬不要小看曹操「割髮權代首」的把戲，因為在古人心目中，頭髮是極其重要的。遠的不說，就是在《三國志通俗演義》一書中，就有東吳周魴用一縷頭髮賺得魏國揚州司馬大都督曹休大敗虧虛的故事，致使東吳「所得車仗牛馬驢騾、軍資器械不計其數，降兵數萬餘人」。（卷之二十）

當然，曹操的政治手段如果用為惡意，則就是一種奸詐的表現了。奸雄曹操，奸詐的一面也是非常突出的。他小時候就詐稱「中風」欺騙管教自己的叔叔，並由此在父親曹嵩面前誣陷叔父，結果是從此以後「叔父但言操過失，嵩並不聽」。（卷之一）

曹操的奸詐是有其思想基礎的，那就是極端利己主義。在誤殺父親的「拜義兄弟」呂伯奢全家八口以後，曹操又「將呂伯奢砍於驢下」。當同行的陳宮指責他「知而故殺，大不義」時，曹操乾脆道出了自己藏於內心深處的處世哲學：「寧使我負天下人，休教天下人負我。」（卷之一）正是從這一思想出發，一代奸雄曹操才會逼獻帝、殺伏后、稱魏王、加九錫，直至欺君罔上，挾天子以令諸侯。在這一以極端自私自利為基礎的強權政治實施過程中，曹操還有很多次玩弄權術的奸詐表演。如借倉官王垕之頭以撫軍心，如借「口令雞肋」事以擾亂軍心之罪名斬殺楊脩，如借「夢中殺人」而冤殺侍衛等等。諸如此類的事情在《三國志通俗演義》中的曹孟德身上可謂屢屢發生，不勝枚舉。由此亦可見得，曹操形象是一個既兇殘奸詐又有雄才大略的政治野心家和軍事家的藝術典型。小說在揭露和批判他的惡德的同時，又充分表現了他作為一個奸雄的才智與膽略。作為「古今來奸雄中第一奇人」，曹操把歷代統治者所積累的權術中精妙入微處繼承下來，並用以左右朝政，擴展勢力，把封建社會的秩序、法則和道德一概置於自己的駕馭之中，以實現自己圖王霸業的政治野心。

曹操這一形象的生動塑造，體現了小說作者關心現實、吸取現實、提煉現實、反映現實的偉大勝利。曹孟德是真正充分現實化的。他是時代風雲的產物又叱吒風雲，他以暴力左右著那混亂而又充滿活力的社會，他「奸」得令人望而生畏，「雄」得令人望而興歎。在他的身上集中體現了一個在混亂的時代真正有所作為的政治家所應該具備的基本素質和處世態度，因而，他所代表的正是時代的前進、前進的時代。曹孟德是切切實實地將傳統道德甩到了身後，而只是向著社會的明天翹首。從這個意義上講，曹操應該被稱之為整部小說中寫得最為成功的人物形象。

二

與曹操的充分現實化絕然相反，作者在《三國志通俗演義》中以滿腔熱情塑造了一系列理想化的人物，其中，最為突出的是劉備、諸葛亮、關羽。劉備集團中這三位主要人物，堪稱小說中曹操的「三大敵人」。這種「敵人」，首先當然表現在小說本身，他們在政治、軍事、人格等方面都與曹操根本對立。更重要的是，當我們跳出書外，從作者寫人藝術的角度看問題，他們也是曹操的敵人——對立的藝術形象。作者在塑造《三國志通俗演義》中的主要人

物形象時，是充分運用了對比手法的。而曹操與他的「三大敵人」，正是在相互的對比之中得以成功塑造的。

如果沒有劉備形象，曹操形象不可能如此成功。

如果沒有關羽形象，曹操形象也不可能如此成功。

如果沒有諸葛亮形象，曹操形象還是不可能如此成功。

如果沒有曹操形象，劉備、關羽、諸葛亮這三大人物形象同樣不可能如此成功。

《三國志通俗演義》中的劉備在本質上與曹操是一致的，作者將他們寫成了「奸雄」或「梟雄」。相比較而言，梟雄劉備比奸雄曹操多了一些作為美麗羽毛來裝飾自己的「仁德」。然而，正是因為這層「仁德」的光環，使得劉備成為曹操最大的敵人——在政治上的針鋒相對。

就思想根源而論，曹操公開張揚的是法家思想，所行的是霸道，所講的都是「法、術、勢」這一套。而劉備則是外儒內法，所行的是王道，所講的都是「仁義道德」的儒家理論。

曹操與劉備在許多方面、尤其是政治方面的迥然不同，甚至是根本對立的。談到曹、劉的對立，當事人劉備簡明扼要的一段話最有說服力：「今與吾水火相敵者，曹操也。操以急，吾以寬；操以暴，吾以仁；操以譎，吾以忠：每與操相反，事乃可成耳。」（卷之十二）

劉備是這樣說的，也是這樣做的。他事事處處與曹操唱反調，結果他取得了成功——當上了蜀漢昭烈皇帝，但同時曹操也取得了更大的成功——統一了北中國。曹操、劉備之間的這種「雙贏」，不僅體現了這兩個人物本身在政治上的根本對立，而且體現了《三國志通俗演義》的作者在天下大亂時英雄人物何以自處於天地之間，何以挽狂瀾於既倒的思想矛盾。按照作者的主觀意圖，亂世英雄應該採取劉備的方式，以王道去拯救蒼生百姓，去實現自己的事業。但是殘酷的現實一次又一次地告訴人們，亂世英雄要想取得天下、奪取政權，還真得好好學學曹孟德，用武力征服天下。當然，這中間還有歷史事實對羅貫中創作過程的限制，畢竟劉備當了皇帝而曹操也當了「周文王」嘛！

由上可見，作者在塑造曹操這一成功的藝術典型的同時，又從政治方面給他樹立了劉備這麼一個對立的人物。只不過曹操是心口如一地實行他的政治方略，而劉備則有些口是心非。或者我們換一個角度看問題，曹操的政治

表現是符合歷史真實的，而劉備的政治表現則帶有很大程度的理想主義的色彩。雖然從某種意義上講，理想主義都是自欺欺人的，但羅貫中還是願意自欺並且欺人，因而他花費了大量的筆墨為我們留下了劉備這麼一個不太真實的充滿理想主義意味的「聖君」形象。

三

如果說劉備是作者樹立的一個寄託自己政治理想的典型形象的話，那麼，關羽則是一個寄託著作者人格理想的典型形象。

對於關羽，毛宗崗有一段評價基本上是符合小說描寫實際的：「歷稽載藉，名將如雲，而絕倫超群者莫如雲長。青史對青燈，則極其儒雅；赤心如赤面，則極其英靈。秉燭達旦，人傳其大節；單刀赴會，世服其神威。獨行千里，報主之志堅；義釋華容，酬恩之誼重。作事如青天白日，待人如霽月光風。心則趙抃焚香告帝之心而磊落過之，意則阮籍白眼傲物之意而嚴正過之。是古今名將中第一奇人。」（《讀三國志法》）

毛宗崗專論關羽的這段話，可以看作是對《三國志通俗演義》中關羽形象崇高的總結，同時也點明了關雲長是小說作品中最具人格魅力的人物之一。

進而言之，作為人格理想的寄託者，作為封建時代人們所景仰的崇高偶像，關雲長具備了忠、義、禮、信和正大光明的道德人格，其中，又以「義」為核心。

關羽的「義」，具有多層含義。

首先是「忠君大義」，亦即他對大漢王朝、對劉備政治集團忠心耿耿的大義。如許田射獵時，要殺遮於天子漢獻帝之前迎受「萬歲」呼聲的曹操，其根本原因就因為曹操是「欺君罔上之賊，某實難容耳！」（卷之四）再如在下邳城外的土山上被曹操團團包圍，不得已而準備降曹時，關羽卻別出心裁地提出了三事之約，其中第一條就是「降漢不降曹」。（卷之五）

其次是「桃園情義」，亦即為中國封建時代許多人所讚賞不已的江湖義氣。這方面的例子更多，尤以關羽降曹後對劉備的夢繞魂牽最為典型。這裡有新舊戰袍的故事，面對曹操所贈新戰袍，關羽居然說：「舊袍乃劉皇叔所賜，常穿上如見兄顏，豈敢以丞相之新賜而忘兄之舊賜乎？」（同上）這裡還有赤兔馬故事，面對曹操所贈千里馬，關羽竟然說：「吾知此馬日行千里，今

幸得之，若知兄長下落，雖有千里，可一日而見面也。」（同上）

其三是「個人恩義」，亦即人與人之間有恩必報的一種道德規範的表現。在《三國志通俗演義》中，關羽是一個恩義分明的英雄人物，而且對於什麼是大恩，什麼是小恩，什麼樣的「恩」必須即刻報答，什麼樣的「恩」容當後報，都分得清清楚楚。對於曹操所施的恩典，關羽也表示「必立效以報曹公，然後方去」。故而他用斬顏良、誅文醜的舉動來即刻報答曹操的知遇之恩。再如華容道上，當走投無路的曹操從理論和情感兩個方面申述了大丈夫恩怨分明的觀點以後，關雲長最終「動了故舊之心，長歎一聲，並皆放之」。（卷之十）

綜上所述，忠君大義、桃園情義、個人恩義，構成了關雲長完整意義上的「義」。而這三個方面又分別被社會各階層的人們所推重、所吸取。封建統治者所看中的當然是關羽的忠義，因為這有利於他們的統治；廣大民眾所看中的則多半是關羽的恩義，因為這符合人民的道德準則；而那些游民、遊俠、游蕩江湖的英雄好漢，即許多人所談到的流氓無產者，他們所看中的就主要是關雲長的桃園之義了。

關羽的品德，除了「義」以外，還有其他的閃光點。如：嫂居其內，自居其外，是關羽十分看重的人倫之禮。斬顏良、誅文醜以報曹操厚待知遇之恩，是關羽的言而有信。不殺馬失前蹄的黃忠，是關羽的正大光明。甚至就連他的驕傲自負，在某種意義上所傳達的也是一種大丈夫立身揚名的陽剛之氣。

值得注目的是，上述這些關羽的坦坦蕩蕩的人格光閃，無一不是與曹操的奸詐尖銳對立的。

四

以上，我們對《三國志通俗演義》中的曹操的兩大「敵人」——政治上的對立面劉備和人格上的對立面關羽作了大體的分析，然而，在這部小說中與曹操形象全方位對立的人物卻是諸葛亮，這位臥龍先生相對曹阿瞞而言，既是政治上的敵人，又是人格上的敵人。

為了更好地說明問題，我們不妨借助毛宗崗的一段評語，從整體上接近諸葛亮。那段著名論斷是這樣寫的：「歷稽載籍，賢相林立，而名高萬古者莫如孔明。其處而彈琴抱膝，居然隱士風流；出而羽扇綸巾，不改雅人深致。在

草廬之中而識三分天下，則達乎天時；承顧命之重而至六出祁山，則盡乎人事。七擒八陣，木牛流馬，既已疑鬼疑神之不測；鞠躬盡瘁，志決身殲，仍是為臣為子之用心。比管、樂則過之，比伊、呂則兼之。是古今來賢相中第一奇人。」（《讀三國志法》）

《三國志通俗演義》中的諸葛亮是作者精心塑造的一個典型形象。作者在諸葛亮身上寄託了太多的政治理想，而其中又混雜著傳統的儒家思想、正統觀念以及老百姓對清明政治的呼喚。這樣，諸葛亮就被塑造成千古第一賢相的典型。

諸葛亮的基本性格特徵主要體現在以下三個方面：身處亂世而秉持儒家思想以救之，此其一也；雖達乎天時卻又勉力盡人事，明知其不可為而為之，此其二也；智慧讓位於忠貞、智性人格臣服於德性人格，因而有不明智之舉，此其三也。這三方面交織在一起，便使孔明先生的悲劇具有了十分深厚的歷史積澱的思想底蘊。與此同時，在諸葛亮身上也體現了作者對崇高人格理想的追求。孔明先生的「隱士風流」、「雅人深致」。尤其是他「鞠躬盡瘁，志決身殲」的精神，更成為一種極具人格魅力的思想結晶。因此，千百年來，人們大多已經忘記了他那略帶愚忠意味的「明知其不可為而為之」的錯誤選擇，而只是將其偉大的人格精神牢牢記在心頭。

總而言之，諸葛亮與曹操的之間，充分體現了「賢相」與「奸雄」的對立，這是一種政治與人格的雙重對立。

五

最後，還是回到我的論題：《三國志通俗演義》中的曹操及其三大「敵人」。更為有趣的是，這個論題除了我們上面所列舉和分析的內容之外，還有一些更深層次的東西值得我們去發掘。

首先，曹操及其三大敵人是《三國志通俗演義》中的四大核心人物。

就《三國志通俗演義》的情節結構而言，全書共二十四卷可以分為三大部分。第一部分，「三顧茅廬」之前，占全書三分之一弱的篇幅。這一階段是以曹操、劉備、關羽三人為核心組織故事的。第二部分，從「隆中對策」到「劉備託孤」，占全書三分之一強的篇幅。這一階段是以曹操、劉備、關羽、諸葛亮四個人物為核心組織故事的。第三部分，「安居平五路」以後，占全書三分之一弱的篇幅。這一階段主要以諸葛亮為核心人物，雖然武侯歸天以後

還有三卷多篇幅的故事繼續到三國歸晉，但孔明先生的靈魂一直在其間徘徊，這一階段最耀眼的人物姜維不過是諸葛孔明的影子而已。

試想：如果抽掉曹操及其三大敵人的故事，《三國志通俗演義》還能成為《三國志通俗演義》嗎？

其次，曹操及其三大敵人都是悲劇人物。

當然，他們四人的「悲劇」的含義是不太一樣的。曹操的悲劇，是作品以外的悲劇。質言之，是歷史上的曹操被別人「誤讀」的悲劇。這悲劇屬於歷史人物曹操而不屬於文學人物曹操。《三國志通俗演義》中的曹操並非悲劇人物。而曹操的三大敵人則全都是《三國志通俗演義》中不折不扣的悲劇人物形象。

第三，劉備、關羽、諸葛亮的悲劇意蘊，既有三者之間的共同性又有各自的特殊性。

劉備、關羽、諸葛亮這三大悲劇人物的悲劇意蘊，有著共同的一面，即作者在他們身上都塗飾了太多的理想主義色彩，但這種理想化的東西卻與現實極不相容。劉備的「仁政」只能在坐天下的時候有用，在打天下的時候是沒有多大用處的，有時甚至是負數。我們只要看看小說作品中描寫的劉備早期如喪家之犬的窘境就可以明白這一點。後來，只是由於東吳對曹操的牽制，劉備才在三國之中坐了最小的一把交椅。而關羽所標榜的「義」，尤其是他的忠君大義，更是使得他處處碰壁，甚至經常做違心的事，甚至造成思維邏輯的混亂。這方面，「降漢不降曹」的口號就是典型例證，因為它鬧出了「漢臣降漢」的大笑話。至於諸葛亮，則更是一位「明知其不可為而為之」的悲劇英雄，最終只能落得個「出師未捷身先死，長使英雄淚滿襟」的結局。

這三大悲劇人物的悲劇意蘊，更有著不相同的一面，即：作者在劉備身上所體現的主要是一種政治理想，在關羽身上所體現的主要是一種人格理想，而在諸葛亮身上所體現的則是政治理想與人格理想的兼而有之。劉備的悲劇體現了作者政治理想相對于天下大亂的政治環境的不合適，關羽的悲劇主要體現了作者的人格理想與現實生活的不相容，而諸葛亮的悲劇則體現了作者的政治理想、人格理想與歷史進程的不合拍。

第四，曹操及其三大敵人都體現了中華民族傳統文化在小說創作中最深層的積澱。

一部《三國志通俗演義》，塑造了數以百計的英雄人物，在每一個英雄人

物身上，都不同程度地體現著傳統文化的積澱。其間，最能體現傳統文化深層底蘊的又恰是上述四大人物形象——劉備、關羽、諸葛亮和曹操。何以見得？因為在劉備、關羽、諸葛亮身上所積澱的乃是傳統文化中最核心的東西——意識形態，乃是傳統封建社會意識形態中最核心的東西——傳統道德，乃是傳統道德中最核心的東西——政治理想和人格理想。曹操這一人物形象，既不同於劉備是一個政治理想的寄託，又不同於關羽是一種人格理想的寄託，更不同於諸葛亮是政治理想和人格理想的雙重寄託，但他同樣不朽，同樣是一種文化積澱。

曹孟德之所以不朽，其根本原因有二：其一，作者在有意無意之間，通過曹操這一人物道出了一條在有階級社會中顛撲不破的真理——歷史的前進需要的是曹操這樣的「奸雄」、或者美名其曰鐵腕政治家，尤其在亂世更是如此。其二，曹操在《三國志通俗演義》中是作為劉備、關羽、諸葛亮的對立面出現的，曹操的三大敵人都屬於理想人格，而曹操的人格魅力正體現在他的非理想化，體現在他的充分現實性。過分理想化、特別是離開現實可能的理想化的人物，讓人們去崇拜他是可以的，並且也具有一定的社會效用，但是，如果要人們去學習、仿傚他們，那就會犯歷史性的錯誤。

過分的理想化不利於生存，過分的現實化卻有常常被人唾罵。這，大概是人們在社會生活中無法避免的兩難境地。同時，這或許也正是《三國志通俗演義》中的曹操及其三大「敵人」給我們最有實際效用的啟示。

（原載《曹魏文化與〈三國演義〉研究》，
河南人民出版社，2009 年 9 月出版）

張飛形象系列及其變異

　　作為藝術形象的張飛，其塑造成功的程度，在《三國志通俗演義》的人物畫廊中應該僅次於曹操、關羽和諸葛亮。而且，就對於後世小說人物塑造的影響力度而言，他也足以與上述「三絕」並立，而形成《三國志通俗演義》人物造型的邊亭四柱。羅貫中不僅成功塑造了自己筆下動人的張飛形象，而且還將這個「動人」的形象傳諸後代，在此後的章回小說創作中形成了「張飛系列形象」。

　　然而，張飛系列形象並非一成不變，既有繼承，當然就會有變異。如此一來，討論張飛形象系列及其變異，就成為一個饒有趣味的課題。

一

　　為了說明問題，我們不妨給《三國志通俗演義》中的張飛形象來一個較為全面的定位。

　　首先是最為外在化的身材長相。張飛在小說中的「出場秀」是在卷之一的「祭天地桃園結義」一則：「見其人身長八尺，豹頭環眼，燕頷虎鬚，聲若巨雷，勢如奔馬。」

　　其次是張飛的武器裝備。他使用的兵器是「丈八點鋼矛」，（同上）或謂「蛇矛丈八槍」。（卷之一「虎牢關三戰呂布」）他的坐騎是深烏馬，亦即其他小說作品多次寫到的烏騅馬：「為首一員大將，豹頭環眼，燕項虎鬚，使丈八矛，騎深烏馬，乃是燕人張飛。」（卷之十三「張益德義釋嚴顏」）

　　當然，最重要的是張飛的性格：嫉惡如仇、耿直豪爽、勇猛剛強、粗暴莽撞，這些是主導面，但有時他也會粗人弄細、搞點兒幽默詼諧，甚至帶有

幾分狡黠、幾分機智、幾分童趣，乃至充滿喜劇色彩。

張飛的故事，或者說，張飛在《三國志通俗演義》中的精彩表演，無不體現了以上幾點的綜合。如怒鞭督郵、三戰呂布、醉打曹豹、智擒劉岱、古城相會、據水斷橋、義釋嚴顏、夜戰馬超、計敗張郃、閬中掛孝、暴打末將、酒醉被殺。在這些驚心動魄的故事中，張飛之狀貌風神，張飛之蛇矛黑馬，張飛之脾氣性格，無不得到最為淋漓酣暢的表現。

更有意味的是，張飛形象不僅活生生地呈現於《三國志通俗演義》之中，而且還輻射到《三國志通俗演義》之外的其他小說作品之中，給後世小說創作造成很大的影響，形成了「張飛系列形象」。而且，這種系列形象還有層次深淺的區別。

最表層的「張飛系列形象」中的人物，主要是有著與張飛類似的長相身材，或者使用與張飛差不多的武器裝備。

較深一層的「張飛系列形象」中的人物，則具有張飛的主體性格特徵——嫉惡如仇、耿直豪爽、勇猛剛強、粗暴莽撞。

再深一層的「張飛系列形象」中的人物，更是得張飛形象之神韻，成為小說作品中亦莊亦諧、剛柔相濟的喜劇人物。

最深一層的「張飛系列形象」中的人物，最終在張飛形象的基礎之上「化身」為新的人物形象，但他的身上總帶有或隱或現的「張飛」精神的遺傳因子。

下面，我們圍繞上述層面進行具體分析。

二

《三國志通俗演義》中張飛那身長八尺，豹頭環眼，燕頷虎鬚，聲若巨雷，勢如奔馬的長相身材，在後世小說中被經常化地複製。而且，長得如此模樣的人物身份竟然形形色色。

> 只見那大將侯孝，已奉旨失機該斬，綁了出來，只待午時三刻，便要行刑。鐵公子因分開眾人，將那大將一看，只見那人年紀只好三十上下，生得豹頭環眼，燕頷虎鬚，十分精悍。（《好逑傳》第十四回）

這一位侯孝，乃是朝廷軍官，因在戰鬥中失機，險些被斬首，幸虧鐵中玉公子救他一命，後來建立功勳。這位純粹的正面人物，其長相與張飛幾無二致。

然而，像張飛般的正面人物，竟出現於才子佳人小說《好逑傳》中，多少令人有些意外。但考慮到《好逑傳》兼有俠義內容，尚可以理解，而《紅樓夢》續書中居然也出現了這樣的一位名叫馮富將領，而且是在薛寶釵麾下，那就令人忍俊不禁了：「塞鴻抬頭見那將生得豹頭環眼，紫臉獅鼻，威風凜凜，手中拿著兩柄大銅錘。」（《紅樓復夢》第九十三回）當然，這些將領中也有一些是從山寇強人反正過來的。如下面這兩位：

> 王守仁將卜大武上下一看，見他身長八尺，虎背熊腰，豹頭環眼，兩道長眉，一雙大耳，大鼻樑，闊口，黑漆漆面皮，生得頗為不俗。（《七劍十三俠》第一百四回）

> 薛剛見雄霸一表非俗，豹頭環眼，燕頷虎鬚，聲如銅鐘，身長一丈，兩臂有千斤之力。（《說唐三傳》第七十一回）

前者為投誠朝廷的賊目，後者乃占山為王的強盜。都是由反面人物轉而成為正面形象的。此外，還有一種「青春版」的張飛，多半是投奔大人物的少年英雄。如《梁武帝演義》中投奔蕭衍的青年豪傑昌義：「只好十七八歲，卻生得面如藍靛，豹頭環眼，身長八尺有餘。」（第七回）還有更小一點的，如被黃天霸的父親黃三太收為徒弟的何路通：「年約十五六歲，生得豹頭環眼，粗眉闊口。」（《彭公案》第二十四回）

這些少年英雄無論長得多麼醜陋，但本質上卻是可愛的。但有時候，卻有令人些許恐懼的張飛面目出現：「躥出一個黑面男子，年在二十以外，豹頭環眼，頭大頸短。」（《永慶升平前傳》第八十六回）原來這位是官府的捕快，像黑色的閃電一樣竄出來稍縱即逝，雖然對老百姓沒什麼大妨害，但卻嚇人一跳！但他的可怕度比起下面這位，可是小巫見大巫了：「當先還有一員大將，黑盔黑甲，豹頭環眼，滿部虎鬚，面如鍋底一般，坐下黑馬，手中使長槍，那一團的殺氣令人可怕。」（《升仙傳》第二十九回）原來這位全身黑遍的將軍是從仙人的葫蘆裏出來的。這種形象，可不是黑色閃電，簡直就是黑土沙塵暴。

當然，這些人物，無論多麼令人恐懼，都是表面的。真正令人感到不寒而慄的卻是有些與張飛相貌相同而心性迥異的人物。

> 那程子明係山西人，生得豹頭環眼，黃髮虎鬚，人都喚他做金毛鐵獅子。（《蕩寇志》第七十五回）

> 見一人有一丈二尺餘長的身體，背闊腰粗，豹頭環眼，就像一

個肉寶塔。（《四望亭全傳》第三十九回）

　　只見那一員賊將約有四旬年紀，豹頭環眼，十分凶勇。（《續兒
女英雄傳》第二十八回）

第一例中的程子明官居東城兵馬司總管，是奸臣高俅的爪牙。第二例中「肉寶塔」乃擺擂臺的朱家老四朱豹，是地方惡霸的幫凶。第三例中的頭領名叫陸魁，是鎮守山寨賊將。這樣的一些人物，是地地道道的「反張飛」形象。

　　至於像張飛一樣使用丈八蛇矛的人物在古代小說中就更多了。其中，正面人物有：官軍副帥齊穆「手提丈八蛇矛」。（《禪真逸史》第三十四回）顓頊八太子名仲容「手持丈八蛇矛」。（《開闢演義》第三十回）雁門關太守張長壽「手執蛇矛槍」。（《大唐秦王詞話》第二十四回）大將軍高行周「挺起蛇矛槍」。（《飛龍全傳》第三十一回）總兵徐某「雄赳赳手持丈八蛇矛」。（《萬花樓》第十九回）軍官劉電「橫丈八渾鐵蛇矛」。（《雪月梅傳》第四十四回）英雄石季龍「手提蛇矛，跨上赤兔，衝出陣來」。（《後三國石珠演義》第七回）這樣一些正面形象，都是英勇善戰的張飛形象的延伸和補充。

　　張飛的兵器，有時也會被小說作家派給反面角色使用，如：番邦大都督陳堂「手拖著一條丈八蛇矛」。（《三寶太監西洋記通俗演義》第六十二回）番邦正平關主將禿天虎「使一把丈八蛇矛」。（《五虎平西》第三回）襄陽王手下五虎將之一褚大勇「手持一柄丈八蛇矛」。（《續俠義傳》第八回）。商紂王寵臣崇應彪「丈八蛇矛神鬼泣」。（《封神演義》第二十八回）番邦將領土德豹「挺著丈二蛇矛」。（《說岳全傳》第七十五回）番邦界牌關守將王不超「使一根丈八蛇矛」。（《說唐三傳》第十九回）這樣一些反面人物，作者寫他們使用張飛的兵器，而且作戰也像張益德一樣勇往直前，無非是反襯打敗他們的正面英雄人物取勝的難度。

　　還有一種更為特殊的情況，使用張飛武器的英雄人物非正非邪，亦正亦邪，處於正邪兩賦之間，多半是講義氣、識大體的強盜。如山東河北第一名盜俠董彥呆「使一枝丈八蛇矛」。（《女仙外史》第十回）如占山為王的姜興本亦「手提丈八蛇矛」。（《說唐後傳》第二十一回）

　　以上所言，都只是從某一個方面——或長相身材、或武器裝備與張飛類似的人物形象，而下面這些人物，多方面與張飛類似，那才是更進一步的克隆張飛。

　　太祖舉眼一看，真個是：豹頭猨眼，燕領虎鬚。挺一把六十斤

大刀，舞得如風似電；駕一匹捕日烏騅馬，殺來直撞橫衝。（《英烈傳》第十回）

只見魏陣上分開陣勢，閃動旌旗，早一騎馬走出長孫稚來。卻生得黑臉虯髯，手執蛇矛長槍，直臨陣前。（《梁武帝演義》第二十三回）

上面一例寫明太祖朱元璋眼中的常遇春，這位明代開國名將在小說中被寫成張飛的外貌，就連坐騎也與張飛所乘的色調基本相同。下面一例中的將軍雖不及常遇春那樣名氣大，但卻酷似張飛，從長相到兵器都與張益德基本一致。

不僅正面人物如此，就連一些反面人物形象，論其長相、軍備，較之張飛也毫不遜色。如：「忽見賊軍隊裏也飛出一員大將，但見他身長八尺，豹頭環眼，頷下一部鋼鬚，手執長矛。」（《七劍十三俠》第一百二十九回）這是賊將孟雄，下面一位則是番將：「只聽得左隊中閃出一員大將，黑臉黑鬚，坐下烏騅馬。」（《雙鳳奇緣》第三十四回）

由上可見，古代小說中塑造的人物形象在長相身材和武器裝備方面「學習」張飛的委實不少。他們基本上都是將軍，正面的、反面的人物都有。但在反面形象中，番將不在少數。為什麼會這樣？是否因為張飛是「燕人」，與番邦距離較近？這個問題值得專門研究，此不贅述。

三

上一節講到的那些人物，僅「形似」張飛而已，算不上成功的人物塑造。相比較而言，我們更應該重視古代小說中所描寫的得張飛之內在精神的人物形象。

「神似」張飛的人物形象，首先體現在他們與張益德主體性格特徵的相似性：或嫉惡如仇，或耿直豪爽，或勇猛剛強，或粗暴莽撞，甚或多重相似。

作戰勇猛，當然是張飛的主體性格特徵，而下面這一位，可說在這方面步張飛之後塵：「只見夏陣上擁出一員大將，豹頭環眼，面如活獅，英雄無敵，膽力過人，乃夏大將軍劉黑闥也。」（《隋唐兩朝志傳》第二十八回）當然，在小說家們看來，最像張飛的還應該是其後裔。果然，在一部《三國志通俗演義》的續書中，無比英勇的老張家人物就應運而生了。

忽見一員猛將，豹頭環眼，巨口短胡，手挺蛇矛，聲如巨雷，大吼殺出，戌急抵住。未及三四合，又有一將煙臉虎項，紅珠眼，一領長鬚，手提丈八長槍，勢如熊虎，大叫：「許戌賊子，今欲走往何處？燕人老張在此拿你！」（《續三國演義》第四十三回）

這兩位新生代的「老張」，一名張實，一名張敬，均乃張飛孫子。既是嫡傳，他們的身材長相、軍器裝備，乃至於說話的口吻，就全都是張益德氣派了。但如果是別人家子弟，只要與「張飛」有些相似之處的，都應該視為老張的異代知己。如：「黃三太看濮天鵬，約有十二三歲，頭大項短，生得虎項燕頷，豹頭環眼，面皮微黑，黑中透亮，……此子為人粗率，性情暴戾。」（《彭公案》第二十五回）然而，在後世章回小說中，狀貌風神最像張飛的還不是上述人物，而是唐朝開國大將尉遲恭。且看其風采：

此人姓尉遲名恭，字敬德，朔州善陽人也。應武舉出身，使一杆虎根竹節鞭，重計八十二斤。常跨一匹踢雪烏騅馬，上下馳驟，奔走如飛，有萬夫不當之勇。（《隋唐兩朝志傳》第三十九回）

叔寶把尉遲恭一看，真正好個黑臉，忙把提爐槍一擺，劈面刺來。尉遲恭舉丈八蛇矛即便相迎。（《說唐全傳》第四十六回）

喬公山道：「臣昔在麻衣縣務農，尉遲恭打鐵營生，十分窮苦。臣知風鑒，看他生得豹頭環眼，燕頷虎鬚，必是國家棟樑。」（《說唐全傳》第四十七回）

你看這些「說唐」故事中的尉遲恭，長得是「豹頭環眼，燕頷虎鬚」，兵器或用「丈八蛇矛」，騎的是「烏騅馬」，打起仗來，「上下馳驟，奔走如飛，有萬夫不當之勇」。這些要素相加，活脫脫就是張飛再世。不僅如此，尉遲恭作為最接近張飛的形象，他本身又被「克隆」，出現了張飛再世之再世的人物形象。如：「病尉遲孫立是交角鐵樸頭，大紅羅抹額，百花點翠皂羅袍，烏油戧金甲，騎一匹烏騅馬，使一條竹節虎眼鞭，賽過尉遲恭。」（《水滸傳》第五十四回）《水滸傳》中的孫立，外號「病尉遲」，並非生了病的尉遲恭。「病」者「並」也，是說他各方面都很像尉遲恭，幾乎可以與尉遲恭「並立」的意思。有趣的是，有的小說家也把「病」理解為生病的意思，於是又弄出一個「醉尉遲」，且看：「旁邊醉尉遲劉天雄一催坐下烏騅馬，手執鋼鞭，來到兩軍陣前。」（《彭公案》第三百二十回）這還不算稀奇，更妙的是，小說中寫尉遲恭也有後裔，而且完全繼承乃父風範：「頭盔貫甲，掛鋼懸鞭，上了烏騅

馬。把馬一衝，來到關前。」（《說唐三傳》第九回）這位尉遲寶慶將軍，乃尉遲恭之子，直接像他爹，間接像張益德。張飛形象，可真是瓜瓞綿綿哪！

四

　　中國古代小說史上無數事實告訴我們，在一部章回小說作品中，要想從主體性格特徵的角度去模仿張飛這樣的人物形象，並不是一件困難的事。但是，如果要能夠在模仿其主體性格特徵的同時，讓自己筆下的人物同時具有或放大張飛形象的特殊性格，那可就是一件難度較大的事了。

　　什麼是張飛這個「莽漢」典型的特殊性格呢？答曰：粗人弄細、幽默詼諧，甚至帶有幾分狡點、幾分機智、幾分童趣，乃至充滿喜劇意味。且看例證：

　　例之一：因為劉備常言：「吾得孔明，如魚得水。」故而，當夏侯惇引十萬大兵進攻新野，劉備請關、張二人商議軍情時，雲長躊躇未決，而張飛卻諷刺劉備：「哥哥使『水』去便了。」（卷之八「諸葛亮博望燒屯」）原來，魯莽的張飛卻有如此美妙的戲謔，這讓今天的某些「脫口秀」們也自愧不如了。

　　例之二：張飛在當陽橋喝退曹軍之後，生怕曹操再渡河追趕，於是自作聰明地命令軍士「拆斷橋樑」。想不到卻受到劉備的批評教育：「若不斷橋，彼將恐有埋伏，持疑而不敢進追；今若拆之，彼必料我無軍，怯而斷橋矣。」（卷之九「張益德據水斷橋」）你看，張飛還有自作聰明的一面，而且，那麼可愛。

　　例之三和例之四情況更複雜一些，我們不妨先排列出來再做分析：

> 　　忽流星馬急報，言孟達、霍竣守葭萌關，今被東川張魯遣馬超兵攻打甚急，救遲則關隘休矣。玄德大驚。孔明曰：「須是張、趙二將，方可與敵。」有人報張飛，飛在外大喜。孔明曰：「主公且勿言，容亮激之。」張飛從外大叫而入曰：「辭了哥哥，便去戰馬超也！」孔明故意佯不覷聽，對玄德曰：「今馬超侵犯關隘，無人可敵；除非往荊州取關雲長來，方可與敵。」張飛曰：「軍師何故小覷吾！吾曾獨拒曹操百萬之兵，豈愁馬超一匹夫耳！」孔明曰：「張將軍據水斷橋，此是曹操不知虛實也。若知虛實，將軍豈得無事乎？況馬超有信、布之勇，天下皆知，渭橋六戰，殺得曹操劍割髭鬚，幾乎喪命，

非等閒可比。汝兄雲長，未必可勝。」飛曰：「我只今便去，如勝不
得馬超，甘當軍令。」（卷之十三「葭萌關張飛戰馬超」）

　　玄德差人來軍前犒勞，見張飛飲酒，回見玄德，說張飛飲酒，
恐失軍機。玄德大驚，乃問軍師。孔明笑曰：「原來如此！軍前恐
無好酒。成都佳釀極多，可將五十甕作三車裝，送到軍前與張將軍
飲之。」玄德曰：「吾弟自來飲酒失事，軍師何故反送許多好酒？
吾弟醉中必被張郃所害。」孔明笑曰：「主公與益德許多年為弟
兄，不知其心也。益德自來剛強，收川之時義釋嚴顏，此非勇夫所
為也。今宕蕖與張郃相拒五十餘日，近聞飲酒，醉之後則坐於山前
辱罵，傍若無人。此非貪杯，乃賺張郃計也。」（卷之十四「瓦口張
飛戰張郃」）

例之三，寫諸葛亮用激將法使張飛戰馬超，當然，這是對故事的正面解讀，
如果反過來讀，則韻味更加綿長。在諸葛亮「激」張飛的同時，何嘗不是張飛
「涮」了一把諸葛亮？張益德的本意就是要去戰馬超，諸葛亮的激將法對張
飛而言正中下懷。於是，在張飛立下軍令狀的時候，是否也有一份瓜熟蒂落、
如願以償的愜意呢？如果有，張飛在這裡不是也有些與智慧的化身孔明過招
的小小狡黠嗎？這樣一位張三爺，他所體現的那一份狡黠，是否帶有一點兒
喜劇意味呢？至於例之四，那可不是小小的「粗人弄細」的狡黠了，而是決
定戰爭勝負的大智慧。張飛好飲酒盡人皆知，張飛飲酒誤事也無人不曉，而
在這裡，表面粗鹵的張飛卻偏偏假裝要飲酒、要飲酒誤事，讓張郃中計，最
後擊敗張郃。最妙的是，張飛這條妙計不僅瞞過了敵方大將張郃，而且瞞過
了我方統帥劉備，只有諸葛亮這位張益德真正的知己，方能識得這大智若愚
的妙計。更為妙不可言的是，孔明先生在回答劉備時還說：「益德自來剛強，
收川之時義釋嚴顏，此非勇夫所為也。」這是在提醒劉備，也是在提醒讀者，
張飛是個粗中有細的人，他具有一般人難以防範的狡猾之處，此前，他不是
用計假裝喝醉騙過了嚴顏並生擒了那位老將軍嗎？這一次，他偏偏要在上一
次的彈坑中再丟一枚同樣的炸彈，這種極其詭異的思維方式，真讓人防不勝
防。三國之中，也只有諸葛孔明才能看破。如此張益德，真是一個完滿自足
而又豐富多彩的小宇宙！

　　張飛之後，在模仿其主體性格特徵和性格特殊性的同時又能大放異彩的
人物形象不在少數，其中最令人矚目的有《水滸傳》之李逵、《楊家府通俗演

義》之焦贊、《飛龍傳》之鄭子明、《說岳全傳》之牛皋、《說唐全傳》之程咬金等。

> 李逵看著宋江，問戴宗道：「哥哥，這黑漢子是誰？」戴宗對宋江笑道：「押司，你看這廝麼粗鹵！全不識些體面！」李逵道：「我問大哥，怎地是粗鹵？」戴宗道：「兄弟，你便請問『這位官人是誰』便好。你倒卻說『這黑漢子是誰，』這不是粗鹵，卻是甚麼？我且與你說知，這位仁兄便是閒常你要去投奔他的義士哥哥。」李逵道：「莫不是山東及時雨黑宋江？」戴宗喝道：「咄！你這廝敢如此犯上！直言叫喚，全不識些高低！兀自不快下拜，等幾時！」李逵道：「若真個是宋公明，我便下拜；若是閒人，我卻拜甚鳥！節級哥哥，不要賺我拜了，你卻笑我！」宋江便道：「我正是山東黑宋江。」李逵拍手叫道：「我那爺！你何不早說些個，也教鐵牛歡喜！」撲翻身軀便拜。（《水滸傳》第三十八回）

李逵在繼承張飛粗鹵的同時，又帶有幾分憨癡。一個連什麼是「粗鹵」都不知道的人，不是粗鹵到了極點嗎？其實，這種極端的粗鹵就成為了憨癡，因為他什麼都不知道了，什麼都不顧惜了。尤其是當李逵得知眼前這位黑漢子就是自己景仰已久的宋大哥時，他的一聲驚呼，一聲埋怨，一聲歡喜，簡直憨到了極點，癡到了極點，也透明到了極點。張飛的童心童趣，到李逵身上，被發展成為兒童心態對人不加防範的憨癡。

> 時焦贊路途心（辛）苦，到府兩日亦不覺得，連住了幾日，拘禁得慌，與軍校言曰：「我跟本官來京，止望遍城遊玩景致。早曉這等監守，何似當初不來？汝等肯引我入城觀看一番，多買些酒食相謝。」軍校曰：「放汝出去，只恐你生事，那時連累我等，怎生了得。」焦贊道：「好哥哥，帶我出去，三生不忘。且我不生事便罷。」於是軍校暗開後門，瞞著六郎，引焦贊入城遊玩。（《楊家府通俗演義》第三卷「楊六郎私下三關」）

焦贊的這些表現，簡直就如同一個好奇好動的孩子在懇求家長。有欺騙、有討好，也有些耍無賴，是又一種「童趣」。而下面這位程咬金大爺的童心童趣則體現為一種天真無知了，當然，也有少年兒童那種不知天高地厚而無所畏懼的心性。

> 薛亮見響馬不趕，又罵兩聲：「響馬，銀子便剪去，好好看守，

我回去稟了刺史，差人來緝拿你，卻不要走！」觸起咬金的怒來，叫道：「你且不要走，我不殺你！我不是無名的好漢，通一個名與你去。我叫做程咬金，平生再不欺人。我一個相厚朋友叫尤俊達，是我二人取了這三千兩銀子。你去罷！」咬金通了兩個的名，方才收回馬來。到武南莊還遠，馬上懊悔：「適才也不該通名，尤員外曉得，要埋怨我。倒隱了這句話罷。」（《隋史遺文》第二十八回）

張飛系列形象中不僅有無知、無畏型的天真兒，而且有無可奈何、可憐兮兮的可憐蟲。如剛剛被女漢子陶三春狠揍了一頓的鄭子明，聽說二哥趙匡胤要將那狠女人說給自己做老婆，他萬般無奈，又不敢公開反對，於是就醜態百出了：「那鄭恩坐在席上，見匡胤做媒把三春與他，心中又羞又怕，不好明言，只把眼兒望了匡胤亂丟，頭兒不住地搖，無非是個不要的意思。」（《飛龍全傳》第四十二回）這樣的表現，就已經不是一般的童心童趣，而是帶有喜劇色彩了。然而，更具喜劇意味的場面卻是由另一個張飛式的人物牛皋創造的。

卻說牛皋一馬跑到小校場門首，只聽得叫道：「好槍！」牛皋著了急，忙進校場，看那二人走馬舞槍，正在酣戰，就大叫一聲：「狀元是俺大哥的！你兩個敢在此奪麼？看爺的鐧罷！」要的就是一鐧，望那楊再興頂梁上打來。楊再興把槍一抬，覺道有些斤兩，便道：「兄弟，不知那裡走出這個野人來？你我原是弟兄，比甚武藝，倒不如將他來取笑取笑。」羅延慶道：「說得有理。」遂把手中槍緊一緊，望牛皋心窩戳來。牛皋才架過一邊，那楊再興也一槍戳來。牛皋將兩根鐧盤頭護頂，架隔遮攔，後來看看有些招架不住了。你想牛皋出門以來，未曾逢著好漢。況且楊再興英雄無敵，這杆爛銀槍，有酒杯兒粗細；羅延慶力大無窮，使一杆鏨金槍，猶如天神一般。牛皋一人那裡是二人的對手。幸是京城之內，二人不敢傷他性命，只逼住他在此作樂。只聽得牛皋大叫道：「大哥若再不來，狀元被別人搶去了！」（《說岳全傳》第十回）

這位又黑又憨的漢子，居然在考試前夜到校場搶奪武狀元，居然口口聲聲說什麼「狀元是俺大哥的！」居然急得大叫：「大哥若再不來，狀元被別人搶去了！」無知到何種程度，愚蠢到何種程度！並且，他還為自己的愚蠢無知付出了較為沉重的代價——被武藝高強的金槍手和銀槍手合力像貓戲老鼠一般

「玩」了個不亦樂乎。然而，就是在這一連串的充滿喜劇色彩的嬉鬧場面中，牛臯，這一位得張三爺三魂六魄而又發揚光大的黑漢子那寶石般晶瑩剔透的性格卻得到了充分體現。

五

對於張飛形象而言，《三國志通俗演義》以後的某些章回小說作者，還在模仿、繼承基礎上進行了再創造。因此，最深一層的「張飛系列形象」中的人物，乃是在張飛形象的基礎上「化身」為新的人物形象，但在這些「變異」的人物形象身上總會或隱或現地呈現「張飛」精神的遺傳因子。

最先成功塑造這種張飛「變異」形象的是《水滸傳》，除了李逵形象比較全面接受張飛狀貌風神之外，作者還在梁山五虎大將中將「張飛」演變為三個人物形象：林沖、秦明、呼延灼。

先看林沖：「那官人生的豹頭環眼，燕頷虎鬚，八尺長短身材，三十四五年紀。」（《水滸傳》第七回）「丈八蛇矛緊挺，霜花駿馬頻嘶。滿山都喚小張飛，豹子頭林沖便是。」（第四十八回）「林沖燕頷虎鬚，滿寨稱為翼德。」（第七十八回）這位在一般讀者心目中儒雅俊秀的林教頭，原來從相貌身材、武器裝備等方面都如此酷似張飛，真是大大出人意料。關於這一問題，筆者曾在《關於幾位梁山好漢的綽號》一文中斷言：「這樣一個林沖，簡直就是克隆張飛。」並對之有詳細論述，此不贅言。需要指出的是，《水滸傳》中的林沖只是借助了張飛的外在化表現形式，在性格方面卻與張飛大相徑庭，屬於變異性最大的張飛系列形象中的一個。張飛性格暴躁，林沖一忍再忍；張飛粗人弄細，林沖內細外粗；張飛充滿喜劇色彩，林沖體現悲劇精神；張飛是為所欲為的率直酣暢，林沖是無可奈何的委曲求全。他們身上還有很多很多的相異之處，但卻有不少遺傳因子：他們都是真誠、善良、正直、勇敢的黑漢子！

相比較而言，秦明繼承並發展的是張飛「聲若巨雷」的霹靂火性格，這在張飛身上屬於顯性性格範疇：「那人原是山後開州人氏，姓秦，諱個明字。因他性格急躁，聲若雷霆，以此人都呼他做霹靂火秦明。」（第三十四回）而呼延灼則承襲了張飛威風凜凜的外表、甚至是通過尉遲恭「再傳」的外在性的表象：「呼延灼全身披掛，騎了踢雪烏騅馬，仗著雙鞭，大驅軍馬殺奔梁山泊來。」（《水滸傳》第五十七回）因為這兩位所繼承發展的只是張飛極其顯

性的一些東西，故而，從人物塑造的角度看，秦明與呼延灼在《水滸傳》中均屬於二三流人物，其生動性、形象化、影響力均遠遠不及林沖形象。

在《水滸傳》以外的一些章回小說中，作者們還吸收張飛形象某一方面的特點塑造了屬於自己筆下的人物，但多半是變異多於遺傳，有的甚至於給人大吃一驚的效果：

> 忽見一人威風凜凜，屬氣昂昂，豹頭環眼，虎臂狼腰，徑至秦王面前，陳言奇計。眾視之，乃京兆三原人也，姓李名靖，字藥師，現為右將軍之職。（《隋唐兩朝志傳》第二十一回）

> 秦王聞知，亦披掛飛身上馬，綽丈八點鋼蛇矛，縱馬而出曰：「汝能使槊，偏我不能使槍？」（《隋唐兩朝志傳》第六十二回）

> 原來這人叫做黃佐，生得豹頭環眼，虎項熊腰，武藝精通，兼曉算法。（《後水滸傳》第二十九回）

> 話說唐朝中南山有一秀才，姓鍾名馗字正南。生的豹頭環眼，鐵面虯鬚，甚是醜惡怕人。誰知他外貌不足，內才有餘，筆動時篇篇錦繡，墨走處字字珠璣。且是生來正直，不懼邪祟。（《斬鬼傳》第一回）

唐代開國元勳衛國公李靖，在《封神演義》中演變為哪吒父親的陳塘關總兵李靖，在《西遊記》中美化為托塔李天王的李靖，居然長的是張飛一樣的尊容，這實在令人匪夷所思。而更令人意想不到的是，就連秦王李世民竟然也揮舞起張飛的丈八點鋼蛇矛。而《水滸傳》中九紋龍史進的師傅王進，在《後水滸傳》中「託生再蕭何黃佐」，（第四十二回）居然也與張飛在外貌上一模一樣。更令人忍俊不禁的是，鬼王鍾馗的相貌醜陋我們雖有心理準備，卻不料《斬鬼傳》的作者讓他醜得像張飛而又「外貌不足，內才有餘，筆動時篇篇錦繡，墨走處字字珠璣」。這個內外、文武、美醜對立統一的人物造型，離《三國志通俗演義》中的張益德將軍實在是漸行漸遠。

然而，更讓張飛生前意想不到的是，他自認為威風凜凜的外貌，卻也被某些小說作家藉以塑造兇狠的反面人物。如：「施公看那惡僧：豹頭環眼，黑肉滿臉，鬚七寸許，年約四旬。」（《施公案》第十一回）再如：「只見他（凌貴興）笑吟吟的走將過來，眉目間卻帶著三分殺氣，左有獐頭鼠目的區爵興，右有豹頭環眼的凌宗孔，一個是做眉弄目，一個是擦掌摩拳。」（《九命奇冤》第七回）這裡兩個長得酷似張飛的人物，一個是惡僧，一個是打手，真真有

負於張飛的光輝形象。張三爺要知道身後遭到這樣的糟蹋，肯定會抓住《施公案》《九命奇冤》的作者「怒鞭」一頓的。

　　還有更為「奇葩」的創造，張飛的長相身材和武器裝備在後世小說中竟然被作者「出租」給一醜一美兩個奇女子：

　　　　原來金二官人嫡妻是粘罕小將軍之妹，生得豹頭環眼，醜惡剛勇，弓馬善戰，即是一員女將，反似個男子一般。(《續金瓶梅》第四十三回)

　　　　希真道：「這槍本是老夫四十斤重一枝丈八蛇矛改造的，費盡工夫。今重三十六斤，長一丈四尺五寸，小女卻最便用他。」(《蕩寇志》第七十四回)

張飛形象「變」到這個份上，恐怕是不能再變了，因為，再變就「異化」了，性格的異化、性別的異化。這樣的人物，就再也不是張飛遺傳因子所造就的藝術形象了。

（原載《西華師範大學學報》2016 年第一期）

誰知落鳳坡前喪，獨顯南陽一臥龍
——三國文化專家石麟話說悲情龐統

編者按：

　　龐統一生，恃才狂傲、機智奇絕是為謀臣；直言不諱、心胸寬
闊是為諫臣；替主分憂、肝腦塗地是為忠臣。他也是一位悲情英
雄：才華奇絕，卻因其貌不揚不受孫權重用；轉投劉備，輾轉之後
終被納為軍師，卻在征蜀途中死於亂箭之下……（本報記者吉晶
晶）

胸懷謀略稍遜臥龍

問：龐統，字士元，號鳳雛，漢時荊州襄陽人，才智與諸葛亮齊名。能介
紹一下他的生平家世及求學故事麼？

石麟（以下稱「石」）：據《三國志‧蜀志》本傳記載：「龐統字士元，襄
陽人也」。他生於公元 179 年，卒於 214 年。

少年龐統雖然很有知識才華，但並不外露。在別人看來，他顯得有些「樸
鈍」，無人識得其「盧山真面目」，只有龐德公很看重這個侄子。當時有潁川
司馬徽字德操，小龐德公 10 歲，有知人之明，人稱「水鏡先生」。龐德公派
侄子去拜訪好友司馬徽，水鏡先生當時正在採桑葉，龐統坐在樹下，兩人從
白天談到黑夜。水鏡先生很喜歡龐統，稱之為「南州士之冠冕」，並感歎老哥
哥龐德公真有「知人」之「盛德」。

問：諸葛亮和龐統，並稱為「臥龍」、「鳳雛」。諸葛亮曾自謙，龐統之才

勝他十倍。如何比較他倆的才能、志向呢？

石：很多人認為，是水鏡先生提出「臥龍」「鳳雛」的雅號，其實，這是受了小說家藝術謊言的欺騙。《三國志》裴松之注引《襄陽記》曰：「諸葛孔明為臥龍，龐士元為鳳雛，司馬德操為水鏡，皆龐德公語也。」可見，這些話都是龐德公說的。

諸葛亮說龐統之才勝他十倍，一來是自謙之辭，二來是小說家言，不可當真。至於諸葛亮和龐統二人才能、志向的差異，則應從歷史和小說兩個層面來認識。

就歷史上的臥龍、鳳雛而言，其思想基礎大體一致，即以法家思想為核心，以儒家思想為冠冕，也就是所謂「外儒內法」。他們的理想追求就是為帝王師，並以法家的手段、儒家的口號治理天下。

就小說描寫本身而論，龐統的軍事謀略較諸葛亮稍遜一籌，主要體現在兩個方面：一是鳳雛的胸懷不及臥龍博大；二是鳳雛冒進偏執，而臥龍謹慎平和。這種思想境界和人格魅力的差距，導致了他們在軍事指揮能力上的些微差別。

連環獻計史無記載

問：據《三國演義》描述，赤壁大戰前，周瑜派魯肅向龐統問計：破曹操用什麼計策？龐統說，用火攻和連環計，隨後親赴曹營，說服曹操將船用鐵環聯起來，之後全身而退……「龐統獻計」是歷史真相麼？

石：《三國志》中，並無龐統獻「連環計」的記載，此段描寫，基本是小說家的創造。但龐統在投奔劉備之前，先投東吳卻是事實。據《三國志》裴注引《江表傳》曰：先主與統從容宴語，問曰：「卿為周公瑾功曹，孤到吳，聞此人密有白事，勸仲謀相留，有之乎？在君為君，卿其無隱。」統對曰：「有之。」

問：那麼，龐統為何又從孫權處轉投劉備呢？有何歷史背景？

石：關於這個問題，歷史記載頗為含糊。從《三國演義》第 57 回的描寫來看，一開始，是魯肅向孫權推薦龐統，並且稱讚龐統「周公瑾多用其言，孔明亦深服其智」。不料，孫權見到龐統本人之後，卻以貌取人：「權見其人濃眉掀鼻，黑面短髯，形容古怪，心中不喜。」加上龐統在回答孫權問話時，說「某之所學，與公瑾大不相同。」而孫權「平生最喜周瑜」，見龐統輕視周公

瑾，就更加不喜歡這位鳳雛先生了。儘管魯肅再三引薦，孫權已認定龐統是「狂士」，不予「錄用」。

這樣一來，龐統只好另謀出路了，懷揣魯肅的書信，「徑往荊州來見玄德」。

鳳雛有才不得天時

問：劉備三顧茅廬的故事被傳為佳話。然而，龐統前來投靠的時候，劉備卻只任命他到耒陽縣去擔任縣令，是因為劉備不喜歡龐統的為人處事？還是另有打算？後來，龐統又是如何「鹹魚翻身」呢？

石：龐統初見劉備不得重用，後來「鹹魚翻身」，都是歷史真實。這在《三國志》中有所記載：「先主領荊州，統以從事守耒陽令，在縣不治，免官。吳將魯肅遺先主書曰：『龐士元非百里才也，使處治中、別駕之任，始當展其驥足耳。』諸葛亮亦言之於先主，先主見與善譚，大器之，以為治中從事。親待亞於諸葛亮，遂與亮並為軍師中郎將。」《三國演義》中，將這段史實誇飾為一大段精彩動人的故事。

在對待龐統的問題上，劉備首先犯了與孫權同樣的錯誤：以貌取人，失之子羽。後來，在張飛、孫乾的調查報告面前，在孔明、子敬的推崇舉薦面前，劉備徹底拋棄成見，重用鳳雛。這正是劉玄德高於孫仲謀處。

再說龐統，他明明懷揣兩封「重量級」的推薦信，卻沒有在見面之初交給劉備，遭到冷遇以後，又故意吸引劉備注意，最後，抓住時機大展才華，終於贏得領導的信任，取得自己應該得到的待遇和地位。據此可見，龐統的「鹹魚翻身」，主要憑藉的是自身的智慧和能力。

問：司馬徽曾誇讚說：「伏龍、鳳雛，兩人得一，可安天下。」劉備一度龍鳳兼得，為何還是沒能安天下。

石：劉備雖得臥龍、鳳雛兩位超級謀士，卻終究沒能「安天下」。此事可從兩個層面理解。

首先，我們不能認為劉備完全沒有「安天下」。在諸葛亮的幫助下，劉備畢竟建立了蜀漢王朝，取得了與曹魏、東吳三足鼎立的「天下」。可以說，劉先主是局部的「安天下」。

其次，伏龍、鳳雛二人最終沒有幫助劉備統一天下，根本原因則在「天時」。劉備所處的東漢末年，由於政治黑暗導致農民起義，許多軍閥趁機擴張

勢力。當時，曹操已消滅了北中國的眾多軍閥，三分天下已有其二。同時，東吳經過三代人的經營，業已根深蒂固，固守江東。這兩股強大的政治、軍事力量是不可能在短期內被消滅的。

正如諸葛亮《隆中對》所言：「今操已擁百萬之眾，挾天子以令諸侯，此誠不可與爭鋒。孫權據有江東，已歷三世，國險而民附，此可用為援而不可圖也。」這種局勢下，劉備最多只能「北讓曹操占天時，南讓孫權佔地利……取西川建基業，以成鼎足之勢，然後可圖中原也。」清代毛宗崗讀到這裡，下筆批曰：「既曰成鼎足，又曰圖中原，蓋成鼎足是順天時，圖中原是盡人事。」也就是說，劉備雖然龍、鳳雙得，但當時的政治環境決定了他不可能「安天下」。關於這個問題，水鏡先生也早有預料，他曾仰天大笑曰：「臥龍雖得其主，不得其時，惜哉！」對於龐統而言，同樣有著不得天時的遺憾。

死於「落鳳」並非巧合

問：龐統英年早逝，戰死於「落鳳坡」。據《三國演義》描述，龐統征蜀途中得知此地名，驚曰：「吾道號鳳雛，此處名落鳳坡，不利於吾。」後來，他果然在此死於亂箭之下。這只是巧合麼？

石：龐統之死，至少有三個大同小異的記載。

歷史著作《三國志》載：「進圍雒縣，統率眾攻城，為流矢所中，卒，時年三十六。先主痛惜，言則流涕。」

講史話本《三國志平話》云：「即便引軍尋小路遠去雒城。三日叩城門。城上有劉璋弟公子劉珍認得是龐統，令眾官使箭射……」

章回小說《三國演義》曰：「卻說龐統迤邐前進，抬頭見兩山逼窄，樹木叢雜；又值夏末秋初，枝葉茂盛。龐統心下甚疑，勒住馬問：『此處是何地？』數內有新降軍士，指道：『此處地名落鳳坡。』龐統驚曰：『吾道號鳳雛，此處名落鳳坡，不利於吾。』令後軍疾退。只聽山坡前一聲炮響，箭如飛蝗，只望騎白馬者射來……」

以上三種記載或描寫，一個是歷史真實，一個是民間傳說，一個是文人創造，比較之下，一個比一個更具有「藝術性」。當然，也就更加遠離歷史真實。「落鳳坡」這個地名，是《三國演義》的作者虛構的。而龐統臨死之前，將這個地名與自己的道號「鳳雛」聯繫在一起，既非歷史事實，也非純然巧

合，而是中國古代小說創作時的一種常用手段——利用「讖語」「謠諺」來寫人敘事。這種手法在《三國演義》中多次用到，如對董卓之死、于禁被擒等處的描寫都是如此。

問：還有一種說法：劉備帶龐統在前線打仗，諸葛亮在後方鎮守。本該龐統給劉備獻計，不料諸葛亮也給劉備來信獻計，意見恰和龐統相反，劉備沒有採納龐統的意見……龐統因為看透劉備，決意以死讓賢，刻意與劉備換馬，頂替劉備被射殺。所以，他的死算是一種「自殺」？事實上是這樣麼？能談談對龐統的歷史評價麼？

石：自殺的說法，充其量只是一種「說法」而已，沒有史料依據。至於對龐統的評價，應該從歷史人物和文學形象兩個層面進行。就歷史上的龐統而論，他是一位青年時期就名聞天下的傑出人物，經過多次選擇，最後棲身劉備政治集團。作為劉備身邊的重要謀士，他為劉備出謀劃策，多有貢獻，直至在取西川的激烈戰鬥中貢獻了生命。

就文學形象的龐統而言，他主要是作為諸葛亮的陪襯形象而出現的。在《三國演義》中，陪襯臥龍先生的人物形象很多，如曹操、劉備、孫權、周瑜、魯肅、司馬懿等。在所有陪襯者中，鳳雛是與臥龍齊名的。故而，作者將他寫成僅次於諸葛亮的「副軍師」。只不過他與諸葛亮相比，多了一點驕傲自負和貪功冒進，故而落得個「落鳳坡前落鳳」的悲劇結局。

對於這樣的英雄人物、智慧之士，廣大讀者是非常喜愛他的。因此，在當時有了「一鳳並一龍，相將到蜀中，才到半路裏，鳳死路坡東。風送雨，雨隨風，隆漢興時蜀道通，蜀道通時只有龍」的悲情歌唱流傳千古！

（原載《楚天都市報‧史海鉤沉》2012 年 10 月 15 日）

從「大白臉」的孫權說起——
略論《三國演義》中的孫權形象
及其用人方式

一

　　京劇《甘露寺》中的孫權，出乎現代年輕人的想像，是一個「大白臉」的扮相。然而，不管是對中國傳統文化瞭解多少，對於「大白臉」，一般人都會知道，那不是好臉色，那是奸臣的標誌，因為大奸雄曹操就是大白臉。而且，京劇舞臺上幾乎所有的奸臣都是大白臉，而所有的大白臉幾乎也都是奸臣。

　　難道孫權也是奸臣嗎？如果是，好像不太符合歷史事實；如果不是，那又為什麼給他這麼難看的臉譜呢？

　　其實，這還不是最嚴重的。江東孫氏家族在戲劇舞臺上一貫受到歧視甚至遭到醜化，這方面的例子不用多舉，只要看一下元雜劇中孫權他爹孫堅是一個什麼角色就一清二楚了。

　　「〔淨扮孫堅上云〕我做將軍世稀有，無人與我做敵手。聽得臨陣肚裏疼，吃上幾盅熱燒酒。某長沙太守孫堅是也。」（鄭光祖《三戰呂布》第一折）

　　父親「淨扮」，兒子「大白臉」（也是淨扮），為什麼戲劇舞臺上要如此糟蹋孫氏父子呢？其實，這與孫氏父子本身並沒有多少關係。關鍵在於，從宋代以來，中國民間對於三國故事就形成了「擁劉反曹」的看法，當時人民大

眾的同情「點」是牢固樹立在蜀漢劉玄德這一邊的。凡是有利於劉備的都擁護，凡是不利於劉備的都反對。曹操處處與劉備相反、為敵，當然要堅決反對之；至於第三方的東吳，人們的褒貶毀譽，那可就徘徊不定了。當東吳有利於劉備時，就順帶歌頌他幾句；當東吳不利於劉備時，那可就對不起了，醜化、歪曲、打擊，就會接踵而來。

如此一來，東吳父子可就倒楣透了。當然，這種現象主要體現在戲劇舞臺上，因為那是最不顧歷史事實同時也最帶有民眾意趣的領域。如果到了有相當歷史知識的文人筆下，情況就會有很大的改變，《三國演義》就是一個例子。

從整體上看，經過羅貫中原著、毛宗崗改編的《三國演義》對東吳孫氏父子的描寫是客觀、公允，基本符合歷史事實，也基本能為廣大讀者所接受的。尤其是其中對於「人才」問題的描寫，更是顯示了東吳一方不同於曹魏、也不同於蜀漢的自身特色。

《三國演義》所描寫的是一個「人才」的世界，魏、蜀、吳三方均有不少經天緯地的英雄豪傑，但三者之間人才的境遇卻不大一樣，三大軍事集團的領袖人物曹操、劉備、孫權的用人方式也有許多不同之處。這裡以吳主孫權自身的氣質、才能及其用人方式為論述重點，來討論一下《三國演義》中的人才際遇問題。

與蜀漢的人才集中於傳統道德的大纛之下和曹魏的人才集合於玩弄權術的鐵腕之下大不相同，東吳孫權的用人原則是發自感情的激勵和信用，而具體表現方式則是人才之間的互薦與主公的破格運用。

二

要討論東吳的用人方式問題，首先必須瞭解吳主孫權本身是何等人物。

《三國演義》寫孫策臨終傳位給其弟時年僅 26 歲，但未言明孫仲謀「坐領江東」時的年齡。然而，只要我們稍稍查一下歷史書籍，就會得知孫權生於漢代光和五年（182），而其兄孫策則卒於漢代建安五年（200）。也就是說，孫權坐領江東時，年僅 19 虛歲。此後，他逐步發展東吳事業，終至稱王稱帝。《三國演義》對此多有描寫，且基本符合歷史真實。如第九十八回寫道：「選定夏四月丙寅日，築壇於武昌南郊。是日，群臣請權登壇即皇帝位，改黃武八年為黃龍元年。」這一年即公元 229 年，孫權 48 歲。此後，他又當

了 24 年的「吳大帝」，於太元二年（252）四月「病勢沉重，……囑以後事。囑訖而終。在位二十四年，壽七十一歲」。（第一百八回）

按《三國演義》中的描寫，「孫權生得方頤大口，碧眼紫髯」，「形貌奇偉，骨格非常」。（第二十九回）其兄孫策臨終時對他有這樣的評價：「若舉江東之眾，決機於兩陣之間，與天下爭衡，卿不如我；舉賢任能，使各盡力以保江東，我不如卿。」（同上）這就十分明確地指出了孫權一生最大的長處——舉賢任能。

縱觀《三國演義》中對孫權的描寫，雖然比較片段化，遠不如曹操、劉備那麼系統。但如果將這一個又一個片段連接起來，就可發現孫權性格的兩大特點：一是從諫如流，二是疑而後決。而這兩點又是互相聯繫的，進而言之，這兩點又與孫權舉賢任能的用人方式有著密切的聯繫。

就《三國演義》中魏、蜀、吳三方的領袖人物而言，與奸雄曹操、梟雄劉備相比，能夠真正虛心聽取他人意見的恐怕是孫權了。我們且看以下事實。

魯肅提出聯劉抗曹之計，「權喜從其言，即遣魯肅齎禮往江夏弔喪」。（第四十二回）張紘批評孫權「恃盛壯之氣，輕視大敵」，孫權曰：「是孤之過也，從今當改之。」（第五十三回）呂蒙勸其於濡須水口築塢以防緊急情況的發生，孫權曰：「『人無遠慮，必有近憂』。子明之見甚遠。」（第六十一回）張昭獻計，給劉璋、張魯各去信一封，約他們共同攻擊劉備，使之首尾不能救應，「權從之，即發使二處去訖」。（第六十二回）甘寧欲趁夜帶一百人劫曹營，「孫權壯之，乃調撥帳下一百精銳馬兵付寧」。（第六十八回）諸葛瑾獻計，以孫權子求娶關羽女，視關羽態度如何，再決定是聯蜀抗魏還是聯魏抗蜀，「孫權用其謀，先送滿寵回許都；卻遣諸葛瑾為使，投荊州來」。（第七十三回）如此事例多多，不勝枚舉。在《三國演義》中，「權從之」、「權大悟」、「孫權從其言」、「孫權曰：『此計甚合吾意。』」「吾如何不從」一類的話比比皆是。由此可見，孫權對於屬下的建議尤其是合理化的建議往往是言聽計從，並即刻付諸行動的。更令人注目的是，事實證明孫權的從諫如流對鞏固和發展東吳事業的的確確起到了關鍵性的作用。

孫權性格的第二大特點是疑而後決。孫權不是一個像曹操那樣能隨機應變、當機立斷的人，也不是一個像劉備那樣能做到疑人不用、用人不疑的人。大事當前，孫權經常顯得猶疑不決，用人之時，也並非毫無疑心。但經過猶疑或懷疑以後，一旦拿定主意，他又是比誰都堅決的，而且一經決策，馬上

就付諸實施。

孫權這種疑而後決的性格，最突出地體現在赤壁之戰這麼一場生死攸關的大戰役前夕。當曹操向東吳下檄文，張昭提出「不如納降，為萬安之策」，並得到眾謀士齊聲附和時，「孫權沉吟不語」。當張昭進一步闡明投降的好處時，「孫權低頭不語」。此後，面對手下主戰、主降兩派的爭執，孫權表現得極其猶疑不決。書中寫道：「孫權只是低頭不語。」「孫權沉吟未決。」「孫權尚在沉吟。」「孫權退入內宅，寢食不安，猶豫不決。」（以上引文均見第四十三回）直到周瑜對敵我雙方形勢作了極為透徹的分析，並表明自己堅決主戰的態度之後，孫權的表現才真正顯出英雄本色，當機立斷，義無反顧。請看這段描寫：「權矍然起曰：『老賊欲廢漢自立久矣，所懼二袁、呂布、劉表與孤耳。今數雄已滅，惟孤尚存。孤與老賊，誓不兩立！卿言當伐，甚合孤意。此天以卿授我也。』瑜曰：『臣為將軍決一血戰，萬死不辭。只恐將軍狐疑不定。』權拔佩劍砍面前奏案之一角曰：『諸官將有再言降操者，與此案同！』」（第四十四回）

相同的例子還有很多，例如三國後期，當孫權在聯蜀抗魏還是聯魏抗蜀之間猶疑不決時，經西蜀鄧芝一番說辭，孫權終於下定聯蜀抗魏的決心，對鄧芝說：「孤意已決，先生勿疑。」（第八十六回）

孫權對手下文臣武將的任用，也不是毫無疑心的，我們且看一個很典型的例子。當孫權欲攻關羽、破荊州時，執行此項任務的首選人物便是呂蒙。但是，當孫權派呂蒙前往時，卻留了一手，對呂蒙說：「卿與吾弟孫皎同引大軍前去，何如？」這分明是對呂蒙的不信任，而讓其堂弟從中監視。這種安排自然引起了呂蒙的不滿，呂蒙說：「主公若以蒙可用則獨用蒙；若以叔明可用則獨用叔明。豈不聞昔日周瑜、程普為左右都督，事雖決於瑜，然普自以舊臣而居瑜下，頗不相睦；後因見瑜之才，方始敬服？今蒙之才不及瑜，而叔明之親勝於普，恐未必能相濟也。」「權大悟，遂拜呂蒙為大都督，總制江東諸路軍馬；令孫皎在後接應糧草。」（第七十五回）

《三國演義》中孫權的性格，除了上述兩大方面以外，還有其他的一些側面，我們也不能忽視。甘露寺外的以劍擊石，揚鞭躍馬，體現了他的豪氣衝天、個性外露（第五十四回）；接受曹操的封號，則充分體現了他的大丈夫能屈能伸（第八十二回）；識破諸葛亮不還荊州的「踢皮球」之計，可見他比諸葛瑾聰明得多（第六十六回）；一封書信而退老瞞千軍萬馬，又體現了他大

英雄的胸襟、懷抱和手段（第六十一回）……當然，孫權也有以貌取人而失之子羽的時候。如龐統來投時，「權見其人濃眉掀鼻，黑面短髯，形容古怪，心中不喜」。但這種侷限，也有因過分喜愛周瑜，而龐統恰恰不怎麼瞧得起周郎的因素：「權平生最喜周瑜，見統輕之，心中愈不樂。」（第五十七回）於是，孫權便失去了鳳雛先生效力於東吳的機會。這種以貌取人失之子羽的做法，固然是孫權之缺失，但犯這種「低級錯誤」的絕不僅止於孫權一個「高級人物」，劉備也曾經如此這般地糊塗過。當龐統不見留於東吳而轉投劉備時，「玄德見統貌陋，心中亦不悅」。（同上）

由上可見，《三國演義》中的孫權是一個由多重性格側面有機組合而成的成功的藝術形象。

<h2 style="text-align:center">三</h2>

在《三國演義》一書中，孫權的名字出現在第七回，而他作為一個人物形象正式登臺亮相，則始於第二十九回。直到孫權歸天的第一百八回，他活動的時間跨度長達八十回書，占《三國演義》全書的三分之二。而且，他所活動的這一階段，又正是三國故事最精彩的階段。因此我們有足夠的理由說，孫權是足以代表東吳領導集團的領袖人物。進而言之，孫權的用人方式，某種意義上也就是東吳早期的用人方式。

毫無疑問，孫權是珍惜人才的。而這種珍惜，又主要體現在對人才激勵、信用和破格任用等方面。孫權的這種用人方式與江東士人「良臣擇主而事」的態度雙向作用，形成了東吳人才濟濟的良性態勢，而有識之士相互間的推薦和遜讓之風，又形成了東吳人才積聚的良好環境。

且看幾個事例：周瑜薦魯肅，「此人胸懷韜略，腹隱機謀。……今主公可速召之」。結果，孫權招聘魯肅後，「甚敬之，與之談論，終日不倦」。而魯肅亦不負周瑜之薦、孫權之望，對孫權指出：「肅竊料漢室不可復興，曹操不可卒除。為將軍計，惟有鼎足江東以觀天下之釁。今乘北方多務，剿除黃祖，進伐劉表，竟長江所極而據守之；然後建號帝王，以圖天下：此高祖之業也。」（第二十九回）這種整體戰略方針，與稍後諸葛亮隆中對所言大略相同。此外，如「張紘又薦一人於孫權：此人姓顧，名雍。」（同上）再往後，就是孫權廣納人才所導致的一個江東英才濟濟的動人場面：「卻說孫權自孫策死後，據住江東，承父兄基業，廣納賢士，開賓館於吳會，命顧雍、張紘延接四

方賓客。連年以來，你我相薦。時有會稽闞澤，字德潤；彭城嚴峻，字曼才；沛縣薛綜，字敬文；汝陽程秉，字德樞；吳郡朱桓，字休穆，陸績，字公紀；吳人張溫，字惠恕；烏傷駱統，字公緒；烏程吾粲，字孔休：此數人皆至江東，孫權敬禮甚厚。又得良將數人：乃汝南呂蒙，字子明；吳郡陸遜，宇伯言；琅琊徐盛，字文向；東郡潘璋，字文珪；盧江丁奉，字承淵。文武諸人，共相輔佐，由此江東稱得人之盛。」（第三十八回）

江東人才互薦的經典之作是關於前線陸口的領兵統帥一職的以薦相授，孫權對此亦了然於胸。有一次，孫權對呂蒙說：「陸口之任，昔周公瑾薦魯子敬以自代，後子敬又薦卿自代：今卿亦須薦一才望兼隆者，代卿為妙。」呂蒙當即回答道：「陸遜意思深長，……若即用以代臣之任，必有所濟。」（第七十五回）這種以軍國大事為重，不計較個人名利的互薦行為，雖然在魏、蜀、吳三國均有體現，但卻以東吳最為突出。而這種君臣相得、人才互薦的局面的形成，又與孫權對部下的感情投資——激勵之、信任之、破格任用之的做法是分不開的。

孫權愛才，不像劉備、曹操那樣總帶有些高低貴賤、內外親疏的成見。孫權是比較廣泛而寬闊地珍愛自己手下的所有才能之士。請看：「孫權見太史慈身帶重傷，愈加傷感。」（第五十三回）「權聞瑜死，放聲大哭。」（第五十七回）「人報魯子敬先至，權乃下馬立待之。」（第五十三回）「甘寧引百騎到寨，……孫權親自來接。」（第六十八回）「孫權……犒賞三軍，設宴大會諸將慶功，置呂蒙於上位。」（第七十七回）如此等等，不一而足。而其中最為突出者，乃表彰周泰和信任陸遜二事。

在一次與曹操的戰爭中，周泰捨命救孫權，身負重傷。戰後，孫權是這樣表現的：「感周泰救護之功，設宴款之。權親自把盞，撫其背，淚流滿面，曰：『卿兩番相救，不惜性命，被槍數十，膚如刻畫，孤亦何心不待卿以骨肉之恩、委卿以兵馬之重乎！卿乃孤之功臣，孤當與卿共榮辱、同休戚也。』言罷，令周泰解衣與眾將觀之：皮肉肌膚，如同刀剜，盤根遍體，孫權手指其痕，一一問之。周泰具言戰鬥被傷之狀。一處傷令吃一觥酒。是日，周泰大醉。權以青羅傘賜之，令出入張蓋，以為顯耀。」（第六十八回）這可以說是一種真正的感情投資，即使多少帶有一些收買人心的意思，但仍然是十分感人的。

對於舍生忘死者的表彰，孫權是動了感情的，而對於年輕將領的破格任

用，則又充分體現了孫權在用人時的理智。

當劉備引兵東下，吳軍望風披靡時，局勢萬分危急，孫權決定破格任用「年幼望輕」的書生陸遜。面對眾謀臣的反對，孫權說：「孤亦素知陸伯言乃奇才也！孤意已決，卿等勿言。」隨即，賜陸遜以佩劍，並登壇拜將。當陸遜領兵出發時，孫權又叮嚀說：「閫以內，孤主之；閫以外，將軍制之。」（第八十三回）表現了對這位年輕將領充分的信任。後來，當陸遜定下破蜀之策，修箋遣使奏聞孫權時，孫權覽畢，大喜曰：「江東復有此異人，孤何憂哉！諸將皆上書言其懦，孤獨不信。今觀其言，果非懦也。」（第八十四回）陸遜亦果不負孫權所託，終於火燒連營七百里，破劉備七十萬大軍於一旦，為東吳贏得了彝陵之戰的最終勝利。

孫權在選用人才時是理智的，他不僅能根據實際破格任用人才，而且還對部下有著深入的瞭解。手下眾文武的功過是非、道德品性，他都瞭如指掌，並且還能分析得頭頭是道。他曾經說過：「昔周郎雄略過人，破曹操於赤壁，不幸早殀。魯子敬代之：子敬初見孤時，便及帝王大略，此一快也；曹操東下，諸人皆勸孤降，子敬獨勸孤召公瑾逆而擊之，此二快也；惟勸吾借荊州與劉備，是其一短。今子明設計定謀，立取荊州，勝子敬、周郎多矣！」（第七十七回）另一次，當諸葛瑾赴蜀請和，張昭表示懷疑，說：「諸葛子瑜知蜀兵勢大，故假以請和為辭，欲背吳入蜀，此去必不回矣。」孫權則說：「孤與子瑜，有生死不易之盟；孤不負子瑜，子瑜亦不負孤。昔子瑜在柴桑時，孔明來吳，孤欲使子瑜留之。子瑜曰：『弟已事玄德，義無二心；弟之不留，猶瑾之不往。』其言足貫神明。今日豈肯降蜀乎？孤與子瑜可謂神交，非外言所得間也。」（第八十二回）一個領袖，只有對下屬有充分的瞭解，才能放心大膽地任用之。孫權堪稱這方面的代表。

孫權不僅對部下瞭如指掌、知人善任，而且還極其重視東吳集團內部的團結。對於手下人之間的某些不和行為、對立情緒，他總是千方百計地進行化解與規勸。甘寧曾殺凌統之父凌操於戰場之上，後甘寧歸降東吳，凌統數次欲報殺父之仇，要殺甘寧。對此，孫權先是好言相勸：「興霸射死卿父，彼時各為其主，不容不盡力。今既為一家人，豈可復理舊仇？萬事皆看吾面。」（第三十九回）又曾經以命令的口吻制止了雙方劍戟相向的打鬥：「吾常言二人休念舊仇，今日又何如此？」（第六十七回）最後，當凌統陣上遭人暗算，險些喪命，甘寧射箭救了他性命之後，凌統不知情由，回寨拜謝孫權，孫權

說：「放箭救你者，甘寧也。」終於使凌統深受感動，「自此與甘寧結為生死之交，再不為惡。」（第六十八回）

四

綜上所述，孫權之為人的最大特點是從諫如流和疑而後決，而這兩者之間又有著密切的關係。孫權的「疑」，其實是一種斟酌，當他權衡利弊而覺得左右為難的時候，往往需要旁人的提醒和提出合理化建議，而旁人的建議只要可行，孫權又多半採納。因此，孫權的決策過程便成為「疑」——從諫如流——決斷這麼三個階段。東吳大事多半都是這樣決定下來的。

進而言之，孫權性格的上述兩大方面又與他的用人方式有著密切的聯繫。他愛惜人才，知人善任，瞭解部屬，甚至有時還能感化部屬，這樣，才有人向他直言相諫，並且往往能做到知無不言、言無不盡。有了眾多的「諫」，孫權才能集思廣益，才能作出正確的決策，才能在 19 歲坐領江東以後逐步發展父兄事業，直至稱王稱帝，把東吳大業推向極盛。準乎此，我們才能明白，孫權作為一個英雄人物，並不僅僅在於他生得方頤大口、碧眼紫髯、形貌奇偉、骨骼非常，而更在於他性格堅定，並有博大的胸懷，能容人、能知人、能用人。這才是作為一個領袖人物必備的條件。明乎此，我們才能真正理解一代奸雄曹操對孫權那句流傳千古的讚語的沉甸甸的分量——「生子當如孫仲謀」！

（原載《孫權故里品三國》，中國文聯出版社，2012 年 9 月出版）

呂布冤枉

　　《三國志通俗演義》中的關羽，以不好色著稱。觀其將曹操所贈美女十名「盡送入內門，令服侍二嫂嫂」。（卷之五）後掛印封金辭別曹操時又將「美女十人，另居內室」。（卷之六）誠可謂不近女色之大丈夫也。然而，歷史上的關羽卻並非如此。明代胡應麟曾毫不客氣地指出：「《羽傳注》稱：『羽欲娶布妻，啟曹公，公疑布妻有殊色，因自留之。」（《少室山房筆叢》卷四十一《莊岳委談》下）意謂關羽曾與曹操爭娶一美婦，而此婦竟是呂布之妻。這種說法，至今仍有沿用者：「關羽向曹操要求在下邳城破後娶呂布之妻，曹操在事先派人調查後發現呂布妻果『有異色』而自留之，放在那個時代中去都好理解。」（宣嘯東《〈三國演義〉與邳州市》，載《明清小說研究》1993年第1期）

　　這一問題的提出，對關羽之好色可謂實事求是，然對呂布而言卻是冤哉枉也。

　　胡應麟所謂《羽傳注》，無疑指的是《三國志・蜀書・關羽傳》的裴松之注。上引那段話，不過是胡氏自己壓縮的結果。為了說明問題，不妨先引裴氏原注文如下：「《蜀記》曰：曹公與劉備圍呂布於下邳，關羽啟公：布使秦宜祿行求救，乞娶其妻。公許之。臨破，又屢啟於公。公疑其有異色，先遣迎看，因自留之。羽心不自安。此與《魏氏春秋》所說異也。」

　　關羽向曹操所求之美婦到底是呂布之妻還是秦宜祿妻，關鍵在於對「乞娶其妻」一句中「其」字的理解。孤立看原文，此一「其」字代指呂布或秦宜祿均可，好在裴注最後補充了一句：「此與《魏氏春秋》所說異也。」又好在《魏氏春秋》的一段相關文字，裴松之又恰恰在《三國志・魏書・明帝紀》的

注文中引用，原文如下：「《魏氏春秋》曰：朗字元明，新興人。《獻帝傳》曰：朗父名宜祿，為呂布使，詣袁術，術妻以漢宗室女。其前妻杜氏，留下邳。布之被圍，關羽屢請於太祖，求以杜氏為妻。太祖疑其有色，及城陷，太祖見之，乃自納之。宜祿歸降，以為銍長。及劉備走小沛，張飛隨之，過謂宜祿曰：人取汝妻而為之長，乃嗤嗤若是邪？隨我去乎？宜祿從之數里，悔，欲還，飛殺之。朗隨母氏畜於公宮，太祖甚愛之，每坐席，謂賓客曰：世有人愛假子如孤者乎？」這裡記載得十分明白，關羽所求、曹操所自留之美婦，乃秦宜祿之前妻杜氏，與呂布毫不相涉。杜氏歸曹操時，還將秦宜祿之子秦朗隨帶過去，曹操甚愛之。裴松之所謂《蜀記》與《魏氏春秋》之不同者，乃在於《魏氏春秋》言秦宜祿為呂布所使，詣袁術，且娶漢宗室女，關羽不過是慕杜氏之美而求娶為妻；而《蜀記》則言呂布使秦宜祿「行求救」，關羽趁人之危而欲奪人之妻。據當時情勢，曹操、劉備合攻呂布，呂布派秦宜祿向劉備方面求救的可能性極小。即便如此，《蜀記》亦未言明關羽所求娶者是秦妻還是呂妻。再退一步，即便將《蜀記》那段文字理解為關羽所乞娶者乃呂布之妻，《蜀記》與《魏氏春秋》所述不合，然兩相比較，《魏氏春秋》此處述事明瞭，《蜀記》則模糊含混，亦當以《魏氏春秋》為是。

（原載《明清小說研究》1995 年第三期）

遙想周郎燒赤壁
——兼論《三國志通俗演義》的寫人藝術

　　蘇東坡有言：「遙想公瑾當年，小喬初嫁了，雄姿英發。羽扇綸巾談笑間，強虜灰飛煙滅。」（《念奴嬌‧赤壁懷古》）東坡又曰：「月明星稀，烏鵲南飛，此非曹孟德之詩乎？西望夏口，東望武昌。山川相繆，鬱乎蒼蒼；此非孟德之困於周郎者乎？」（《赤壁賦》）在蘇軾看來，於赤壁大破曹操的就是周公瑾。

　　赤壁在哪兒？肯定在今天湖北省境內。但根據有關人士考證，在湖北境內叫做「赤壁」的地名居然有九處之多：「這九處赤壁，各有其說，言之有據。粗分一下，漢川、漢陽、天門、鍾祥四處在漢水流域，其餘五處在長江兩岸，其中的黃州、新洲兩處在北岸，蒲圻、嘉魚、武昌三處在南岸。」（毛欣《赤壁有九何處是》）九處之中，又以蒲圻赤壁和黃州赤壁最為有名。如今，蒲圻市乾脆改名為赤壁市，這當然是官方的認定，但認定的卻是歷史上赤壁之戰的發生地。歷史上赤壁之戰所在地的爭論至今並沒有終結，此處暫置勿論。筆者只想說明另一個問題，小說《三國志通俗演義》所寫的赤壁之戰發生地在哪兒？結論明明白白毫無疑問：在黃州！

　　證據如下：「玄德盡把江夏之兵屯於樊口駐紮，令人登高望之。」（《周瑜三江戰曹操》）「孔明與玄德曰：『主公可於樊口屯兵，憑高而望，坐看今夜周郎成大功也。』」（《周公瑾赤壁鏖兵》）樊口在今鄂州市江邊上，江對面即是黃州赤壁。劉備在江南的樊口登高而望，所看到的正是黃州。因此，《三國志通俗演義》中周郎火燒的只能是黃州赤壁。

　　換一個角度看問題，無論歷史上的赤壁之戰發生在哪兒，戰場主動權的

掌握者卻不會改變。擊敗曹操的主角是周郎，這在史書中多有記載：

> 時劉備為曹公所破，欲引南渡江，與魯肅遇於當陽，遂共圖計，因進住夏口，遣諸葛亮詣權。權遂遣瑜及程普等與備並力逆曹公，遇於赤壁。時曹公軍眾已有疾病，初一交戰，公軍敗退，引次江北。瑜等在南岸。瑜部將黃蓋曰：「今寇眾我寡，難與持久。然觀操軍船艦首尾相接，可燒而走也。」乃取蒙衝鬥艦數十艘，實以薪草，膏油灌其中，裹以帷幕，上建牙旗，先書報曹公，欺以欲降。又豫備走舸，各繫大船後，因引次俱前。曹公軍吏士皆延頸觀望，指言蓋降。蓋放諸船，同時發火。時風盛猛，悉延燒岸上營落。頃之。煙炎張天，人馬燒溺死者甚眾，軍遂敗退，還保南郡。（《三國志‧吳書‧周瑜傳》）

這是站在周瑜的角度談問題，周瑜帶領程普、黃蓋等人與劉備組成聯軍，並力破曹。而戰爭中至為關鍵的一個環節就是「火攻」，這個計謀卻是周瑜的「部將」黃蓋提出來經過周瑜批准並實行的。正是由於「火燒赤壁」，周郎才以少勝多，打敗了強大的曹操。在赤壁之戰過程中，諸葛亮當然也起了作用，但其主要功勞乃在於說服孫權，促進孫劉聯盟。至於赤壁之戰的那一把火，諸葛孔明先生與之並無多大關係。如果有人認為上引文字出自《周瑜傳》，可能不會涉及諸葛亮與火燒赤壁的關係，那我們就看看《諸葛亮傳》是怎樣說的：

> 先主至於夏口，亮曰：「事急矣，請奉命求救於孫將軍。」時權擁軍在柴桑，觀望成敗，亮說權曰……權大悅，即遣周瑜、程普、魯肅等水軍三萬，隨亮詣先主，並力拒曹公。曹公敗於赤壁，引軍歸鄴。先主遂收江南，以亮為軍師中郎將。（《三國志‧蜀書‧諸葛亮傳》）

這裡的記載與《周瑜傳》幾無二致，諸葛亮只是勸說孫權結盟而已，火燒赤壁與他並無關係。由此可見，在陳壽的《三國志》中記載得明明白白，火燒赤壁乃是周郎及其部下的行為，與諸葛孔明先生沒有干係。

那麼，陳壽所說是否僅是「一家之言」呢？非也！這樣記載的歷史學家大有人在。請看：

> 進，與操遇於赤壁。時操軍眾已有疾疫，初一交戰，操軍不利，引次江北。瑜等在南岸，瑜部將黃蓋曰：「今寇眾我寡，難與持久。

操軍方連船艦，首尾相接，可燒而走也。」乃取蒙衝鬥艦十艘，載燥荻枯柴，灌油其中，裹以帷幕，上建旌旗，預備走舸，繫於其尾。先以書遺操，詐云欲降。時東南風急，蓋以十艦最著前，中江舉帆，餘船以次俱進。操軍吏士皆出營立觀，指言蓋降。去北軍二里餘，同時發火，火烈風猛，船往如箭，燒盡北船，延及岸上營落。頃之，煙炎張天，人馬燒溺死者甚眾。瑜等率輕銳繼其後，雷鼓大震，北軍大壞。(《資治通鑒》卷六十五)

司馬光的看法，與陳壽基本一致。《資治通鑒》所記火燒赤壁的過程，也與《三國志》大同小異。在另外的一些史料中，還有對火燒赤壁的更細緻的補充：

劉備進駐鄂縣之樊口，諸葛居吳未還，聞曹公軍下，恐懼，日逍遙吏於水次候權軍。吏望見周瑜船，馳還白備。備曰：「何以知非青徐軍耶？」吏對曰：「以船知之。」備遣人慰勞瑜，瑜曰：「有軍任，不得委署。倘能屈威，過其所望。」備謂張飛、關羽曰：「彼欲致我，今自託於東而不往，非同盟之意也。」乃乘單舸，往見瑜。問曰：「今距曹氏，深為得計！戰卒有幾？」瑜曰：「此自足用，豫州但觀瑜破之！」(《太平御覽》卷七百七十「舟部」三引《江表傳》)

這裡補充了一點大戰前夕劉備與周瑜交往的資料，尤其是當劉備不無擔心地問周郎「戰卒有幾」時，周郎躊躇滿志地回答：「此自足用，豫州但觀瑜破之！」足以見得周瑜面對強敵而胸有成竹的大將風度。當然，也就更加不容置疑地表明了火燒赤壁大破曹軍的統帥只能是周瑜。

對於周郎火燒赤壁、大破曹軍的信心和能力問題，洪邁在其《容齋隨筆》卷五中有一段高論。有人說：「周瑜拒曹公於赤壁，部將黃蓋獻火攻之策，會東南風急，悉燒操船，軍遂敗。使天無大風，黃蓋不進計，則瑜未必勝。」洪邁批駁說：「方孫權問計於周瑜，瑜已言操冒行四患，將軍禽之宜在今日。劉備見瑜，恨其兵少。瑜曰：『此自足用，豫州但觀瑜破之。』正使無火攻之說，其必有以制勝矣。」

更為有趣的是，赤壁之戰之後，極愛面子的曹操還給孫權去了一封信，說赤壁之戰是讓周瑜撿了一個大便宜：「周瑜破魏軍，曹公覆書與權曰：『赤壁之役，值有疾疫，孤燒船自退，橫使周瑜虛獲此名。』」(《太平御覽》卷七百七十「舟部」三引《江表傳》)

以上正面反面的例證都指向一點，史料記載中，赤壁之戰的主動權一直在周瑜手上，與諸葛亮沒有什麼關係。

不僅史料記載如此，就連一部分民間文學作品也是這樣描寫的：

> （沖末扮周瑜領卒子上，詩云）幼習兵書苦用功，鏖兵赤壁顯威風。曹劉豈是無雄將，只俺周郎名振大江東。某姓周名瑜，字公瑾，盧江舒城人也，輔佐江東孫仲謀麾下為將。方今漢世之末，曹操專權，逼的劉、關、張弟兄三人棄樊城而走江夏。後來諸葛亮過江借兵，我主公助他水兵三萬，拜某為元帥，黃蓋為先鋒，在三江夏口，只一把火燒的曹兵八十三萬片甲不回，私奔華容小路而走。某使曹仁守南郡，叵耐劉備那廝，暗地奪取荊州。想他赤壁鏖兵，全仗我東吳力氣，平白地他倒得了荊襄九郡，怎生幹罷？某數次取索，被那癩夫諸葛亮識破計策。如今又生一計，可取荊州，等眾將來時商議。（佚名《兩軍師隔江鬥智》第一折）

當然，這一番自白乃出自周郎之口，自然會抬高自己而貶損諸葛。更何況當時赤壁之戰已經成為過去，周郎最大的敵人正是諸葛孔明，鬥爭的焦點是爭奪荊州。故而，周瑜一方面表彰自我，一方面罵諸葛亮為「癩夫」。但無論如何，我們卻可從中得到一點信息，直到元代，在某些雜劇作家的心目中，赤壁之戰的主角仍然是周郎而與諸葛亮無關。

那麼，諸葛亮是在何時何處滲透到「赤壁之戰」戰場指揮的領導班子之中的呢？答案仍然是元雜劇，還有元代話本小說。且看關漢卿《單刀會》中正末扮喬國老所唱的【油葫蘆】曲中所云：

> 肯分的周瑜和蔣幹是布衣交，股肱臣諸葛施韜略，苦肉計黃蓋添糧草。那軍多半晌火內燒，三停來水上漂。（第一折）

這是東吳一方人物喬國老的唱段，但代表的卻是作者關漢卿的觀點：擁劉反孫。在荊州的歸宿問題上，關漢卿是堅定站在劉備、關羽一邊，而反對孫權、魯肅的。他為什麼這樣做，那個問題太複雜，完全可以另外撰文討論。這裡只是想說明一點，關漢卿為了達到擁劉反孫的目的，不惜拉出東吳人物喬國老幫助劉備、關羽一方說話，如此一來，就連赤壁之戰取得勝利的功勳章也一掰三塊：「周瑜和蔣幹是布衣交，股肱臣諸葛施韜略，苦肉計黃蓋添糧草。」此中意思無非是說，赤壁之戰之所以勝利，是周郎指揮、諸葛亮用計、黃蓋執行的結果，三者缺一不可。如此一來，歷史上那場由黃蓋建議、周瑜拍板

最後取得成功的「火燒赤壁」就變成了諸葛亮的計謀了。

同時或稍後，在元代至治（1321～1323）年間刊印的講史話本《三國志平話》中，諸葛亮對赤壁之戰的參與越來越多，但較之《三國志通俗演義》而言，還是稍遜一籌。例如，兩件最能體現臥龍先生神機妙算的事——草船借箭和借東風，在《三國志平話》中就分配給周瑜、孔明一人一件。草船借箭派給了周公瑾：「卻說周瑜用帳幕船隻，曹操一發箭，周瑜船射了左面，令扮棹人回船，卻射右邊。移時，箭滿於船。周瑜回，約得數百萬隻箭。周瑜喜道：『丞相，謝箭！』」而借東風一事，則屬諸諸葛孔明：「諸葛上臺，望見西北火起。卻說諸葛披著黃衣，披頭跣足，叩牙做法，其風大發。」

眾所周知，《三國志平話》是《三國志通俗演義》取材的藍本之一。這本書中對於赤壁之戰的描寫，已經讓臥龍先生與周公瑾平分秋色。到了三國故事的集大成之作《三國志通俗演義》中，諸葛亮可就在火燒赤壁的戰爭中超乎周郎其上了。

《三國志通俗演義》中的赤壁之戰，匯聚了三國時代曹、劉、孫三家最優秀的軍事人才，但最核心的卻是三大主角：曹操、周瑜、諸葛亮。然而，羅貫中對他們三人的描寫卻是極有層次感的。此時，身經百戰的老帥曹操卻指揮失常，總是在事情過後才明白個中奧妙，是典型的「事後知」。雄姿英發的少帥周郎發揮正常，並能在戰爭發展過程中隨機應變，不斷提出新的作戰方略，是典型的「事中知」。三人中年齡最小的是諸葛亮，他的智慧可以說達到超常狀態，把握戰局，成竹在胸，一切都在其預料之中，大有先知先覺的意味，當然就是不折不扣的「事先知」了。在整個赤壁之戰的過程中，羅貫中就是按照「事後知」「事中知」「事先知」三種境界來分別描寫曹孟德、周公瑾、諸葛孔明三位軍事家的。

先看「事後知」曹操。他派蔣幹過江游說周郎，不料蔣幹卻帶回了周郎實施反間計的假信，此時曹操的表現就顯得有些弱智了：

> 操大怒曰「二賊如此無禮！」恐走透消息，即便喚蔡瑁、張允到帳下。操問曰：「進兵如何？」瑁曰：「軍練未熟，不敢輕進。」操怒曰：「軍若練熟，首級獻於周郎矣！」張、蔡二人不知其意，驚慌不能回答。喝令武士擒獲斬之。須臾，獻頭階下。眾皆入問其故，操方省悟：「吾中計矣！」……曹操於眾將內，選毛玠、于禁為水軍都督，以代二人之職。（《群英會瑜智蔣幹》）

這便是典型的「事後知」。在赤壁之戰的過程中，曹操有很多次如此拙劣的表現。甚至直到自己的上百萬人馬被周郎燒得七零八落，曹操本人帶著殘兵敗將倉皇逃竄時，居然還自作聰明地三次大笑。一次是在烏林之西，曹操於馬上仰面大笑不止，笑周瑜無謀，孔明不智，沒有在這裡埋伏一支軍馬。結果，笑出了臥龍伏兵常山趙子龍。第二次是葫蘆口，大家正準備埋鍋造飯時，曹操又一次仰面大笑，笑諸葛亮、周瑜智謀不足，沒有在此處埋伏一彪軍馬。不料，又笑出臥龍伏兵燕人張益德。第三次是在華容道這個一夫當關萬夫莫開的險要去處，曹操忽然在馬上揚鞭大笑，笑諸葛亮、周瑜無能為也。沒有於此處伏一旅之師，如果那樣，他老曹將插翅難飛、束手就擒。笑聲未畢，一聲炮響，五百校刀手兩邊排列，神勇的關雲長截住去路。曹操三笑，除了表現其身處險境而依然樂觀的性格而外，更能體現其「事後知」的自作聰明。

查看歷史事實，曹操似乎並沒有如此弱智。史載建安十三年「秋七月，公南征劉表。八月，表卒，其子琮代屯襄陽。劉備屯樊。九月，公到新野，琮遂降，備走夏口。公進軍江陵，下令荊州吏民，與之更始。……公至赤壁，與備戰，不利。於是大疫，吏士多死者，乃引軍還。備遂有荊州、江南諸郡。」（《三國志‧魏書‧武帝紀》）根本就沒有中反間計殺蔡瑁、張允的記載，關於這一點，有學者曾經做過研究：

> 按：蔣幹盜書和曹操中計殺蔡瑁、張允，均不見於史。核諸史書，曹操下江南，軍中未見設有水軍都督；毛玠是文官，于禁時在皖西六安圍剿陳蘭、梅成，不在赤壁前線，他們都不可能任水軍都督。（周文業、鄧宏順《三國志通俗演義文史對照本》第九十則）

至於曹操兵敗逃竄時猶自大笑孔明、周郎，也只是出自野史雜記，而且對象也不是那兩位軍事家，而是曹操的死對頭劉備：

> 《山陽公載記》曰：公船艦為備所燒，引軍從華容道步歸，遇泥濘，道不通，天又大風，悉使羸兵負草填之，騎乃得過。羸兵為人馬所蹈藉，陷泥中，死者甚眾。軍既得出，公大喜，諸將問之，公曰：「劉備，吾儔也，但得計少晚；向使早放火，吾徒無類矣。」備尋亦放火而無所及。（裴松之《三國志注》引）

由此可見，《三國志通俗演義》對於曹操在赤壁之戰期間「事後知」的描寫，基本上是誇大其缺點的寫法，有的地方甚至有些故意「醜化」。

　　與曹操相比，「事中知」的周郎當然高出一籌。他是在戰爭中學會戰爭，並根據新的形勢解決新的問題，從而不斷努力造成將戰爭引向對自己一方有利的局面。那層出不窮的妙計——反間計、火攻計、詐降計、苦肉計、連環計，無不體現了周公瑾大膽構想和縝密思維緊密結合的大將風度。

　　然而，就在作者大展周公瑾風采的同時，他的光輝卻總是被一個人籠罩著，那就是「事先知」臥龍先生。周瑜的一切算計都在諸葛亮的「算計」之中，而且是「預計」之中。這真是一段又一段匪夷所思的描寫，且看：

　　周郎用「反間計」殺了蔡瑁、張允，孔明對魯肅說：「這條計只是瞞過蔣幹。操必然後省，只是不肯認錯。」（《諸葛亮計伏周瑜》）結果，魯肅將此事告訴周瑜，周瑜大怒，用計要殺孔明，引發了「草船借箭」故事，讓諸葛亮大展風采。在本文的前面，我們已經弄清了「草船借箭」並非諸葛亮所為，按照《三國志平話》的描寫，是周瑜自己幹的。但歷史事實卻更出人意料。「草船借箭」的主人公竟然是孫權。據《三國志・吳書・吳主傳》裴注：「《魏略》曰：權乘大船來觀軍，公使弓弩亂發，箭著其船，船偏重將覆，權因迴船，復以一面受箭，箭均船平，乃還。」從孫權到周瑜，再到諸葛亮，「草船借箭」的主人公一再更換，只能說明一點，在羅貫中筆下，所有的智慧故事必將儘量歸於臥龍先生名下。

　　周郎的「火攻計」，按照《三國志通俗演義》的描寫，根本就是他與孔明先生的不謀而合：「當日席上，周瑜先出掌中字，孔明視之，乃一『火』字也。孔明亦出手中字，與周瑜視之，亦是『火』字。因此大笑而揹之。」（《黃蓋獻計破曹操》）這段描寫，顯然也是羅貫中虛構，因為根據上文所引《三國志》的記載，「火攻計」的提出者乃是周瑜部將黃蓋。有關人士對此亦有評說：「這一情節不見於史。據史書記載，火攻破曹，計出黃蓋，周瑜採納。諸葛亮不是周瑜的參謀人員，他不可能參與火攻計劃的制訂。」（周文業、鄧宏順《三國志通俗演義文史對照本》第九十二則）

　　周郎與黃蓋合謀並表演的「詐降計」「苦肉計」，諸葛亮也先知先覺，他又一次對魯肅說：「今日公瑾欲殺黃蓋，故毒打之乃其計也。」「不用苦肉計，何以瞞操？今必令黃蓋詐降，卻教蔡中、蔡和報其事矣。如子敬見公瑾，切勿言亮知之，只說亮也埋怨。」幸虧這一次魯肅沒有向周郎吐露真情，讓周瑜「感覺良好」了一次：「今番須瞞過也。」（《黃蓋獻計破曹操》）

　　直到周瑜與龐統合謀「連環計」，讓曹操將戰船鎖在一起任憑江東一把火

燒乾淨的時候，周郎可謂躊躇滿志，立於山頂，這時，「一陣風過，刮旗角於周瑜臉上。瑜猛然想起一事上心，大叫一聲，往後便倒，口吐鮮血。」（《曹操三江調水軍》）原來，曹操、周瑜隔江對峙，曹軍在西北方向，吳軍在東南方向，時當冬十一月，江面上只有西北風，故而將旗角吹到周郎臉上。這使周郎想到，如果頂著西北風去燒曹操水軍，豈不是將自己燒得一塌糊塗？正當周瑜無計可施的時候，臥龍先生又一次表現他的「事先知」了。且看諸葛先生給周都督探病時兩人的精彩對話：

> 孔明曰：「連日不面君顏，何期貴體欠安？」瑜曰：「『人有旦夕禍福』，豈能自保耶？」孔明曰：「『天有不測風雲』，人豈能料乎？」

隨後，面對大驚失色的周公瑾，諸葛孔明密書十六字云：「欲破曹公，宜用火攻；萬事俱備，只欠東風。」逼得周瑜感歎：「孔明真神人也！早已知吾心間之事！」（《七星壇諸葛祭風》）再往後，就是神出鬼沒的「借東風」情節。

然而，東南風真的是諸葛孔明「借」來的嗎？非也，史書中早就記載了火燒赤壁的東南風。《資治通鑒》卷六十五載：「時東南風急。」《三國志·吳書·周瑜傳》裴松之注：「《江表傳》曰：至戰日……時東南風急。」

進一步的問題是，在長江流域，嚴寒的冬天一般只會有西北風，怎麼會有東南風來？正如小說中周瑜對魯肅所言：「孔明之言謬也。隆冬之時，怎得東南風乎？」（《七星壇諸葛祭風》）其實，隆冬季節也會有短時間的東南風，不過它並非人力所致，而是「冬至一陽生」的結果。

> 冬至一陽生，此天道之始也。陽一噓而萬物生，此又天道生物之始也。故《周官·大司樂》以圜鍾為宮，冬日至，於地上之圜丘奏之，六變以祀天神，所以順天道之始而報天也。祭天必於南郊，順陽位也。（馬端臨《文獻通考》卷七十六《郊社考》九）

古人喜歡以「陰陽」解釋萬物，風向亦如此，也是陰氣和陽氣相互運動的結果。一年四季，有四個節氣是陰陽二氣浮沉的標杆：春分、秋分均乃陰陽調和，而冬至乃陰之極端，夏至乃陽之極端。但極端之後，就是重新開始。因而，冬至過後，便陽氣上升；夏至過後，便陰氣漸濃。而在方向問題上，則東南屬陽，西北屬陰，也就是上文所謂「祭天必於南郊，順陽位也」。故而冬至之時，陽氣上升，便會有東南風出現。這就是古人認為隆冬季節為什麼會在冬至前後有三兩天東南風的道理。諸葛亮明白這個道理，但他欺負周瑜等人

不明白這個道理，故而欺騙他說自己會「借東風」。其實，在赤壁之戰的雙方指揮員中，並不止臥龍先生明白這個道理，那身經百戰的曹孟德其實也具有這方面的知識。《三國志通俗演義》對此有所描寫：

> 當日東南風起甚緊。程昱入告曹操曰：「今日東南風起，甚是不詳，望丞相察之。」操笑曰：「冬至一陽生，來復之時，安得無東南風？何足為怪？」（《周公瑾赤壁鏖兵》）

可惜的是，曹操雖然也有這方面的知識，但他過分輕視周郎、孔明這兩個年輕晚輩，沒有算到他們會趁東風而火燒赤壁，故而造成了自己人生最大的一次軍事失利。

更有意味的是，周郎趁東風火燒赤壁的故事，在後代小說中竟然還有人照葫蘆畫瓢地仿傚，而且使用的竟然也是「冬至一陽生，東南風起」的理論。且看清朝末年一部小說的描寫：

> 閭邱儉不敢進兵，彼此按兵不動。等到冬至一陽生，東南風起，海軍都督梅鳳英仿三國時周瑜火燒赤壁之法，得了上風。約計三更時分，出其不意，女兒國都督暗令先鋒掌中珍，將三十隻小船，趁著霧氣滿天，對面不能見人，圍住了淑士國的戰船。（《續鏡花緣》第十九回）

放下《續鏡花緣》所描寫的這場神奇的海戰不談，我們來討論本文副標題涉及的內容：從寫人藝術的角度出發，羅貫中筆下赤壁之戰三方指揮員「事後知」曹操、「事中知」周郎、「事先知」諸葛亮三個藝術形象，哪個更為成功？

筆者認為最成功的是周瑜形象。因為，曹操形象在這裡被過分「醜化」，而諸葛亮形象在這裡則被過分「神化」。這兩個人物在赤壁之戰這個敘事單元中的表現既與歷史人物相差甚遠，也不太符合生活真實和藝術真實。而周郎，那位在游泳中學會游泳的東吳少帥，在整個戰役進程中彈精竭慮、勤於思考，能根據戰爭進程所碰到任何困難而提出自己的最佳方案，並能堅定地實施這一個個方案。這樣的人物，既符合歷史上周瑜的基本性格特徵，又符合生活真實和藝術真實。因此，在赤壁之戰這個藝術舞臺上，他才是紮紮實實的最為成功的藝術典型。

（原載《周瑜故里論三國——第二屆周瑜文化暨第二十二屆〈三國演義學術研討會論文集〉》，安徽人民出版社，2016 年 6 月出版）

筆下風生萬馬間
——《三國志通俗演義》無與倫比的
戰爭描寫

在中國古代小說中，描寫戰爭的作品、尤其是描寫冷兵器時代戰爭的作品汗牛充棟，但沒有任何一部作品比得上《三國志通俗演義》。或者說，《三國志通俗演義》的戰爭描寫，在中國小說史上是空前絕後的。

一、戰爭描寫的基本情況

《三國志通俗演義》的戰爭描寫是「全景式」的。小說以龐大的結構和雄偉壯闊的場面，緊緊圍繞各政治集團的多重矛盾，全方位地描寫了富有時代特徵的多次戰爭。小說不僅寫戰場的廝殺，更揭示戰爭的政治實質，表現戰爭過程中各集團的矛盾關係，力量的對比和消長，以及矛盾的轉化，使軍事鬥爭和政治鬥爭相結合，鬥勇與鬥智相交替，軍事活動與外交活動相補充，從戰爭中揭示人物性格，表現作品的思想傾向。

《三國志通俗演義》共描寫了大大小小四十餘戰，由於作者並非呆板地、千篇一律地表現作戰雙方的兩軍對壘或一刀一槍的廝殺，而是善於根據每場戰爭的實際情況來作不同的藝術處理和生動的描寫，因此，書中的戰爭場面豐富多彩、變幻無窮，並且還帶有十分深厚的文化意味。

在《三國志通俗演義》所描寫的戰爭中，有的寫以強制弱，有的寫以弱勝強；有的寫先勝後敗，有的寫敗中取勝；有的寫天氣影響，有的寫地理因素；有的寫智取，有的寫強攻；有的寫火攻，有的寫水淹；有的寫攻城，有

的寫攻心；有的寫鬥陣鬥將，有的寫鬥智鬥法；有的寫處處設伏，有的寫衝出重圍；如此等等，不一而足。形式多種多樣，互不雷同。既便是同一種類型的戰爭，也寫得各有千秋，絢麗多彩。誠如毛宗崗所讚譽的那樣：「若夫寫水，不止一番，寫火亦不止一番。曹操有下邳之水，又有冀州之水；關公有白河之水，又有罾口川之水。呂布有濮陽之火，曹操有烏巢之火，周郎有赤壁之火，陸遜有猇亭之火，徐盛有南徐之火，武侯有博望、新野之火，又有盤蛇谷、上方谷之火，前後曾有絲毫相犯否？甚者孟獲之擒有七，祈山之出有六，中原之伐有九，求其一字之相犯而不可得，妙哉，文乎！」（《讀三國志法》）毛宗崗這裡所說的「相犯」，就是故事之間的相互雷同，《三國志通俗演義》寫了那麼多相同類型的戰爭，卻沒有相互雷同的描寫，真正是妙哉其文也！

二、戰爭描寫的幾大特點

據上所述，《三國志通俗演義》一書的戰爭描寫是精彩絕倫的。那麼，書中的戰爭描寫究竟具有那些特點呢？

（一）善於通過對戰爭進程錯綜複雜的矛盾的揭示，展現宏偉壯闊的戰爭場面

一場戰爭，是許多人共同完成的一個極其複雜的行為。要想寫好戰爭，必須對戰爭進程中錯綜複雜的矛盾進行充分的揭示，盡量寫出與戰爭有關的各種勢力、各個人物之間的各種矛盾關係。只有這樣，才能更好地展現出宏偉壯闊的戰爭場面。

《三國志通俗演義》中對於「赤壁之戰」的描寫，就是這方面最好的例證。

赤壁之戰是決定魏蜀吳三國鼎立的一次關鍵性的戰爭，作者用了整整八回的篇幅，對這次戰爭的發生、發展直到結局的全過程進行了十分詳盡的描寫，同時，也展現了參戰諸方錯綜複雜的矛盾態勢。

一開始，作者就寫出了這場戰爭的必然性。曹操經過十多年的經營，基本統一了北中國。這位亂世奸雄要想統一全國，最後的障礙就是荊州以南的幾個軍閥。因此，曹操必然會揮師南下。在曹操南下的途中，地處中原與江南交界處的荊州軍閥不戰而降，這更給曹操南下提供了「跳板」之便。而當時曹操的主要對手孫權、劉備的情況如何呢？劉備新敗，退守江夏，兵微將

寡，一時難以擴張其勢力。孫權雖坐領江東父兄基業，又有長江天險作為禦敵的屏障，但仍然勢單力薄，僅能自保而已。在這種情況下，曹操一方面發書要孫權投降，一方面起馬步水軍八十三萬，揮戈長江。這就造成了第一個矛盾，孫權是戰還是降？孫、劉兩家是否能聯手抗曹？

經過魯肅、諸葛亮等人的努力，孫劉聯合已成定局，這樣就造成了隔江對峙的兩大軍事集團——曹軍與孫劉聯軍，而戰爭的氣氛也在長江兩岸愈來愈濃。

隨即發生的三江口小戰，是雙方試探性的「火力偵察」。結果是使曹操認識到自己的短處，加強了水軍的訓練，雙方由此而進入大戰前夕的準備階段。在這一貌似風平浪靜實則劍拔弩張的階段中，雙方統帥曹操和周瑜以及東吳的「編外軍師」諸葛亮之間進行了一系列的鬥智表演。反間計、草船借箭、火攻計、苦肉計、詐降書、連環計，借東風等等，層出不窮。計中有計，山裏套山，令人目不暇接。這一連串計謀的使用，使得戰爭形勢發生了根本的變化，孫劉聯軍最終取得了戰爭的主動權，而曹操則一直居於被動地位。最終，周郎轉守為攻，一把大火，使曹操一敗塗地。

在整個赤壁之戰的運行過程中，作者為我們展現了多方錯綜複雜的矛盾。曹軍與孫劉聯軍的矛盾為主要矛盾，孫劉聯軍內部周瑜與諸葛亮的矛盾為次要矛盾。此外，孫劉曹三方各自內部也有一些矛盾。曹軍內部，就有嫡系部隊北方軍與非嫡系部隊荊州降軍之間的矛盾。曹操中周郎反間計而殺荊州降將蔡瑁、張允兩位水軍都督就是這種矛盾的劇烈體現。東吳內部也有矛盾，當曹操迫降的檄文傳到東吳時，孫權手下是文官主降、武官主戰，並且吵作一團。後來，當周瑜掛帥對敵時，有發生了程普推病以傲周郎的矛盾。即便是劉備手下，也並非鐵板一塊，如諸葛亮與關羽之間略帶玩笑意味的矛盾。如此等等眾多的矛盾錯綜寫來，才使得赤壁之戰非常耐看，成為《三國志通俗演義》全書中最精彩的片斷。

（二）善於抓住矛盾的特殊性，將每一次戰爭寫得各具特色

以少勝多的戰例，在《三國志通俗演義》中屢見不鮮。除了赤壁之戰而外，還有「官渡之戰」和「彝陵之戰」也都是很著名的。作者在描寫這些著名戰役的時候，善於抓住它們各自矛盾的特殊性，或者說不同的矛盾焦點，寫來各具特色。

袁紹與曹操的「官渡之戰」，作者緊緊抓住「糧草」二字大做文章。一開

始，「曹操急引文武等官，盡數起兵，得七萬人」，而袁紹則「前後添續大軍七十五萬，東西南北安營，周圍聯絡九十餘里」。並且，「操軍馬疲乏，糧草缺少」，而袁紹則就近於烏巢一帶屯有大量糧草。雙方力量懸殊。對此，袁紹手下謀士沮授看得很清楚，他對袁紹說：「北軍雖眾，而勇猛不及南軍；南軍雖精，而糧草不如北廣。南軍無糧，利在速戰；北軍有靠，宜且緩守。若能曠以日月，則南軍不戰自敗矣。」但袁紹急於求成，否定了沮授的正確建議，並將其「鎖禁軍中」。後來，袁紹的另一謀士許攸又提出「分輕騎星夜掩襲許昌」的絕好建議，袁紹卻又聽信讒言，驅逐許攸。結果，許攸又羞又愧，逃往曹營，洩露了袁軍的機密，並提出輕騎偷襲烏巢，「燒其輜重，斷其糧食」的建議。曹操聽取了許攸的意見，抓住了決定此次戰爭的勝敗的關鍵——糧草問題，親自率奇兵直趨烏巢，將袁軍數十萬人的命根子燒個精光，「火光四起，煙迷太空」，破壞了袁軍糧草充足的優勢。然後，趁袁軍分兵之時，利用其「軍心惶惶」的時機，猛然攻擊之。結果是「北軍變動，俱無戰鬥之心，東西不能相顧，紹軍大潰。袁紹披甲不迭，單衣幅巾上馬。……紹盡棄圖書車仗金帛而逃，紹止引隨行軍八百餘騎而去。……紹軍七十五萬，到此皆休。」（卷之六）

吳蜀「彝陵之戰」在作者寫來又是一番筆墨，而矛盾的焦點卻是「士氣」。其實，所謂「彝陵之戰」，只是對這次戰爭的整體性概括，具體而言，它又可分為兩大階段：第一階段是劉備伐吳，第二階段是陸遜破蜀。

劉備伐吳，一開始可謂節節勝利、先聲奪人。蜀軍水陸並進，所到之處，望風而降，兵不血刃，直達宜都。雙方戰於宜都，蜀軍大敗吳兵，江南諸將無不膽寒。其後，雙方大戰，劉備又獲全功，遂得猇亭。此時，劉備聲威大振，江南之人盡皆膽裂，日夜號哭。至此，彝陵之戰的第一階段以劉備的大勝而告終。

劉備伐吳首戰告捷的原因何在？表面看來，蜀軍七十餘萬，且屬「御駕親征」，而吳兵僅十五萬，雙方力量懸殊，似為蜀勝吳敗之關鍵。其實不盡然。劉備所勝者，關鍵在於「哀兵」。自古「哀兵必勝」，理所當然。對此，小說中有反覆多次的描寫。劉備失弟之哀自不待言，關興、張苞喪父之哀更為悲慟。就連老將黃忠，上陣亦大呼：「吾與關公報仇！」甚至於原荊州之兵而降吳者，亦相約起事：「我等皆是荊州之兵，被呂蒙詭計，送了主公（此指關羽）性命。今劉皇帝御駕親征，東吳早晚休矣。所恨者，糜芳、傅士仁也。我等何不殺此

二賊，去獻天子？」更何況蜀中將士數十萬人同仇敵愾，帶憤伐吳，自然聲威大振、所向披靡了。

然而，彝陵之戰更精彩的部分在第二階段，當東吳於大敗之際起用年輕統帥陸遜之後，戰場情況發生了急劇變化。陸遜的做法是嚴令手下諸將守住隘口，牢把險要，不許妄動，違令者斬。面對蜀軍的百般搦戰，韓當、周泰、徐盛、丁奉等一班東吳宿將一再按捺不住，紛紛請求出擊，均為陸遜所阻。蜀軍求戰不得，兵心懈怠，劉備遂令手下樹柵連營，縱橫七百餘里，分四十餘屯，皆傍山林下寨。結果被窺伺已久的陸遜一把大火，燒了個精光。蜀兵七十萬人土崩瓦解，劉備本人也倉惶逃竄，「僅存百餘人入白帝城」。（卷之十七）這樣，彝陵之戰以劉備慘敗而告終。

劉備身敗名裂的原因是多方面的，但最根本的原因乃在於一個「驕」字。正是一連串的極端自負輕敵，才造成了劉玄德的彝陵之敗。自古以來「驕兵必敗」的道理，在劉備身上再一次得以證明。就陸遜方面而言，他對蜀軍所採用的恰恰正是治「驕兵」之計。當蜀軍乘勝而來時，陸遜再三示弱，無非欲使劉備驕而益驕，喪失警惕，然後方能出其不意、攻其不備，就中取勝。但這還只是問題的一方面。另一方面，陸遜還在「驕敵」的同時「激我」，或者說，他在使敵人驕傲麻痺的同時，又在暗中激勵自家軍隊的士氣。蜀軍越是屢屢挑戰、辱罵百般乃至耀武揚威、解衣卸甲、赤身裸體，或睡或坐，陸遜越是堅守不出，這無疑使吳軍將士產生一種羞辱感。蜀兵一次又一次驕橫不可一世的表演，無疑都從反面激起了吳軍將士一次又一次的憤怒，而陸遜所希望的正是以敵兵之「驕」來激起自家將士之「憤」。果然，當陸遜破敵大策已定，問帳下諸將誰人敢去取江南第一營時，言未盡，韓當、周泰、凌統等皆應聲而言曰：「某等願往！」他們早就憋不住了。以如此激憤之兵去攻擊如許驕怠之師，安能不勝？陸遜破蜀，勢在必然。

陸遜的「驕兵」之計，誠可謂一刀兩刃。一方面，使敵人「驕」，此所謂「知彼」也；另一方面，使自家之軍「憤」，此所謂「知己」也。知己知彼，百戰百勝，這便是陸遜取勝的根本原因。

相比較而言，「彝陵之戰」雖不如「赤壁之戰」那麼波瀾壯闊，也不像「官渡之戰」那樣曲屈多致，但卻有著自身的特點，那就是成功地再現了戰場上「勝方」與「負方」、「有利因素」與「不利因素」的合理轉換。劉備以「哀兵」勝，以「驕兵」敗；陸遜則以「被動」始，以「主動」終。作者在這

裡不僅藝術地再現了「彝陵之戰」的全過程，而且，戰爭的描寫還充滿了軍事鬥爭的辯證法因素。綜觀此次大戰，吳蜀雙方軍事力量的投入狀況並沒有多大的改變，但雙方的士氣卻彼消此長、彼長此消，經過了一番對立轉換。蜀方先是以「哀」而激發士氣，後則以「驕」而消磨士氣；吳方先因「理虧」而士氣不振，後則因「激憤」而士氣高漲。在這一轉換過程中，雙方士氣的「消」或「長」都因對方的存在而存在、因對方的變化而變化，同時，又因雙方指揮將領的能否因勢利導而發生不同的作用、產生不同的效果。這一戰爭描寫的精彩片斷，能使人從中領悟到事物在發展進程中可能發生的對立轉換狀況和客觀形勢與主觀能動之間的關係，充分顯示了作者對戰爭描寫藝術的科學把握。僅從這一點看問題，「彝陵之戰」亦堪與「官渡之戰」「赤壁之戰」鼎足而三，成為戰爭描寫的成功範例。

（三）合理布局、突出重點，使戰爭的連續性和某次戰役的相對獨立性有機結合起來

《三國志通俗演義》的作者寫四十多次戰爭，並非平均使用力量，而是有詳有略，合理布局。對於一些重大的戰爭，作者大肆渲染，寫深寫透。對於一些次要的戰爭，作者寥寥數筆，輕輕帶過。更有意味的是，作者並非孤立地描寫每次戰爭，而是在相對獨立地寫好某次戰役的同時，注目於戰役與戰役之間的內在聯繫，尤其是其間的因果關係，從而很好地表現了戰爭的連續性。

例如，環繞著書中用筆最多的一次戰爭——赤壁之戰，作者就非常細心地寫出了它的前因後果。曹操平定北方之後，「領百萬之眾來平江漢」，劉表病故，其次子「劉琮降曹」，諸葛亮火燒新野，劉備攜民經由樊城渡漢水，欲於襄陽暫避，蔡瑁、張允不容。此時，諸葛亮獻計：「江陵乃荊州緊要錢糧之地，不如先取江陵為家，勝襄陽多矣！」途中，諸葛亮建議劉備「遣雲長速往江夏求救於公子，可起兵乘船會於江陵」。劉備依議，遂派關羽引五百軍求救於劉琦。按照諸葛亮的本意，是要利用江夏的數萬人馬和江陵的錢糧與曹操在江漢一帶周旋。然而，由於劉備不願意拋棄從新野到樊城隨之南徙的百姓，「大車小車數千輛，挑擔背包者不計其數」，「日行十餘里」，行走三百多里後，又命諸葛亮往江夏催促劉琦。曹操偵知劉備去向以後，親率「能爭慣戰五千人」，（卷之九）一日一夜就趕上了劉備，於是爆發了慘烈異常的當陽之戰。在這次戰役中，劉備狼狽到了極點，兩個妻子死了一個，兒子也差點喪命。

儘管作者為了給劉備挽回面子，寫了趙雲血戰長阪坡，張飛大吼當陽橋，但仍然掩蓋不了劉備大敗虧虛的事實。劉備被曹操一路追趕，無法按照原計劃達到江陵，只好斜趨漢津，最終在關羽、劉琦、諸葛亮的接應之下到達江夏，後來又居於夏口（今湖北鄂州）。

順便說明，《三國志通俗演義》中所描寫的赤壁之戰發生地是在今湖北黃州。證據如下：在該書卷之九的「劉玄德敗走夏口」下，有小字注「今時鄂縣」。後來，「玄德盡把江夏之兵屯於樊口駐紮」。當諸葛亮借東風後離開東吳回到劉備軍中時，「劉玄德在於夏口，專候孔明回」，「小校指樊口港中：一帆風送扁舟來到，必軍師也」。在赤壁之戰爆發的前夜，諸葛亮對劉備說：「主公可於樊口屯兵，憑高而望，坐看今夜周郎成大功也。」（卷之十）樊口乃鄂州臨江小鎮，江對面即是黃州，而黃州亦有「赤壁」。故而，歷史上的赤壁之戰的主戰場具體在哪兒，那是歷史學家考證的任務，而作為文學作品的《三國志通俗演義》，其間的赤壁之戰主戰場卻毫無疑問是在黃州。

那麼，在黃州發生的赤壁之戰與此前發生的當陽之戰之間究竟有何種內在關係呢？一言以蔽之：當陽之戰決定了下一次戰役的發生地。試想，如果小說作品中寫劉玄德於向南撤退的途中接受了諸葛亮的建議：「不如暫棄百姓，先行為上。」從而按照臥龍先生的原計劃直趨江陵，在江夏（今武漢市一帶）與江陵（今荊州市一帶）集結力量，與曹操在廣袤的江漢平原一帶周旋，哪裏來的當陽慘敗？沒有當陽之戰的慘敗，又怎麼會斜趨漢津？怎麼會從漢水跑到長江，最後落腳於夏口？劉備不到夏口，孫劉聯軍又怎麼會在黃州赤壁與曹操決戰？孫劉曹三家之間的一場戰爭是不可避免的，但如果沒有當陽之戰，下一次戰役將在哪裏展開？只有天知道！

同樣的道理，赤壁之戰的最終結果又導致了此後的南郡之戰、零陵之戰、桂陽之戰、長沙之戰。試想，如果赤壁之戰不是孫劉聯軍勝利，而是曹孟德揮戈南下，消滅孫劉，混一海內，諸葛亮還能三氣周瑜嗎？孫劉兩家還能在今天的湖南湖北一帶大動干戈嗎？所有這些，都說明《三國志通俗演義》所描寫的戰役與戰役之間，往往是具有內在聯繫的，全書的戰爭描寫並非支離破碎，而是一個有機的整體。

（四）在千變萬化的戰爭描寫中以寫人為主，在人物間的矛盾衝突描寫中又以鬥智為主

大家都知道，決定一場戰爭勝負的原因可從主觀因素和客觀因素兩個方

面進行分析。二者之間，又以主觀因素為主，或者說，決定戰爭勝負的主要因素是人而不是物。《三國志通俗演義》的戰爭描寫藝術化地展現了這一問題。進而言之，人物在戰爭中的作用從最大的層面劃分無非是鬥智和鬥勇兩個方面。小說中當然不乏鬥勇的描寫，如劉關張三英戰呂布、關羽溫酒斬華雄、孫策大戰太史慈、典韋醉中死戰、夏侯惇拔矢啖睛、關羽斬顏良誅文丑、關羽過五關斬六將、趙雲血戰長阪坡、張飛據守當陽橋、黃忠長沙戰關公、許褚大戰馬超、趙雲截江奪阿斗、張飛夜戰馬超、甘寧百騎劫曹營、黃忠鹹斬夏侯淵、龐德抬櫬戰關公、丁奉雪中奮短兵、文鴦單騎退雄兵等等。在那軍閥混戰的時代，有許許多多的英雄好漢在戰場上展現自己的勇與力。他們浴血奮戰甚至戰死疆場，所體現的正是鬚眉丈夫的衝天鬥志和煌煌膽氣。

然而，相對於沙場喋血而言，在帷幄中決勝千里的指揮員對戰爭勝負起著更具決定性的作用。如赤壁之戰中三方指揮員曹操、周瑜、諸葛亮，正是這場波瀾壯闊的戰爭的真正主人公。他們的聰明才智、軍事經驗發揮、運用得怎麼樣，是戰爭發展趨勢的關鍵。將這三位指揮員作一比較，有趣的現象就呈現在我們面前。

赤壁之戰時，曹操已經是身經百戰的老指揮員了，但他指揮失常，老是在事情過後才明白原委，我們可以稱他為「事後知」。周瑜雖然是一個年輕的指揮員，但他發揮正常，在戰爭發展過程中逐步明白一些問題並隨機應變，我們可以稱他為「事中知」。在三位指揮員中諸葛亮年齡最小，卻能超常發揮，對整個戰局的把握可謂成竹在胸，別人還沒有實施的行動，他早已預料，我們可以稱他為「事先知」。

先看曹操。當蔣幹將周郎實施反間計的假信帶回江北以後，將此事逐一說與曹操。曹操大怒曰「二賊如此無禮！」隨即召來蔡瑁、張允，逼其進兵。當蔡、張二人不知如何是好時，曹操「喝令武士擒獲斬之」。而當手下將蔡、張的人頭獻上時，曹操才猛然醒悟：「吾中計矣！」（卷之九）這便是典型的「事後知」。更有趣的是當曹操上百萬人馬被周郎燒得七零八落，曹操本人向北方逃竄時，居然自作聰明地三次大笑。一次是在烏林之西，正行之間，曹操於馬上仰面大笑不止，並對手下說：「吾不笑別人，單笑周瑜無謀，孔明不智。若是吾用兵之時，預先要這裡埋伏一軍，如之奈何？」說猶未了，趙雲領兵殺出。第二次是逃到葫蘆口，將士們正準備埋鍋造飯，曹操坐在疏林之下，

仰面大笑，又對手下說：「吾笑諸葛亮、周瑜雖有將才，智不足耳。若我用兵時，就這個去處，也埋伏一彪軍馬。他是以逸待勞之眾，吾是救死不暇之人，縱然脫得性命，皆不免重傷矣。」說猶未了，張飛一軍排開。第三次是在華容道，曹操在馬上加鞭大笑，又對眾將說：「人皆言諸葛亮、周瑜足智多謀，吾笑其無能為也。今此一敗，吾自是欺敵之過，若使此處伏一旅之師，吾等皆束手受縛矣。」（卷之十）言未畢，一聲炮響，五百校刀手兩邊排列，關雲長截住去路。曹操三笑，是很有諷刺意味的。作者所諷刺者，並非僅止於曹操的不聰明，而是愚蠢者的自作聰明，「事後知」的自以為聰明。

再看周瑜。與曹操相比，周郎可謂高出一籌。他是在游泳中學會游泳，戰爭中學會戰爭。三江口小戰之後，周瑜偷窺曹軍水寨，得知曹操用荊州降將蔡瑁、張允掌管水師，因此利用蔣幹盜書，以反間計除了蔡、張二人。然後，又與諸葛亮將破曹的方略各自寫在手中，都是一個「火」字，此乃火攻之計。然江面太寬，大火難以燒到曹操水寨，必用人假投降方可接近放火，於是就有了詐降計。黃蓋詐降，怎麼樣讓曹操深信不疑呢？只好委屈老將軍實施「苦肉計」。黃蓋取得曹操信任，火燒曹營應沒有問題，但曹操戰船分散在江面上，怎樣才能讓他乖乖地捆綁在一起好「集體焚燒」呢？周郎利用龐統獻上了連環計。這一連串的計謀：反間計、火攻計、詐降計、苦肉計、連環計都是周瑜在戰事發展過程中一步步想到的，他並沒有未卜先知，也沒有馬後炮。然而，周瑜的事中知是有侷限性的。當他將一切都安排就緒以後，周瑜立於山頂，觀看江面上雙方的局部戰鬥。這時，「一陣風過，刮旗角於周瑜臉上。瑜猛然想起一事上心，大叫一聲，往後便倒，口吐鮮血。諸將大驚急急救時，不省人事。」（卷之十）周瑜想起了什麼？東風！曹軍在西北方向，吳軍在東南方向，當時正值冬十一月，江面上一個勁地刮西北風，以至於將旗角吹到周瑜臉上。如果頂著西北風去燒曹操，大火一起，豈不是回火將自己燒得一塌糊塗？只有弄來東南風，才能燒到曹操身上。但，隆冬季節，哪裏去弄春天才有的東南風呢？周瑜沒轍了，因此他急火攻心，昏倒在地。

正當周瑜無計可施的時候，我們的「事先知」諸葛孔明上場了。這位編外軍師在給大都督探病時，兩人的對話是極其精彩的。孔明曰：「連日不面君顏，何期貴體欠安？」瑜曰：「人有旦夕禍福，豈能自保耶？」孔明曰：「天有不測風雲，人豈能料乎？」隨後，諸葛亮密寫十六字云：「欲破曹公，宜用火攻；萬事俱備，只欠東風。」再往後，就是借東風的描寫。東風當然不是「借

的，而是諸葛亮「算」來的。早在草船借箭以後，諸葛亮就對魯肅說：「凡為將者，不通天文，不識地理，不知軍情，不曉陰陽，不看陣圖，不明兵器，乃庸才也。亮三日前，算定今日大霧，因此敢取巧而辦之。」先是算大霧，隨後算東風，後面還有智算華容、錦囊妙計、三氣周瑜、八陣圖、安居平五路、七擒孟獲、智伏姜維、死諸葛走生仲達、遺計斬魏延等等，都是臥龍先生的神機妙算。《三國志通俗演義》中的諸葛亮，是真正的運籌帷幄之中，決勝千里之外的天才軍事家。

赤壁之戰之所以精彩，就在於三大軍事家之間的鬥智。此前橫行北中國、身經百戰的曹老瞞在這裡被兩位年輕的軍事家所擊敗。在這場精彩絕倫的智力競賽過程中，曹操給周瑜墊背，周瑜則給諸葛亮墊背。事後知、事中知、事先知，這真是山外有山，強中更有強中手。

（五）動靜結合、剛柔相濟、張弛有致

描寫戰爭的小說有一個最大的忌諱，那就是從頭打到尾，緊張得不讓讀者休息。審美需要間歇，需要給讀者留下咀嚼回味的空間。現實生活中的任何事情都不可能是只有緊張而無鬆弛的，也不可能只是剛性的而無柔性的，運動和靜止永遠是相輔相成的。因此，一部優秀的小說作品，在反映戰爭生活的時候，必然是動靜結合、剛柔相濟、張弛有致的。《三國志通俗演義》在這方面堪稱典範。

如在赤壁之戰緊張激烈的臨戰氣氛中，作者曾數次忙中偷閒，將讀者帶入一個始料不及的境界。一是「群英會」。當長江兩岸戰雲翻滾的時候，忽然寫蔣幹「綸巾布袍，駕一隻扁舟，徑到瑜寨中」。周瑜則報之以群英會，「少時，面前設金銀器皿，光射眼目。文官武將，各穿錦繡之衣；帳下小將，盡披銀鎧，分兩行而入。瑜都教相見已畢，就教列於兩傍而坐，奏軍中得勝之樂，輪換行酒」。「飲至天晚，點上燈燭，瑜自起舞劍作歌。眾拍手而和之」。（卷之九）二是「西山夜讀」。周瑜接二連三使用反間計、詐降計、苦肉計，曹操並沒有即刻上當，而是派蔣幹二次過江探聽虛實。周瑜為實施連環計，故意將蔣幹趕到西山小庵。於是，在雙方統帥鉤心鬥角弄得劍拔弩張之際，作者又給我們留下了龐士元西山夜讀的勝境：「是夜，寒星滿天，幹閒步出庵後，只聽得讀書之聲，信步聽之，於山岩畔見草屋數椽，內射出燈光。幹往窺之，見一人掛劍燈前，誦孫、吳兵書。」（卷之十）這種靜謐的場景與長江兩岸一觸即發的戰爭共存於同一空間，這就是一種令人匪夷所思的勝境的營

造，俗手是無論如何也寫不出這樣的篇章的。三是橫槊賦詩。曹孟德被周郎、孔明蒙在鼓裏，一而再、再而三地中了東吳的詭計，讀者心中緊張得要命，都在為曹操捏一把汗，而曹操卻瀟灑得不亦樂乎，竟然躊躇滿志地在長江邊上橫槊賦詩。請看：「天氣晴明，平風靜浪，操令置酒設樂：『吾今夕欲會諸將。』天色向晚，東山月上，皎皎如同白日。長江一帶，如橫素練。操坐大船之上，左右侍衛者皆錦衣繡襖，荷戈執戟，何止數百人。命文武等官，各依階而坐。操指南屏山如畫，東視柴桑之境，西觀夏口之江，南望樊山，北覷烏林，四顧空闊，心中暗喜。」「此時酒酣，教取槊立於船頭之上，取酒奠於江中，滿飲三爵，橫槊與諸將曰：『吾持此槊，破黃巾、擒呂布、滅袁術、收袁紹，深入塞北，直抵遼東，縱橫天下，真乃大丈夫之志也！況對此景，甚有慷慨。吾當作歌，汝等和之。』」（同上）接下去，便是曹操大聲歌唱那首著名的《短歌行》。這真是坐在火山口上的「對酒當歌」！這裡，人物的處境之危難兇險與人物心境之慷慨悠閒竟是如此天懸地隔地融為一體，這就是對立統一的審美效果，也是只有《三國志通俗演義》才可達到的描寫戰爭的超凡脫俗的境地。

　　總而言之，《三國志通俗演義》對戰爭的描寫，大多既符合古代軍事鬥爭的客觀規律，又含有樸素辯證法因素，而且還是那麼細緻生動、豐富多彩。更有意味的是，書中的戰爭描寫絕大多數都是高格調的，作者始終體現著一種高昂的筆調，而絕不給人以淒淒慘慘切切的悲哀情調和令人產生惡刺激的恐怖感。筆下風生萬馬間，《三國志通俗演義》的戰爭描寫是無與倫比的。

　　（原載《從「三國」到「紅樓」》，河南人民出版社，2008 年 8 月出版）

哀兵必勝與驕兵必敗
——《三國志通俗演義》中「彝陵之戰」淺說

　　吳蜀「彝陵之戰」是三國歷史上以弱勝強的著名戰例之一，也是《三國志通俗演義》中戰爭描寫最為精彩的片斷之一。其實，所謂「彝陵之戰」，只是對這次戰爭的整體性概括，具體而言，它又可分為兩大階段：第一階段是劉備伐吳，第二階段是陸遜破蜀。

　　劉備伐吳的動機有顯意識和潛意識兩個層次。其顯意識的一面是為關羽報仇，落腳點在一個「義」字，而潛意識的一面則在於興王圖霸之業。自赤壁大戰以來，孫劉兩家已結下仇怨，為荊州歸屬問題而大費唇舌、大動干戈。劉備幾經征伐，好不容易奪得西川，進位漢中王，不料原來的根據地荊州因關羽的大意被東吳奪去。這口氣，劉備實在咽不下去。不然，若僅以一「義」字視之，關羽死後，劉備本當痛不欲生，何以竟至成都稱帝之後方才伐吳？對此，劉備本人雖未曾明言，或者說，他本人尚未明顯地意識到這一層意思，但卻被他的侄子張苞一語道破：「為父為國，萬死不辭！」可見，劉備伐吳實在有顯意識與潛意識的兩方面原因，不過，為了突出「桃園結義」之義，在小說的描寫中，卻始終是以劉備的顯意識這一層面為中心的。

　　劉備伐吳，一開始可謂節節勝利、先聲奪人。章武元年秋八月，劉備起大軍至夔關，駕屯白帝城。接著，蜀軍水陸並進，水路軍出巫口，旱路軍達秭歸，前部先鋒吳班自出川以後，所到之處，望風而降，兵不血刃，直達宜都。東吳遣孫桓、朱然二人為左右都督，領兵五萬拒之。雙方戰於宜都，蜀軍賴

關興、張苞等英勇奮戰，大敗吳兵，使孫桓受困於彝陵，朱然大敗於江中，自此蜀軍威風震動，江南諸將無不膽寒。其後，東吳又遣韓當、周泰、潘璋、凌統、甘寧諸將起兵十萬拒之，雙方大戰，結果，劉備又獲全功，遂得猇亭。此時，劉備聲威大振，江南之人盡皆膽裂，日夜號哭。至此，彝陵之戰的第一階段以劉備的大勝而告終。

劉備伐吳首戰告捷的原因何在？表面看來，蜀軍七十餘萬，連營七十餘里，且屬「御駕親征」，而吳兵兩次相加僅十五萬，雙方力量懸殊，似為蜀勝吳敗之關鍵。其實不盡然。《三國志通俗演義》中的戰爭描寫從來是重將不重兵的。劉備兵勢雖大，但能上陣廝殺者只有吳班、關興、張苞、馮習、張南等知名度不高的將領，再加一負氣出戰的老將黃忠。而東吳方面，如韓當、周泰、潘璋、凌統、甘寧等，均乃沙場宿將，早已聞名於世。因此，就雙方的指揮人員而論，蜀軍未見必勝。劉備所勝者，關鍵在於「哀兵」。自古「哀兵必勝」，理所當然。對此，小說中有反覆多次的描寫。劉備失弟之哀自不待言，曾數次淚濕衣襟、昏厥於地，發誓要報仇雪恨、削平江南。關興、張苞喪父之哀更為悲慟，均乃白袍銀鎧，掛孝殺敵。就連老將黃忠，上陣亦大呼：「吾與關公報仇！」甚至於原荊州之兵而降吳者，亦相約起事：「我等皆是荊州之兵，被呂蒙詭計，送了主公（此指關羽）性命。今劉皇帝御駕親征，東吳早晚休矣。所恨者，糜芳、傅士仁也。我等何不殺此二賊，去獻天子？」更何況蜀中將士數十萬人同仇敵愾，帶憤伐吳，自然聲威大振、所向披靡了。即便是東吳一方，也深知劉備節節勝利的根本原因在於「哀兵」，步騭說得明白：「先主所恨者，乃呂蒙、潘璋、馬忠、糜芳、傅士仁也。廢關公皆此數人，今盡亡矣。獨有范強、張達二人，乃刺張飛之輩，見在東吳。何不擒此二人，並飛首級，遣使送還，及交與荊州，送歸夫人，上表求和，再會前情，共圖滅魏，平分天下，有何不可？若如此行之，則蜀兵自退矣。」

由上可見，劉備所用者，乃「哀兵」也；東吳所懼者，亦乃「哀兵」也。蜀之勝、吳之敗，「哀兵」復仇正乃關鍵原因之所在。

然而，彝陵之戰更精彩的部分在第二階段，當東吳於大敗之際起用年輕統帥陸遜之後，戰場情況發生了急劇變化。陸遜的做法是嚴令手下諸將守住隘口，牢把險要，不許妄動，違令者斬。面對蜀軍的百般搦戰，韓當、周泰、徐盛、丁奉等一班東吳宿將一再按捺不住，紛紛請求出擊，均為陸遜所阻。蜀軍求戰不得，兵心懈怠，劉備遂令手下樹柵連營，縱橫七百餘里，分四

十餘屯，皆傍山林下寨。結果被窺伺已久的陸遜一把大火，燒了個精光。蜀兵七十萬人土崩瓦解，劉備本人也倉皇逃竄，直到白帝城方才保住性命，此時相隨入城者僅百餘人耳！這樣，彝陵之戰最終以東吳大勝劉備慘敗而宣告結束。

劉備最終身敗名裂、辱國喪師的原因是多方面的，但最根本的原因乃在於一個「驕」字。請看如下描寫：當劉備得知東吳遣陸遜為大都督總制軍馬時，馬良曾諫曰：「陸遜之才，不亞周郎，未可輕敵也。」而劉備則說：「朕用兵老矣，今反不如一黃口孺子耶？爾勿多疑，看朕擒之！」接著，當蜀軍再三搦戰，辱罵百端，陸遜堅守不出時，劉備心焦不悅，馬良又奏曰：「陸遜雖是書生，深有謀略。今陛下提兵遠來，攻戰自春歷夏，彼之不出，必待我軍之變也，願陛下詳之。」劉備明明奈何陸遜不得，卻口出狂言：「彼有何謀？但怯敵耳。向者數敗，今安敢再出！」遂決定移營於山林茂盛之地。移營之時，又設一伏兵於山谷之小計，卻自以為陸遜必然中計，斷然判定：「若陸遜知朕移營，必出攻擊，卻令吳班詐敗。遜若追趕，朕引兵突出，斷其歸路，擒此孺子，江南一鼓而下矣。」結果，這一條被手下文武賀之為「陛下神機，陸遜安能及也」的「妙計」卻被陸遜識破，劉備陷於「兵疲意阻，計不復生」的窘境。移營之際，馬良又曾提出將各營移居之地畫成圖本問於孔明，劉備又說：「朕素知兵法，又何問之？」最後，劉備又於猇亭盡驅水軍順流而下，深入吳境，對此行動，黃權亦曾諫曰：「水軍沿江而下，進則容易，退則實難。」劉備又十分自負地認為：「既吳賊膽落，朕長驅大進，有何礙乎？」正是這一連串的極端自負輕敵，才造成了劉玄德的彝陵之敗。自古以來「驕兵必敗」的道理，在劉備身上再一次得以證明。

就陸遜方面而言，他對蜀軍所採用的恰恰正是治「驕兵」之計。當蜀軍漫山遍野而來，吳軍將領紛紛要求出擊時，陸遜說：「劉備舉兵東下，連勝十餘陣，銳氣正盛。可宜乘高守險，不可輕出，出則不利。損吳大利，非小故也。今但獎勵將士，廣布守禦之策，以觀其變。」當蜀軍百般挑戰乃至辱罵時，陸遜「塞耳休聽，不許出迎，遂親自遍歷諸關隘口，撫慰將士，皆令堅守」。劉備移營後，陸遜又故意派末將淳于丹以五千兵試探蜀兵虛實，並料定其人必定敗回，以此使劉備造成吳兵「昨夜殺盡，安敢再來」的錯覺。陸遜如此再三示弱，無非欲使劉備驕而益驕，喪失警惕，然後方能出其不意、攻其不備，就中取勝。但這還只是問題的一方面。另一方面，陸遜還在「驕敵」的

同時「激我」，或者說，他在使敵人驕傲麻痺的同時，又在暗中激勵自家軍隊的士氣。蜀軍越是屢屢挑戰、辱罵百般乃至耀武揚威、解衣卸甲、赤身裸體，或睡或坐，陸遜越是堅守不出，這無疑使吳軍將士產生一種羞辱感。徐盛、丁奉忍不住入帳請令：「蜀兵欺辱至甚，某等願出擊之！」韓當、周泰也曾忍不住風火之性，數欲出擊。眾將士亦均表示「吾等情願決一死戰！」對此，陸遜一概阻止，以至於所有將領都認定陸遜乃書生之「懦」，殊不知正中陸遜下懷。蜀兵一次又一次驕橫不可一世的表演，無疑都從反面激起了吳軍將士一次又一次的憤怒，而陸遜所希望的正是以敵兵之「驕」來激起自家將士之「憤」。果然，當陸遜破敵大策已定，問帳下諸將誰人敢去取江南第一營時，言未盡，韓當、周泰、凌統等皆應聲而言曰：「某等願往！」他們早就憋不住了。以如此激憤之兵去攻擊如許驕怠之師，安能不勝？陸遜破蜀，勢在必然。

　　陸遜的「驕兵」之計，誠可謂一刀兩刃。一方面，使敵人「驕」，此所謂「知彼」也；另一方面，使自家之軍「憤」，此所謂「知己」也。知己知彼，百戰百勝，這便是陸遜取勝的根本原因。

　　《三國志通俗演義》描寫了大大小小四十餘戰，其中最為精彩的要數「官渡之戰」、「赤壁之戰」和「彝陵之戰」。相比較而言，「彝陵之戰」雖不如「赤壁之戰」那麼波瀾壯闊，也不像「官渡之戰」那樣曲屈多致，但卻有著自身的特點，那就是成功地再現了戰場上「勝方」與「負方」、「有利因素」與「不利因素」的合理轉換。劉備以「哀兵」勝，以「驕兵」敗；陸遜則以「被動」始，以「主動」終。這麼一個大的戰爭形勢的轉換，作者所花費的筆墨並不太多，然而卻取得了極大的成功，並且是那樣的合情合理。作者在這裡不僅藝術地再現了「彝陵之戰」的全過程，而且，戰爭的描寫還充滿了軍事鬥爭的辯證法的因素。綜觀此次大戰，吳蜀雙方軍事力量的投入狀況並沒有多大的改變，但雙方的士氣卻彼消此長、彼長此消，經過了一番對立轉換。蜀方先是以「哀」而激發士氣，後則以「驕」而消磨士氣；吳方先因「理虧」而士氣不振，後則因「激憤」而士氣高漲。在這一轉換過程中，雙方士氣的「消」或「長」都因對方的存在而存在、因對方的變化而變化，同時，又因雙方指揮將領的能否因勢利導而發生不同的作用、產生不同的效果。這一戰爭描寫的精彩片斷，能使人從中領悟到事物在發展進程中可能發生的對立轉換狀況和客觀形勢與主觀能動之間的關係，充分顯示了作者對戰爭描寫藝術的科學把握。僅從這一點看問題，「彝陵之戰」亦堪稱戰爭描寫的楷模，堪與

「官渡之戰」、「赤壁之戰」鼎足而立，因而為後世許多歷史演義小說所望塵莫及。

再者，從「彝陵之戰」的描寫過程中，我們還可以看到作者因事而寫人的一貫作風。「彝陵之戰」的真正主角無疑是陸遜，為了突出陸遜的軍事指揮才能，作者採取了一連串的襯托對比的手法。首先，以劉備的輕敵冒進反襯出陸遜的鎮靜沉著；其次，又以東吳諸將的血氣之勇陪襯出陸遜的神機妙算；再次，還用劉備自以為得意的區區小計映襯了陸遜的通觀全局；最後，透過陸遜外表「懦弱」的假象顯示出他內在真正的雄才大略。當然，還以孫桓等人的不足以任大事而比襯出陸遜獨當一面的大將風度。通過如此反覆的、多層次的襯托對比，陸遜這麼一個胸有成竹、運籌帷幄的青年統帥形象便銘刻在讀者心目中了。真可謂「三分自是多英俊，又顯江南陸遜高。」如此英雄人物，自然會彪炳千秋，並在民眾心目中留下不可磨滅的印象。謂予不信，今尚有「陸城」為證。

（原載《〈三國演義〉新論》，華中理工大學出版社，1999 年 5 月出版）

《三國演義》的時令節日與環境風物描寫——兼論節令文化對城市文明的影響

　　歷史小說的大纛《三國演義》，毫無疑問是一部充滿陽剛之氣的作品。在這部作品中，核心內容就是政治、軍事、外交方面的大事。政治鬥爭的勾心鬥角、軍事鬥爭的金戈鐵馬、外交鬥爭的唇槍舌劍，一切都是血腥而冰冷的。然而，在這部「鐵血」小說中，卻也有一些描寫時令節日和環境風物的片段，充滿了溫馨、柔美、休閒意味。如此，便使得《三國演義》的敘事風格上具有了剛柔相濟的特色。更有意味的是，這種特色對我們今天的城市文明又具有一定的啟發意義。

一

　　《三國演義》中的具有溫馨、柔美、休閒意味描寫的最大特點就是結合時令節日來寫環境風物。這些片段的時序非常明確，而且，作者對這種節令文化的體現雖然只有寥寥數筆，卻十分傳神、雋永。

　　我們不妨按照一年四季春夏秋冬的順序一一瀏覽，先看春夏兩季。

鏡頭之一：桃園結義

> 　　玄德遂以己志告之，雲長大喜。同到張飛莊上，共議大事。飛曰：「吾莊後有一桃園，花開正盛；明日當於園中祭告天地，我三人結為兄弟，協力同心，然後可圖大事。」玄德、雲長齊聲應曰：「如此甚好。」次日，於桃園中，備下烏牛白馬祭禮等項，三人焚香再拜而說誓曰：「念劉備、關羽、張飛，雖然異姓，既結為兄弟，則同

心協力，救困扶危；上報國家，下安黎庶。不求同年同月同日生，
只願同年同月同日死。皇天后土，實鑒此心，背義忘恩，天人共戮！」
誓畢，拜玄德為兄，關羽次之，張飛為弟。祭罷天地，復宰牛設酒，
聚鄉中勇士，得三百餘人，就桃園中痛飲一醉。（第一回）

劉關張「桃園結義」一事，並非歷史事實。《三國志・蜀書・關羽傳》只是
說「先主與二人寢則同床，恩若兄弟」。《資治通鑑》卷六十載：「備少與河
東關羽、涿郡張飛相友善；以羽、飛為別部司馬，分統部曲。備與二人寢則
同床，恩若兄弟。」《三國志・蜀書・張飛傳》則說張飛「少與關羽俱事先
主。羽年長數歲，飛兄事之」。可知歷史上劉關張三人之間的關係只是「恩
若兄弟」或「兄事之」，但這已經有一點結拜的意味了。在宋元講史話本《三
國志平話》中，民間藝人就乾脆讓他們三人結拜了：「後有一桃園，園內有
一小亭，飛遂邀二公亭上置酒，三人歡飲。飲間，三人各序年甲，德公最長，
關公為次，飛最小。以此，大者為兄，小者為弟，宰白馬祭天，殺烏牛祭地，
不求同日生，只願同日死。三人同行同坐同眠，誓為兄弟。」其實，《三國
演義》中桃園結義的描寫，基本上就是《三國志平話》中內容相同片段的擴
展版。但是，小說中加了至為重要的幾筆：「花開正盛」，「宰牛設酒，聚鄉
中勇士，得三百餘人，就桃園中痛飲一醉」，這就有了時令風物描寫的詩情
畫意。桃樹是落葉小喬木，仲春時節開花，花淡紅、粉紅或白色，可供觀賞。
而且，桃花盛開適逢清明時節，人們踏青郊遊，會產生很多美好的故事。唐
代孟棨《本事詩》就寫「博陵崔護」「清明日獨遊都城南」，於一庭院，桃花
之下邂逅一美妙女子。「及來歲清明日」，又去尋訪此女子不遇，題詩門扉：
「去年今日此門中，人面桃花相映紅。人面祇今何處去？桃花依舊笑春風。」
因此，《三國演義》寫劉關張三結義，選擇了桃花盛開這麼一個春光融融的
背景，是饒有興味的，是十分「優美」的描寫。

鏡頭之二：青梅煮酒論英雄

操曰：「適見枝頭梅子青青，忽感去年征張繡時，道上缺水，將
士皆渴；吾心生一計，以鞭虛指曰：『前面有梅林。』軍士聞之，口
皆生唾，由是不渴。今見此梅，不可不賞。又值煮酒正熟，故邀使
君小亭一會。」玄德心神方定。隨至小亭，已設樽俎：盤置青梅，
一樽煮酒。二人對坐，開懷暢飲。（第二十一回）

「青梅煮酒論英雄」的故事，《三國志》等史書並無記載，但曹操回憶的「望

梅止渴」的故事卻是有根據的。《世說新語·假譎》：「魏武行役，失汲道，軍皆渴，乃令曰：『前有大梅林，饒子，甘酸可以解渴。』士卒聞之，口皆出水，乘此得及前源。」曹操的急中生智我們且不說他，需要追問的是，「青梅煮酒」這種例行節令性飲宴活動究竟在什麼樣的季節開展呢？答曰：暮春時節。北宋詞人晏殊的《訴衷情》詞中有句為證：「青梅煮酒斗時新，天氣欲殘春。」小說作者寫「青梅煮酒論英雄」這個故事雖於史無據，但意境卻是無比美好的。一代奸雄曹操和一代梟雄劉備在那兒勾心鬥角、博弈鬥智，背景卻是暮春時節，梅子青青，一壺熱酒，小小亭閣，這就是典型的剛柔相濟的描寫。

鏡頭之三：割髮權代首

> 行軍之次，見一路麥已熟；民因兵至，逃避在外，不敢刈麥。操使人遠近遍諭村人父老，及各處守境官吏曰：「吾奉天子明詔，出兵討逆，與民除害。方今麥熟之時，不得已而起兵，大小將校，凡過麥田，但有踐踏者，並皆斬首。軍法甚嚴，爾民勿得驚疑。」百姓聞諭，無不歡喜稱頌，望塵遮道而拜。官軍經過麥田，皆下馬以手扶麥，遞相傳送而過，並不敢踐踏。操乘馬正行，忽田中驚起一鳩。那馬眼生，竄入麥中，踐壞了一大塊麥田。操隨呼行軍主簿，擬議自己踐麥之罪。……操沉吟良久，乃曰：「既《春秋》有『法不加於尊』之義，吾姑免死。」乃以劍割自己之髮，擲於地曰：「割髮權代首。」使人以髮傳示三軍曰：「丞相踐麥，本當斬首號令，今割髮以代。」於是三軍悚然，無不懍遵軍令。（第十七回）

據《三國志·魏書·武帝紀》注引《曹瞞傳》：「常出軍，行經麥中，令『士卒無敗麥，犯者死』。騎士皆下馬，付麥以相持，於是太祖馬騰入麥中，敕主簿議罪；主簿對以春秋之義，罰不加於尊。太祖曰：『製法而自犯之，何以帥下？然孤為軍帥，不可自殺，請自刑。』因援劍割髮以置地。」可見，歷史上的曹操和小說中的曹操一樣，是一個有令必行、嚴於律己的人，小說中的描寫也和歷史事實差距不大。值得注意的是，小說中加了一點短短的描寫：「操乘馬正行，忽田中驚起一鳩。那馬眼生，竄入麥中，踐壞了一大塊麥田。」這段描寫，既交代了曹操所乘之馬被驚的原因，又增添了生活情趣。一隻斑鳩突然從麥地中飛起，整個畫面由此而顯得生意盎然。因為麥子成熟是在端午節前的農曆四、五月間。此時天氣漸漸炎熱，故而，小鳥多躲在麥草叢中休憩，如

果不是曹操的坐騎驚動了它，它是懶得騰空而起的。《三國演義》的這一小段描寫是非常真實的，也很有生活氣息。因為這種麥收季節天氣漸暖的情境，在某些詩詞作品也有反映，如宋代晁補之的《永遇樂・東皋寓居》詞句就可證明：「麥天已過，薄衣輕扇，試起繞園徐步。」

鏡頭之四：鳳儀亭

> 卓疾既愈，入朝議事。布執戟相隨，見卓與獻帝共談，便乘間提戟出內門，上馬徑投相府來；繫馬府前，提戟入後堂，尋見貂蟬。蟬曰：「汝可去後園中鳳儀亭邊等我。」布提戟徑往，立於亭下曲欄之傍。良久，見貂蟬分花拂柳而來，果然如月宮仙子，——泣謂布曰：「我雖非王司徒親女，然待之如己出。自見將軍，許侍箕帚，妾已生平願足。誰想太師起不良之心，將妾淫污，妾恨不即死；止因未與將軍一訣，故且忍辱偷生。今幸得見，妾願畢矣！此身已污，不得復事英雄；願死於君前，以明妾志！」言訖，手攀曲欄，望荷花池便跳。（第八回）

作為民間傳言的「四大美女」之一的貂蟬，史書中未見記載。當然，更不存在王允利用貂蟬離間董卓、呂布之事，鳳儀亭那一幕也是子虛烏有。如果一定要追蹤一點線索的話，就是呂布曾經與董卓身邊的侍婢有私情，但史書中並沒有留下這女子的名字。《後漢書・呂布傳》載：「卓又使布守中閣，而私與傅婢情通，益不自安。」然而，《三國演義》的作者卻給美男子呂布和美女貂蟬創造了一個極為美麗溫柔的空間——荷花池畔的鳳儀亭，讓他們在那裡纏綿悱惻。荷花又稱蓮花，夏天開放，花為紅色或白色，有清香。具體而言，荷花初開在端午時節之後。這一點，《紅樓夢》中有具體描寫：「這日正是端陽佳節，……至次日午間，王夫人、薛寶釵、林黛玉眾姊妹正在賈母房內坐著，就有人回：『史大姑娘來了。』……眾人聽了，自去尋姑覓嫂，早剩下湘雲翠縷兩個人。翠縷道：『這荷花怎麼還不開？』湘雲道：『時候沒到。』」（第三十一回）翠縷問「這荷花怎麼還不開？」說明依照這個丫鬟的常識，荷花應該快要開了。史湘雲回答：「時候沒到。」說明在這位小姐的知識寶庫中，荷花開放還有一小段時間，但也不會太遠。端午過後，天氣開始炎熱，但還不是太熱。呂佈在這樣的時間、這樣的地點和貂蟬這樣的美人幽會，也算是良辰美景、賞心樂事了。

鏡頭之五：南方苦熱

卻說孔明連日不見孟獲兵出，遂傳號令教大軍離西洱河，望南
進發。此時正當六月炎天，其熱如火。有後人詠南方苦熱詩曰：「山
澤欲焦枯，火光覆太虛。不知天地外，暑氣更何如！」又有詩曰：
「赤帝施權柄，陰雲不敢生。雲蒸孤鶴喘，海熱巨鼈驚。忍捨溪邊
坐？慵拋竹裏行。如何沙塞客，擐甲復長征！」（第八十九回）

前面的「割髮權代首」和「鳳儀亭」兩個鏡頭，說的是端午前後的事，天氣開
始炎熱，但還沒有熱得令人難受。而諸葛亮七擒孟獲途中的這樣一次磨練，
那可是一般人難以招架的。作者不僅用「此時正當六月炎天，其熱如火」的
句子來形容這炎天暑熱，而且還引用了後人兩首詩來做補充性描繪。其中，
第一首詩的作者乃是大名鼎鼎的司馬光，他有《大熱》一詩，小說作者引用
時稍作變化，原詩云：「山澤欲焦枯，炎光滿太虛。不知天地外，暑氣復何如。」
（《全宋詩》卷五百零五）至於後一首，查無實處，估計是小說作者自己的創
造。但無論如何，這裡的詩文，卻將南方的炎熱真正描寫到了極致！

二

大暑之後，便是立秋。《三國演義》除了對春夏季節有精彩描寫之外，還
有更為情景交融的秋冬季節描寫的筆墨。我們繼續跟著鏡頭瀏覽。

鏡頭之六：五丈原禳星

時值八月中秋，是夜銀河耿耿，玉露零零，旌旗不動，刁斗無
聲。姜維在帳外引四十九人守護。孔明自於帳中設香花祭物，地上
分布七盞大燈，外布四十九盞小燈，內安本命燈一盞。……拜祝畢，
就帳中俯伏待旦。次日，扶病理事，吐血不止。日則計議軍機，夜
則步罡踏斗。（第一百零三回）

杜甫《蜀相》有云：「三顧頻繁天下計，兩朝開濟老臣心。出師未捷身先死，
長使英雄淚滿襟。」這是對歷史上的諸葛孔明的終身定評，故而膾炙人口，
千古流傳。而《三國演義》中這段諸葛亮臨死前「五丈原禳星」描寫，則是抓
住八月中秋這麼一個萬家團圓的節令，寫諸葛軍營內外寂靜肅穆：「銀河耿耿，
玉露零零，旌旗不動，刁斗無聲。」這就形成強烈的反比，民俗中應該喜慶熱
烈的中秋節，在軍營中卻是如此肅穆而淒清，因為蜀漢丞相正在進行生命的
最後掙扎，而《三國演義》全書的主心骨也即將離我們而去。如此一來，就達

到了情景交融的境地。

鏡頭之七：凍土築城

　　　　時當九月盡，天氣暴冷，彤雲密布，連日不開。曹操在寨中納悶。忽人報曰：「有一隱人來見丞相，欲陳說方略。操請入。見其人鶴骨松姿，形貌蒼古。問之，乃京兆人也，隱居終南山，姓婁，名子伯，道號「夢梅居士」。操以客禮待之。子伯曰：「丞相欲跨渭安營久矣，今何不乘時築之？」操曰：「沙土之地，築壘不成。隱士有何良策賜教？」子伯曰：「丞相用兵如神，豈不知天時乎？連日陰雲布合，朔風一起，必大凍矣。風起之後，驅兵士運土潑水，比及天明，土城已就。」操大悟，厚賞子伯。子伯不受而去。是夜北風大作。操盡驅兵士擔土潑水；為無盛水之具，作縑囊盛水澆之，隨築隨凍。比及天明，沙水凍緊，土城已築完。細作報知馬超。超領兵觀之，大驚，疑有神助。（第五十九回）

農曆九月，在江南，應該是菊花盛開、登高遠眺的好時節，但在遙遠北國的渭水流域，卻是「天氣暴冷，彤雲密布，連日不開」，滴水成冰，曹操在「夢梅居士」的提醒下，竟然一夜之間凍土築城，形成一道抵禦馬超的人工屏障。此事，歷史上有記載，同時，也有人對渭河九月滴水成冰提出疑問，裴松之在注《三國志》時一併作答：「曹瞞傳曰：時公軍每渡渭，輒為超騎所衝突，營不得立，地又多沙，不可築壘。婁子伯說公曰：『今天寒，可起沙為城，以水灌之，可一夜而成。』公從之，乃多作縑囊以運水，夜渡兵作城，比明，城立，由是公軍盡得渡渭。或疑於時九月，水未應凍。臣松之按《魏書》：公軍八月至潼關，閏月北渡河，則其年閏八月也，至此容可大寒邪！」原來這一年（建安十六年）閏八月，九月大致相當於往年的十月，北國農曆十月結冰的可能性還是存在的。故而，這一段凍土築城的描寫也是緊扣時令節氣進行的。

鏡頭之八：橫槊賦詩

　　　　時建安十三年冬十一月十五日，天氣晴明，平風靜浪。操令：「置酒設樂於大船之上，吾今夕欲會諸將。」天色向晚，東山月上，皎皎如同白日。長江一帶，如橫素練。操坐大船之上，左右侍御者數百人，皆錦衣繡襖，荷戈執戟。文武眾官，各依次而坐。操見南

屏山色如畫，東視柴桑之境，西觀夏口之江，南望樊山，北覷烏林，
四顧空闊，心中歡喜。……操大喜，命左右行酒。飲至半夜，操酒
酣。……曹操正笑談間，忽聞鴉聲望南飛鳴而去。操問曰：「此鴉緣
何夜鳴？」左右答曰：「鴉見月明，疑是天曉，故離樹而鳴也。」操
又大笑。時操已醉，乃取槊立於船頭上，以酒奠於江中，滿飲三爵，
橫槊謂諸將曰：「我持此槊，破黃巾、擒呂布、滅袁術、收袁紹，深
入塞北，直抵遼東，縱橫天下：頗不負大丈夫之志也。今對此景，
甚有慷慨。吾當作歌，汝等和之。」……歌罷，眾和之，共皆歡笑。
（第四十八回）

剛剛涉及的凍土築城的描寫是渭水十月可結冰，而在比這稍晚的冬十一月十
五日，長江兩岸的環境風物是何種景況呢？《三國演義》的描寫是「天氣晴
明，平風靜浪」，是「東山月上，皎皎如同白日。長江一帶，如橫素練。」只
能算是初冬氣象。在這個秋收冬藏轉換的季節，躊躇滿志的曹操自以為即將
收穫、容納整個荊州、甚至整個南中國，於是他對酒當歌，橫槊賦詩，搞得不
亦樂乎。這一段描寫是真假參半的，而且還多多少少有一點小問題。赤壁之
戰當然是事實，但在《三國志・魏書・武帝紀》中只有簡單的記載：「公至赤
壁，與備戰，不利。於是大役，吏士多死者，乃引軍還。備遂有荊州、江南諸
郡。」並沒有橫槊賦詩的場面。當然，曹操對酒當歌的詩作也是有的，但也與
此處所引稍有出入。更為重要的是，《三國演義》的作者是將赤壁之戰的主戰
場定在了黃岡、鄂州一帶，如同蘇軾的《赤壁賦》一般。因此，書裏對周圍景
色風物的描寫基本上來自《赤壁賦》，可作對比：「月明星稀，烏鵲南飛，此非
曹孟德之詩乎？西望夏口，東望武昌。山川相繆，鬱乎蒼蒼；此非孟德之困
於周郎者乎？」更為有趣的是，因為蘇軾的《赤壁賦》寫的是「壬戌之秋，七
月既望」的時間節點，小說作者寫的「曹孟德橫槊賦詩」卻是「冬十一月十五
日」，但因為《赤壁賦》在小說作者的腦海中留下的痕跡太深，他一不小心將
冬天的景物寫得帶有秋天的韻味。但這也不算壞事，至少可以提供一點「反
季節」審美吧。

　　《三國演義》中的時令節日和環境風物描寫，不僅時而流露「反季節」
的苗頭，而且更有「節令順延」的三復情結的展現，「劉玄德三顧茅廬」就是
這方面的典型例證。下面請看這第八個鏡頭，它又是由三個分鏡頭遞進式完
成的。

第一分鏡頭：一顧茅廬

> 行數里，勒馬回觀隆中景物，果然山不高而秀雅，水不深而澄
> 清；地不廣而平坦，林不大而茂盛；猿鶴相親，松篁交翠。（第三十
> 七回）

劉玄德三顧茅廬的第一「顧」是在秋天，書中描寫了秋天的景致，而且是深秋氣象。這時，隆中環境風物的精華是松樹與竹林。中國自古有「歲寒三友」之說，指的是松、竹、梅。因為松、竹經冬不凋，梅則迎寒開花，都是不畏嚴寒的好花佳樹。而深秋季節不可能有梅花，誠如宋代葛立方《滿庭芳·和催梅》詞所謂：「梅花，君自看，丁香已白，桃臉將紅，結歲寒三友，久遲筠松。」「歲寒三友」此時已有其二：松篁交翠。而作者突出「松篁」，至少有兩重含意。第一，深秋季節，其他植物大都已經黃葉紛飛或剩下光禿禿的枝幹，惟有松篁交織著翠色。第二，青松翠竹均乃高潔之士的象徵，突出松篁正是為「淡泊以明志，寧靜以致遠」的諸葛亮寫照。如此，臥龍先生尚未登場，就給讀者留下了初步印象。

第二分鏡頭：二顧茅廬

> 時值隆冬，天氣嚴寒，彤雲密布。行無數里，忽然朔風凜凜，
> 瑞雪霏霏；山如玉簇，林似銀妝。（同上）

劉玄德的第二「顧」是隆冬時節，天地銀妝素裹，四野一片嚴寒。通過這樣的環境描寫，凸現了劉玄德求賢若渴的心理和沖風冒雪的決心。同時，也無形中增加了臥龍出山的難度。更有意味的是，「歲寒三友」中遲到的梅花這時卻「閃亮登場」了：諸葛亮的岳父黃承彥踏雪而來，口中還吟著詩，最後兩句是「騎驢過小橋，獨歎梅花瘦」。這位黃承彥先生還告訴劉備，他吟的是「小婿」諸葛亮《梁父吟》中的詩句。據《三國志·蜀書·諸葛亮傳》載：「亮躬耕隴畝，好為《梁父吟》。」這二請諸葛亮，劉玄德雖未見到臥龍先生本人，卻已經聽到了他的「心聲」。

第三分鏡頭：三顧茅廬

> 又立了一個時辰，孔明才醒，口吟詩曰：「大夢誰先覺？平生我
> 自知。草堂春睡足，窗外日遲遲。」（第三十八回）

諸葛亮在《前出師表》中說得很清楚：「先帝不以臣卑鄙，猥自枉屈，三顧臣於草廬之中，諮臣以當世之事，由是感激，遂許先帝以驅馳。」《三國志·蜀

書‧諸葛亮傳》也說：「先主遂詣亮，凡三往，乃見。」可見，「劉玄德三顧茅廬」是歷史事實。這一次，劉玄德見到「真神」了。那是一種什麼樣的場景呀！春暖花開的時候，當劉皇叔率領關羽、張飛在門外等待了大半天以後，從草堂中緩緩流出一陣從容不迫、先知先覺的吟哦聲。這是臥龍出山前的「龍吟」，這聲音伴隨著春風，伴隨著夕陽，慢悠悠而又暖洋洋地。人境合一，這正是諸葛孔明這樣的「高人」所應有的特別的環境風物。這種物象描寫，也是作者向讀者展示了一種天人合一的獨特風景線。立春、雨水、驚蟄，蟄伏的臥龍終於出山了！

「劉玄德三顧茅廬」是由三個分鏡頭組成的整體，其間，作者鳴奏的是臥龍出山的三部曲：秋天，以環境烘托嶄露主人公的頭角；冬天，以物象描寫表達主人公的心聲；春天，在人境合一的氛圍中得窺主人公全貌。經過如此連續遞進的時令節日和環境風物的反覆渲染烘托，諸葛亮一出場就先聲奪人，「繡旗下遙見英雄俺」（《西廂記》第二本楔子）了。

三

毫無疑問，《三國演義》中那些溫馨、柔美、休閒的時令節日和環境風物描寫顯示了這部以陽剛、鐵血著稱的章回小說的剛柔相濟的風格，那麼，這種陽剛與陰柔相結合併且在本質上相反相成的品格對我們有何種啟示呢？

應該說，對我們生活的方方面面都有啟示。譬如做人，不能太剛，太剛易折；也不能太柔，太柔易爛；只有剛柔相濟，才是彈性人生。譬如做事，不能太剛，太剛武斷；亦不能太柔，太柔拖沓；只有剛柔相濟，才能進退自如。城市文明建設亦如是，必須剛柔相濟。

一座城市的建築，必須硬件與軟件相結合，或者說就是硬結構與軟結構的融合。所謂硬結構，即是房屋與街道構成的城市格局；所謂軟結構，主要指的就是城市的精神文明建設。一座城市，只有星羅棋佈的鋼筋水泥叢林和熙熙攘攘的人、車、道是不行的，它必須還有花園、濕地、河流、湖泊，甚至竹籬茅舍、小橋流水，要有提供人們休憩、徜徉的場所。芝加哥是世界著名的建築之都，也是美國摩天大樓最多的城市，高層建築有商貿、辦公、娛樂、住宅多種功能，構成這座城市獨特的風景線。然而，就在這高樓林立的城市腹地，卻有一條運河穿城而過。筆者2011年曾經沿著這條芝加哥運河在城中徜徉了一個下午。從密歇根大街上的一座橋開始，轉來轉去，又經過同一條

河上的另一座橋。城市中的河流和橋樑很美麗，尤其是在四周奇形怪狀的高樓包圍之下，清且漣漪的河，隔三差五的橋，河流彎彎曲曲，橋樑卻千姿百態。這樣的城市才不愧為建築之都，硬結構和軟結構同在的建築之都。

進而言之，一座城市的軟結構、亦即文明建設的窗口其實也就是它的名片。這張名片的打造除了外在的精美，還得有雅俗共賞而又經久不衰的文化內涵。在城市中的那些花園、濕地、河流、湖泊裏面，必須有體現溫馨、柔美、休閒的環境風物構建。俗話說：「上有天堂，下有蘇杭。」蘇州與杭州為什麼被譽為天堂？還不是因為她們擁有大量的河湖港汊、橋樑園林！如果沒有那一座又一座的園林、橋樑，蘇州還成其為蘇州嗎？如果沒有西湖和西溪，人們到杭州去看什麼？而且，蘇杭的這些溫馨、柔美、休閒的「軟結構」都是有故事的，虎丘、楓橋、孤山、錢塘，哪一處不是風光旖旎、風流千古？只有「故事」，才能令人流連忘返。

再進而言之，這些具有文化內涵的名勝兼休閒之地，最好如同《三國演義》中的環境風物描寫一樣，還要留下時令節日的痕跡，讓人在一年四季的任何一個時間節點都能找到一個「適時」「對景」的休閒場所。元宵節、清明節、端午節、乞巧節、中秋節、重陽節、冬至節，再回到春節，這樣一些節日周而復始，伴隨著美好的文化記憶，在人們的頭腦中會留下很深的意象。《三國演義》中就寫到了不少這樣的節令文化場景。現實世界中我們的城市建設也是這樣，以環西湖文化圈為例，她之所以迷人，就因為那些「軟結構」滿足了人們各不同節令的審美要求。如若不信，就咀嚼一下「蘇堤春曉」「白堤水暖」「柳浪聞鶯」「龍井問茶」「吳山天風」「三臺映碧」「雲棲竹徑」「曲院風荷」「平湖秋月」「楊堤秋韻」「滿隴桂雨」「斷橋殘雪」這些節令性極強的可餐秀色吧！

城市文明的全部內涵應該是物質文明和精神文明的有機結合，應該能夠滿足公民勞動和休息的雙重權力。因此，一座文明城市，它不僅僅是士農工商打拼的勞動場所，也應該是男女老少休憩的精神家園。

（原載《三國文化與特色城市建設研究》，社會科學文獻出版社，2017 年 1 月出版）

在《三國志通俗演義》蔭影
覆蓋下的明代史傳小說

在《三國志通俗演義》的影響之下，明代的史傳小說雖有二十部左右，但佳者寥寥，且又有兩個發展趨向：一是比《三國志通俗演義》更尊重史實，幾乎變成通俗歷史讀物；二是同時又受到《水滸傳》《西遊記》影響，向英雄、神異小說靠攏。下面擇其要者而言之。

（一）與羅貫中有關的幾部小說

現存與羅貫中相關的小說有五部：《三國志通俗演義》、《水滸傳》、《三遂平妖傳》、《殘唐五代史演義傳》、《隋唐兩朝志傳》。關於這五部小說作品最早署名的具體情況如下：《三國志通俗演義》有明嘉靖壬午（1522）刊大字本，二百十四則，題「晉平陽侯陳壽史傳」「後學羅本貫中編次」。《水滸傳》有嘉靖間刊行《忠義水滸傳》（殘本），題「施耐庵集撰」「羅貫中纂修」。《三遂平妖傳》二十回，萬曆間刊本，題「東原羅貫中編次」「錢塘王慎修校梓」。《殘唐五代史演義傳》六十回，明刊本，題「貫中羅本編輯」「李卓吾批點」。《隋唐兩朝志傳》，一百二十二回，萬曆己未（1619）刊本，題「東原貫中羅本編輯」「西蜀升菴楊慎批評。」除《水滸》而外，其他幾部基本情況如下：

《殘唐五代史演義傳》當產生於《水滸傳》之後，因為書中不僅模仿《三國》多多，而且模仿《水滸》亦自不少。聊舉數例：第八回，李克用妃劉氏，是一有見識之正統女性，如此者《三國》中屢見不鮮。第十一回，李存孝溫酒擒二將，稍遜關公溫酒斬華雄。第十三回，二十八鎮諸侯均有八字判

語，從討董卓之十八鎮諸侯中來。第十五回，李存孝擒孟絕海如同小霸王孫策。第二十三回，周德威激李存孝可與諸葛亮激關羽對看。第二十九回，李存孝十八騎闖營是甘寧弟子。第三十回，周德威冠以「神機軍師」，樊達冠以「跳澗虎」又分明來自《水滸傳》。第十回，李存孝打虎卻較武松相距不止千里。當然，此書亦有自身特點，如第六回解釋「全忠」為「人王中心」，第三十四回描畫一奸臣卻生得威風凜凜，均乃打破常規的想法和寫法。又，書中第十四回寫李克用十三太保對後世武俠小說頗有影響，而第十七回寫李存孝體如病夫更是直射《三俠五義》之翻江鼠蔣平。尤其是第二十三回寫奎英給李克用通風報信而李克用反而洩漏於朱溫，使奎英自縊身亡，寫得殘酷而真實，如此寫法，還影響了「三言」中之《白玉娘忍苦成夫》的相關描寫。總之，該書模擬痕跡太甚，藝術價值有限，然「承前啟後」，頗有功勞，未可完全磨滅。

　　二十回之《三遂平妖傳》，平話而雜以妖異之作也。同時，也是史傳、神異、英雄雜交之作。整體而言，雜俗不堪，且多宋元人口吻。然某些片斷，敘寫頗為傳神。若第三回永兒與員外、員外與乾娘對話，頗有神理。第四回員外殺永兒後一段心理描寫，也很貼切。同一回二媒人替胡永兒說親，亦曲折有致。第五回憨哥對知府、第六回永兒戲後生兩段，均憨態可掬。此書極不善寫戰爭，每遇爭鬥，輒以鬥法敷衍，萬不能與《三國》等量齊觀。此書最大價值，乃在從中可窺小說發展之脈絡也。第二回引周郎夏口三江之典，涉及《三國》。第三回「農夫背上添心號……」等語，又涉及《水滸》。第七回卜吉下井一段，為後世小說之所本。第八回之董超、薛霸又與《水滸》同，二差人之謀害卜吉亦與野豬林中相似。第九回左師戲任千一段，與魯達戲鄭屠相近。第十一回和尚吃酒食一段，又為《西遊記》豬八戒所本。第十五回王則招供一段，又與《水滸》之白勝招供同。第十九回李遂苦肉計，又與《三國》黃蓋之苦肉計殊近。據此，可知此書定非羅貫中所作，然為明初仿傚《三國》《水滸》而又對《西遊》《封神》產生影響之作，則大致可定。作者在造反爭天下與造反當誅的問題上頗有矛盾，第十五回回前詩可證，第十六回、第二十二回回前詩亦可證。且是書寫九天玄女庇護義軍，亦可注意。總之，此書本身藝術價值並不大，但作為小說發展之線索，其作用則頗大矣！又有《平妖傳》四十回，或謂馮夢龍據《三遂平妖傳》拓展而成，或謂四十回本是羅貫中原著而書商妄改為二十回，當以前說為妥。是書較《三遂平妖傳》篇幅擴大一

倍，內容更為豐富多彩，也更為遠離北宋王則起義的歷史事實，已是標準的
神異小說。然在神異之基礎上，又有不少日常生活的描寫，許多片斷頗具人
情味。第一回，燈花婆婆原來是獼猴精，頗具幽默意味；白猿乃處女徒弟，是
從《越絕書》中化來；而處女是九天玄女，則是作者豐富想像；白猿有天書，
其變化 108 樣，天罡 36，地煞 72，是老豬和老孫變化之和。第二回，袁公形
象耿直可愛，然受「自在爐」香火管束，猶如「緊箍兒咒」之於孫行者；霧幕
遮洞口，作者奇想；此回對「文字獄」有所諷刺。第三回，對聖姑姑一家的描
寫頗具人情味，其子胡黜為獵戶射傷左腿，其女胡媚兒美豔異常，說「胡」
「狐」姓氏，有趣。第四回，聖姑姑為子求醫而其子女盼其回家一段，特具生
活氣息。第五回，由於左黜更名左瘸，全家乾脆改「胡」姓為「左」姓；聖姑
姑時時管束兒子，是好嫗形象；賈道款待聖姑姑全家亦具生活情趣。第六回，
賈道士單相思一段，從《西廂記》張生處學來，乜道人穿插其間，更妙！賈道
士與乜道人互為「後庭」，均乃胡媚兒機關布置，此等描寫直啟《紅樓夢》鳳
姐戲賈瑞；聖姑姑於武則天墓前失胡媚兒，夢中得知則天投胎王則，媚兒為
其配，真乃奇想！第七回，聖姑姑乃道教中人，卻言是普賢徒弟，是典型中
國民間的「三教合一」；蛋子和尚出世一段，近乎《封神演義》之哪吒。第八
回，以《西江月》詞描寫蛋子和尚，直射《紅樓夢》。第九回，在兩盜天書之
間插入「厭人術」一段恐怖描寫，作者好章法，乃「橫雲斷山」也。第十回，
蛋子和尚除凶僧一段，大好武俠片斷。第二十六回，張鸞林中救卜吉，從《水
滸》野豬林來；張鸞「剪紙為月」又啟《聊齋‧嶗山道士》。是書語言頗具特
色，敘述語言有極為生動者，如：「絞得出水的一天烏雲。」（第三回）「撿些
瓦片兒賭打水跳耍子。」（第八回）「袁公袁婆」「端午端六」。（第九回）「便跳
入人的咽喉裏，也刺不殺人。」（第三十三回）人物對話亦有極佳者，如：武
則天對老狐言曰：「卿乃狐中之人，朕乃人中之狐。」（第六回）蛋子和尚云：
「不做官，不做盜，這個金從何而來？」（第十二回）薛霸語：「生薑也捏出汁
來。」（第二十六回）是書至三十四回，便不好看了，寫戰爭，必在《三國》
之下。即便前面頗為精彩的地方，亦間有大不合理或曰破綻之處，如第八回，
蛋子和尚明明是活物，長老卻將其活埋。再如歷史上的主人公王則，直到第
三十一回才出場，全書已過四分之三。然書中描寫生動之片斷，實在不在《西
遊記》之下。而且，凡生動處，均在二十回《三遂平妖傳》之不及處，馮夢龍
不愧寫生高手！

《隋唐兩朝志傳》又名《隋唐志傳通俗演義》，從隋煬帝敘起，至王仙芝被殺止，史傳為主，間涉「英雄」寫法。書中學《三國》處多多，如遊太和殺妻以饗李密學的劉備，五英雄相遇酒店學劉關張，李靖豹頭環眼學張飛，秦叔寶投唐多用三國典故如桃園結義，敬德追李世民學馬超追曹操，秦王激秦瓊學孔明激關羽，美良川秦王跳澗學劉備馬躍檀溪，張巡草人借箭學諸葛亮草船借箭。是書英雄寫法處往往精彩，如徐、秦、魏三人放秦王，如秦王十計羞李密，如秦叔寶污尉遲恭畫像，如秦王、敬德、叔寶三跳澗，如叔寶、敬德三鞭換兩鐧，如尉遲恭單鞭奪槊，如薛仁貴征東，如張巡、許遠守睢陽，均具傳奇色彩，且成為盛傳不衰之故事。其中，有些細節描寫也頗不錯，如寫張巡愛妾陸姑姑與許遠寵奴進喬之犧牲精神，如寫程咬金居然提醒秦叔寶謹慎行事。然亦有謬誤糟糕處，如開篇說楊廣「號為煬帝」是不懂諡法，如一百一十五回有特長露布亦讓人無以卒讀。書之最終二回，入王仙芝、黃巢事，已至晚唐，所寫內容，與《殘唐五代史演義傳》前三回在時間上重疊，是作書者之有意蟬聯也。此外，又有熊鍾谷編集《唐書志傳通俗演義》八卷九十節，有嘉靖三十二年（1553）刊本。全書敘事起自「隋煬帝大業十三年」，從李世民生平說起，終於「唐太宗貞觀十九年」，征東還朝止。目錄之首有《唐臣紀》，簡介自劉文靜至顏師古八十六人；又有《諸夷番將紀》，自史大奈至薛仁貴七人；還有《皇族紀》，列道宗、孝基二人；最後是《別傳》，自李密至劉季真二十人。此後，明季又有《隋唐演義》一百十四節，全稱《徐文長先生批評增補繡像隋唐演義》，開首八節及九十九節以後，基本採自《隋唐兩朝志傳》，自第九節至九十八節，又基本採自《唐書志傳通俗演義》。順便提及，以明其源流。

（二）接近歷史通俗讀物的作品

《大宋中興通俗演義》八卷七十六則，熊大木撰，有嘉靖刻本。是書雖以岳飛故事為中心，然岳飛之外，又敘多人，故未能成為英雄小說。該書每卷之下，注明該卷所寫時間跨度，且隨文常常標注地名、人物，此乃典型史傳小說寫法。是書除據正史而外，亦對《宣和遺事》之類話本多有借鑒。書中片斷，時有可觀者，如金人封宋徽宗為「昏德公」、宋欽宗為「重昏侯」是刺骨語。如康王「泥馬渡江」一段，頗富傳奇色彩。如岳飛罷官回鄉一段景物描寫，可謂情境交融。如「撼山易，撼岳家軍難」的口號，激動人心。如寫韓世忠夫婦一段，寫岳雲出場一段，均很精彩。尤其是岳飛破楊么一大段，非常

生動，楊么謂「欲犯我者，除是飛來！」一語雙關。再如置岳飛《滿江紅》詞於將搗黃龍府時，頗為恰當。最後，秦檜夫婦害死岳飛一段為全書重點片斷，寫得生動曲折，令人扼腕。據此，該書可視為史傳小說三流作品。

《于少保萃忠全傳》十卷四十傳，孫高亮纂述，有萬曆間序。該書前三十二傳，寫于謙一生事蹟，生而神童，善對，若解學士寫法；長而官，判案卻邪，又似包龍圖；唯扶掖朝綱、治兵禦侮，又乃岳武穆、文信國之儔耳。至其身受誣冤、西市就刑一段，寫來尤為從容壯烈。然全書精彩處，僅此而已，其他大部分均平平。是書語言半文半白，情節平鋪直敘，波瀾甚少，伏筆全無，人物面目蒼白，多議論，且不乏酸腐處，較之同時說部，遠為差遜。是書唯可與《楊家府通俗演義》等比肩，可見《三國》《水滸》之後，尚有生硬之史傳小說。書中引用了大量奏疏聖諭，長篇累牘，尤令人生厭。按于謙一生事蹟，尤以衛京師一段及遭殺戮一節最為壯烈，亦最有可寫之處，英宗、景泰乃至石亨等人，亦均為個性極強之人物，即明史所載，已屬生動，此一段本為歷史演義之最好題材，卻不料作出如此文章，是作者才力不及也。事雖動人，文章不逮，奈何？

《全漢志傳》十二卷，東西漢各六卷，熊鍾谷編次，有萬曆刻本。其中，西漢部分從「文王夢熊」敘起，至平帝九歲登基止；東漢部分從「王莽篡漢」起，至靈帝立止。其中基本框架根據史實，具體內容有來自民間傳說或文人記載者。如西漢部分卷之二，寫霸王別姬時，在楚霸王「奈若何」的歌聲之後，有虞姬之答歌：「漢兵已略地，四方楚歌聲。大王意氣盡，賤妾何聊生。」再如西漢卷之五大引李陵蘇武詩，還有西漢卷之六寫毛延壽畫宮人像故事、昭君出塞故事，都是吸取傳說故事的寫法。又有黃化宇校正《兩漢開國中興志傳》六卷四十二則，有萬曆三十三年刊本，從文王求賢敘起，至光武帝大封功臣止，與上書內容多有重複。更有意味的是，該書卷三寫虞姬別霸王時亦有詩，不過卻是騷體：「妾心真兮匪石，此情堅兮潔白，素懷悵兮明皓月，庸人隨兮歸不得，大王去兮自努力。」

《東西晉演義》西晉四卷、東晉八卷，近五十萬言，太半為兩晉十六國之流水帳也。且每則長短不一，長至四千餘字，若西晉卷之三「猗盧大破鐵弗氏」則；短至二百餘字，若西晉卷之一「司馬亮專權執政」則。敘事處，又多引奏議書信，或徑抄正史雜記，幾不成小說矣。然此書亦間有精彩處，若西晉卷之一北魏祖逢天女配一段，酷似《槐蔭記》「送子」一節，同卷陸雲判

案又是公案寫法。此外如卷之二孫秀害潘岳、石崇一段，卷之三維女出戰一段，卷之三寫石勒一段，卷之四寫吐谷渾子孫一段，卷之四寫陶侃一段、荀灌娘一段，東晉卷之一寫王敦、王導與周顗一段，卷之三寫桓溫伐蜀前後一段，卷之三寫魏主閔臨死前大戰一段，卷之四寫符堅與王猛一段，卷之四寫慕容垂戰桓溫一段，卷之四寫符堅迎慕容垂一段，卷之五寫淝水之戰等等，然佳則佳矣，恐多得於正史雜記甚或《三國》之助也。其尤似者，如西晉卷之一拓拔力微時一段從《三國》中來，卷之三王陽射敵之手於護梁之上一段亦從《三國》中來，卷之四晉愍帝太子一段亦自《三國》，東晉卷之三符堅聘王猛與「劉玄德三顧茅廬」同，卷之四慕容垂戰桓溫與「火燒新野」同，卷之七劉裕斬徐赤特與「諸葛亮揮淚斬馬謖」同，卷之八長民欲殺劉裕與董承等欲殺曹操酷似，如此等等，不一而足。是書亦多有「天下者，乃天下人之天下也」語，凡四見，（東晉卷之四慕容垂、卷之五符堅、卷之六張華、卷之八傅亮）又與《三國》具相同理論。尤妙在東晉卷之六王珪有言：「紂以甲子亡，武王不以甲子興乎？」是大好見識。總之，此書實乃取法《三國》而不及之之作也。

周遊《開闢衍繹通俗志傳》八十回，有崇禎刻本，史傳小說下下之作也。全書除少數地方而外，絕多處不能算作小說，連歷史通俗讀物亦算不得，只不過拼湊或解釋古籍而已。如前十回，皆採上古神話傳說而成，無描寫，呈統計表狀。第五回尤短，連題目在內，加上新式標點，亦不過二百字左右，真不知為何物。書中聊具小說意味的是將上古神話中的人物納入現實中描寫之處，如十九回寫黃帝戰蚩尤、四十一回寫鯀治水二段，最為典型。而三十二回以前，以六回書寫九黎作亂、中央征討，篇幅頗巨，乃書中最具小說性質之大片斷，亦乃華夏征服四夷之總體寫照。是書自第十二回始寫征戰，亦始用小說寫法。然是書之征戰描寫均從《三國》等書中套來，且相差甚遠。人物概念化，戰陣程式化，語言平直，描寫粗糙，可讀性不強。唯十七回將西王母及東海西山傳說與精衛填海神話扭作一團，頗具匠心。是書中「天下非一人之天下，乃天下人之天下也，惟有德者居之」，反覆出現六次之多，是可注意。

《有夏志傳》頗長，六卷，《有商志傳》頗短，四卷，就文字而論，《有夏志傳》三倍於《有商志傳》，二書合刻，則稱《夏商合傳》。二傳文筆基本一致，殆為一人所作。《有夏志傳》之前半，大量摻入神話傳說，與《開闢演義》

大體相同，而文字較之《開闢演義》則雅正許多。二書有不少地方頗為精彩，尤以《有夏志傳》為甚。如卷二寫嫦娥奔月，乃由於羿欲將她送給太康，頗有世俗意味。如卷三寫后羿與逢蒙對射一段，堪稱史傳小說中之精粹段落。如卷三有一大段寫季杼等人謀求復國，幾經曲折，寫來委婉細膩，真乃章回小說中上好關目。二書語言，頗為流暢明麗，是出文人之手，而非藝人之口。二書之不足，乃在仍與一般史傳小說一致，即不少地方照抄史籍。全書妙處與劣處太過懸殊。要之，二書，尤其是《有夏志傳》在史傳類小說中，屬上中之作也。

明中葉，有余邵魚撰《列國志傳》（一名《春秋列國志傳》）八卷（或十二卷），有萬曆三十四年（1606）刊本。是書從「蘇妲己驛堂被魅」一直寫到「秦始皇一統天下」。而且，每卷都按鑑編年，如卷之一「起自商紂王七年癸丑至戊寅二十六年事實」，卷之二「起周武王元年己卯至平王四十八年戊午共計一百十四王三百九十九年之事實也」。其實，這一階段的內容多半來自《武王伐紂平話》和《封神演義》等書。是書插入大量詩文讚語之類的文字，但亦有敘述不錯處，如卷之一「西伯侯初聘姜尚」「西伯侯再訪子牙」兩節，或寫漁者牧者之歌，或寫姜太公垂釣擊石而歌，學習「三顧茅廬」又略有變化。另外，第二卷周武王分封諸侯描寫，完全模仿明朝體制：「令御弟周公旦於金殿唱名」，共分封「為諸侯者大小七十一國」。此書敘事，大率如此。此後，馮夢龍將該書改寫為《新列國志》一百零八回，是從第二卷中周宣王寫起的，最後結於秦始皇統一。清代，又經蔡元放批評，定名為《東周列國志》。該書寫統治者之荒淫殘暴頗為深刻，如第十四回齊襄公與妹妹文姜通姦，第十二回衛宣公霸佔兒媳，第五十二回陳靈公君臣共同淫戲於朝堂之上，均乃無恥之尤。如第五十回寫晉靈公與屠岸賈於桃園以彈子打過往行人，更是殘忍至極！與此同時，作者對聖君賢臣又極力表彰。如魏文侯用西門豹治鄴，楚悼王使吳起為將，秦孝公用商鞅變法等等。還有一些忠烈義勇之人，作者也大力歌頌。若鉏麑、提彌明、申包胥、范蠡、公孫杵臼、程嬰、豫讓、韓憑妻等，在他們身上都寄託了作者和廣大民眾對忠孝節義的讚揚與肯定。由此可見，其主題思想也是歌頌仁政，反對暴政。該書最妙之處是成功塑造了一批如同曹孟德一般的「奸雄」，如鄭突、崔杼、齊景公等，尤其是鄭莊公，堪稱千古奸雄的榜樣，就連蔡元放都忍不住在評點過程中屢屢點明其「奸雄」本色。此外，書中有些人物的塑造也令人經久難忘，如晏嬰之

機智、宋襄公之迂腐、驪姬之陰毒、夫差之驕橫、先軫之勇烈，均躍然紙上。作者比較善於剪裁歷史資料，有些故事也編寫得生動曲折。如管鮑之交、百里奚落難、重耳流亡、伍子胥復仇、要離刺慶忌、孫龐鬥智、廉頗負荊等片斷，均具有一定程度的可讀性。該書之戰爭描寫雖不及《三國》絢麗多姿，也偶有成功之處。如長勺之戰、城濮之戰、馬陵之戰等。當然，以上那些成功的人物、故事，甚至戰爭描寫，大都得自《左傳》《戰國策》《史記》等史書的灌溉。而此書最大的問題也在於過分依賴史書，從幾位作者到批評者，都有史傳小說必須寫歷史真實的觀念。於是，《東周列國志》就被寫成介乎歷史通俗讀物與史傳小說之間的作品，真實性大大加強了，而文學性卻大打折扣。

《盤古至唐虞傳》二卷七則，署名鍾惺編輯，有明末刊本。全書「自盤古分天地起，至唐虞交會時止」，又名《盤古志傳》。開篇處有《歷代統系圖》，從「盤古」到「大明一統萬萬歲」。是書根據《山海經》等書籍中的記載編成，史前傳說中的人物如天皇、地皇、人皇、有巢氏、隧人氏、倉頡、軒轅氏、葛天氏、祝融氏、伏羲氏、共工氏、女媧氏、神農氏、蚩尤、顓頊氏、封后、有熊氏、簡狄、堯、羿、舜等都在書中有各自的表演。故事則形形色色、拉拉雜雜，精彩片斷很少，大體與《開闢衍繹通俗志傳》不相上下。

史傳類小說，除以「史」為線索的而外，還有一種以人物為線索的傳記小說。明末崇禎年間，有《七十二朝人物演義》四十卷，取材於先秦歷史散文和諸子書籍中的人物和故事。將古人、甚或聖賢之人世俗化，是該書最大特色。懲惡揚善是該書宗旨。書中愛發議論，俗而有趣者時或有之。是書亦好寫奇人奇事，若有一技之長者勢必寫之。如公冶長之懂鳥語，巧匠魯班，樂師師曠，淳于髡之善言，奕秋之奕，王豹善謳歌。書中片斷，偶有精彩處。如子路結纓一段，一片忠勇正直之氣，唯太用強。尾生一段，可謂信用至極，然太偏執。閔子騫蘆花絮衣一段，寫繼母，堪稱極佳之家常小說。羿之善射一段，扭合多種神話傳說為一體，故事生動曲折，人物栩栩如生，心理描寫亦不錯，是全書最佳章節。作者之愛憎十分明確，若吳起殺妻求將，易牙蒸子邀寵，均為作者所深惡痛絕。總之，該書為某些片斷精彩的近乎歷史通俗讀物之史傳小說。

同樣刊於明末崇禎年間的《皇明大儒王陽明先生出身靖難錄》一書，篇幅不大，以王守仁生平事蹟為主要描寫線索。其中有兩點引人注目：一是有

些描寫可證當時歷史現象。如書中言「京中諸名士俱以古文相尚，立為詩文之社」，可證明代前後七子們主動結社的拉幫結派。如書中寫明武宗荒唐，群小包圍之，居然讓皇帝放了寧王然後再擒之，亦頗符合歷史真實。二是在小說史上頗有承前啟後的表現。如王守仁童年時以小鳥誆騙庶母是從《三國》中曹操詐病誆騙叔父處學來。如寫寧王宸濠是蟒蛇投胎又與《檮杌閒評》異曲同工。如寫王守仁父親年輕時拒絕女色的故事，更在小說史上影響深遠。書中人物，最為成功者是王陽明，有思想、有能力，稟性正直而又在必要時玩弄權術。如假裝投水，如發兵時斬殺不聽命之人卻用死囚代替，均寫出大儒的賊智，頗為生動。此外，宸濠的形象也有特色。其被擒後對王陽明所說的一番話，十分豪爽，竟有幾分英雄氣概。可惜，如此描寫在書中只是少數，整體而言，該書不過是人物傳記型的史傳小說而已。

《古今列女傳演義》六卷，明末刊本，或謂馮夢龍作。此前，漢代劉向的《列女傳》經歷代增補，至宋人已整理為《古今列女傳》，明末的這本《古今列女傳演義》分為「母儀傳」「賢明傳」「仁智傳」「貞順傳」「節義傳」「辨通傳」六個部分，所列共一百一十人，所據主要是《古今列女傳》，新增僅十五人而已。全書有的簡略，有的詳盡，亦有某些篇章文學性較強。其中，較為詳盡或頗為生動的篇章有《鄒孟子母》、《晉文齊姜》、《楚莊樊姬》、《齊相御妻》、《楚接輿妻》、《楚老萊妻》、《楚武鄧曼》、《晉羊叔姬》、《魏曲沃婦》、《趙將括母》、《息君夫人》、《齊杞梁妻》、《劉舉人妾》、《楚昭越姬》、《魯義姑姊》、《秋胡潔婦》、《義婢葵枝》、《魏節乳母》、《珠崖二義》、《京師節女》、《海氏節烈》、《齊管妾婧》、《楚江乙母》、《趙津女娟》、《齊鍾離春》、《齊宿瘤女》、《齊孤逐女》、《楚處莊姬》、《漢女緹縈》、《漢班婕妤》等。

佚名《孔聖宗師出身全傳》十九則，缺第一則前半，有明刻本。該書殘缺部分之後由孔子合葬父母處開始，基本上以編年的方式記載孔子事蹟以及相關史料。其間，比較重要的事情都敘寫較為詳細，如「問禮老聃」、「三子言志」、「孔子退朝」、「老安少懷」、「仲尼頌回」、「孔子為相」、「仲尼訓求」、「子路執轡」、「子見南子」、「狂士諷聖」、「筆削詩書」、「春狩獲麟」等。

（三）向其他類型小說靠攏的作品

《英烈傳》八十回，乃史傳小說而略具英雄小說意味之作品也，因此，該書多學《三國》、少學《水滸》。傳此書乃郭勳為顯其祖郭英功勞而網羅文人所作，以通聖意，不甚可信。觀全書寫郭英處，並不見多少輝煌筆墨，只不

過劉基、徐達輩手下一戰將耳。其人在《英烈傳》中的地位，至多不過《三國》中之甘寧、張遼同儕之輩，較之常遇春諸將大為遜色。即使射殺陳友諒一段，亦不見作者大肆渲染，平平而已。此書之最生動人物，乃是明太祖。其出言吐語，武斷專橫，淺薄狂妄，十足自以為是之君主也。是書主要寫戰爭，然遠遜《三國》，人物眾多，頭緒紛繁，然無一豐滿人物形象，全似猴子掰玉米，寫一個丟一個。作者欲出眾多英雄，反無一傑出者。唯少數片斷，若趙打虎戰耿炳文、花雲之死、劉基登壇、丁普郎戰死、常遇春敗中取勝、王銘誑敵、張定邊戰敗而笑等，均頗為生動。是書大事，均與正史或筆記相符，非一般胡編亂造者可比，然不時又有民間風味，如金童玉女下凡前，合扇為「明」；如張士誠一弟名小張良、一弟名小張飛；如朱元璋某些詩作；如周顛以「一桶」諧「一統」；如諸人許多對聯；均帶有市井意味。是書語言簡約，然不夠生動，少數地方，如「搖得頭落」一語，頗為傳神，然不多見。結構雖并然有序，但太嫌駁雜。作者本意欲顯朱軍無限軍威，卻把對手寫得太弱，事與願違，反不見「強中更有強中手」的老話。總之，是書在藝術方面不值得稱道，三流以下作品也。

《三國志後傳》又名《續三國演義》，十卷一百四十五回，自蜀亡敘起，重點寫蜀國諸功臣之後裔重新起事，保北地王劉諶子劉曜。其中，重要角色有劉理子劉琚，劉封子劉靈、劉宣，楊儀子楊龍，劉琚子劉聰，廖化子廖全，王平子王彌，關興子關防、關謹，李嚴孫李圭、李纘及其表弟樊榮，張苞子張賓、張實、張敬，趙雲孫趙概、趙染、趙勒，黃忠孫黃臣、黃命，魏延子魏攸、魏晏、魏顯，馬謖子馬守，諸葛亮後裔諸葛宣於，劉氏宗室劉英、劉和，以及齊萬年、汲桑等等。該書背景乃兩晉，凡敘及兩晉事均接近歷史事實，如石崇、王愷鬥富，如賈南風宮闈穢事，如司馬諸王自相攻伐，如全文引錄《錢神論》，如「八王之亂」，如李雄稱成國，如溫嶠、陶侃、郗鑒破蘇峻等。此書之於蜀漢對接者，乃在於讓蜀漢功臣後裔以各種方式變為後代君王。如劉琚改名劉淵，建立十六國之漢；如劉諶子劉曜建立前趙，乃全書重要關目；如趙勒為石崇叔父石莧收養，改名石勒，建立後趙；均乃異想天開，為《三國》擁劉反曹之餘脈。在此基礎之上，書中有不少富有傳奇色彩處。例如：敘孔融孫孔萇慧眼識英雄一段，是英雄傳奇寫法。齊萬年比武、比射一段，從《三國》《水滸》學來。齊萬年打虎一段，較武松為劣，較李存孝、岳雲則優。敘李特土酋出身，雖近乎史，卻具世俗傳奇色彩，其祖上出身則更是民俗神

話。張華故事，亦乃史實與傳說搭配而成。將劉淵與劉禪直接扯上關係，更是移花接木手段。敘蜀成事，又涉及姜維子姜發、姜飛，亦乃傳奇寫法。是書乃由史傳溢出而流向英雄之小說也，與《英烈傳》伯仲之間。

甄偉《西漢演義》名為「西漢」，其實包含從秦始皇出身到楚漢相爭數年時間，且此一階段寫來尤其生動。全書一百零一回，至八十四回，已過大半，方寫到「楚霸王自刎烏江」，了結楚漢相爭。後面十數回，亦以劉邦、呂后誅殺功臣為主，最後一回不過寫到「漢惠帝坐享太平」為止。因此，此書名不副實，實在應該名之為「大漢開國演義」或「秦漢演義」更為合適。該書攫取片斷不錯，多有精彩節目，惜過於簡略，未能充分展開，故遠遜《三國》。然某些局部描寫，卻有精彩動人之處，且具傳奇色彩。如呂不韋乃鬼谷子徒弟，呂不韋與「異人」的故事。如秦皇一夢，見青衣小兒（項羽）和紅衣小兒（劉邦）奪日（秦朝江山）。如張良、項羽、劉邦、范增出身故事，均很精彩。「鴻門宴」一段，雖有《史記》為根據，然亦筆下生花。張良佯狂一段，尤具民間傳說風采，至其「打動漁鼓簡板口中唱著道情」以及隨後說韓信一段，極具下層文人意趣。至若寫項王作戰勇猛，更是筆下生風。當然，此書亦有粗陋之處。如韓信殺樵夫後寫「五言詩」，辛奇打虎等均是。

《續英烈傳》三十四回，寫建文、永樂爭天下事也。作者同情建文，尤以遜國之後數回寫得淒淒惻惻。然作者又讚揚永樂，寫得胸有大志、腹有良謀，其臨機應變，直逼曹瞞。作者既對朱家叔侄均予歌頌，便難以有明確的是非觀念。不過，皇權爭奪，勝者成王敗者寇，原本無所謂是非也。是書人物，首推永樂，其次則為建文，姚廣孝、程濟輩偶露鋒芒，然不甚真切。是書吸取下層文人之善巧對、文字遊戲一類頗多，若第一回、第四回、第五回等，均有妙處。是書不少片斷亦頗動人，若第六回對照寫燕王叔侄一段，若第七回寫葛誠雙重間諜一段，均頗得《三國》精髓。又如第十七回、第十八回，敘白溝之戰一段，亦寫得曲折多致。第八回徐輝祖請建文帝以親甥為人質，酷似《東周列國志》。第二十九回，洪武乃和尚出身，為兒孫設置後路亦從「和尚」著手，雖可發一笑，然真實可信。是書對洪武老將，即《英烈傳》中人物，如耿炳文、郭英等的描寫，均大為失色。在史傳一類小說中，此書雖不及《三國》《東周》，然較之《英烈傳》並不遜色。且更比《英烈傳》頭緒簡明，不似前傳之駁雜也。

《隋煬帝豔史》四十回，史傳小說中之佼佼者也。是書文字清麗，富有

文采，非民間藝人所能為之，當為文人之筆。是書名為「豔史」，所敘亦多豔事，然行文卻豔而不淫，適可而止，與《浪史》、《肉蒲團》之類相去萬里。不僅如此，書中且多妙筆。若心理描寫，可見第三回楊廣戲宣華之後；若情態描寫，可見第四回楊素弄權、第二十六回袁寶兒偷覷虞世南諸節；甚而有諷刺筆法，如第十回虞世基為煬帝開西苑事，第二十七回寫隋煬帝分派龍舟事，均隱寓譏諷。是書反映現實亦有真切處，如麻叔謀食小兒一事，真乃天下殘忍之最。該書塑造人物亦頗為豐滿，如隋煬帝雖酷虐荒淫，卻又風流倜儻，尤其是第十五回，寫他苦苦等候侯夫人一段，頗見真情。是書之歷史觀間有進步處，若寫李淵起事，作者云：「但須憶取憂民意，揖讓征誅一樣功。」是書於後世小說廣有影響，且不言隋唐系列的小說，僅其中寫鬼司馬華光欲以銅汁灌入麻叔謀口中一段，即為《聊齋誌異·續黃粱》示範。總之，是書優長甚多，較之其他講史作品，殊為上好之作。然書中神異之事太多，有衝擊其作為史傳小說之嫌。

《承運傳》四卷四十則，敘燕王與建文帝南北戰爭事。基本內容符合史實，但作者的立足點完全站在燕王一邊。書中寫建文帝手下黃子澄、練子寧、鐵鉉、景清為「奸黨之徒」。而其中的有些人在其他通俗小說中則是被極力表彰的英雄人物，可見在小說創作中也有「各為其主」的現象。然而，作者在大力張揚燕王一邊的同時，又覺得建文帝值得同情，故而，對其結局的描寫採取了輕描淡寫：「近臣奏曰：『小王今早扮作道士從玄武門去了。』不題。」這又體現了作者些許矛盾心態。該書神異描寫不少，且粗糙低劣。如明太祖的夢兆，紅巾軍的妖術，姚廣孝的神通，地穴中的天書等等，均荒誕不經，且了無意味。是書還有一些荒唐的記載，如朱元璋太子朱標生一子「取名建文」，如元順帝的傳國璽居然是卞和當年所獻之和氏璧，如燕王自立「帝號曰太宗皇帝」，如此等等，不一而足。將這些作為「史傳小說」閱讀，是會令人笑掉大牙的。故而，該書是從史傳向著神異轉移的低劣之作。

（原載《中國古代小說文本史》，中州古籍出版社，2013 年 11 月出版）

《殘唐五代史演義傳》的承上啟下

　　《殘唐五代史演義傳》六十回，明刊本，題「貫中羅本編輯」「李卓吾批點」。這部章回小說，在關於殘唐五代歷史故事的中國古代通俗文學系列中具有承上啟下的作用。

一

　　目前所知，北宋時期，五代故事就已經被說話藝人講演。孟元老《東京夢華錄》載：「正月十五元宵，大內前自歲前冬至後，開封府絞縛山棚，立木正對宣德樓，遊人已集御街兩廊下。奇術異能，歌舞百戲，鱗鱗相切，樂聲嘈雜十餘里，擊丸蹴鞠，踏索上竿。……尹常賣，《五代史》。」王述《殘唐五代史演義傳校點說明》中也說：「南宋時，五代史已成為講話藝術的專門科目之一。專講五代史的藝人劉敏已頗負盛名。」

　　現存的《五代史平話》長達十幾萬字，含《梁史平話》卷上、《唐史平話》卷上下、《晉史平話》卷上下、《漢史平話》卷上、《周史平話》卷上下，是宋元時代篇幅最長的講史話本。

　　講史，顧名思義，所講內容往往是一朝一代興亡的大故事，內容豐富複雜，因此，大都篇幅蔓長。講史話本又稱「平話」或「評話」，是只說不唱的話本。它以散文為主，雖中間也穿插一些詩詞，但只念誦而不歌唱。所謂「平話」，也就是不加彈唱、不被管絃的意思，這與其他講唱文學如諸宮調等不同，甚至與被稱為「銀字兒」的小說話本也不相同。至於又被稱之為「評話」，則似乎含有夾敘夾評的意思。其實，「平話」與「評話」是一個意思，寫法不同而已。

《五代史平話》的基本情況。筆者在《署名羅貫中的三部小說及其源流芻議》中有所評介，此不贅言。需要補充的有兩點：第一，該書蘊含著一種與占統治地位的統治者的思想相悖逆的東西。《五代史平話》展現了一連串的短命王朝的更迭，而每一次更迭基本上都是前面一個朝代的節度使、大將軍之類的人物推翻舊王朝而建立新王朝。從封建正統觀念出發，這種行為就是篡逆，也就是一種叛逆思想的體現。而所謂叛逆思想，無論其後來如何變化，總是一種以下對上的行為，其發源點則在廣大民眾之中。因為這些歷史王朝的更迭，多半是由民眾的反抗所引起的；而民眾之所以反抗，多半是由封建統治者的殘暴所引起的；而民眾之所以反抗強暴，是希望統治者施行仁政。宋元話本描述了這許多擁護仁政、反對暴政的故事，所表現的恰恰是廣大人民群眾的一種歷史要求，它是屬於民眾化的意識形態範疇的東西。第二，該書在反映源自民眾的反叛心理而造成的改朝換代的歷史故事的同時，還通過黃巢、劉知遠、郭威等人出身寒微而終至發跡變泰的大段故事的敘述，曲折表現了平民百姓對功名富貴的一種庸俗的豔羨心理。梁、唐、晉、漢、周每一朝歷史故事的開頭部分，幾乎都是一篇市井小說，幾乎都是以現實化、世俗化的方式來介紹某些歷史英雄人物發達前的苦難和貧困。而這些人，後來都飛黃騰達了，有的甚至當了皇帝。這種發跡變泰的故事，從來都是被廣大民眾所津津樂道的。《五代史平話》的這些核心內容和主要思想，基本上都被《殘唐五代史演義傳》所繼承和發展。

此外，還有兩方面的問題須引起我們的注意：一方面，我們不可忽視元雜劇、宋元南戲乃至民間講唱文學中相關題材的作品對《殘唐五代史演義傳》的影響。另一方面，早於《殘唐五代史演義傳》的《三國志通俗演義》和《水滸傳》等章回小說，也從某些局部對這部署名羅貫中的章回小說產生了影響。

現存元雜劇劇本演出殘唐五代的主要有關漢卿的《鄧夫人苦痛哭存孝》《劉夫人慶賞五侯宴》、馬致遠的《西華山陳摶高臥》、陳以仁的《雁門關存孝打虎》、佚名的《趙匡義智娶符金定》等作品。南戲則有著名的《劉知遠白兔記》，民間講唱則有《劉知遠諸宮調》等。這些作品，從不同的角度影響了《殘唐五代史演義傳》。

我們不妨先來看看上述作品對《殘唐五代史演義傳》整體性影響。

《殘唐五代史演義傳》中那些主要人物和故事，除了在《五代史平話》

中出現之外，在元雜劇、宋元南戲、民間講唱中再次被表現。聊舉數例：

（李克用同劉夫人領番卒子上）（李克用云）番、番、番，地惡人犪，騎寶馬，生雕鞍。飛鷹走犬，野水荒山。渴飲羊酥酒，饑餐鹿脯乾。鳳翎箭手中施展，寶雕弓臂上斜彎。林間酒闌胡旋舞，呵著丹青寫入畫圖間。某乃李克用是也。某襲封幽州節度使，因帶酒打了段文楚，貶某在沙陀地面，已經十年。因黃巢作亂，奉聖人的命，加某為忻、代、石、嵐都招討使，破黃巢天下兵馬大元帥。自離了沙陀，不數日之間，到此壓關樓前，聚齊二十四處節度使，取勝長安。被吾兒存孝擒拿了鄧天王，活挾了孟截海，摑打了張歸霸；十八騎誤入長安，大破黃巢，復奪了長安。（《哭存孝》第一折）

（外扮葛從周領卒子上，云）黃巢播亂裂山河，聚集群盜起干戈。某全憑智謀驅軍校，何用雙鋒石上磨？某姓葛名從周是也，乃濮州鄄城人氏。幼而頗習先王典教，後看韜略遁甲之書，學成文武兼濟，智謀過人。某初佐黃巢麾下為帥，自起兵之後，所過城池，望風而降。不期李克用家大破黃巢，自黃巢兵敗，某今佐於梁元帥麾下為將。某今奉元帥將令，為與李克用家相持。他倚存孝之威，數年侵擾俺鄰境。如今無了存孝，更待幹罷。俺這裡新收一員大將，乃是王彥章，此人使一條渾鐵槍，有萬夫不當之勇。（《五侯宴》第三折）

【正宮應天長纏令】自從罹亂士馬舉，都不似梁晉交兵多戰賭。豪家變得貧賤，窮漢卻翻作榮富。……話中只說應州路，一兄一弟，艱難將著老母。哥哥喚做劉知遠，兄弟知崇，同共相逐。……【尾】兩朝天子子爭時不遇，知崇是隱跡河東聖明主，知遠是未發跡潛龍漢高祖。（《劉知遠諸宮調·知遠走慕家莊沙佗村入舍第一》）

（末上）【滿庭芳】五代殘唐，漢劉知遠，生時紫霧紅光。李家莊上，招贅做東床。二舅不容完聚，生巧計拆散鴛行。三娘受苦，產下咬臍郎。知遠投軍，卒發跡到邊疆，得遇繡英岳氏，願配與鸞凰。一十六歲，咬臍生長，因出獵識認親娘。知遠加官進職，九州安撫，衣錦還鄉。（《白兔記》第一齣《開宗》）

（沖末扮趙大捨引淨扮鄭恩上，詩云）志量恢弘納百川，邀遊四海結英賢。夜來劍氣沖牛斗，猶是男兒未遇年。自家趙玄朗是也。祖居洛陽夾馬營人氏。父乃洪殷，為殿前點檢指揮使。某生時異香三月不絕，人皆呼為香孩兒。某生來頗有奇志，幼年間略讀詩書，兼持槍棒，逢場作戲，遇博爭雄。每縱酒，路見不平，拔刀相助，頗生事端。因避難遠遊關之東西、河之南北，也結識了許多未遇的英雄。……（正末道扮陳摶上，詩云）術有神功道已仙，閑來賣卦竹橋邊。吾徒不是貪財客，欲與人間結福緣。貧道姓陳名摶字圖南的便是，能識陰陽妙理，兼通遁甲神書。因見五代間世路干戈，生民塗炭，朝梁暮晉，天下紛紛，隱居太華山中，以觀時變。這幾日於山頂上觀見中原地分，旺氣非常，當有真命治世。（《陳摶高臥》第一折）

（沖末趙匡義領卒子上，云）自小學成文武全，紛紛五代亂征煙。花根本豔公卿子，糾糾成名膽力堅。某姓趙雙名匡義，祖居河南人也。父乃趙弘殷，見為殿前都指揮使之職。生俺弟兄二人，兄乃匡胤，學成文武全才。俺弟兄二人，結下十個弟兄，京師號為十虎。有俺哥哥領眾弟兄每去關西五路操練去了，未曾回還。即今柴梁王之世，天下已寧，時遇春間天氣，此處汴梁人煙輳集，士戶極多，廣有名園花園，有聖人命。聞知汴梁太守符彥卿家，有一所花園，名喚聚錦園，園中多有花木，是京師第一處堪賞之處。如今著傾城士戶，都去他家園中游賞。一來以應良辰，第二來壯觀京師一郡。眾弟兄都不在？止有鄭恩兄弟在家。我早間著人請他去了，若來時，與他商議，俺同去走一遭，賞玩花木，有何不可。他這早晚敢待來也。（《符金定》楔子）

以上這些片段中所提到的人物和故事，雖非原原本本在《殘唐五代史演義傳》中重現，但或有某個人物卻不一定有這個故事，或有這個故事卻不一定某人物所為，或人物與故事基本對得上號，總之是不同角度、不同程度地對這部署名羅貫中的章回小說產生影響。而《殘唐五代史演義傳》在受到前代的通俗文學作品的影響而成書之後，又對它之後的同題材的通俗文學作品產生了一定程度的影響。當然，要想說明《殘唐五代史演義傳》「承上啟下」之作用，我們最好還是通過一些典型事例予以證明和分析。

二

如果要問《殘唐五代史演義傳》中最具悲劇意味的主要英雄人物是誰？答案應該是李存孝。這位李克用的義子，身經百戰，屢建功勳，最後卻死於非命。李存孝生平事蹟，在新舊《唐書》、新舊《五代史》中都有記載，惟《舊五代史》有傳，介紹其生平甚為詳細。摘其要如下：

> 李存孝，本姓安，名敬思。（《新唐書》：存孝，飛狐人。）少於俘囚中得隸紀綱，給事帳中。及壯，便騎射，驍勇冠絕，常將騎為先鋒，未嘗挫敗；從武皇救陳、許，逐黃寇，及遇難上源，每戰無不克捷。……存孝每臨大敵，被重鎧橐弓坐槊，僕人以二騎從，陣中易騎，輕捷如飛，獨舞鐵楇，挺身陷陣，萬人辟易，蓋古張遼、甘寧之比也。（《舊五代史》卷五十三《李存孝傳》）

歷史上的李存孝在衝鋒陷陣的將領中已經夠出類拔萃了，而通俗文學中的李存孝則更具勇武氣概。元雜劇中有陳以仁《雁門關存孝打虎》，寫的就是這方面的故事。

> （周德威云）兀那放羊的後生，俺元帥說來，你敢打那大蟲，俺與你篩鑼擂鼓，吶喊搖旗，助著威風，你打那大蟲。（正末云）你與我助著威風，看我打這大蟲。（唱）【牧羊關】血鼻凹撲碌碌連打十餘下，死屍骸骨魯魯滾到四五番，恨不的莽拳頭打挫牙關。八面威氣象全無，十石力身軀軟癱。泥污了數尺金椽尾，血模糊幾道剪刀斑。舒不出鋼鉤似十八爪，閃不開金鈴也一對眼。（正末打死虎科）（李克用云）周德威，你看那牧羊的後生，將那大蟲三拳兩腳，打死了也。這虎乃獸中之王，有十石之力，百步之威。人見虎骨肉皆癱，此人真乃壯士也。你對壯士說，這毒蟲原是我圍場中趕出去的，教他還我來。（周德威云）兀那打虎的壯士，俺元帥說來，那虎原是俺這圍場中趕出去的，你還俺來。（正末云）你靠後，我丟與你。（正末丟虎科）（李克用做驚科云）隔著許來大山澗，丟將過來，著他尋一條蚰蜒小路過來，我與他說話。（周德威云）兀那壯士，俺元帥教你尋條蚰蜒小路過來，與你說話。（正末云）我那裡尋那蚰蜒小路著的呵。（做跳澗科）（第二折）

筆者看來，這段描寫有兩個「第一」。第一個「第一」，它是筆者看過的關於李存孝打虎的最早記載；第二個「第一」，在此後的通俗文學作品所寫李存孝的

故事裏面，它是李存孝的出場秀。且看《殘唐五代史演義傳》中安敬思（李存孝）的打虎：

> 忽有一羊竄過，驚醒其人，跳將起來，把眼一揉，見虎正在食羊，其人遂跳下漫漢石，脫了羊皮襖，伸手舒拳，要來打虎。那虎見人慾來打它，便棄了羊，對面撲來。其人躲過，只撲一個空，便倒在地，似一錦袋之狀。其人趕上，用手摳住虎項，左脅下便打，右脅下便踢，那消數拳，其虎已死地下。……其人低頭看之，虎尾搖動，尚然不死，遂挽起虎尾，向石上摔了下來。對岸軍人，盡皆看得癡呆。……眾軍士佯言曰：「吾大王家養的虎隨來遊獵，汝何打死？」其人曰：「既是你家養虎，安許來食我羊？全身在此，只少這一口氣，你還我羊，吾還你虎矣！」隨即提起虎來，望對澗只一撩，撩過澗來。眾皆驚駭。晉王令軍士提之，無一動者。（第十回）

我們知道，中國小說史上描寫打虎最成功的片段應該是《水滸傳》中的武松打虎，那是多麼真實、多麼藝術的描寫啊！而這裡的李存孝打虎相對於武松打虎而言，雖然都是沒有憑藉兵器的徒手打虎，但顯得過於簡單，過於痛快。然而，如果仔細閱讀上下文，便可知道《殘唐五代史演義傳》中所寫的李存孝打虎的過程其實還算真實，因為他打死的其實是一隻中箭虎。此前，晉王射了此虎一箭，「正中夾膀，其虎負痛，遂掩尾低頭而走。……已到澗邊，其虎踴身跳過」。這樣，就造成了李存孝打虎的輕鬆痛快。如此看來，李存孝打虎相對而言還是比較真實可信的。但是，這段描寫的後半，寫李存孝「運虎」的過程可就太離譜了。完全不符合生活的真實，誇張過度。更令人感到遺憾的是，在此後的通俗小說中，凡寫到徒手打虎場面，居然學「武松打虎」者極少，學「李存孝打虎」者多多，甚至還有學習李存孝「打虎」而「運虎」者。那些英雄徒手與老虎搏鬥，有的打死老虎，有的打跑老虎，甚至有的打死老虎後還等將老虎像貓兒一樣丟來丟去。嚴格而言，這些描寫都有不符合生活真實的一面。但是，小說是有一定程度的虛構的。如果沒有這種虛構，小說就失去了趣味。尤其是英雄傳奇小說，如果沒有對英雄人物「神勇神力」的誇張，那還有什麼意思？從這個角度出發，這寫描寫應該說是成功的，它塑造的是理想化的英雄人物，既然是理想化，當然就會有超現實的描寫。當然，這些描寫相對於《水滸傳》中的武松打虎的描寫而言，那卻又是差一個檔次的。

僅以「李存孝打虎」這一個情節而論，我們就可以看出，《殘唐五代史演義傳》是在吸收元人雜劇的基礎上又對後代俗文學創作起到示範作用的，這就是所謂承上啟下。

三

能體現《殘唐五代史演義傳》在通俗文學發展史上承上啟下的重要作用的絕非僅止於「李存孝打虎」一個例子。即以李存孝這位在書中最具風采的英雄人物而言，他極具悲劇性的死，也具有承上啟下的意味。

李存孝被李克用處以極刑——車裂而死，這在史書中是有詳細記載的：

> 李存信與存孝不協，因構於武皇，言存孝望風退衄，無心擊賊，恐有私盟也。存孝知之，自恃戰功，鬱鬱不平，因致書通王鎔，又歸款於汴。明年，武皇自出井陘，將逼真定，存孝面見王鎔陳軍機。武皇暴怒，誅先獲汴將安康八方旋師。七月，復出師討存孝，……由是存孝至敗，城中食盡。乾寧元年三月，存孝登城首罪，泣訴於武皇曰：「兒蒙王深恩，位至將帥，苟非讒慝離間，曷欲捨父子之深恩，附仇讎之黨！兒雖褊狹設計，實存信構陷至此，若得生見王面，一言而死，誠所甘心。」武皇愍之，遣劉太妃入城慰勞。太妃引來謁見，存孝泥首請罪曰：「兒立微勞，本無顯過，但被人中傷，申明無路，迷昧至此！」武皇叱之曰：「爾與王鎔書狀，罪我萬端，亦存信教耶！」繫歸太原，車裂於市。（《舊五代史》卷五十三）

由上可見，歷史上的李存孝之死，所反映的主要是大小軍閥之間的錯綜複雜的矛盾鬥爭。李存孝是一個個性極強的人物，在被人構陷並被義父誤解的前提下，他憤而另立門戶，甚至站到「父王」的對立面。這種行為，當然不能被李克用所原諒。但是，當李存孝被李克用逼得走投無路的時候，他又一次投降了，回到李克用身邊並反覆解釋、悔過謝罪。而李克用呢？在受降之前先是假惺惺地「愍之」，並「遣劉太妃入城慰勞」。及至李存孝解除武裝以後，又露出猙獰面目，將李存孝「繫歸太原，車裂於市」。在這一過程中，李存孝過錯在先，而李克用過錯在後。李存孝的過錯是政治問題，而李克用的過錯則是人格問題。有趣的是，作為中國通俗文學作品最廣泛的閱讀群——廣大市民和部分農民而言，他們對軍閥中爭來爭去誰是誰非的政治問題是不太關心的，他們更看重「人格」，尤其是作為最高統治者的人格。故而，李克用與李

存孝之間這種政治關係與親情關係糾結在一起的矛盾衝突，越發展到後來，
人們就越來越淡化了李存孝的政治選擇而強化了李克用的人格表現。因此，
對李存孝的同情也越來越多，對李克用的批判也就愈演愈烈。更有意味的是，
這中間還夾著一個劉夫人。從某種意義上講，劉夫人不知不覺間充當了李克
用誘降李存孝的工具，李克用也正是利用親情去討得了政治上的便宜。史書
中沒有明確描寫劉夫人對這件事的態度，但是，小說作家、戲劇作家，一切
民間通俗文學的創造者們卻絕不放過這樣的好素材。這樣，就造成了宋元間
關於李克用、李存孝父子恩怨情仇的種種描寫，而有些作品，甚至將劉夫人
推到矛盾的風口浪尖之上。

　　對於李存孝之叛變和李克用對此事之處理，《五代史平話》中的描寫比較
簡略：

> 　　初，邢、洺、磁三州留後李存孝，與李存信俱是李克用假子。
> 克用偏愛存信；那存孝欲立大功，取重於克用，存信又讒譖於其間。
> 存孝懼及禍，密地與王鎔、朱全忠交結。朱全忠上表，稱李存孝以
> 邢州、洺州、磁州自歸，乞賜旌節。及會諸道軍馬進討李克用。朝
> 廷詔授李存孝為三州節度使，不許會兵攻伐。李克用圍邢州，鑿塹
> 築城以守之。邢州城中食盡，李存孝出見李克用，泥首謝罪。克用
> 將檻車囚繫以歸，用車裂於牙門。（《唐史平話》卷上）

《五代史平話》中的這段描寫基本抄自《舊五代史》，甚至還沒有歷史著作細
膩生動。然而，當這段故事到了元雜劇大家關漢卿筆下時，立場、觀點便發
生了極大的變化。在《鄧夫人苦痛哭存孝》一劇中，作者通過「當事人」李克
用的妻子劉夫人的視角，表達了十分充沛的愛憎感情。對李存孝的同情、歌
頌，對李存信、康君立的鄙視和仇恨，乃至對李克用的指責、憤怨，全都通過
劉夫人的語言表達出來。先看她得知李存孝被車裂後的悲傷哀痛：

> 　　（劉夫人云）李克用，你信著這兩個賊子的言語，將俺存孝孩
> 兒屈死了。李克用，你好狠也！五輛車五下齊拽，鐵石人嚎咷痛哭。
> 將身軀骨肉分開，血染赤黃沙地土。再不能子母團圓，越思量越添
> 悽楚。劉夫人苦痛哀哉，李存孝身歸地府。（第三折）

而當劉夫人面對李克用時，那種憤怒悲痛之情更是噴薄而出：

> 　　（劉夫人上，云）李克用，你做的好勾當！信著兩個醜生，每
> 日飲酒，怎生將存孝孩兒五裂了？我親到的邢州，並不曾改了名姓。

都是康君立、李存信這兩個賊醃生的見識，著他改做安敬思。昨日我領著存孝孩兒來見你，你怎生教那兩個賊子五車爭了存孝？媳婦兒將著骨殖，背將鄧家莊去了。孩兒也，兀的不痛殺我也！（李克用云）夫人，你不說我怎生知道！都是這兩個送了我那孩兒也！我說道：五裂蓬迭。我醉了也。他怎生將孩兒五裂了！把這兩個無徒拿到鄧家莊上殺壞了，剖腹剜心，與俺孩兒報了冤仇也！便安排靈位祭物，便差人趕回媳婦兒來者。（第四折）

關漢卿真是點鐵成金的高手，歷史上李克用、李存孝義父子之間的糾葛，只能反映大大小小軍閥相互侵吞的野心和極端自我的本性。但在《哭存孝》一劇中，卻被貫穿了一個大大的「冤」字。李存孝是被冤殺的，而且死得那麼慘。作者運用了巧合法、誤會法這些戲臺上的常用手法，讓李存孝在李克用酒醉之時被活活冤死，讓李存信、康君立這些小人借用同音字殘酷殺害李存信，讓劉夫人這個事件的當事人揭穿被掩蓋的真相，讓李存孝妻子鄧夫人苦痛悲哀的哭聲在舞臺上下、書本內外響徹雲霄、經久不息。這樣，就把一個軍閥家庭內部鬥爭的故事寫成了一個令人扼腕歎息的歷史大悲劇。進而言之，關漢卿一貫善於寫「冤」寫「悲」，並能取得極佳的舞臺效果。《竇娥冤》《單刀會》《西蜀夢》《蝴蝶夢》《魯齋郎》等著名作品都是這種寫法，而這部《哭存孝》更是以「冤」寫「悲」的經典之作。

可貴的是，《殘唐五代史演義傳》所繼承的正是關漢卿這種寫法，抹掉歷史上李存孝背叛李克用的事實，重點寫李存孝的「冤」情，進而將李存孝之死寫成一個感天動地的大悲劇。

劉妃曰：「你既不反，如何城上打著安敬思的旗號？」存孝聽言，遂將康君立前事細說一番。劉妃駭然曰：「你中了逆賊之計，可急到父王面前分訴明白。」……是日天色已晚，晉王深有酒了。人報存孝自沁州來見，晉王曰：「吾已醉矣，醉後不言公事。吾兒遠路勞神，且向後宮裏去，來早再說。」君立知晉王之意，暗謂存信曰：「乘老父迷睡不起，先將存孝殺了，以絕後患。」存信曰：「此計甚妙，便可行之。」於是君立即假傳父令，言存孝反叛，擒出轅門，五車掙之。此時存孝欲進宮訴說，四下皆康君立心腹之人，不能得入。存信曰：「老父怒汝，立等回報，安敢再入？」急使軍人將存孝捆縛，用五輛車來，各繫一牛，分五隊，號令一聲，五下鞭開

牛去。只一掙，被存孝把身一縱，都縱到身底下來。原來五車上有
五五二千五百石重，五牛之力不計多少，存孝一生力大，是以皆被
縱到身底下來。以此較之，存孝一臂有二萬五千斤之力，兩臂有四
象不過之勇。存孝大叫：「我得何罪，將五牛掙我？」言未絕，只見
半空中現一金甲神人，叫存孝不得掙挫，「吾奉千佛牒文玉皇敕旨，
你原是上界鐵石之精降臨凡世，今日功行完滿，取汝歸天，若是遲
緩，神人奪了你的座位。」存孝聽後忖思：「既上天叫我，安敢不
從？」遂叫軍人，「這等如何掙得我死？除非是將劍割斷我手足之
筋，吾即死矣！」當下君立傳令大喝，五下里掙響一聲，存孝軀分
為五塊。（第三十二回）

這裡寫李存孝之死，是何等冤屈，又是何等悲壯。在中國老百姓的心目中，
越是被冤死的人越是悲壯。正是從這一點出發，《殘唐五代史演義傳》採取了
關漢卿的寫法，並在此基礎上加上李存孝力大無窮、無法處死的誇張描寫，
加上金甲神人招李存孝歸天的神化描寫，就使得李存孝的死猶如古代之楚霸
王，外國之斯巴達克思，感天動地、驚天動地、震撼天地！

更發人深思的是，經過作者「改造史實」後所描寫的李存孝之死，又成
為此後通俗小說戲曲作品中許許多多忠臣烈士不得好死、被冤致死的榜樣，
並被後代更多的通俗文學作品無數次重複。薛家將、楊家將、呼家將、岳家
將……，千千萬萬個被陷害的忠良，絡繹不絕地被冤殺的英魂，千百次的不
絕如縷的壯烈悲歌，大都是李存孝冤死之哀音的跨時代迴響。

這，當然也是《殘唐五代史演義傳》的承上啟下。

四

《殘唐五代史演義傳》在中國通俗文學史上的承上啟下是全方位的，思
想內涵、人物塑造、情節結構、敘事技法、社會響應、審美效果等等，各個方
面都有這種繼承、發展並影響於後的痕跡，絕不僅止於李存孝形象的塑造而
已。下面，我們由重點舉例到散點透視，再從「面」上更為廣泛地談談這一問
題。先看兩個例證：

【說】這文武兩班，一一從頭仔細奏上潞王天子：「如今見
〔現〕有石敬塘尉馬，將管帶五萬人兵，把守藏三關，怕甚外邦來
侵？」【唱】君王見奏心歡喜，並無煩惱掛其心。文武此時重又奏，

> 伏惟陛下願知聞。三關有此石駙馬，怕甚他邦外國人。他管軍兵三
> 五萬，三關把得不通風。（《新編說唱全相石郎駙馬傳》）

> 兵雄馬壯，石駙馬正坐中軍。左邊列四十二員出征勇將，右邊
> 列二十六員參贊官僚。帳前戈戟森森，階下三軍整整。本官頭頂
> 束髮紫金冠，身穿大紅繡鸞袍，腰繫金箔白玉帶，腳踹粉底皂朝
> 靴。正是威風凜凜，果然相貌堂堂。（《殘唐五代史演義傳》第四十
> 六回）

以上兩段，都是對五代史上後晉開國君王石敬瑭的描寫。雖然一個較為虛
空，一個較為具體，但大體意思差不多，都是為這位眼下的駙馬爺、將來的
開國君歌功頌德的。然而，《新編說唱全相石郎駙馬傳》乃明代初年的講唱文
學作品，它與《殘唐五代史演義傳》的寫作孰前孰後我們今天很難說清楚，
這大概可以視為介乎「承上」和「啟下」之間的例子吧。我們且視為一種不同
文體之間的橫向影響。下面，我們就針對《殘唐五代史演義傳》與中國通俗
文學史之間的關係分為「承上」「啟下」兩個方面來舉例說明。

先說《殘唐五代史演義傳》對以前通俗文學的繼承。例如第八回，寫李
克用妃劉氏，是一位很有見識的女子，而且能文能武：

> 言罷，只見晉王背後一女子，高聲大言曰：「看汝枉為丈夫。僖
> 宗正在危急之際，專望救援，恨不得一日兵到。何故遲滯耶？妾雖
> 女流，敢領兵前去滅賊，以慰中原之望。」敬思視之，那女子：貂
> 裘翠帽，一似出塞昭君；杏眼桃腮，不亞前朝賈氏。朱唇款動，開
> 一顆櫻桃，皓齒輕掀，露兩行碎玉。湘裙緊係，恰像吳宮西子；金
> 蓮緩步，渾如蓬島仙姑。這女子是誰？乃晉王正宮劉妃也。能使兩
> 口雁翎刀，軍中敢戰無敵。（第八回）

這樣敢作敢為、才智卓絕的女性，除了在《三國志通俗演義》《水滸傳》中屢
見不鮮而外，還直接源自元雜劇中對劉夫人的描寫：「（劉夫人上，云）描鸞
刺繡不曾習，劣馬彎弓敢戰敵。圍場隊裏能射虎，臨軍對陣兵機識。老身劉
夫人是也。」（《哭存孝》第三折）

再如，上引《舊五代史》中嘗言李存孝「蓋古張遼、甘寧之比也。」那
麼，三國時代的張遼、甘寧最大的特點是什麼呢？答曰：勇！大無畏的勇猛
直前。《三國志通俗演義》中「甘寧百騎劫曹營」的描寫就是明證：

> 甘寧將酒肉與百人共飲。食已盡，約有二更時候，取白鵝翎一

百根插於盔上為號，都披甲上馬，到於曹操寨邊，拔開鹿角，馬上
敲鑼擊鼓，殺入寨中來，徑奔中軍來殺曹操。原來中軍人馬，以車
仗伏路，穿連不斷，圍得鐵桶相似，不能得進。甘寧只將百騎在馬
上遙呼，往來敲鑼擊鼓，在於中軍衝突。營中人馬驚慌，自家相殺，
各寨擾亂。那甘寧百騎在營內縱橫馳驟，逢者便殺。各營鼓譟，舉
火如星，喊聲大震。甘寧從南門殺出，無人敢當。孫權令周泰引一
枝兵來接應。甘寧將百騎回到濡須。操兵恐有埋伏，不敢追襲。後
有詩曰：「鼙鼓聲喧震地來，雄師到處鬼神哀。百翎直貫曹瞞寨，盡
說甘寧虎將才。」（卷之十四）

甘寧以區區百騎衝入曹操軍營之中，如入無人之境，這種膽氣，亙古難覓其
儔。而《殘唐五代史演義傳》中的李存孝，卻被作者寫成了甘興霸的千古知
音、百代匹敵。既然李存孝乃「甘寧之比」，那麼，甘寧能以百騎劫曹營，李
存孝為什麼不能呢？作者還真這樣寫了，而且是「有過之而無不及」地寫了。
甘寧百騎劫曹營是吧，那好，李存孝必須青出於藍而勝於藍，於是，就用十
八騎劫敵營好了：

夜將三鼓，眾將披掛上馬，來至敵寨，直殺入王重榮寨中，奔
中軍而來。原來王重榮寨中，以車仗穿連不斷，周圍繞定，不能前
進。只憑十八騎左衝右突，往來馳驟，如入無人之境，逢者便殺。
各寨盡皆鼓哨，烽火燭天，喊聲大振。存孝望南殺出，敵軍莫敢抵
對。晉王使人引軍接應，存孝十八騎入馬早已回至林墩口。五路兵
見是存孝，莫敢追襲。後人有詩讚云：「擊鼓聲喧振地來，將軍到處
鬼神哀。輕騎衝入五侯寨，方顯英雄虎將才。」逸狂有詩讚曰：「甘
寧百騎劫曹營，威振東吳至此稱。曾似勇南兵十八，五侯破膽盡皆
驚。」（第二十九回）

作者在描寫李存孝驚天大膽、勇往直前的氣概的同時，也沒有忘記交代這種
描寫的來源：「甘寧百騎劫曹營」。像這樣的繼承甚至模擬前代通俗文學作品
的寫法，在《殘唐五代史演義傳》中可謂俯拾皆是，不勝枚舉。下面，我們再
來看看這部小說對後世小說創作的影響。

書中第十四回寫李克用十三太保對後世小說頗有影響，如《說唐前傳》
第二十三回寫楊林手下也有十三太保。而第十七回寫李存孝體如病夫更是直
射《三俠五義》之翻江鼠蔣平。最好笑的是《姑妄言》第三回寫魏如虎的妻子

長得瘦小卻又對丈夫經常施展家庭暴力，他的弟弟魏如豹對人說：「因他叫魏如虎，外邊人知道這事，說當年李存孝會打虎，是個肌瘦小病鬼的樣子。恰巧家嫂也姓李，人都叫他母存孝。」這真是令人啼笑皆非的描寫，李存孝還有「母」的！其實，這不過是《姑妄言》的作者「姑妄言之」的調侃筆墨。但下面這個例子可就不是一般的調侃或幽默了。

《殘唐五代史演義傳》第二十三回寫玉鑾英給李克用通風報信而李克用反而洩漏於朱溫，使玉鑾英自縊身亡，這一段殘酷而真實的描寫，令人讀後扼腕歎息。如此寫法，又影響了「三言」中之《白玉娘忍苦成夫》和《照世杯‧七松園弄假成真》的相關描寫。結果，就出現了中國小說史上接二連三的女子好心提醒男人，男人不領情而告密，使得女子最終罹禍的故事：

> 只見玉鑾英急到廳前，滿眼流淚叫道：「皇兄，誰著你進此城來？」晉王曰：「是朱溫請我來。」鑾英曰：「他非是請你，他實有殺你之心。前後宅內都埋伏強壯兵士，飲酒中間，擊金杯為號，舞劍就要殺你，你可提防。」言畢，鑾英進去，卻躲在屏風後面。不移時，朱溫上廳問曰：「大王才與賤荊說甚麼話？」此時晉王酒已醉了，把鑾英講的話都說與朱溫。溫答曰：「怎敢殺君？」晉王曰：「既無此心，再斟酒來。」鑾英在屏風後聽到，「這老漢把我講的話都講與這老賊，他若不得殺你，定來殺我。」回到房內，自縊而死。（第二十三回）

> 張萬戶聽了，心中大怒，即喚出玉娘，罵道：「你這賤婢！當初你父抗拒天兵，兀良元帥要把你闔門盡斬，我可憐你年紀幼小，饒你性命。又恐為亂軍所殺，帶回來恩養長大，配個丈夫。你不思報效，反教丈夫背我，要你何用！」教左右：「快取家法來，弔起賤婢，打一百皮鞭！」那玉娘滿眼垂淚，啞口無言。眾人連忙去取索子家法，將玉娘一索捆翻。正是：分明指與平川路，反把忠言當惡言。程萬里在旁邊，見張萬戶發怒，要弔打妻子，心中懊悔道：「原來他是真心，到是我害他了！」又不好過來討饒。（《醒世恒言‧白玉娘忍苦成夫》）

> 阮江蘭也不敢認這個犯頭，接書在手，反拿去出首，當面羞辱應公子一場。應公子疑心道：「我只假過一次書，難道這封書又是我假的？」拆開一看，書上寫道：「足下月夜虛驚，皆奸謀預布之故，

雖小受折挫，妾已心感深情。倘能出我水火，生死以之，即白頭無
怨也。」應公子不曾看完，勃然大發雷霆，趕進房內，痛撻晼娘。
立刻喚了老鴇來，叫他領去。阮江蘭目擊這番光景，心如刀割，尾
在晼娘轎後，只等轎子住了，才納悶而歸。（《照世杯·七松園弄假
成真》）

最後，我們再來看看《殘唐五代史演義傳》在中國古代小說史上既承上又啟
下的例子。或者，我們反過來講，在中國古代的通俗小說中有不少程式化的
語言和描寫，是從《三國志通俗演義》開端而一直影響到清末小說的，而《殘
唐五代史演義傳》廁身其間，成為這「程式化」家族之一員。如最能體現仁政
思想的一句話：「天下者，非一人之天下，乃天下人之天下也，惟有德者居之。」
《三國志通俗演義》中出現六次，《開闢衍繹通俗志傳》中出現六次，《東西
晉演義》中出現四次，《大唐秦王詞話》、《說岳全傳》、《說唐全傳》、《彭公案》
中均出現兩次，此外，《封神演義》中之姜子牙、《楊家府通俗演義》中之儂
王、《隋煬帝豔史》中之隋煬帝、《東遊記》中之黏不聿、《有夏志傳》中之羿、
《梁武帝演義》中之柳慶遠、《說唐三傳》中之李仙師、《濟公全傳》中之王
連、《永慶升平前傳》中之蕭可龍、《躋春臺·棲鳳山》中之亞蘭也說過，而
《殘唐五代史演義傳》中之張文蔚也說過這句話，可見其一脈相承。再如，
《三國志通俗演義》中某些人物，被後世小說作家所定型化、類型化，作為
各自筆下的楷模，並由此產生了某一類人物的系列形象。如諸葛亮之後，又
有吳用（《水滸傳》）、徐茂公（《說唐全傳》）、劉伯溫（《英烈傳》）、錢江（《洪
秀全演義》）等一系列「軍師」形象，而《殘唐五代史演義傳》中的周德威毫
無疑問也是其中一個重要角色。

綜上所述，《殘唐五代史演義傳》在中國古代關於五代史系列的通俗文學
作品中承上啟下的作用是十分明顯的，作為一部產生時代較早的章回小說，
作為一部署名羅貫中的小說作品，研究它的這種承上啟下的狀況，對中國古
代小說史的建設卓有意義。

（原載《羅學》第三輯，社會科學文獻出版社，2014 年 6 月出版）

石敬瑭的文化遭遇
——再論《殘唐五代史演義傳》的承上啟下

　　《殘唐五代史演義傳》中有一個重要人物形象石敬瑭，他在小說作品中所佔篇幅較大，差不有全書六分之一。然而，這位由後唐駙馬造反而成為後晉皇帝的「石郎」，其發跡過程卻並不簡單。如果聯繫到歷史上真實存在的石敬瑭，我們發現，他既是一個歷史人物，也是一個文學人物，同時還是一個民間傳說中的文化人物。作為歷史人物，他有非常不光彩的一面，那就是割讓燕雲十六州給契丹借兵為自己打天下，最後還當了兒皇帝。但他身上也有英雄的一面，畢竟是五代時後晉的開國之君，而且作戰勇敢、會用兵，其江山是靠自己打出來的。有趣的是，在史書、小說、民間唱本中，對石敬瑭身上這些光彩的和不光彩的東西的反映卻大相徑庭。探究這一演變過程，是一件饒有興味的事。它可以幫助我們瞭解《殘唐五代史演義傳》在這方面承上啟下的作用，進而，從一個特殊的角度觀照並分析中國古代小說發展史上的若干問題。

一

　　我們先來看石敬瑭在《殘唐五代史演義傳》中的被描寫。

　　小說中，石敬瑭在第四十二回出場：「眾人視之，是二英雄，身長九尺，膽量過人，威風凜凜，相貌堂堂。二人是誰？一個是同臺郭彥威，一個是河西石敬瑭，皆受節度使之職。」不久，石敬瑭的主公李嗣源即皇帝位，「稱號明宗皇帝，改元天成元年，立淑妃曹氏為皇后，立子李從厚為太子。封馮道

為平章事，封婿石敬瑭為六都衛副使。」（第四十四回）

　　石敬瑭其實出身於少數民族家庭，後來，當上了另一少數民族出身的李嗣源的女婿：

> 卻說石敬瑭本是西夷臬捩雞之子，隸於明宗帳下，號左射軍。
> 嘗脫明宗於危急之中。因有異相，於是明宗以女永寧公主嫁之。（第
> 四十五回）

唐明宗死後，其子李從厚登基，是為閔帝。後來，唐明宗的養子李從珂殺害了閔帝，即皇帝位，史稱廢帝，派石敬瑭把守三關。

　　不料，石敬瑭的妻子木樨宮永寧公主卻和李從珂的妻子張皇后姑嫂之間發生了矛盾。「卻說廢帝正宮張皇后，乃勾欄之女。明宗長興年間，廢帝為潞王時，遊於柳巷，見此女雖落風塵，美而且賢，可以奉箕帚，遂納之。及即帝位，立為皇后」。元旦佳節，公主進宮參見皇帝，傾訴了對石郎駙馬的想念，並希望兄長放她到晉陽與駙馬相見。李從珂本來就對石敬瑭有戒心，見妹子提出請求，就借著酒興半開玩笑半認真地說：「在此宮中有甚虧你？只思歸晉陽，欲與石郎同謀作反耶？」後又自悔失言，只好自己轉彎讓公主到後宮參拜嫂嫂。殊不知，公主一向瞧不起這位妓女出身的嫂嫂，奉皇帝之命勉強拜見。而張氏卻又擺出皇后的架子，輕賤公主。公主與皇后鬥嘴，各有傷害。公主怒極，「即挺金笏向前欲打張后。」（第四十五回）張后假裝做小伏低，騙走公主，事後在皇帝面前添油加醋地訴說一通，李從珂聞言大怒，將公主打入冷宮，監禁一月。公主被放出之後，派人送信給石敬瑭。石敬瑭接信大怒，與部下商議報仇。「即令桑維翰寫表稱臣於契丹，且請以父禮事之。如事成之日，割盧龍一道及雁門關以北諸州與之」。「契丹主見表大喜，即遣慕容韜為元帥，領兵五萬前來相助」。（第四十六回）石敬瑭又派人偷偷送信公主，令其設計離開京城。公主向皇帝撒謊，說要到外地還願，趁機出走，終於逃到丈夫身邊。

　　石敬瑭起兵造反，在武陵山下戰敗後唐將領高行周等，「殺得屍橫遍野，血流成河」。（第四十七回）後又借契丹之力，敗後唐名將史建唐。李從珂求和不得，遣國舅張龍出戰，被石敬瑭殺死於陣前。李從珂聽張皇后主意，城樓上誆騙石敬瑭，說皇后剛剛分娩，七日後將獻出皇后。一面暗地招兵勤王，「寫下十數道告急草救，差官齎赴各郡去訖」。（第四十八回）

　　石敬瑭將計就計，派人潛入城中，約好後唐排陣使舒必達為內應，攻入

城中。廢帝「將傳國璽縛在身上，走去玄武樓中，叫內宮下頭放起火來」，
「焚死玄武樓中」。（第四十九回）張皇后亦被押去法場斬首。旋即，石敬瑭
在眾將與契丹主的攛掇下坐上了皇帝寶座，不過，他當的卻是地地道道的兒
皇帝：

> 於是契丹主親作冊書，命敬瑭即皇帝位，國號大晉，改元天
> 福，自解衣冠授之。當日敬瑭寫立合同文字，先割幽、薊、瀛、莫、
> 涿、檀、順、新、媯、儒、武、雲、應、寰、朔、蔚十六州付與契
> 丹主，以為報酬之禮，仍許歲納錦幣三十萬。契丹主受了文字，遂
> 帶人馬自歸本國不提。（第五十回）

此後，作者主要寫石敬瑭部下的故事，直寫到天福七年正月上旬石敬瑭離
世，壽五十一歲，在位七年，傳位皇姪石重貴。

《殘唐五代史演義傳》的作者對石敬瑭評價不高，在第五十五回描寫石
敬瑭死後，引用史臣斷曰：「晉祖以唐朝禁臠之親，地尊勢重，迫於猜疑，請
兵契丹，賂以州邑，而取人之國。以中國之君，而屈身夷狄，玩好珍異，旁午
道途，小不如意，呵責繼之，當時朝野，莫不痛心，而晉祖事之，殊無赧色。
夫似古人行一不義，殺一不辜，而得天下，猶且不為，況附夷狄以伐中國，又
從而取之者乎？《綱目》書晉王尊號於契丹，契丹加晉王尊號，所以著中國
事夷狄，首足倒懸之極，其惡契丹，而賤敬瑭也，甚矣！」而在第四十九回，
作者還寫到石敬瑭抓獲妻子的仇人張皇后以後，居然想留下後宮享用，幸虧
劉知遠等人諫阻，才熄了這個無恥而又無聊的念頭。請看這段：

> 敬瑭一見張后，生得絕色，自忖欲留在後宮，以充己用。遂叫
> 張后，「你因何起妒心，讒害公主，囚禁冷宮？今日拿在此間，有何
> 理說？」張后滿眼掉淚道：「非妾敢忌公主，是公主忤皇上旨意，囚
> 禁他。乞駙馬赦妾之死，放歸原籍，不願居中宮也。」石敬瑭未決，
> 到有留戀之意。殿前閃過劉知遠，曰：「明公因這人舉兵入朝，親冒
> 矢石，軍士勞苦，方得京都。皇上亦因他身死烈火之中。今若復留
> 此人，久後為禍不小，速正其罪，以明國典。」石敬瑭尚自不忍捨，
> 桑維翰也不待出令，叫刀斧手，押去法場。不移時，斬訖回報。

這段描寫，堪稱《殘唐五代史演義傳》最為精彩的片段之一。短短數百字，就
將石敬瑭的醜惡嘴臉，張皇后的狐媚手段，劉知遠的明辨是非，桑維翰的當
機立斷，全都表現得栩栩如生、躍然紙上。

二

　　《殘唐五代史演義傳》中石敬瑭的表現以及作者對他的態度，大致已如上述。那麼，小說中的石敬瑭形象與歷史人物石敬瑭在為人處事、思想性格等方面是否有差距，又有多大的差距呢？

　　石敬瑭作為後唐駙馬，歷史上是有記載的：「敬瑭為人沉厚寡言，明宗愛之，妻以女，是為永寧公主。」（《新五代史‧晉本紀‧高祖》）

　　史書中對石敬瑭的英勇善戰多有記載，因此，在唐明宗時代，他曾擔任「宣武軍節度使、侍衛親軍馬步軍都指揮使」，「六軍副使」，「同中書門下平章事、興唐尹」，「駙馬都尉」等職務。唐明宗死後，「愍帝即位，加中書令。」（同上）可知，石敬瑭在明宗、愍帝時代，都是受到重用的，尤其是掌握了很大的兵權。

　　石敬瑭政治生活的轉折點是由於下面這場政治動亂：「及岐陽兵亂，推潞王為天子，愍帝急詔帝赴闕，欲以社稷為託。愍帝自洛陽出奔於衛，相遇於途，遂與愍帝回入衛州。時愍帝左右將不利於帝，帝覺之，因擒其從騎百餘人。愍帝知事不濟，與帝長慟而別，帝遣刺史王宏贄安置愍帝於公捨而去，尋為潞王所害，帝后長以此愧心焉。清泰元年五月，復授太原節度使、北京留守，充大同、振武、彰國、威塞等軍蕃漢馬步總管。二年夏，帝屯軍於忻州，朝廷遣使送夏衣，傳詔撫諭，後軍人邃呼萬歲者數四，帝懼，斬挾馬將李暉以下三十餘人以徇，乃止。」（《舊五代史‧晉書‧高祖紀》）

　　這場風波雖然平息下去，但李從珂對石敬瑭的猜忌遠沒有停止。清泰三年五月，李從珂欲將石敬瑭「移授鄆州節度使，進封趙國公，仍改扶天啟運中正功臣。尋降詔促帝赴任」。這一舉措遭到了石敬瑭的懷疑：

> 　　帝心疑之，乃召僚佐議曰：「孤再受太原之日，主上面宣云：『與卿北門，一生無議除改。』今忽降此命，莫是以去年忻州亂兵見迫，過相猜乎？又今年千春節，公主入覲，當辭時，謂公主曰：『爾歸心甚急，欲與石郎反耶？』此疑我之狀，固且明矣。今天子用后族，委邪臣，沉湎荒惑，萬機停壅，失刑失賞，不亡何待！吾自應順中少主出奔之日，睹人情大去，不能扶危持顛，憤憤於方寸者三年矣。今我無異志，朝廷自啟禍機，不可安然死於道路。況太原險固之地，積粟甚多，若且寬我，我當奉之。必若加兵，我則外告鄰方，北構強敵，與亡之數，皎皎在天。今欲發表稱疾，以俟其

意，諸公以為何如？」（同上）

這裡記載得很清楚，石敬瑭心懷異志的直接動因有兩點：其一，皇帝李從珂從前在公主朝覲時說過：「爾歸心甚急，欲與石郎反耶？」其二，這一次又給他換防，並催促他盡快離開經營已久的老巢，到新的地方去上任。小說《殘唐五代史演義傳》對這一問題的處理有所取捨。作者強調了李從珂對公主所說的那句挑釁的話，而忽略了李從珂要求石敬瑭盡快換防。

至於石敬瑭向契丹借兵一事，在史書中記載頗為詳細，而其原因則是因為石敬瑭被後唐軍隊所包圍，為確保勝利的取得，才向契丹求援：「朝廷以帝不奉詔，降旨削奪官爵，即詔晉州刺史、北面副招討使張敬達領兵圍帝於晉陽。帝尋命桑維翰詣諸道求援，契丹遣人復書諾之，約以中秋赴義。」（同上）「唐河東節度使石敬瑭為其主所討，遣趙瑩因西南路招討盧不姑求救，上白太后曰：『李從珂弒君自立，神人共怒，宜行天討。』時趙德鈞亦遣使至，河東復遣桑維翰來告急，遂許興師。……自將以援敬瑭。」（《遼史·太宗紀》）戰爭勝利以後，石敬瑭被契丹主封為兒皇帝，並割讓燕雲十六州一事，史書中也記載得很清楚：「契丹主謂石敬瑭曰：『吾三千里赴難，必有成功。觀汝氣貌識量，真中原之主也。吾欲立汝為天子。』敬瑭辭讓數四，將吏復勸進，乃許之。契丹主作冊書，命敬瑭為大晉皇帝，自解衣冠授之，築壇於柳林，是日，即皇帝位。割幽、薊、瀛、莫、涿、檀、順、新、媯、儒、武、雲、應、寰、朔、蔚十六州以與契丹，仍許歲輸帛三十萬匹。己亥，制改長興七年為天福元年，大赦；敕命法制，皆遵明宗之舊。（《資治通鑒》卷二百八十）

關於這一方面的描寫，《殘唐五代史演義傳》與史書基本一致，只是較為簡略而已。然而，有一些史書中記載的石敬瑭生平軼事，《殘唐五代史演義傳》卻基本捨棄。如：

> 帝性簡儉，未嘗以聲色滋味輒自燕樂，每公退，必召幕客論民間利害及刑政得失，明而難犯，事多親決。有店婦與軍士訟，云「曝粟於門，為馬所食」。而軍士懇訴，無以自明。帝謂鞫吏曰：「兩訟未分，何以為斷，可殺馬剖腸而視其粟，有則軍士誅，無則婦人死。」遂殺馬，馬腸無粟，因戮其婦人。境內肅然，莫敢以欺事言者。三月，移鎮常山。所歷方鎮，以孝治為急，見民間父母在昆弟分索者，必繩而殺之。勤於吏事，廷無滯訟。常山屬邑曰九門，有人鬻地與

異居兄，議價不定，乃移於他人。他人須兄立券，兄固抑之，因訴
於令。令以弟兄俱不義，送府。帝監之曰：「人之不義，由牧長新至，
教化所未能及，吾甚愧焉。若以至理言之，兄利良田，弟求善價，
順之則是，沮之則非，其兄不義之甚也，宜重笞焉。市田以高價者
取之。」上下服其明。（《舊五代史‧晉書‧高祖紀》）

由上可見，小說《殘唐五代史演義傳》對史書中石敬瑭的事蹟是有所取捨的。
為什麼會有這樣一些取捨？下面再論。

三

正史之外，《殘唐五代史演義傳》出現之前的其他作品也對石敬瑭其人其
事多有評價或描寫。

宋代的洪邁幾次對石敬瑭的遭遇和行為發表自己的看法：「予謂此自係
一時國家之隆替，君身之禍福，蓋有剛決而得志，隱忍而危亡者，不可一概
論也。漢宣帝之誅霍禹，和帝之誅竇憲，桓宗之誅梁冀，魏孝莊之誅尒朱
榮，剛決而得志者也。魯昭公之討季氏，齊簡公之謀田常，高貴鄉公之討司
馬昭，晉元帝之征王敦，唐文宗之謀宦者，潞王之徙石敬瑭，漢隱帝之殺郭
威，剛決而失者也。若齊鬱林王知鸞之異志，欲取之而不能，漢獻帝知曹操
之不臣，欲圖之而不果，唐昭宗知朱溫之必篡，欲殺之而不克，皆翻以及
亡。雖欲小正之，豈可得也？」（《容齋隨筆》卷十一）這段話主要討論的是
君王無法控制手下的時候的不同做法和不同後果，洪邁是將潞王（即後唐廢
帝）李從珂遷徙石敬瑭作為「剛決而失者也」。也就是說李從珂在沒有做好充
分準備的情況下貿然採取行動，激怒了石敬瑭，同時也激化了矛盾，最後落
得個國亡身死的結局。從這種角度引申開去，洪邁的意思也包含著如果潞王
不刺激石敬瑭，石敬瑭會不會造反尚在兩可之間。這種說法，充分尊重歷史
事件的或然性，告誡當事人要審時度勢，將災難降低到最小，切不可逞一時
之氣、匹夫之勇，或者圖一時的痛快而釀成大錯，應該是一種實事求是的正
確看法。

洪邁還有一條關於石敬瑭的記載：「天成三年，京師巡檢軍使渾公兒口
奏：有百姓二人，以竹竿習戰鬥之事。帝即傳宣令付石敬瑭處置，敬瑭殺之。
次日樞密使安重誨敷奏，方知悉是幼童為戲。下詔自咎，以為失刑，減常膳
十日，以謝幽冤；罰敬瑭一月俸；渾公兒削官、杖脊、配流登州；小兒骨肉，

賜絹五十匹，粟麥各百石，便令如法埋葬。仍戒諸道州府，凡有極刑，並須仔細裁遣。」（《容齋三筆》卷七）這一則的小標題叫做「五代濫刑」，洪邁雖然肯定了唐明宗的知錯能改，但石敬瑭作為唐明宗的部下，被委託處理事務，卻不深入調查，主觀武斷，濫殺無辜，這種行為，當然會遭到後人的嚴厲批評。

以上是文人的態度和看法，而在民間通俗文學中，石敬瑭則是另外一種面目：

> （李嗣源領番卒子上云）馬吃和沙草，人磨帶血刀。地寒氈帳冷，殺氣陣雲高。某乃李嗣源是也，今收捕草寇已回，頗奈梁元帥無禮，今差賊將王彥章，領十萬軍兵，搦俺相持。他則知無了存孝，豈知還有俺五虎大將，量他何足道哉！某今領二十萬雄兵，五員虎將，與梁兵交戰去。小校，喚將李亞子、石敬瑭、孟知祥、劉知遠、李從珂五員將軍來者。（關漢卿《劉夫人慶賞五侯宴》第三折）

在這裡，石敬瑭是作為李嗣源手下的五虎將之一出現的，只表現其作戰英勇，沒有涉及其他內容，但已可代表民間看法之一斑。而馬致遠的散曲中也有類似的描寫：

> 【梁州】聽得那靜鞭響燋燋聒聒，聽得杖鼓鳴恰早喜喜歡歡，近著那獨楊宮創蓋一座宜春館。則這是治梨園的周武，掌樂府的齊桓。向三垂崗左右，湖柳坡周遭，則見沙場上白骨漫漫，別人見心似錐剜。那裡也石敬磨前部先鋒，周德威行營的總管。那裡也二皇兄樂樂停鸞。這社稷則是覆盆硯梁江山，生紐做宋天下，結髮兒是狗家，撞投至剎了朱溫，壞了黃巢，占得汴梁，剛得那半載兒惚寬。
> （馬致遠【南呂】一枝花套《詠莊宗行樂》）

引文中的「石敬磨」當為「石敬瑭」之誤，這裡，也沒有說「石郎」別的什麼，而只是表彰他是衝鋒陷陣的勇將。當然，像上述元雜劇、元散曲這樣的作品，因為石敬瑭並非主人公，故而對其性格為人、形容舉止僅僅只能點到為止，而那些長篇民間創作、尤其是作品中以石敬瑭為主人公的片段，在描寫這位「英雄」與「反英雄」共軛的人物時，卻具有與正史記載大相徑庭的異趣。根據我們現在掌握的資料，這方面最有代表性的作品有兩部：《五代史平話·晉史平話》和《石郎駙馬傳》。

先看《晉史平話》。此書為宋元講史話本《五代史平話》中的一種，分上

下兩卷，上卷開首處殘缺，在一段似是而非的議論之後，故事開始於「石敬瑭年方十歲，隨從他爺梟淚雞出獵在洺州教場田地裏，共著哥哥廓共走馬，見空中有一雁孤飛」。接著，敘石敬瑭生平經歷。如自幼勇力過人，手縛生狼。又因頭上有黑龍出現，受人嫉妒，險些被害。逃脫後投軍張彥麾下，張彥敗亡，又投奔李嗣源帳下。由於屢建奇功，並救過李嗣源性命。故而李嗣源即位為唐明宗後，「愛重敬瑭，將那永寧公主嫁與敬瑭為妻，授殿前駙馬都尉。」接下來，發生了一件極富傳奇色彩的事：

> 一日，根明宗出郊打圍，趕得一隻白狐，被軍卒拿與敬瑭面前，白狐忽作人言道：「您休害我，他日厚報您恩德。咱的女孩兒述律，見在朔方，有氣力。您是大唐皇帝的，他日做我的外孫，善保富貴，他時異日休得相忘。」道罷，起一陣惡風，揚沙走石，須臾間天地廓清，白狐或不知去向。敬瑭道：「這事也好作怪！」

這只白狐，在說話藝人那兒，或許指的就是契丹人。後來，石敬瑭多次建功，得到重用。卻因永寧公主的同父異母兄弟秦王李從榮為人輕薄，公主厭惡之，石敬瑭由此不願在朝擔任六軍諸衛副使，請求外任。適逢契丹舉兵入寇，唐主遂命石敬瑭擔任河東節度使。

以下，閔帝、廢帝與石敬瑭之間的恩怨糾葛，《晉史平話》所寫與史書大同小異。甚至連李從珂嘲笑長公主「匆匆謀歸，待與石郎同反耶」的話也被寫了進去，唯獨沒有永寧公主和張皇后交惡一段。再往後，石敬瑭向契丹借兵，割讓燕雲十六州等等，都在這部講史話本中記載得歷歷分明。

關鍵的問題在於，《晉史平話》所無而《殘唐五代史演義傳》所有的那段公主、皇后交惡的描寫是從哪裏來的？要弄清這一問題，我們必須來看另一部俗得掉渣的民間講唱作品——《石郎駙馬傳》。

四

其實，在《石郎駙馬傳》中，石敬瑭並非頭號人物，因為該書的主要故事就是寫兩個女人之間的矛盾，公主和皇后才是自始至終的主人公。關於這一點，只要看看這本書九幅插圖的目錄就一目了然了：「唐王聚群臣，木樨公主府，木樨公主賀新年，潞王宣公主禁冷宮，潞王寫赦放公主，公主寄書下三關，石郎眾將拜刀，張國舅（舅）與石郎交戰，石郎駙馬登位。」

一部以石敬瑭的名字和地位命名的唱本，故事的主體卻是宮廷中兩個女

人之間的爭奪。《石郎駙馬傳》極大消解了帝王之間政治鬥爭的內容，而更加強調家庭內部的瑣事。而且，這個唱本中關於石敬瑭向契丹借兵並出賣燕雲十六州一事基本上隻字未提，僅僅只在公主寫給石郎的書信中暗示了那麼幾句：「奴家書傳示你，再三上覆丈夫身。莫把大行西下路，由他外國過來侵。」「傳示我夫石駙馬，再三上覆我夫身。莫把太山西下路，由他外國過來侵。」更有意思的是，唱本中那個反面第一號人物張皇后，在歷史上根本就是子虛烏有。歷史事實是，潞王的妻子姓劉，潞王登基以後，也就是劉皇后。這個女人只是在皇帝面前兇悍強勢而已，並沒有與皇姑作對的事實。

　　總而言之，《石郎駙馬傳》的主要故事很大程度上不符合歷史事實，乃是一種民間趣味的傳說。而《殘唐五代史演義傳》中關於公主、皇后「姑嫂不和」這段非歷史真實而極富民眾趣味的內容卻與《石郎駙馬傳》幾無二致，並且成為石敬瑭故事的重要關目。這就給我們提出一個問題，作者為什麼這樣做？

　　在弄清作者為什麼這樣做之前，我們首先得弄清一個「前提性」的問題：《殘唐五代史演義傳》與《石郎駙馬傳》孰先孰後。

　　目前所知，《殘唐五代史演義傳》有多種版本，最早的是明刊本八卷六十回，題「貫中羅本編輯」「李卓吾批點」，具體刊印時間不詳。《石郎駙馬傳》的出版時間卻很明確，於明成化七年（1471）由北京永順堂刻印。可惜的是，這部唱本一直未見著錄，直到 1967 年，才在上海市嘉定縣宣姓墓中被發現。同時發現的有十三種唱本，被上海博物館收藏並影印，合稱《明成化說唱詞話叢刊》，中州古籍出版社 1991 年有排印本出版。

　　由於《殘唐五代史演義傳》目前所知的最早版本沒有明確的刊刻時間，故而，我們無法斷定它與《石郎駙馬傳》孰先孰後。因而，我們對這兩部作品中的「姑嫂之爭」的關鍵情節究竟誰影響誰的問題只能是一種推斷。有三種可能：第一，《殘唐五代史演義傳》影響《石郎駙馬傳》，因為前者的作者羅貫中是元末明初人，而後者是成化間刊本。第二，《殘唐五代史演義傳》受《石郎駙馬傳》的影響，因為它有「李卓吾評點」，故而出現的時間應該在嘉靖或嘉靖以後。第三，二者相互之間並沒有直接影響，而是共同接受某一個小說、戲曲、民間講唱作品的影響，而那部作品我們今天沒有看到。

　　如果是第一種情況，說明《殘唐五代史演義傳》的作者很有創造性，能夠從兇悍的劉皇后身上發掘出這麼一個「姑嫂之爭」的故事，並進而使之

成為石敬瑭造反的導火索。而《石郎駙馬傳》則是強化了《殘唐五代史演義傳》的這一創造，更體現了民間說唱遠離歷史事實而重視傳說故事的市民趣味。

如果是第二種情況，則說明《殘唐五代史演義傳》的作者很有概括能力，他能將歷史事實記載、宋元講史話本和民間通俗唱本中的種種與石敬瑭相關的故事融為一爐，從而創造了一個性格複雜的英雄反英雄共軛的人物形象。

如果是第三種情況，站在《殘唐五代史演義傳》的立場，其容納性效果是一樣的，只不過有可能是融歷史事實、民間講唱、宋元戲曲中的石敬瑭相關故事為一體罷了。

無論如何，這三種情況都能夠不同程度地體現《殘唐五代史演義傳》在中國文學史上的承上啟下。

然而，《殘唐五代史演義傳》的「啟下」還不僅止於上述內容，再舉數例以補充之。

清初的一部章回小說《飛龍全傳》，曾多次寫到石敬瑭，這裡的石郎形象，在《殘唐五代史演義傳》的影響下又有了新的發展：

> 原來高行周、史建瑭、石敬瑭、王樸這四個人，都是金刀禪師徒弟，從幼習學兵法，熟練陣圖。那四人下山之時，金刀禪師於每人另傳一樁妙技，都是舉世無雙的：史建瑭傳的前定數；王樸乃是大六壬數；高行周授了馬前神課；石敬瑭習得一口金鎖飛撾，百步之內能打將落馬。這四人都曉得天文地理，國運興衰。（《飛龍全傳》第四十六回）

石敬瑭在這裡被演變為神仙的高足，而且懂得法術，成為半人半神的人物形象，離歷史上那位後晉開國皇帝距離更遠了。更有甚者，有的筆記還寫到石敬瑭「起事」竟然有預兆：

> 五代梁開平二年，李思玄攻潞州，營於壺口，伐木為柵，破一大木，中有朱書六字，曰：「天十四載石進。」乃表上之。司天監徐鴻曰：「丙申之年，有石氏王此地也。」後石敬瑭起并州，果在丙申歲。（《湧幢小品》卷四）

而在另一部明代筆記小說中，卻對石敬瑭等很多被叫做「某郎」的稱謂做了群體性展示，此處，僅列五代至宋的那幾位：

> 五代王審知曰白馬三郎，後唐稱石敬瑭曰石郎，王溥呼子祐為
> 二郎。王安石小字獾郎，謝瀹稱柳渾曰宅南柳郎，朱熹小名沈郎，
> 徐憲人稱曰鳩郎，楊延昭善戰、虜人呼為六郎。（《七修類稿》卷二
> 十四）

這些內容，通俗小說所寫也罷，文人趣味性的記載也罷，有一個共同點就是「從俗」，將石敬瑭事蹟向俗文化方面演進。令人矚目的是，明清以降，石敬瑭的故事還被搬上戲曲舞臺。傳奇戲中有一個劇本叫做《反三關》，據莊一拂《古典戲曲存目匯考》記載：「反三關：此戲未見著錄。《曲海總目提要》有此本。謂石敬瑭叛唐事。敬瑭鎮河東太原，有偏頭、雁門、寧武三關，故云《反三關》。但五代時，史未載此三關，所言三關者，多係瓦橋、益津、高陽。按石敬瑭尚永寧公主，拜河東節度使。鎮守三關。」（卷十三）這個劇本雖然今天看不到了，但根據上面那些隻言片語的記載，我們仍然可以大致推測其基本內容應該是《殘唐五代史演義傳》和《石郎駙馬傳》中的那些故事。由此亦可見得石敬瑭故事在民間的廣泛流傳，而且是「從俗」甚至「媚俗」的流傳。

至此，本文所要達到的目的已經很明確了：通過對石敬瑭文化遭遇的透視，我們可以進一步發掘《殘唐五代史演義傳》在中國俗文學史上頗有力度的承上啟下的作用。

（原載《羅學》第五輯，中州古籍出版社，2016 年 8 月出版）

劉知遠在俗文學中
——三論《殘唐五代史演義傳》的承前啟後

　　《殘唐五代史演義傳》是一部歷史演義小說。這類小說必須追求歷史真實與藝術虛構的結合，對於那些大的歷史事件和人物，作者是不能篡改的。五代中，梁、唐、晉、漢、周每一個朝代的開國皇帝都是行伍出身，或者說，都是由軍閥進而成為皇帝的。但劉知遠卻有特異性，他不像朱溫（晃）、李存勖、石敬瑭、郭威那樣直接從前代皇帝手中奪取江山，而是在後晉幼主「稱臣降契丹」「天下無主」的情況下才稱帝的。這一點，在《殘唐五代史演義傳》中有生動描寫：

> 　　卻說劉知遠封為北平王，鎮守河東。卻有諸將勸知遠稱尊，以號令四方，知遠不從。及聞晉主北遷，又稱說欲出兵井陘，迎歸晉陽。命指揮使史弘肇集諸軍商議，告以出師之期。軍士皆曰：「今天下無主，平天下者，非我主而誰？宜先正位號，然後出師。」於是，眾軍山呼不已。知遠曰：「虜勢尚強，吾之軍威未振，當建功恢復主室，迎立新君，汝士卒何知天命有在耶？」郭威與都押衙楊鄰入說知遠曰：「此天意也，大王不乘此以取中原，人心一移，則反受他人所制矣！」知遠從之。……知遠乃即帝位於晉陽，復遷於大梁。諸鎮多降，國號曰漢，改元乾祐，更名曰杲。（《殘唐五代史演義傳》第五十八回）

此事在史書中也有所反映。《新五代史》卷十載王峻出使契丹，受到侮辱和威脅，於是，他奉勸劉知遠稱帝與契丹抗衡：「峻還，為王言契丹必不能有中國，乃議建國。二月戊辰，河東行軍司馬張彥威等上箋勸進。辛未，皇帝即

位，稱天福十二年。」而《舊五代史》的記載更為詳細一些：

> 及峻至太原，帝知契丹政亂，乃議建號焉。是月，秦州節度使
> 何建以其地入於蜀。戊辰，河東行軍司馬張彥威與文武將吏等，以
> 中原無主，帝威望日隆，群情所屬，上箋勸進，帝謙讓不允。自是
> 群官三上箋，諸軍將吏、緇黃耆耋，相次迫請，教答允之。……辛
> 未，帝於太原宮受冊，即皇帝位，制改晉開運四年為天福十二年。
>
> （《漢書·高祖紀上》）

劉知遠的行為，遭到後人截然相反的評價，歐陽修對其基本上是否定態度，
在《文忠集》卷十六《正統論下》中，歐陽文忠公寫道：

> 五代之得國者，皆賊亂之君也。……夫梁固不得為正統，而唐、
> 晉、漢、周何以得之？今皆黜之。而論者猶以漢為疑，以為契丹滅
> 晉，天下無君，而漢起太原，徐驅而入汴，與梁、唐、晉、周其跡
> 異矣，而今乃一概，可乎？曰：較其心跡，小異而大同爾。且劉知
> 遠，晉之大臣也。方晉有契丹之亂也，竭其力以救難，力所不勝而
> 不能存晉，出於無可奈何，則可以少異乎四國矣。漢獨不然，自契
> 丹與晉戰者三年矣，漢獨高拱而視之，如齊人之視越人也，卒幸其
> 敗亡而取之。及契丹之北也，以中國委之許王從益而去。從益之勢，
> 雖不能存晉，然使忠於晉者得而奉之，可以冀於有為也。漢乃殺之
> 而後入。以是而較其心跡，其異於四國者幾何？

幾百年後的王夫之，觀點卻與歐陽修相反，他在《讀通鑑論》卷三十「五代
下」中說：「劉知遠之自立也，在契丹橫行之日，中土無君而為之主，以拒悍
夷，於華夏不為無功。」

由此可見，《殘唐五代史演義傳》的作者在塑造劉知遠這個人物形象的時
候，對歷史上的劉知遠及其事蹟，還是有所取捨乃至於藝術虛構的。

那麼，針對歷史上的劉知遠其人，宋元明清的通俗文學作品是怎樣表現
他的？《殘唐五代史演義傳》在其間又具有何種承前啟後的作用？其中，在
歷史真實與藝術虛構兩者之間這些俗文學作者又是如何處理的？這些，正是
本文要探討的問題。

一

我們先看《殘唐五代史演義傳》中劉知遠的出場秀：

> 此人身長八尺，兩耳垂肩，乃是徐州沛邑沙陀人也，姓劉名暠表字知遠。彥真曰：「汝有何能，敢領此職？」知遠曰：「自幼曾習一十八般武藝，無所不通。」彥真遂命知遠為先鋒，於是披掛全副，只少一騎駿馬。彥真謂左右曰：「可往廄中選第一騎來！」須臾，使關西漢帶過馬來。但見那馬，身如炭火，眼似鑾鈴。彥真指曰：「汝識此馬否？」知遠曰：「莫非黃驃馬乎？」彥真曰：「然也。」即連鞍賜之。（第二十六回）

這裡的彥真姓岳，是劉知遠的頂頭上司，在民間傳說中他還是劉知遠的岳父，此事後論。即以上述描寫而論，其間模仿《三國志通俗演義》痕跡宛然，「身長八尺」來自張飛，「兩耳垂肩」模仿劉備，至於那馬「身如炭火，眼似鑾鈴」，簡直就是呂布的赤兔，不知何以不倫不類地形容「黃驃」，而「識此馬否」的對話卻毫無疑問套用的是孟德與雲長口吻。

更有趣的是，歷史上的劉知遠的先人本屬沙陀不假，但卻不是什麼「徐州沛邑沙陀人也」。而且，其身材相貌也遠不是劉備與張飛的超常搭配，而是長得異於常人的。司馬光《資治通鑑》卷二百七十一說：「敬瑭、知遠，其先皆沙陀人。」《舊五代史·漢書·高祖紀》說：「高祖睿文聖武昭肅孝皇帝，姓劉氏，諱暠，本名知遠，及即位改今諱。其先本沙陀部人也。……帝弱不好弄，嚴重寡言，及長，面紫色，目睛多白。」《新五代史·漢本紀》也說：「高祖睿文聖武昭肅孝皇帝，姓劉氏，初名知遠，其先沙陀部人也，其後世居於太原。知遠弱不好弄，嚴重寡言，面紫色，目多白睛，凜如也。」宋元講史話本《五代史平話·漢史平話》對劉知遠出身、長相、性格的描寫在依照史書的基礎上有所虛構：「且說知遠姓劉氏，其先世沙陀部綠柳村人氏，後居太原汾州孝義縣。父名光贊，母蘇氏，生知遠，初名成保。為人嚴重不好言笑，面色紫黑，目多白睛。年方七歲，父光贊早已喪亡。」其母改嫁慕容三郎，成保乃是「拖油瓶」到慕容家，因此不務正業，難以管教：

> 慕容三郎取得渾家歸後，其阿蘇挈帶得劉光贊的孩兒成保自隨，歸他義父慕容家看養，改名做劉知遠，年漸長成。慕容三郎是個有田產的人，未免請先生在書院教導義男劉知遠讀習經書。爭奈知遠頑劣，不遵教誨，終日出外閒走，學習武藝，使槍使棒，吃酒賭錢，無所不作，無所不為。義父慕容三郎心下不樂。一日，是二月八日，慶佛生辰時分，劉知遠出去將錢雇倩針筆匠文身，左手刺

個仙女，右手刺一條搶寶青龍，背脊上刺一個笑天夜叉。歸家去激惱義父，慕容三郎將劉知遠趕出門去。

這樣一個出身社會底層而又不務正業的劉知遠，在宋元間多種通俗文學作品中屢有展現，如四大南戲之一的《劉知遠白兔記》對此就有生動的描寫：「（生上）【金焦葉】奈何奈何，恨蒼天把人耽誤！自恨時乖運苦，怎禁這般折挫？朦朧暗啞家豪富，智慧聰明卻受貧。年月日時該分定，算來由命不由人。我劉智遠身上無衣。口中無食，受這般狼狽。風雪又大，無處趕趁，不免到馬鳴王廟中去躲避則個。」（第四齣《祭賽》）出身社會底層而又不務正業，勢必造成窮途落魄的窘境，而這種「時乖運苦」之人的前景卻必然是兩個極端狀況：一是在消極等待中渾渾噩噩地走向生命的終點，二是積極「混社會」。而「混社會」者又有兩種結局：一是在底層廝混，或盜賊，或打手，或騙子，或光棍，……總之沉澱為「人渣」；另一種是由於種種機緣和努力，逐步躋身社會上層，成為帝王將相、達官貴人。劉知遠屬於後一種，他們的人生三部曲是「窮漢」——「軍卒」——「將帥」，其中之佼佼者甚至可以成為「帝王」。中國古代俗文學中將這些人物及其故事寫下來，成為一種專門的題材，叫做「發跡變泰」，而且是由「樸刀杆棒」而導致的「發跡變泰」，不同於文人或時來運轉或靠詩詞文墨賺來的「發跡變泰」。

發跡變泰後的劉知遠，再也不是當年那種偷雞摸狗的窘況，而是威風八面，令人側目，且看《殘唐五代史演義傳》中的描寫：

只見知遠縱馬，背後數百人，簇擁知遠出城。看他怎生打扮？但見：戴一頂纓撒火、錦兜鍪、雙鳳翅照天盔，披一副綠絨穿、紅錦套、嵌連環鎖子甲，穿一領翠沿邊、珠絡縫、荔枝紅、圈金繡戲獅袍，繫一條襯金葉、玉玲瓏、雙獺尾、紅鞓釘蟠螭帶，著一雙簇金線、海驢皮、胡桃紋、抹綠色雲根靴。彎一張紫檀靶、泥金鞘、龍角面、虎筋弦寶雕弓，懸一壺紫竹杆、朱紅扣、鳳尾翎、狼牙金點銅箭，掛一口七星妝、沙魚鞘、賽龍泉、欺巨闕霜鋒劍，橫一把撒朱纓、水磨杆、龍吞頭、偃月樣安漢刀。騎一匹快登山、能跳澗、背金鞍、搖玉勒黃驃馬。（第二十七回）

這裡所描寫的還只是作為將軍的劉知遠戰場上的八面威風，而後來，位居高官的劉知遠則更是威風八面：「等候良久，劉太尉朝殿而回。只見：青涼傘招颭如雲，馬頷下珠纓拂火。乃是侍衛親軍左金吾衛上將軍殿前都指揮使劉知

遠。……劉知遠頭踏，約有三百餘人，真是威嚴可畏。……劉知遠出鎮太原府，為節度使，日下朝辭出國門，擇了日進發赴任。劉太尉先同帳下官屬帶行親隨起發，前往太原府。留郭牙將在後管押鈞眷。行李擔仗，當日起發。朱旗颭颭，彩幟飄飄。帶行軍卒，人人腰跨劍和刀；將佐親隨，個個腕懸鞭與簡。」（《喻世明言‧史弘肇龍虎君臣會》）據考，這篇《史弘肇龍虎君臣會》是宋元小說話本，可知在當時已經有了劉知遠發跡變泰後威風凜凜的情節，可以作為補充印證的是當時的講史話本《五代史平話》中也有類似的描寫：「那元帥經行，但見鏨聲振野，騎氣驚人；旌旗飄九陌紅霞，戈甲浸滿皆秋水。……那廳上坐的，卻是李長者贅婿劉知遠，受了北京留守，衣錦還鄉也。使左右請將三娘子出來，令排備香案，戴冠穿帔，拜受夫人宣命。拜罷，就知遠左邊列坐。」

像劉知遠這種發跡變泰之人，是被後世許許多多的窮漢永遠景仰欽佩的。清初章回小說《樵史通俗演義》就有這方面的反映：

> 劉良佐道：「聽得說唐朝郭子儀也是當軍出身，後來做到天下大元帥，咱弟兄們一身本事，怕沒這富貴的日子哩。」李自成道：「大元帥什麼打緊，漢高祖、劉知遠，我明朝的太祖皇帝，難道是祖宗傳下來的天子？少不得也是平空做成事業的。」（第二十六回）

劉知遠在這裡，與漢高祖劉邦、明太祖朱元璋一樣，成為發跡變泰之極致——當皇帝的代名詞。不要說這些章回小說的作者沒有大見識，他們其實對中國的一部歷史讀得滾瓜爛熟。即如此處所列舉的幾位「開國之君」，確實都是中國歷史上罕見的出身寒微而又位登絕頂的人物。那麼，這種人混社會、打天下靠什麼呢？除了運氣、膽氣和陰謀之外，剩下的就是呼朋引類，結拜弟兄以為基本隊伍。劉邦、劉知遠、朱元璋如此，李自成亦乃如此。《樵史通俗演義》中的劉良佐與李自成在當時既是同僚，均乃楊總兵標下的把總，同時，他們又一貫稱兄道弟。這樣的人糾合在一起，方能成其事業。

俗文學作品中的劉知遠，也是靠著呼朋引類、結拜兄弟而發跡變泰的。《劉知遠白兔記》對此有明確的描寫：「自家當初結義十個弟兄，各自投東往西去了，止剩弟兄三人。大哥劉知遠，二哥郭彥威，自家史弘肇。大哥流落天街，我已懷揣貫百，不免尋訪他，買三杯五盞，與他敵寒，有何不可？」（第二齣《訪友》）戲曲如此，小說亦如是，《史弘肇龍虎君臣會》中間亦有他們三人的風雲際會：「劉知遠見史弘肇生得英雄，遂留在手下為牙將。史弘肇不則

一日，隨太尉到太原府。後面鈞眘到，史弘肇見了郭牙將，撲翻身體便拜。兄弟兩人再廝見，又都遭際劉太尉，兩人為左右牙將。後因契丹滅了石晉，劉太尉起兵入汴，史郭二人為先鋒，驅除契丹，代晉家做了皇帝，國號後漢。史弘肇自此直發跡，做到單、滑、宋、汴四鎮令公，富貴榮華，不可盡述。」在《殘唐五代史演義傳》中，劉、郭、史三人的關係也非同一般：

> 天色已明，知遠部大軍入關安民。郭威、史弘肇各獻功畢，史
> 弘肇問曰：「元帥如何知文寶此計可成其功？」知遠曰：「文寶初降
> 之時，我觀其材貌，是個好漢，故釋之，委為將，以安其心。金井
> 關原是他守，必熟知地勢，吾故問他求計。彼獻此計出乎本心。使
> 他人，如何進關？惟文寶可成此功。用之而無疑，吾不負文寶，文
> 寶寧負我乎？今得此關，勝用數萬人馬之力矣。」史弘肇拜服曰：
> 「元帥深謀遠識，我等皆不及也！」（第五十三回）

這樣，我們就可以看到源自部分歷史事實的歷代俗文學作品對劉知遠這種出身貧寒而後發跡變泰的人物描寫的一般情況。那麼，《殘唐五代史演義傳》在中間起到什麼樣的承前啟後的作用呢？

首先，作為歷史演義小說，《殘唐五代史演義傳》並不以劉知遠窮困時的落魄狀態作為描寫重點，因為它沒有這麼多的篇幅去寫每一個英雄人物的微時狀態，而是一開場就寫其從軍以後在戰場中的表現。其次，對劉知遠八面威風的描寫主要體現在戰場生活，是軍事方面的大將軍八面威風，而不像宋元話本那樣寫日常生活方面的人模人樣。第三，對於呼朋引類的兄弟結拜情節，在歷史演義小說《殘唐五代史演義傳》中也被有意無意地淡化，更強調的是建功立業的君臣風雲際會。這一點，又得力於宋元話本小說的灌溉。第四，這種改造，使宋元話本小說和宋元戲曲中劉知遠一類的發跡變泰的英雄人物更加「回歸」歷史，並給後代的俗文學、尤其是歷史演義、英雄傳奇小說提供了學習的範型與摹本。《樵史通俗演義》寫李自成對劉知遠的欽佩和豔羨就是證明。

二

在劉知遠形象塑造方面，《殘唐五代史演義傳》最大的成績就在於對其英勇善戰的描寫。請看如下場面：

> 知遠截阻去路，厲聲大罵曰：「逆賊子，我在此等久！好將小姐

留下，饒你性命。如或執迷，決無干休。」朱義聽得此言，慌自逃
走。友珍一馬當先，問來將何名。知遠答曰：「吾乃沛邑劉知遠是
也。」友珍曰：「吾與汝無仇，緣何阻我去路？」知遠曰：「汝乃不
仁，奪人妻子。」友珍大怒，躍馬挺槍，直取知遠，兩馬相交，戰
不數合，知遠大喝一聲，友珍措手不及，被知遠一刀斬於馬下。餘
眾四散，各自逃生。（第二十六回）

　　知遠大怒，輪刀直取朱溫，二人戰上五十餘合，不分勝負。知
遠取鞭在手，大喝一聲，朱溫躲避不及，中了一鞭，抱鞍吐血，撥
馬而走。知遠飛馬趕來，看看趕上，不防朱溫暗取雕弓，搭箭當弦，
回馬望知遠一箭，正中左腿，知遠翻身落馬。朱溫部將齊克讓殺出，
卻得岳存訓、向慎之兩個救回營去。（第二十八回）

像這樣不顧生死，在戰場上英勇殺敵的行為，小說中的劉知遠多有表現。其
實，歷史上的劉知遠也的的確確是一位勇敢剛毅而又當機立斷的將軍。新舊
五代史均記載了他年輕時的一件事：「初事唐明宗，列於麾下。明宗與梁人對
柵於德勝，時晉高祖為梁人所襲，馬甲連革斷，帝輟騎以授之，取斷革者自
跨之，徐殿其後，晉高祖感而壯之。」（《舊五代史·漢書·高祖紀》）「與晉高
祖俱事明宗為偏將，明宗及梁人戰德勝，晉高祖馬甲斷，梁兵幾及，知遠以
所乘馬授之，復取高祖馬殿而還，高祖德之。」（《新五代史》卷十）從這些記
載中可以看出，劉知遠在對付突發事件時，不僅是果斷的，而且充滿了智慧。
他這種勇敢果斷、足智多謀，有時甚至還具有過人政治眼光的素質，在《殘
唐五代史演義傳》中亦有頗為生動的描寫：

　　敬瑭與劉知遠議曰：「公主無辜受苦，此仇如何可報？」知遠
曰：「明公久得士卒之心，今據形勝之地，士馬精強，若興兵傳檄，
帝業可成。豈可坐視而忍辱乎？」（第四十六回）

此事發生的背景是：石敬瑭的妻子木樨公主受到後唐廢帝的張皇后欺負，並
被囚禁。公主寫血書給前線帶兵的丈夫，石郎駙馬收信大怒，隨即就與劉知
遠商量對策。劉知遠審時度勢，勸石敬瑭借機與後唐廢帝爭奪江山。此事一
方面可以看出石敬瑭對劉知遠信賴有加，另一方面也顯示了劉知遠具有遠大
的政治眼光，值得信賴。對於劉知遠的智勇雙全和遠見卓識，小說中還通過
其他人物的視角進行渲染。第五十一回，自立為帝的殷主王延政手下參軍雷
友金說「劉知遠善能用兵，威振華夏」。第五十六回，契丹主聽說弟弟偉王軍

馬盡被劉知遠部下殺了，不禁大驚曰：「知遠必乘勝而出，使吾無葬身之地。」通過上述這樣一些正面描寫和側面烘托，使眼光過人且能征善戰的劉知遠形象在《殘唐五代史演義傳》中顯得頗為出色。

在五代開國君王中，劉知遠出身貧寒，對社會諸多現象理解深刻，屬於最具遠見卓識，隨機應變且能征慣戰的一位。這些，在史籍記載和後人評價中屢屢可見：「清泰元年，晉高祖復鎮河東。三年夏，移鎮汶陽。帝勸晉高祖舉義，贊成密計，經綸之始，中外賴之。」（《舊五代史·漢書·高祖紀》）宋人孔平仲《續世說》中還記載了劉知遠嚴於治軍的故事：

> 劉知遠謂晉高祖曰：「願陛下撫將相以恩，臣請戢士卒以威，恩威兼著，京邑自安。本根安固，則枝葉不傷矣。」知遠乃嚴設科禁，宿衛諸軍無敢犯者。有軍士盜紙錢一襆，主者擒之，左右請釋之。知遠曰：「吾誅其情，不計其直。」竟殺之，由是眾皆畏服。（卷二「政事」）

就這樣，劉知遠主動請求與石敬瑭一個唱紅臉，一個唱白臉，寧可自己扮演得罪人的角色，從而使軍隊大治，這其實是一種深層智慧。正因如此，王夫之才在《讀通鑑論》中將劉知遠與石敬瑭進行比較分析，並大力讚揚劉知遠：

> 劉知遠之智，過於石敬瑭也遠甚，拒段希堯、趙瑩移鎮之謀而亟勸敬瑭以反，其情可知也。當其時，所謂天子者，苟有萬人之眾、萬金之畜，一旦蹶起，而即襃然南面，一李希烈、朱泚之幸成者而已。范延光、趙延壽、張敬達之流，智力皆出知遠下，而知遠方為敬瑭之偏裨，勢不足以特興，敬瑭反，而後知遠以開國元功居諸帥之右，睨敬瑭之篡而即睨其必亡，中州不歸己而奚歸邪？嗚呼！人之以機相制，陰陽取與伏於促膝之中，效死宣力，皆以自居勝地，而愚者不悟，偷得一日之尊榮以亡其族，亦可愍矣哉！（卷二十九「五代中」）

的確，無論是政治眼光，還是做人的標準，劉知遠都比石敬瑭高出許多。司馬光《資治通鑑·後晉紀》有一段記載很能說明問題：

> 石敬瑭遣間使求救於契丹，令桑維翰草表稱臣於契丹主，且請以父禮事之，約事捷之日，割盧龍一道及雁門關以北諸州與之。劉知遠諫曰：「稱臣可矣，以父事之太過。厚以金帛賂之，自足致其兵，

> 不必許以土田，恐異日大為中國之患，悔之無及。」敬瑭不從。（卷
> 二百八十）

這段文字下面，胡三省注曰：「他日卒如劉知遠所言，為契丹入中國張本。」
石敬瑭割讓給契丹的「盧龍一道及雁門關以北諸州」，也就是後人所謂燕雲十
六州，這麼大一片土地割讓給契丹人，對中原造成了極大的禍亂。不僅後晉、
後漢、後周的統治者再也沒有收回這塊土地，終宋一代，也是「幽燕不照中
天月」（劉因《白溝》），由此可見石敬瑭的短視與罪惡，同時也可以看出劉知
遠在政治上的目光如炬。

劉知遠不僅自己具有敢於擔當的勇敢果決，而且他選擇的手下也有「敢
當」之氣概。褚人獲《堅瓠四集》中對於「石敢當」的生動記載，或許從側面
能窺見劉知遠及其手下的勇士風采：

> 人家門戶，當巷陌橋樑之衝，則立小石將軍，或植石碑，鐫字
> 曰「石敢當」以厭禳之，不知起於何時。按石敢當，見史游急就章
> 顏師古注曰：「衛、鄭、周、齊，皆有石氏，其後因以命族；敢當，
> 所向無敵也。」據此，其名始於西漢。《五代史》載劉知遠為晉押衙，
> 高祖與愍王議事。知遠遣勇士石敢，袖鐵椎，侍晉祖以虞變，敢與
> 左右格鬥而死。今立門首以為保障，似取五代之石敢。其曰「當」
> 者，或為惟石敢之勇，可當其衝也，否或因急就章之石敢當也。（卷
> 三「石敢當」）

這段文字中的《五代史》包括新舊五代史，二書均有有關於劉知遠與石敢的
簡略記載：「閔帝左右謀害晉高祖，帝密遣御士石敢袖鎚立於晉高祖後，及有
變，敢擁晉高祖入一室，以巨木塞門，敢尋死焉。」（《舊五代史》）「知遠遣勇
士石敢袖鐵槌侍高祖以虞變。高祖與愍帝議事未決，左右欲兵之，知遠擁高
祖入室，敢與左右格鬥而死。」（《新五代史·漢本紀》第十）兩書記載雖小有
不同，但劉知遠的知人善任和石敢的勇猛頑強卻都躍然紙上。

綜上可見，《殘唐五代史演義傳》根據相關的歷史資料和民間傳說，將劉
知遠塑造成為一個目光遠大、智勇雙全、果敢堅定、臨危不懼、隨機應變、知
人善任的英雄人物。在五代開國之君中，應該是最優秀的。而劉知遠這種近
乎完美的大將軍風度，經《殘唐五代史演義傳》定格之後，又對同時和以後
的俗文學作品的創作產生了重大影響。如明代成化年間出版的《石郎駙馬
傳》就多次寫到劉知遠，尤其是其中一段，借劉知遠的寶刀寫其大將軍八面

威風，真正是渲染得十分到位：

> 卻說桑丞相，見點人馬完聚，只待吉日良時，便要登途，當時只聽〔對〕駙馬言曰：「若欲明日就要行兵，可將劉知遠冰〔並〕鐵打就剛〔鋼〕刀一口，插在三關面上，便交〔叫〕眾將拜於此刀，倒者即便行兵。如若不倒，難以登途。」駙馬見說，即便依允。等待來朝天曉，便見如何。【唱】石郎見說心歡喜，依了桑丞相一人。借了知遠刀一口，插在三關大寨門。當時把刀來立起，插在三關面上存。好個有名劉知遠，他是安邦定國人。他有此刀真個大，上秤秤來一百斤。冰〔並〕鐵真剛〔鋼〕來打就，此刀真個寶中珍。插在三關大寨內，石郎便把寶香焚。燒起寶香煙一道，諸官來做拜刀人。大小眾官都道好，都拜三關寶刀身。

石敬瑭的部隊出發打仗，卻要祭拜石郎駙馬手下首席大將劉知遠的並鐵刀，可見劉知遠在軍中的威信有多高，而劉知遠威信的建立，並非因為他出身豪門，也不是因為他家財萬貫，而是他諸多優秀品質多次閃現的結果。更為重要的是，在《殘唐五代史演義傳》中，還有一段描寫，更能體現劉知遠勝過石敬瑭一籌。當石敬瑭為妻子報仇抓獲張皇后以後，這位尚未登基的新天子居然產生了將張皇后「欲留在後宮」享用的無恥念頭，幸虧「殿前閃過劉知遠」，直言奉勸、斷然制止，才澆滅了石敬瑭心中罪惡的火苗。而這段描寫，同樣出現在《石郎駙馬傳》中：

> 妝果〔裹〕一人張皇后，整齊鸞〔鑾〕駕出宮門。……皇后看了人和馬，眼中流淚落紛紛。姑嫂二人重相見，嫂嫂便拜國姑身。伏望我姑生慈憫，放我殘生一命魂。駙馬見他如此說，一時心裏便思論。把他帶上三關去，一國山河便太平。此時轉過劉知遠，伏惟駙馬你知聞。我今與你言此事，莫留皇后姓張人。單為此人生歹意，起動三關馬共人。駙馬見說言道是，連忙推出法場門。推出法場中上面，執刀總管姓柴人。手執無情刀一把，囑付〔咐〕張皇后一人。你在宮中多了得，今朝做個吃刀人。聽得一下刀聲響，皇后頭落地中心。

作為一個從窮漢到士卒再到軍閥最終登基為帝的歷史英雄人物，劉知遠的形象在《殘唐五代史演義傳》中定型以後，不僅影響了上述講唱文學，而且對戲劇舞臺卓有影響。明代以後關於劉知遠的戲曲和民間講唱作品的著錄不絕

如縷，擇其要者而言之如下：

「《劉知遠風雪紅袍記》，此戲未見著錄。張牧《笠澤隨筆》所錄《百二十家戲曲全錦目》有《風雪紅袍劉知遠》一本。又《金瓶梅詞話》第六十四回中，有遞上關目揭帖，採了一段《劉知遠紅袍記》云云。疑即指此本。今盲詞中有說《紅錦袍記》，亦係劉故事，題材相同。佚。」

「劉唐卿……《李三娘麻地捧印》，《錄鬼簿》（曹本）著錄。賈本別作《李三娘麻地裏傍郎》。簡名《李三娘》。《太和正音譜》、《元曲選目》均簡名《麻地捧印》。……佚。」

「《劉智遠白兔記》，此戲未見著錄。明萬曆間富春堂刊本，許之衡飲流齋據富春堂重訂鈔本，《古本戲曲叢刊初集》本據富春堂刊本影印。」

「《白兔記》，清道光五年（1825）抄本。題《新編劉知遠磨房相會白兔記》，二卷，一冊。」（胡士瑩編《彈詞寶卷書目·彈詞目》）

「《李三娘寶卷》，惜陰書局石印本。」（胡士瑩編《彈詞寶卷書目·寶卷目》）

「《五龍鬥》：史彥唐、高行周隨李克用、李嗣源、石敬瑭、郭威、劉智遠等人共在狗家疃合戰王彥章，王不得出，自刎而死。」「《李三娘》：劉智遠未得志時，於藥王廟偷雞，得遇李修元，李以女三娘妻之。李夫婦死，三娘兄洪義及嫂嫉劉，屢欲害之。劉守瓜園，降瓜精，往邠州投軍。兄嫂逼李三娘改嫁不從，逼使推磨、汲水，苦受折磨。李磨房產子，命名咬臍郎，嫂奪子投河中，為竇老所救，護送至邠州。劉以軍功為節度，咬臍郎長成，出獵，遇三娘於井臺，代其寄書，劉始知為己妻，易服回家，磨房相會，擒李洪義夫婦，一家團圓。」（陶君起編著《京劇劇目初探》）

有趣的是，在上述與劉知遠相關的戲曲與民間講唱作品中，講述的卻是兩個方面的內容，一是劉知遠從窮漢到皇帝奮鬥過程，另一個則是劉知遠與李三娘悲歡離合的婚戀故事。而後者，在《殘唐五代史演義傳》中述之甚微，成為劉知遠故事的又一系列。

<h2 style="text-align:center">三</h2>

關於劉知遠與李三娘的故事，史書中記載頗為簡略。《舊五代史》謂：「高祖皇后李氏，晉陽人也。高祖微時，嘗牧馬於晉陽別墅，因夜入其家，劫而取之，及高祖領藩鎮，累封魏國夫人。……天福十二年冊為皇后。」（《漢書·后

妃列傳》）《新五代史》的說法基本一致：「高祖皇后李氏，晉陽人也，其父為農。高祖少為軍卒，牧馬晉陽，夜入其家劫取之。高祖已貴，封魏國夫人，生隱帝。……高祖即位，立為皇后。」（《漢家人傳》）

綜合二傳所述，有幾個要點：第一，李皇后出身晉陽農家；第二，劉知遠微時為軍卒，在李氏家附近牧馬；第三，劉知遠入李氏家搶劫而娶之；第四，劉知遠發達後，先封李氏為魏國夫人，後封其為皇后。第五，在新舊《五代史》中，於劉知遠、李氏之間，均無另一個女人岳氏的記載。

然而，就是這麼一個軍卒強取農家女後來又貴為皇后的故事，在此後的俗文學中被寫得五彩繽紛，甚至成為一個「俗典」。

首先來看《五代史平話‧漢史平話》，在這個講史話本的目錄中，涉及劉知遠、李三娘故事的條目如下：「劉知遠借宿李長者莊上，李敬儒得異夢，李敬儒收劉知遠養馬，見劉知遠有異相，李敬儒招劉知遠為女婿，知遠被兩舅潺儳，劉知遠去太原投軍，……劉知遠為北京留守，軍卒報劉承義娘子消息，劉知遠自到孟石村探妻，知遠裝做打草人，劉知遠見李敬業，知遠見三娘子，知遠趕回行司，知遠統軍到孟石村，知遠坐李長者廳上，喚三娘子拜受夫人宣命，知遠責罵兩舅，要斬兩舅李洪信洪義，洪信兄弟得叔父救免，知遠帶取夫人回府。」這些條目是經過筆者篩選而得出來的，是有意而為之。有趣的是，大體與《五代史平話》同時的金代作品《劉知遠諸宮調》殘卷，卻由「歷史」做了一個選擇。這部唱本殘存的部分恰恰就是劉知遠與李三娘故事：「知遠走慕家莊沙陀村入舍第一，知遠別三娘太原投軍第二，知遠充軍三娘剪髮生少主第三，知遠探三娘與洪義廝打第十一，君臣兄弟子母夫婦團圓第十二。」而《五代史平話》中的「李敬儒得異夢」和《劉知遠諸宮調》中的相應傳奇色彩情景的描寫又特具異曲同工之妙：「李敬儒夢見甚底？夢見他門樓上有一條赤蛇，纏繞作一團，被敬儒將棒一驅，那赤蛇奮起頭角，變成一條青龍，在霧露中露出兩爪，嚇得李長者大叫一聲，魂夢忽覺。」（《五代史平話》）「【商調‧定風波】老兒離莊院，料他家中，須是豪強。……見槐影之間，紫霧紅光。睹金龍戲寶珠，到移時由有景象，罩一人，鼻如雷，臥堰仰，萬千福相。【尾】翁翁感歎少年郎，這人時下別無向當，久後是一個潛龍帝王。」（《劉知遠諸宮調》）如此，就將劉知遠的發跡變泰蒙上了一層神秘的迷霧。這種描寫，在稍後的南戲《白兔記》中也有表現：

> 遠遠望見臥牛岡邊，一道火光，透入天門。莫非小的失火？待

我觀看。【下山虎】見一人高臥，見一人高臥，倒在蒿蓬。鼻息如雷振也，氣如吐虹。我把兩眼摩挲，覷他貌容，呀！原來是霸業圖王一大雄。更有蛇穿竅定須顯榮，振動山河魚化龍。咳！自古道：草廬隱帝王，白屋出公卿。蛇穿五竅，五霸諸侯。蛇穿七竅，大貴人也。我家一窪之水，怎隱得真龍在家？眉頭一皺，計上心來。我小女三娘，未曾婚配他人，趁此漢未發達之時，將女兒配為夫婦，後來光耀李家莊。（第六齣「牧牛」）

《白兔記》所述劉知遠與李三娘故事與《五代史平話・漢史平話》的開頭部分以及《劉知遠諸宮調》殘存部分有很大的相同之處，可見在宋元講史話本、金代諸宮調和宋元南戲中這種同題材的作品頗為多見。但三部作品所敘故事還是有某些差別，其中最大的差別就是有沒有「岳家父女」。《劉知遠諸宮調》這一段恰巧缺佚，不好妄斷。而《五代史平話》中的描寫卻是完整的，敘劉知遠被兩個舅子潺憝，不得已而從軍，是「一直奔去太原府李橫衝帳下」，後來又與「石敬瑭兩個廝合結義，做個兄弟」，然後逐步發達。但白兔記卻寫的是：「知遠投軍，卒發跡到邊疆，得遇繡英岳氏，願配與鸞凰。」兩者迥然不同。

劉知遠與岳家父女的故事，在《白兔記》中是被大肆渲染的。尤其是岳繡英小姐「發現」並同情劉知遠一段，更具傳奇色彩。據《曲海總目提要》卷四《白兔》所敘，劉知遠「往并州，投岳勳節度麾下為軍。岳有女繡英，見智遠徼巡，寒凍難忍，取一衣從樓上投與之，而誤取勳錦袍。智遠不知，以為天賜也。勳索衣不得，而軍士見智遠所衣，以告於勳。勳欲重罪之，見其有金龍護身之異，乃不加罪，而以為贅婿」。且看岳繡英同情劉知遠而高樓拋衣一段：

（小旦）喝號三更鼓，聲音似龍虎。款款推窗看，只見紫霧紅光護。前生做人做人修不足，今世裏罰令你受勞碌。好苦！倒跌倩誰扶？未審家鄉，家鄉在何所？奴家有恤孤念寡之心，見他身上寒冷，我爹穿不了的舊衣，搬一件與他遮寒。天上人間，方便第一。

（小旦下）（第十七齣「巡更」）

這樣的關目，在《五代史平話》中沒有，不料在根據《五代史平話》發展而成的《殘唐五代史演義傳》第二十七回中卻被改造為一個很生動的場面，而且佔了不小的篇幅：

　　時彥真一女名曰玉英，與一使女乘夜出院步月。忽然望見營內紅光一道，閃爍耀目，二人疑為火發。近前視之，乃一將士熟睡於此，果然紅光罩體，鼾聲如雷。二人吃了一驚，急忙轉歸私宅來，告知其父。父曰：「待我自去看他。」視之，果是知遠。數日戰倦，故此熟睡。「向來累有異能，真帝王氣象。今夜之事，只你我知之，不可漏泄。」是夜各自安歇。次日彥真備酒，請知遠賀功。酒至半酣，彥真曰：「今日此酒專為足下而設，某有一事，今以實告。累蒙足下建功，無以補報，某有一女，名曰玉英，年方二八，願與足下為妻，意下如何？」知遠曰：「某乃一小卒，大人乃朝廷元臣，以令愛而配末卒，正所謂貴賤不伴，某安敢望此？」彥真曰：「今敵朱溫逆賊，別無英雄，惟足下耳！某等之命，皆賴足下，望乞勿辭。」知遠跪謝曰：「誠如此，願當犬馬之報。」彥真大喜，喚女玉英與知遠當日成親。

《殘唐五代史演義傳》不僅將故事中的女主角岳繡英改為岳玉英，更重要的是刪掉了由「誤會法」形成的「高樓拋衣」事件，並將其改造為另一種「誤會」，岳小姐誤以為起火而其實是劉知遠睡著後紅光罩體。其實，稍微細心一點考察，我們就可以發現，這是將李三娘的故事移植到岳玉英身上。因為《殘唐五代史演義傳》中並未涉及李三娘故事，但那個紅光罩體的故事又確實很吸引人，於是，小說作者就移花接木，來了一番藝術處理。由此看來，《殘唐五代史演義傳》的故事敘述並非僅僅依靠歷史資料如新舊《五代史》，或者只是源自《五代史平話》這樣的講史話本，對於像《白兔記》這種活躍在舞臺上的戲曲作品，作者也是經常投之以青目的。這大概也算得上是《殘唐五代史演義傳》的一種藝術性的「承前」吧。

　　相比較而言，南戲《白兔記》描寫的劉知遠故事較之講史話本《五代史平話》更野、更俗、更具傳奇性，例如下面這一段「劉知遠殺鬼得寶」的描寫：

　　　（鬼上）那裡生人氣？（生）我是村中好漢。（鬼）好漢好漢，生吃你一半，死吃你一半。（生）拿住妖精，一刀兩段。（殺介。鬼下。生）業畜鬥俺不過，放一道火光，徑入地裂去了。待我掘開來看，卻原來一塊石皮。下面石匣裏面，頭盔衣甲，兵書寶劍。我劉智遠喜的是兵書，明月之下觀看則個。有幾行字在上：「此把寶刀，

　　付與劉暠。五百年後，方顯英豪。」劉智遠前程有分了！（第十二
　　齣「看瓜」）

這樣的片段，在《五代史平話》中沒有看到。但這種英雄戰妖精而得寶貝的
描寫對後代章回小說、尤其是英雄傳奇小說和武俠小說卻產生了巨大影響。
那麼，這樣的描寫在《殘唐五代史演義傳》中是否存在呢？答案是否定的。
因為這是一部歷史演義小說小說，對於神奇怪異的描寫儘量避免，除非在萬
不得已的時候才偶而露崢嶸，寫那麼一點點。

　　劉知遠的故事，在《殘唐五代史演義傳》之後，還有不少俗文學作品涉
及，上面我們已經提到過一些戲曲和民間講唱作品，下面再舉兩個將劉知遠
作為「俗典」運用的例證：

　　　　〔旦〕我看了又看，分明是虎，卻不知怎的向後是人。娘，我
　　想來當初漢高祖在芒碭山中，所居之地，有雲氣在上；劉知遠微時，
　　五色蛇鑽他七竅。帝王將相，俱有靈異。（明·張四維《雙烈記》第
　　十二齣「就婚」）

　　　　當時晉齊帝，名重貴，禪位與後漢高祖劉知遠為帝。其時，國
　　家多亂，四方反側尚多。知遠既殂，其子承祐為隱皇帝，即了天
　　位。……這隱皇帝原是其母李氏所生，乳名喚做咬臍的便是。（《二
　　刻醒世恆言》第三回「九烈君廣施柳汁」）

上一例中的「旦」扮演的是巾幗英雄梁紅玉，她所看到的現身為虎之人乃韓
世忠，這裡用了兩個「俗典」來比擬韓世忠，一是漢高祖劉邦，另一個就是後
漢高祖劉知遠，而三者之間最大的共同點就是「帝王將相，俱有靈異」。下一
例的發言者是「九烈君」，他是一位掌管文人命運的神靈，據小說作者所言：
「儒生的祿籍，都是梓潼神所掌，還有一位九烈君，識人善惡。有那文齊福
齊的，這九烈君用綠柳之汁，染他衣上，這人就得脫白換綠，中了高第；若不
遇得這九烈君用柳汁染衣，任你才華，終身不得一榮顯哩。」言語之中，也將
劉知遠、李三娘、咬臍郎作為俗典引用。

　　綜上所述，根據現有的資料，劉知遠生平事蹟在通俗文學中形成了三個
「故事株」：《五代史平話》《白兔記》和《殘唐五代史演義傳》，且三者之間
的故事互有交叉。相比較而言，《五代史平話》比較接近歷史，《白兔記》更
為「稗野」一些，而《殘唐五代史演義傳》在兩者之間各有取捨，最終成為
劉知遠故事的集大成之作。同時，這三個故事株或共同、或各自，又都對其

後通俗文學中劉知遠故事的敘寫產生了不同程度的影響。從這個意義上講，《殘唐五代史演義傳》堪稱劉知遠傳奇故事中一部重要的承前啟後的通俗小說作品。

（原載《羅學》第六輯，中州古籍出版社，2018 年 10 月出版）

橫絕三國水澤的一葉扁舟——代序

　　本書作者沈忱（燦爛海灘），江西南昌人，是一位出生於 1967 年的中年學者。他自小得益於父親沈家仁先生的薰陶，對《三國演義》《水滸傳》等古典小說名著尤有興趣，作研究筆記已近三十年。沈忱先生不求聞達，不計名利，潛心於研究，終成著名文史專家。自 2006 年至今，他出版的著作有《煮酒品三國》、《三國，不能戲說的歷史・諸侯》、《三國，不能戲說的歷史・英雄》、《告訴你一個真三國》、《智者千慮諸葛亮》、《那時英雄——正說三國名將》、《三國不是演義》、《我是曹操——亂世英雄的傳奇經歷》、《三國謀士今日觀》等。這次出版的《煮酒品三國》是沈忱增訂後再版的一部力作。

　　研究中國古代小說名著《三國演義》《水滸傳》的方法有多種，角度也有多重。但是，最常見的角度無非是文獻的、文學的、文化的。沈忱先生的《煮酒品三國》一書，應該說是這三種角度的綜合。

　　從文獻的角度去考證《三國演義》的歷史真實與藝術虛構等問題，可以看出作者的學術功底；從文學的角度去分析《三國演義》人物情節與思想內涵等問題，可以看出作者的理論素質；從文化的角度去輻射《三國演義》所描寫的社會現象和民風民俗等問題，可以看出作者的生活視野。

　　讀了《煮酒品三國》以後，對於以上三方面的感覺越來越強烈，結合沈忱的研究經歷，我們會更加深刻地認識到他這種深厚的學術功底、高度的理論素質、廣闊的文化視野的形成並非一曝十寒，也不是一蹴而就。冰凍三尺非一日之寒，成功的果實，總是為勤奮者準備的。

　　由於作者深厚的學術功底、高度的理論素質、廣闊的文化視野的綜合作用，使得這部力作具有了學術性、知識性、趣味性三結合的特殊效果。

　　學術性體現在哪裏？一個「嚴」字可以概括。嚴格的要求、嚴密的考證、嚴謹的結論，如「三顧茅廬與毛遂自薦辨析」、「曹操是如何變成花臉奸臣的」、「呂布誅董的背後」、「談談關羽失荊州」、「天縱之才周公瑾」等篇足以證明。且看：「羅貫中最後來了個集大成，他在小說《三國演義》中對於曹操的塑造，更是令曹操的奸臣形象活靈活現，深入人心。那麼，造成這種現象的原因是什麼呢？這主要是由於民族矛盾引起的。從宋代到元末的幾百年間，漢族屢遭外族的殘酷壓迫和統治，使得漢族人民不得不奮起反抗，有了『還我河山』的願望。這種社會現象反映在當時的文藝作品之中，就突出地表現為一些帶有明顯傾向性的作品的出現。而當時的作家又以當時最為流行的三國故事作為題材來體現『人心思漢』把劉備、諸葛亮的蜀漢政權當做自己民族的英雄來懷念，而把董卓、曹操之流看成是殘暴的統治者而仇恨，加上在歷史上曹操也的確有過類似的劣跡，因此，曹操也終於由一個有本事的人、一個英雄變成了一個花臉奸臣了。」這樣的論證，毫無疑問是切中肯綮的，也符合文學史的實際。

　　知識性體現在哪裏？一個「博」字可以概括。書本知識、社會知識、自然知識乃至於極其細微的日常生活的知識點，作者都不放過。這些，在「談談『降漢不降曹』」、「『面如重棗』過不了醫學關」、「此劉岱非彼劉岱」等篇中均可窺其端倪。例如：

　　　　這「面如重棗」有什麼問題呢？前些年有一本叫做《三國演義醫學趣談》的書，作者是兩位醫生，他們從醫學的角度分析了「面如重棗」的問題，算是給前人「補」上了一課。書中提到：

　　　　臨床看，面色的變化可以發現的問題還真不少呢！病人面色大紅一般可見於紅細胞增多症、腎上腺皮質功能亢進、面部濕疹、面部脂溢性皮炎、高熱及某些藥物中毒。

　　　　按照該書的分析，這個關羽一出場就是個病患者，這個笑話可就鬧大了。

　　　　關羽長相的故事，其實說明了一個問題：儘管《三國演義》是一部偉大的作品，但是這也不能說明它就是完美無缺的，也會出現這樣或者那樣的錯誤和缺點。因此，我們在閱讀作品的時候，都要多問幾個為什麼。只有這樣，才能找出作品的優缺點，從而增長自己的知識和見識。一味的棒殺不行，一味的捧殺也不行。客觀、公

正，才是最為科學、合理的方法。

具備這樣的知識，讀《三國演義》就更為有趣了。

說到一個「趣」字，我們不得不專門談論一下《煮酒品三國》的「趣味性」。諸如「倒楣的曹操」、「撲朔迷離的孫夫人」、「傷腦筋的貂蟬」、「張飛是有藝術才華的」、「悠然自得龐德公」等篇，都是顯得特別趣味盎然的。你看：「自從羅貫中的《三國演義》問世之後，貂蟬的形象迅速走紅。到了後來，貂蟬竟然赫然列入中國古代四大美女的行列，與西施、王昭君、楊玉環等人齊名，並以『閉月』一詞作為貂蟬的代名詞。數百年來，貂蟬的嫵媚倩影在各種故事、戲曲、電影裏招搖生姿，就連貂蟬的籍貫地，大家也都爭得不亦樂乎。有人說她是山西的，有人說她是陝西的，還有人也不知是怎麼研究出來的，證明貂蟬是甘肅的。不過很遺憾，結果是誰也沒爭贏，還是那麼懸著。上面提到的是《三國演義》中貂蟬的形象及影響，這裡要談另外的一個問題：羅貫中所描述的這個貂蟬在歷史上的本來面目究竟是怎樣的呢？查遍史料，結果很是令人遺憾：歷史上根本就沒有貂蟬這個人物。」那麼，貂蟬的「歷史真實性」究竟如何？隨後，作者經過嚴密的考證之後，得出了令人信服的結論：

> 根據以上記載可以得出這樣一個大致的結論：這個小說中出現的貂蟬，在歷史上只能說是個若隱若現的人物，而所謂的美人計的故事則完全是虛構出來的。董卓被殺，完全是以王允、呂布為代表的并州勢力與以董卓為代表的涼州勢力之間的一場政治鬥爭，並不是一場因女人而發生的衝突。

至於哪一位讀者要想得到作者更為詳盡的史料鉤沉和文學分析，那就請你自己去看沈先生在本書相應處的「迷你」文字吧！總之，那裡是一片盎然的情趣。

其實，筆者以上將《煮酒品三國》中的學術性、知識性、趣味性分開來舉例說明是很不科學的做法，在該書中，這三者之間往往是水乳交融的。筆者這樣做，實在是為了說明問題的方便。

除了以上三大特點以外，沈忱先生的這本專著中還有許多讓我們不得不刮目相看的地方。譬如作者對《三國演義》中的次要人物形象分析非常到位：這方面可看「雄霸西北話韓遂」、「亦正亦邪賈文和」、「才高德薄論劉曄」、「實力不濟的韓馥」、「名士田疇」、「『小人物』張楊」、「充滿傳奇色彩的陳登」、

「自負才智談陳宮」等篇，作者對這些人物的評價，可謂洞幽燭微、鞭闢入裏。還有，作者聯繫兄弟藝術形式來評價《三國演義》，這就牽涉到了元雜劇中的「三國戲」、京劇、贛劇、滇劇、徽劇、豫劇、婺劇、川劇、秦腔、廣東漢劇以及《新編全相說唱花關索出身傳》等民間藝術方式。從這些地方，我們又明白了一個文學史上的真理：對於《三國演義》這種通俗小說而言，只有植根於民間講唱藝術的沃土之中，它才有旺盛的生命力。進而言之，任何一部成功的文學作品，只有當讀者如雲的時候，它才真正取得了成功。

其實，沈忱先生也是《三國演義》的一位讀者，只不過他比一般讀者更細心、更認真、也更挑剔一些而已。

讀書有兩種最常見的方式，囫圇吞棗的吞咽式和斤斤計較的挑剔式，沈忱先生毫無疑問屬於後者。但有一點我們必須明白，挑剔式的閱讀者在完成他們的過程之後，有感而發的一些文字，往往對更多的吞咽式閱讀者就具有了一種「導讀」的意味。

《三國演義》中的那些真真假假、是是非非，經過沈忱先生的「煮酒品談」之後，是否更具有醇厚的意味呢？如此看來，《煮酒品三國》，是承載我們橫絕三國水澤的一葉扁舟！

甲午年大雪節令於湖北黃石青山湖畔

（原載《煮酒品三國》，中州古籍出版社，2015 年 7 月出版）

主打三國文化，做到「一主多兼」

受訪人：石麟
身　份：湖北師範大學文學院教授
記　者：呂正子、牛志勇

今年 63 歲的湖北師範大學文學院教授石麟，從事中國古代小說研究已近 40 年。提起《三國演義》及其背後的三國文化，他感慨頗多。

「《三國演義》這部小說的故事遍布全國，豐富的內容給後人提供了無限的資源！」石麟說，三國文化是一個多面體，包含政治、軍事、外交、科技及旅遊等方面。現在，很多地方在大力發展三國文化，其實都是在開發三國文化旅遊。

就許昌來說，這裡有 3 塊三國文化「金招牌」。

一是曹操，一代梟雄的光芒遮過了歷史上很多的帝王，他在許昌創立基業，給這座城市在後世的發展奠定了基礎；二是關羽，他在許昌夜讀春秋，在灞陵橋頭辭曹西去，留下了「忠義千秋」的美名；三是豐富的三國民間故事傳說，它們也可以為許昌增色。

對於未來許昌三國文化的發展，石麟提出了兩點建議。

第一要「一以貫之」，堅持不懈、持之以恆地把三國文化這張牌打下去，做出自己的特色。

第二要「一主多兼」，在主打三國文化的同時，做好三國文化與其他文化相結合。

「湖北的荊州和宜昌也是三國名城！」石麟說，他們在深挖三國文化的

同時，分別發展了楚文化和三峽文化。就許昌而言，歷史上除了三國時期的
政治鼎盛之外，還有北宋時期的文化繁榮。歐陽修、梅堯臣、蘇軾等著名文
人都曾在許昌吟詩唱和，許多作品已成為名篇。如果許昌在主打「三國牌」
的同時，兼顧發展宋文化，會使許昌的歷史文化底蘊更加厚重。

（原載《許昌晨報》2016 年 4 月 29 日 A6 版）

鳳雛先生斷案如神的故事來源

　　《三國志通俗演義》中的鳳雛先生龐統字士元，其「智商」僅次於臥龍先生諸葛孔明。但是，他的運氣卻比諸葛亮差遠了。雖說三國時代三方的最高統帥龐士元都有所接觸，然而他的才華卻是遲遲不得展現。首先，他認識了曹操，並給曹操獻了一條流傳千古的「連環計」，但那不過是狠狠地坑了曹孟德一把。當然，鳳雛先生就不大可能在曹魏那一方謀求發展了。後來，他被魯肅推薦給孫權，卻不料年輕的孫仲謀認他為「狂士」而「誓不用之」。結果，只取得了魯肅的一封推薦信，要他轉投劉皇叔。其實，此前龐統身上已經有了諸葛亮一封邀請函，約他「來荊州共扶玄德」。

　　按照一般人的想法，劉備一向思賢若渴，又早聞鳳雛先生名號，更有諸葛亮、魯子敬「雙重」信函推薦，龐統這一次一定是青雲直上、飛黃騰達了。誰知卻發生了出人意料的一幕：

> 此時孔明按察四郡未回，門吏傳報：「江南一名士龐統，特來相投。」玄德聞之久矣，便教請入相見。統見玄德，長揖不拜。玄德見統貌陋，心中亦不悅，乃問統曰：「足下遠來，欲何為也？」統不拿出魯肅、孔明書投呈，乃答曰：「聞皇叔招賢納士，特來相投。」玄德曰：「荊、楚稍定，苦無閒職。此去東北一百三十里有一縣，名耒陽縣，缺一縣宰，公且任之，如後有缺，當重用。」統思：「玄德待我何薄！」欲以才學動之，見孔明不在，遂勉強相辭而去。（《三國志通俗演義》卷之十二《耒陽張飛薦鳳雛》）

劉備的「以貌取人，失之子羽」（《史記·仲尼弟子列傳》）我們且不去管他，只說可憐的龐統抱著一腔懷才不遇的憤懣，來到了耒陽縣。上任後，他的表

現的確是非常差勁的：「不理政事，終日嗜酒為樂；一應錢糧詞訟，並不理會。」劉備知道這種情況後非常生氣，就派張飛去巡視。張飛見到龐統時，這位鳳雛先生的表現更加糟糕：「衣冠不整，扶醉而出。」當張飛憤怒地譴責龐統時，卻發生了下面戲劇化的一幕：

> 飛怒曰：「吾兄以汝為人物，令作縣宰，汝焉敢盡廢縣事也！」統佯笑曰：「將軍以吾廢了縣中何事？」飛曰：「汝到任百餘日，並不理詞訟，安得不廢政事也？」統曰：「量百里小縣，些小公事，何難決斷！將軍少坐，看我發落。」隨即喚公吏，將百餘日公務，一時剖斷。吏皆紛然把卷上廳，將訴詞被論人等環跪階下。統執筆僉押，口中發落，耳內聽詞，曲直分明，並無分毫差錯。民皆叩首拜伏。不到半日，將百餘日之事，盡斷了畢，投筆於地而對張飛曰：「難斷之事，在乎曹操、孫權耳。吾視此輩若掌上觀文，量小縣何足介意！」飛大驚，遂下席而謝曰：「先生大才，小子安知？吾當於兄長處極力舉薦。」（同上）

事情的最後結果，當然是劉備委龐士元以重任：「遂拜龐統為副軍師中郎將，與孔明共贊方略，教練軍士，聽候征伐。」

考之歷史事實，龐士元確實當過耒陽縣令，甚至曾被劉備撤職，幸虧魯肅、諸葛亮雙重推薦，方被委以重任。請看史書記載：

> 先主領荊州，統以從事守耒陽令，在縣不治，免官。吳將魯肅遺先主書曰：「龐士元非百里才也，使處治中、別駕之任，始當展其驥足耳。」諸葛亮亦言之於先主，先主見與善譚，大器之，以為治中從事。（《三國志》卷三十七《蜀書》卷七《龐統傳》）

將《三國志》與《三國志通俗演義》關於龐統在耒陽一段進行對讀，發現有兩點相同：第一，龐統在耒陽縣確實有過「不理政事」的行為，也確實引起了劉備的不滿。第二，後來劉備委龐統以重任，乃是由於魯肅和諸葛亮的雙重推薦。但是，兩點相同之處以外，卻有一個極大的不同點：歷史上的龐統在耒陽並無傑出表現，而小說中卻以極為生動的筆墨描寫了鳳雛先生半日之內立斷百餘日事的超凡能力。由此可以得出一個結論：《三國志通俗演義》中關於龐士元在耒陽縣「斷案如神」的描寫並非來自《三國志》。

那麼，這一段精彩的筆墨難道是羅貫中先生向壁虛構的嗎？也不是。筆者偶而之間找到了這段故事的「原型」。請看《太平廣記》卷一七四《俊辯》

二《裴琰之》條的記載：

> 裴琰之作同州司戶，年才弱冠，但以行樂為事，略不為案牘。
> 刺史譙國公李崇義怪之而問戶佐，佐曰：「司戶達官兒郎，恐不閑書
> 判。」既數日，崇義謂琰之曰：「同州事物固繁，司戶尤甚，公何不
> 別求京官，無為滯此司也？」琰之唯諾。複數日，曹事委積，諸竊
> 議以為琰之不知書，但遨遊耳。他日，崇義召之，屬色形言，將奏
> 免之。琰之出謂其佐曰：「文案幾何？」對曰：「遽者二百餘。」琰
> 之曰：「有何多，如此逼人。」命每案後連紙十張，仍命五六人以供
> 研墨點筆。左右勉唯而已。琰之不之聽，語主案者略言事意，倚柱
> 而斷之，詞理縱橫，文華燦爛，手不停綴，落紙如飛。傾州官僚，
> 觀者如堵牆，驚歎之聲不已也。案達於崇義，崇義初曰：「司戶解判
> 邪？」戶佐曰：「司戶太高手筆，仍未之奇也，比四五十案，詞采彌
> 精。」崇義悚怍，召琰之，降階謝曰：「公之詞翰若此，何忍藏鋒，
> 成鄙夫之過。」是日名動一州。數日，聞於京邑。尋擢授雄州司戶。
> （出《御史臺記》）

此處記載，與羅貫中《三國志通俗演義》中的描寫大體相同，只不過羅貫中在《御史臺記》的基礎上運用誇張、對比、渲染等藝術手法更為嫻熟而完備一些而已，當然，作品的藝術效果也就更佳、人物也就更具感染力，從而也給人留下更為深刻的印象。

（原載《閒書謎趣》，河南人民出版社，2010 年 4 月出版）

「苦肉計」的演變

一提到「苦肉計」，大家馬上就會想到《三國志通俗演義》中周瑜打黃蓋的故事：

> 瑜怒不息。眾官苦苦哀告，瑜指黃蓋曰：「若不看眾官面皮，決斬汝首！既犯吾令，且暫免死！左右拖翻，打一百脊杖，以正其罪！」諸官又告，瑜推翻案桌，叱退諸官，便教行杖。左右將蓋剝去衣服，拖翻在地。咬牙切齒，喝令毒打。打至五十，諸官又告。瑜躍起身，指著蓋曰：「汝敢小覷我耶？且寄下五十棍，再有怠慢，二罪俱罰！」恨聲不絕而入帳中。眾官扶起黃蓋，打得皮開肉綻，鮮血淋漓，扶至帳中，昏絕幾番。……瑜曰：「今日打黃蓋，乃計也。吾欲令他詐降，先須用苦肉計瞞過曹操，就中用火攻之，可決勝也。」（卷之十）

周瑜打黃蓋——一個願打，一個願挨。這段故事在中國幾乎無人不知，甚至成為歇後語在民間流傳。然而，《三國志》中之《黃蓋傳》《周瑜傳》中都只記載黃蓋向周瑜獻「火攻計」「詐降計」，並沒有言及「苦肉計」。宋元講史話本《三國志平話》中，已經有「苦肉計」的描寫，但顯得比較粗糙：

> 卻說周瑜帶酒，問眾官：「曹相屯軍夏口百三十萬，若遲疾，夏口必破。眾官誰有計可退曹軍？」內有黃蓋出曰：「元帥使三個官人引五萬軍，暗過柴桑渡口，尋小路到夏口北六十里地屠險處，邀住曹公糧草，無一月，曹公必自殺。名曰斷道絕糧計。」周瑜大怒：「黃蓋此計不中使。」魯肅無計，眾官不語。「黃蓋讒言，即合處斬。」眾官皆勸，免死，打六十大棒。（卷中）

然而，從文學創作的角度看問題，《三國志平話》中的這一段「苦肉計」相較於同樣是宋元講史話本《五代史平話》中所描寫的郭威的「苦肉計」卻要稍遜一籌。

> 郭威脫了衣服，令軍人將他背脊上打了三十下背花，星夜走遇秀容縣北契丹寨上詐降。被巡卒拿去，擁見偉王。偉王道：「這人莫是奸細？交軍下斬了頭來！」郭威垂泣道：「小人遠遠來投大王，要為大王白手取了太原，少報仇怨，怎生疑我是細作，枉把小人殺了。」偉王見說，喚：「且留人。」問：「您是何人？可說因依仔細。」郭威道：「咱是劉招討帳前親兵郭威，因吃酒得罪，被主帥將小人打了三十背花，禁受不遇，特地投奔大王。大王不信，可驗背瘡，便見的實。」偉王看了郭威背上杖瘡，便不疑他。（《周史平話》卷上）

結果呢？郭威憑著這條「苦肉計」和「三寸不爛之舌」，騙過偉王，並誘使其上當，中了埋伏：「那三千伏兵，四面掩殺，偉王僅以身免，俘斬一萬七千餘人。」

《三國志平話》與《五代史平話》同為宋元講史話本，如果想再具體一點，說清二者的故事來源孰先孰後，目前尚無可能。但後者較之前者的描寫更為細膩一些卻是毫無疑義的。但是，無論是《三國志平話》抑或是《五代史平話》，這些宋元講史話本的藝術水平與章回小說《三國志通俗演義》是無法相比的。由此而導致的三本書所描寫的「苦肉計」之知名度，當然也就以《三國志通俗演義》為最。因此，後人一般只知道《三國志通俗演義》中的「苦肉計」，而不知更早的宋元講史話本中的兩個「苦肉計」了。

隨著「三國」故事的深入人心，《三國志通俗演義》中的「苦肉計」又被後代小說作者反反覆覆地引用、借鑒和模仿，竟至成為一種創作模式。

為了說明問題，我們不妨先看一個直接引用的例子：

> 天師道：「七星之壇，貧道一例包管。是誰做個黃蓋痛傷嗟？」眾將官道：「痛傷嗟今番在賊船上。」天師道：「是誰做個鳳雛先進連環策？」眾將官道：「連環策今番在我們船上。」天師道：「諸公高見。苦肉計原本在我，今反在彼；連環策原本在彼，今番反在我。」（《三寶太監西洋記通俗演義》第三十三回）

這裡，所有的「典故」都來自《三國志通俗演義》：七星壇、連環策、苦肉

計，只不過有些錯位使用而已。但無論如何，利用「苦肉計」等計謀來為戰爭服務，《三寶太監西洋記通俗演義》卻與《三國志通俗演義》達到了高度一致。

一般說來，在更多的時候，「苦肉計」主要使用於戰爭或打鬥過程之中。這樣的例子在中國古代涉及戰爭打鬥描寫的小說中不勝枚舉。且看：

> 王則聽馬遂說了，十分歡喜，就留他在州衙裏宿歇。又喚醫人醫治，逐日好酒好食管待他。看看馬遂將息得棒瘡好了，王則並不疑他是行苦肉計的。（《三遂平妖傳》第十九回）

> 岳公見了，就喝罵楊欽道：「我叫你去湖中，把眾賊盡招了來降，今卻只叫這幾個兒來降。原來是個不了漢，見我何為？」喝令左右拖翻在地，杖了二十，道：「我今且恕你，可速速到湖中，盡數招降，方算你的大功。」楊欽喏喏而去。岳公卻暗暗調下三萬人馬，等到黃昏夜靜，遂令眾兵馬銜枚，去攻他的陸寨。眾兵馬到了，一齊擁入。那些賊人不曾防各，慌慌張張，無計可施，都大叫情願投降。岳公遂傳令準降，那一夜就降了有七萬餘人。眾人方曉得日間杖楊欽，皆是岳公與楊欽定下之計，欲以攻其所不備也。（《西湖佳話‧岳墳忠跡》）

> 楊虎來到大寨，見了萬汝威跪下哭道：「不聽大王之言，幾乎喪了性命！叵耐岳飛叫我來說大王歸順，回去要斬。幸虧牛皋保救，打了數十，情實不甘，逃到此間。望大王念昔日之深情，代楊虎報了此仇，雖死無恨。」萬大王就命軍士看驗棒瘡，果然打得兇狠。萬汝威忽然大喝一聲：「楊虎，你敢效當年黃蓋獻『苦肉計』麼？」楊虎大叫道：「我此來差矣！」就在腰間拔出劍來要自刎。萬汝威慌忙下坐，雙手扶住道：「孤家與你相戲，何得認真？你若早聽孤言，也不致受苦了。」（《說岳全傳》第三十一回）

> 卻見來人有八九個，都把兩手反綁著；有兩個嘍囉模樣，四隻手擎著七八把火亮。素臣料是用「苦肉計」，按刀而待。須臾，走到跟前，一齊跪下。（《野叟曝言》第十二回）

> 匡胤……左思右想，一籌莫展。忽又想道：「我如今誤入他門，料難出去，不如用一苦肉計，看他意向若何。」便道：「長老，那大

王既是寶剎的施主，在下至此，諒無得生。可將我綁去，送上山寨，一則遂了他報仇之心，二則也見得長老的無量功德。望即施行，莫須故緩。」（《飛龍全傳》第二十回）

張玉峰把上項事說了一遍，又說：「今日之事，我想定一條苦肉計，將馬老哥捆上送至大寨，到那裡就說拿住奸細了。只要見著馬鳳山的面，把老哥你放開了，你我四人拿他，你想好不好？」（《永慶昇平後傳》第三回）

不言而喻，實施「苦肉計」的要點是自願吃苦、吃虧來求得敵人的信任，然後見機而作，最終達到自己或我方的目的。一開始，「苦肉計」多半是自願挨打或者被捆綁，以「受難者」的情狀博得對方的同情，上述幾例都是這樣寫的。到後來，乾脆發展成為做出「示弱」、「吃虧」、「苦情」等種種情態來矇騙對方，從而實施自己的計劃。如此一來，「苦肉計」也就不僅僅適用於戰爭、打鬥的場合，而是滲透到人們生活的每個角落，方方面面。

例如，京師的光棍可以用女人來施行「苦肉計」騙取外地男子的錢財：

胡悅沉吟半晌，生出一計，只恐瑞虹不肯。教眾人坐下，先來與他計較道：「適來這舉人已肯上椿，只是當日便要過門，難做手腳。如今只得將計就計，依著他送你過去。少不得備下酒肴，你慢慢的飲至五更時分，我同眾人便打入來，叫破地方，只說強佔有夫婦女，原引了你回來，聲言要往各衙門呈告。想他是個舉人，怕干礙前程，自然反來求伏。那時和你從容回去，豈不美哉！」……胡悅道：「娘子，我原不欲如此，但出於無奈，方走這條苦肉計。千萬不要推託！」（《醒世恒言·蔡瑞虹忍辱報仇》）

更有甚者，還有父親利用女兒實行「苦肉計」，騙取他人財產的：

靜如小姐道：「不是這麼說，既然爹爹同他說明了要收房，他老子娘忽然來這麼一鬧，這其間更有可疑。他老子那頓打定然是苦肉計！……爹爹倒查點查點，看少了什麼要緊東西沒有。」（《宦海鍾》第二十二回）

不僅男人派女人去行「苦肉計」，女人之間也往往玩弄這一手：

大奶奶道：「此位想是令姑？……令姑姓劉，妾幸同譜，五百年前，合是一家；意欲結為姊妹，以表仰慕之忱。雖似交淺言深，實乃班荊傾蓋，不識可許蒹葭得倚玉樹否？」璿姑暗忖：此惡奴苦肉

計也！（《野叟曝言》第三十二回）

更為有趣的是，官府派出的劊子手奉命行刑，碰到武藝高強的囚犯，居然也想到了「苦肉計」這一招：

那劊子手到牢中，見了禁子商議說：「薛家父子萬夫之勇，那裡綁得他住。不如用個苦肉計。」眾人說：「好計。」來到裏面見了丁山，齊齊跪下，說道：「小人們求千歲看顧，小人家中都有父母妻子。」有數百叩頭不起。（《說唐三傳》第七十四回）

甚至於打官司的時候也可以用「苦肉計」，而且還不止一例：

曹快手那時保出在外，變產完贓。晁老叫他進衙，商量上本的事。曹銘聽說，驚道：「好老爺！胡做甚的？昨日天大的一件事，虧了福神相救，也不枉了小人這苦肉計，保全老爺回家夠了，還要起這等念頭！」（《醒世姻緣傳》第十七回）

周智道：「非我來遲，只因脫出一樁小事，正要說與你聽：原來成華逃走，果是都令任唆去的，如今又把來賣在秀州一個傅鄉宦家裏，他道拘束不過，只得逃了回來。早間先到我家，訴出情由，思量仍舊服役，並說令任買秀才之事，一發詳悉。我想已去之人，不該復用，但今興訟之際，正是用人之秋，若行苦肉計，用他作證，斷送令任前程，更覺容易。」（《醋葫蘆》第十九回）

至於在市井勾欄、青樓酒肆的各種糾紛中，「苦肉計」更是被用得五花八門，令人眼花繚亂：

貂鼠皮一面說著，一面早把夏逢若脖項紐扣兒扯斷。夏逢若道：「怎的說，怎的說，這是做什麼呢？」貂鼠皮笑道：「苦肉計。」（《歧路燈》第五十九回）

鴇兒挽著袖口罵道：「你哭，你哭！」又要上前打。店小二架勸著，一陣兒都出去了。劉世讓對騰蛟道：「這是術院裏的苦肉計，兄長去睬她則甚。」（《蕩寇志》第七十九回）

采秋道：「你說起癡珠，我正要問你，這幾天見著他沒有？」荷生道：「他昨日才到營裏，李家如今又和他好了，虧得秋痕一番苦肉計。」（《花月痕》第二十九回）

這一天晚上李子霄出去應酬，回來得遲了些兒，約有十二點鐘

的光景。走到房內，見書玉不在房中，並連書玉貼身伏侍、在堂子裏帶過來的兩個娘姨大姐，也都一個不見。李子霄見了，這一驚非同小可，曉得事情不妙，中了張書玉的苦肉計兒。一時又驚又氣，大聲叫喊當差的上來，問他姨太太那裡去了。（《九尾龜》第七十六回）

少牧真個逼著如玉，要他實說。如玉聽被志和戳破機關，枉費了平日間遮遮掩掩的多少心思，這一氣直氣得手足如冰，非同小可。又想事已如此，辯也無益，這回再要騙過少牧，除非使條苦肉計兒，否則休想再瞞。因把兩手將眼睛一掩，倒在少牧懷中，假意的啼哭起來，說志和不應造這謠言，有心挑釁，叫少牧休去聽他。（《海上繁華夢》初集第二十七回）

寶珠先責小桃不應被子通冒出真情，非但自己弄壞自己，並且帶累眾人，又說：「明天去尋少安，他是個一毛不拔，專想倒貼的人，尋他有甚用處？我看此事還在生甫身上。明兒倘他再來，用條苦肉計兒，你說昨夜被小妹姐足足打了半夜，今晚尚不干休，求他發點善心救你，每月拿出百幾十塊錢來包你六、七個月開銷，生下來的小孩不干他事。」（《海上繁華夢》二集第十一回）

次賢笑道：「你若要收拾他，須得用個苦肉計，恐怕你不肯。」蕙芳啐了一聲，次賢復笑起來。子雲問道：「你想著什麼好笑？」次賢道：「我想奚十一就是那個東西作怪，何不拿他來割掉了，也就安分了。」王恂笑道：「這倒不容易，除非媚香肯行苦肉計方可。」（《品花寶鑒》第三十七回）

且說寶蟾見呆子去後，便道：「這事被他看破，終有些不妥。」小憐道：「可不是，剛才不是這條苦肉計，還了得麼？但當著人被他那樣糟蹋，還有臉來走動麼？」（《紅樓圓夢》第十二回）

以上數例，除了最後兩例是以男風之間的皮肉之苦戲謔「苦肉計」而外，其他幾例都是花樣翻新的妙計或居心叵測的陰謀。然而，這還都只是「小巫」。「苦肉計」若用於宮廷鬥爭，那才是真正動地驚天、風刀霜劍的「大巫」做派哩！且看數例：

宇文述道：「大王，那第一件：皇后雖不深喜東宮，然還在兩便，

必須大王做個苦肉計，動皇后之憐，激皇后之怒，以堅其心。」（《說唐全傳》第二回）

宇文述道：「……此行入朝，大王須做一苦肉計，動皇后之憐，激皇后之怒，以堅其心。」（《隋唐演義》第二回）

後人有詩歎云：「脫簪永巷稱賢后，為欲君王戒色荒；今日阿環苦肉計，毀妝亦是學周姜。」（《隋唐演義》第八十九回）

容兒道：「小尼想有兩條計策，一條是迷魂計，一條是苦肉計。……王爺若不肯依，便須用苦肉計了：先出眼淚，後即痛哭，說娘娘因王爺寵愛，人人仇怨，若不得為後，必被報復；自己一死不足惜，只可憐王子失母，不能存活！」（《野叟曝言》第一百零五回）

由上可知，「苦肉計」在中國古代得到了廣泛的使用，上自宮廷鬥爭，下至鄰里糾葛，以弱者或受苦受難者的姿態出現，往往都能取得意想不到的效果。但無論如何，「苦肉計」具體實施者本身還是要吃一些苦頭的，而其中最為痛苦也最具血腥意味的「苦肉計」則是對實施者進行肢體割裂，俗稱「斷臂」。這一方面為廣大讀者所熟知的典型例子就是《說岳全傳》中的「王佐斷臂」。

且說統制王佐，……主意已定，又將酒來連吃了十來大杯。叫軍士收了酒席，卸了甲，腰間拔出劍來，颼的一聲，將右臂砍下，咬著牙關，取藥來敷了。（第五十五回）

王佐斷臂以後，潛入金營。恰好當時金兵統帥金兀朮的螟蛉之子陸文龍以其高超的武藝勇冠三軍，宋將無可抵敵，宋帥岳飛為此而一籌莫展。實際上，陸文龍乃是宋將的兒子，其父為國捐軀，陸文龍跟隨奶媽流落番邦，被金兀朮撫養成人，認作義子。陸文龍不知道自己身世，認賊作父，並為之賣命。王佐實施斷臂的「苦肉計」，在金營中得到金兀朮的信任，以「苦人兒」的身份在金營中自由活動。借助這一有利條件，王佐接近陸文龍，在奶媽的幫助下，使得陸文龍明白了自己的身世，並決心反戈一擊，為宋朝效命。其中一個非常重要的事情就是陸文龍及時向宋軍提供情報，使得宋軍早早提防了金軍的「鐵浮陀」戰術，並取得戰鬥的最終勝利。

「王佐斷臂」，導致了陸文龍的「翎箭傳書」，而陸文龍的一封「箭書」，又救了宋朝數十萬人馬的性命！王佐的這一條臂膀真真可以說是重於泰山了。然而，我們在欽佩和謳歌王佐的同時，不能忘掉另一個事實：實施自我

肢殘的「苦肉計」並非王佐的首創，王佐斷臂是有榜樣的。正如《說岳全傳》中王佐自己所言：「我曾看過《春秋》、《列國》時，有個『要離斷臂刺慶忌』一段故事。我何不也學他斷了臂，潛進金營去？」（同上）

那麼，「要離斷臂刺慶忌」又是怎麼一回事呢？且看《東周列國志》的描寫：

> 要離曰：「慶忌招納亡命，將以害吳。臣詐以負罪出奔，願王戮臣妻子，斷臣右手。慶忌必信臣而近之矣。如是而後可圖也。」……慶忌與要離同舟，行至中流，後船不相接屬。要離曰：「公子可親坐船頭，戒飭舟人。」慶忌來至船頭坐定，要離隻手執短矛侍立。忽然江中起一陣怪風，要離轉身立於上風，借風勢以矛刺慶忌，透入心窩，穿出背外。（第七十四回）

慶忌是吳王闔閭的侄兒，因闔閭殺其父而奪其位，慶忌領兵伐吳報仇，為闔閭的心頭之患。要離行「苦肉計」刺殺了千軍萬馬難以消滅的慶忌，為吳王立下了汗馬功勞，但自己也為此貢獻了家庭、妻子、身體乃至生命。這就是歷史上著名的「要離斷臂刺慶忌」的故事。然論其源頭，《東周列國志》的這段描寫卻是來自《吳越春秋》一書：

> 「要離曰：『……臣詐以負罪出奔，願王戮臣妻子，斷臣右手，慶忌必信臣矣。』……慶忌信其謀。後三月，揀練士卒，遂之吳。將渡江於中流，要離力微，坐與上風，因風勢以矛鉤其冠，順風而刺慶忌。（卷四《闔閭內傳》）

你看，一個「苦肉計」，被中國古代從帝王將相到市井草民的各色人等玩得五花八門。同樣，對「苦肉計」的一番描寫，也被中國古代小說作家們弄得天花亂墜。這反映了什麼呢？

第一，好奇心理。

第二，惜弱心理。

第三，欺騙心理。

第四，肆虐心理。

說到底，「苦肉計」是中國古代許許多多的小說作者和讀者以上四種心理的混合。

（原載《稗史迷蹤》，中州古籍出版社，2012 年 6 月出版）

「草船借箭」的始作俑者

　　「草船借箭」是《三國志通俗演義》中最精彩的片斷之一，諸葛亮通天徹地的智慧，在這一故事中被表現得淋漓盡致。曹操、魯肅、周瑜，這些三國故事中的英雄人物，全都成為諸葛亮的陪襯。那是一個多麼令人心往神馳的高級境界啊！

　　　當日五更，孔明船已到曹操水寨邊。孔明教把船隻頭西尾東，一字擺開，就船上擂鼓吶喊。魯肅驚曰：「倘曹兵齊出，如之奈何？」孔明笑曰：「吾料曹操雖奸雄，於重霧中必不敢出。吾等酌酒取樂，霧散便回。吾親在此，子敬勿憂。」卻說曹寨中聽得擂鼓吶喊，毛玠、于禁二人慌忙使人報知曹操。操此時因見水軍未整，自到江邊提調。俱各停當，操傳令曰：「重霧迷江，他必有埋伏。更兼軍士來的整齊，切不可輕動。可撥水軍弓弩手，亂箭射之。」又差人往旱寨內，喚張遼、徐晃各帶弓弩軍三千，火速到船邊助射。比及號令到，毛玠、于禁怕南軍搶入水寨，已先差弓弩手亂箭射之；後號令到，撥弓弩手約一萬餘，盡皆放箭。平明時分，孔明教把船弔回，頭東尾西，逼近水寨受箭。張遼、徐晃又引能射者，皆赴水寨口大船上放箭。只聽得霧中擂鼓吶喊，箭如雨發。漸漸日高，收起霧露，孔明教急收船回。二十隻船上兩邊束草上，排滿箭枝。孔明令人叫曰：「謝丞相箭！」（卷之十《諸葛亮計伏周瑜》）

讀了這樣的片斷，一般人會認為如此高級智謀肯定是諸葛亮這樣的智者發明的。其實不然，就在《三國志通俗演義》同一本書中，就寫了「孫堅借箭」的故事。

> 黃祖伏弓弩手於江邊，布精兵於後，見船傍岸，亂箭俱發。堅令諸軍不可亂放一箭，只伏於船中來往誘之。一連三日，船數十次傍岸。黃祖軍箭盡，卻拔船上所得之箭，十數萬枝。當日，正值順風，堅令眾軍士一齊放箭。岸上支吾不住，喊聲大舉。南軍登岸，程普、黃蓋分兩路兵，直取黃祖營寨。背後韓當於中大進。（卷之二《孫堅跨江戰劉表》）

相比較而言，孫堅借箭與孔明借箭的描寫是有很大差別的。首先，孫堅借箭乃是事先沒有準備的當機立斷，而孔明卻是早已有謀劃、有算計的胸有成竹。其次，孫堅借箭是一個「馬拉松」的行為，居然「一連三日」重複借箭，這是很危險的，如果被對方識破，後果不堪設想；而諸葛亮則是突如其來，突如其「去」，對方根本沒有識破其企圖的機會。第三，孫堅借箭是沒有大霧掩護的，而孔明卻是乘著滿天大霧，後者更具有隱蔽性，同時也增加了一點神秘感。第四，孫堅借箭是現借現用，即以其人之「箭」反射其人之身；而孔明則是藉此事在周郎面前顯示自己，使周郎不要再萌生害死自己的念頭。第五，孫堅的對手是粗鄙低能的黃祖，諸葛亮的對手則是老奸巨猾的曹操。總而言之，孫堅借箭是直截了當的，而孔明借箭則顯得錯綜複雜。二者相比，當然是後者更具有可讀性。

然而，以上我們還只是就小說而論小說，就《三國志通俗演義》自身兩個片斷自我比較而言。這些說法，民間藝人是根本上就不同意的，因為他們認為草船借箭者既不是孫堅，也不是孔明，而正是那逼迫孔明借箭的周公瑾。且看民間藝人創造的草船借箭的「版本」：

> 卻說曹操知得周瑜為元帥。無五七日，曹公問言：「江南岸上千隻戰船，上有麾蓋，必是周瑜。」被曹操引十雙戰船，引蒯越、蔡瑁江心打話。南有周瑜，北有曹操。兩家打話畢，周瑜船回。蒯越、蔡瑁後趕，周瑜卻回。周瑜一隻大船，十隻小船出，每隻船一千軍，射住曹軍。蒯越、蔡瑁令人數千放箭相射。卻說周瑜用帳幕船隻，曹操一發箭，周瑜船射了左面，令扮棹人回船，卻射右邊。移時，箭滿於船。周瑜回，約得數百萬隻箭。周瑜喜道：「丞相，謝箭！」（《全相平話三國志》卷中）

請注意，周瑜借箭是既不同於孫堅借箭又不同於孔明借箭的。但是，又與後二者的借箭有某些相近似的地方。或者說，《三國志通俗演義》中描寫的兩次

借箭，都是從《全相平話三國志》中吸收了營養的。其中，周瑜借箭的幾個因素傳給了孫堅借箭：事先無計劃，雙方對敵，沒有大霧；而另外幾個因素卻傳給了孔明借箭：對手曹操，偽裝船隻，得了便宜還賣乖的致謝。但有些地方，是民間藝人設置不合理處：其一，周瑜居然也向曹操射箭；其二，周瑜得箭太多，居然數百萬隻。羅貫中對此一一修改，無論孫堅也罷、孔明也罷，都是只賺不賠，但也都只賺個十萬多枝箭就恰到好處了。太多了，便不真實。這就是藝人誇張過分與文人適度誇張的區別，也進一步說明了藝術真實要把握一個「度」的問題。

然而，更有意思的是，以上的周瑜借箭、孫堅借箭、孔明借箭都是「假」的，都是藝術創造的結果，而歷史上真正借箭的卻是另有其人。此人就是吳主孫權。

據《三國志・吳志》卷二裴松之注引《魏略》載：「權乘大船來觀軍，公使弓弩亂發，箭著其船，船偏重將覆，權因回船，復以一面受箭，箭均船平，乃還。」

這真是一個出人意料的事實。如果筆者一開始就說出這個事實，說三國時代孫權借箭，恐怕絕大多數的中小學生和一部分的文科大學生都會說這老師胡說八道的。

然而，「胡說八道」的卻正是歷史事實，「信以為真」的又恰恰是藝術創造。這是我們在閱讀中國歷史和中國文學史時一定要注意的問題，尤其是有了像《三國志通俗演義》這樣兼有普及歷史知識任務的優秀歷史演義小說產生以後。

換個角度看問題。從歷史真實的孫權借箭到膾炙人口孔明借箭，過程越來越複雜，人物越來越豐滿，情節越來越生動，……這中間，經歷了多少口頭和書面作家的艱辛勞動啊！

有這樣一些「藝術前輩」，我們很幸福。

（原載《閒書謎趣》，河南人民出版社，2010 年 4 月出版）

「三顧茅廬」與「四入盧府」

　　對於中國古代小說中的景物描寫，人們褒貶不一。有人認為這是中國古代小說的一個薄弱環節，或者說，即便有些景物描寫，也遠遠不如西洋小說那麼細膩、逼真。當然，也有人認為中國古代小說中的景物描寫能充分體現自身的民族特色：簡練、寫意，尤其是詩情畫意相結合。筆者認為，中國古代小說中的景物描寫，除了上述這些長處或短處而外，還有一個很大的特點，那就是借助故事情節的推動而展開景物描寫，或者說，將景物作為推動故事或表現人物的背景而展開描寫。

　　《三國志通俗演義》較早地在這方面有所建樹。

　　例子就在著名的「三顧茅廬」之中。

　　說到「三顧茅廬」，人們往往注目於劉玄德的誠摯，諸葛亮的風采，卻沒怎麼注意到其間的「三顧」，其實寫了隆中三個季節的景致：

　　　　約行數里，勒馬回觀隆中景物，稱羨不已。果然山不高而秀雅，水不深而澄清；地不廣而平坦，林不大而茂盛；松篁交翠，猿鶴相親。（卷之八《劉玄德三顧茅廬》）

　　　　建安十二年冬十二月中，天氣嚴寒，彤雲密布，玄德同關、張引十數人，前往隆中，求訪孔明。行不數里，忽然朔風凜凜，瑞雪霏霏；山如玉簇，林似銀妝。（同上《玄德風雪訪孔明》）

　　　　又立了一個時辰，玄德渾身困倦，強支不辭。孔明忽醒，口吟詩曰：「大夢誰先覺，平生我自知。草堂春睡足，窗外日遲遲。」（同上《定三分亮出茅廬》）

第一次是秋天的景致，而且是深秋氣象。這時隆中景物的精華是松樹與竹林，「歲寒三友」已有其二。作者突出「松篁交翠」，至少有兩重含意。第一，深秋季節，其他植物大都已經黃葉紛飛或剩下光禿禿的枝幹，唯有松篁交織著翠色。第二，松篁均乃高潔之士的象徵，突出松篁正是為「淡泊以明志，寧靜以致遠」的諸葛亮寫照。第二次是隆冬時節，天地銀妝素裹，四野一片嚴寒。通過這樣的環境描寫，凸現了劉玄德求賢若渴的心理和沖風冒雪的決心。同時，也無形中增加了臥龍出山的難度。第三次是春暖花開的時候，當劉備在門外等待了大半天以後，從草堂中緩緩流出諸葛孔明那從容不迫、先知先覺的吟詩聲。這聲音伴隨著春風，伴隨著夕陽，和煦而又暖洋洋的。這正是諸葛亮這樣的「高人」所應有的特別的背景、特別的氛圍。這種物象，從臥龍先生的口中吟出，正是一種人境合一的獨特風景線。

《三國志通俗演義》中這種高妙的寫景藝術到了「三言」之中得到了進一步的發揚光大。《醒世恒言》第二十九卷《盧太學詩酒傲公侯》中成功的景物描寫至少有四次，而且都是通過進入地方富豪太學生盧楠府中的「人物」的眼睛來進行描寫的。這些種引導讀者作「美」的旅遊的「蜂媒蝶使」，前面三次是當地縣令派遣的差人，後一次則是那位汪縣令自己。

第一次是冬盡春回時的景致，美景中的主角是「香雪海」的梅花：「差人隨進園門，舉目看時，只見水光繞綠，山色送青，竹木扶疏，交相掩映，林中禽鳥，聲如鼓吹。……彎彎曲曲，穿過幾條花徑，走過數處亭臺，來到一個所在。周圍盡是梅花，一望如雪，霏霏馥馥，清香沁人肌骨。中間顯出一座八角亭子，朱甍碧瓦，畫棟雕樑，亭中懸一個匾額，大書「玉照亭」三字。下邊坐著三四個賓客，賞花飲酒，旁邊五六個標緻青衣，調絲品竹，按板而歌。」

第二次是春意正濃時節，最亮麗的是「紅勝火」的桃花：「看看已到仲春時候，汪知縣又想到盧楠園上去遊春，差人先去致意。那差人來到盧家園中，只見園林織錦，堤草鋪茵，鶯啼燕語，蝶亂蜂忙，景色十分豔麗。須臾，轉到桃蹊上，那花渾如萬片丹霞，千重紅錦，好不爛熳。」

第三次是夏日景物，在那烈日炎炎的時候，最引人注目的當然是「君子氣」的荷花了：「不覺春盡夏臨，彈指間又早六月中旬，汪知縣打聽盧楠已是歸家，在園中避暑，又令人去傳達，要賞蓮花。……差人隨著門公，直到一個荷花池畔，看那池團團約有十畝多大，堤上綠槐碧柳，濃陰蔽日，池內紅妝

翠蓋，豔色映人。」

第四次是深秋季節，傲霜而立的自然要數「隱士風」的菊花了：「次後來到一個所在，卻是三間大堂。一望菊花數百，霜英燦爛，楓葉萬樹，擁若丹霞，橙橘相亞，累累如金。池邊芙蓉千百株，顏色或深或淺，綠水紅葩，高下相映，鴛鴦鳧鴨之類，戲狎其下。」

「四入盧府」，四個不同的季節──基本上是春、夏、秋、冬，四個不同的景點──亭邊、蹊上、池畔、堂中。在這「時」與「空」的交叉錯落之中，作者成功地表現了一個有閒而又有錢的文人的生活場景。然而，這只是外在化的表層意思。更深一層看問題，作者是用盧學士的悠閒自得反襯汪縣令的熱衷仕途，由此寫出二人性格情趣的迥然不同。這樣，就為後面的汪縣令迫害盧學士作了鋪墊。再深一層看問題，從這篇這篇的整體結構而言，前面的美好景色又是為主人公後面的悲劇命運形成更大的反襯，從而體現出人生如夢、世事無常的哲學思考。而這，又正是《盧太學詩酒傲公侯》所要表達的內在旨趣。

誰說中國古代小說中的景物描寫未能達到出神入化的地步？

（原載《稗史迷蹤》，中州古籍出版社，2012 年 6 月出版）

從「孫尚香」說起
——「三國」故事中的「孫夫人」考議

在與「三國」相關的戲劇、小說作品中，有一個引人注目的女性形象——孫夫人。這是一位敢作敢為、性格剛強的女性，她在「三國」故事以男性英雄為主體的人群中，具有異樣的光彩。然而，發生在這位女性英雄身上的那些動人的故事卻多半是民間藝術家和下層文人虛構的。就連她的名字究竟叫什麼，也是一個很大的謎團。

或許有人說，這位孫夫人不是叫做「孫尚香」嗎？是的，只不過那是文學家、藝術家們給她取的最後一個名字。其間緣故，說來話長。我們就從「孫尚香」說起吧。

一

提起孫尚香這個人物，凡熟悉京劇者無有不知。流傳至今的京劇劇目中涉及孫尚香其人其事者，大致有《甘露寺》《美人計》《截江奪斗》《別宮祭江》《孝義節》等。且看陶君起《京劇劇目初探》中對這幾個劇本的簡介。

《甘露寺》：孫權因劉備佔據荊州，屢討不還，與周瑜設美人計，假稱以妹尚香許婚劉備，欲誆其過江留質，以換荊州，為諸葛亮識破，使劉借周瑜岳父喬玄以說孫權之母吳氏，吳氏在甘露寺相親，弄假成真。

《美人計》：劉備贅婚東吳後，周瑜故用聲色、宮室以羈縻之，劉備果不思回轉荊州。趙雲用諸葛所付錦囊之計，詐稱曹操襲取荊州，劉備求孫尚香同走，孫允，辭母同劉潛逃。周瑜遣將追截，又皆為孫夫人斥退，周瑜率兵繼

至，諸葛亮已預備船隻，接應劉備脫險，周瑜反為張飛所敗。

《截江奪斗》：孫權屢討荊州不得，知劉備入川，乃用張昭之計，差心腹周善赴荊州，偽稱母病，接孫夫人攜阿斗歸寧，欲以阿斗為質，換取荊州。孫夫人不察，登舟。趙雲得知，駕舟追趕，躍上大船，奪回阿斗；張飛踵至，殺死周善，同保阿斗回荊州。

《別宮祭江》：孫夫人尚香自荊州回吳後，未能還蜀；訛聞劉備死於伐吳兵敗之役，痛不欲生，乃入官辭別其母吳後，赴江邊望西哭奠，祭罷投江而死。

《孝義節》：孫夫人死後，天帝嘉其節烈，敕封為嫘姬；孫乃託兆於吳太后，乞建廟宇；母醒，如言建造嫘姬祠。

以上諸劇，《甘露寺》《美人計》常常連臺演出，總名為《龍鳳呈祥》。其所據者，遠在《三國志通俗演義》，近在清代乾隆年間的傳奇戲《錦囊記》（一名《東吳記》）。不過，《錦囊記》的主人公是趙雲，不像《龍鳳呈祥》中主要人物是孫尚香。不僅《龍鳳呈祥》中的孫尚香有精彩表演，就是在其他三個劇本《截江奪斗》《別宮祭江》《孝義節》中，孫尚香的表現也可歌可泣、可圈可點。

京劇舞臺上孫尚香的傑出表現主要源自羅貫中的《三國志通俗演義》以及毛宗崗據而改造的《三國演義》。且看這位孫夫人的精彩表現。

> 卻說玄德見孫夫人房中，兩邊槍刀森列如麻，玄德失色。管家婆進曰：「貴人休得驚懼也。夫人自幼好觀武事，居常令侍婢擊劍為樂，故房中有之。」玄德曰：「非夫人所觀之事，吾甚心寒，可命暫去。」管家婆稟覆孫夫人曰：「房中擺列兵器，嬌客不安，須且去之。」孫夫人笑曰：「相殺半生，尚懼兵器乎！」命盡去之，令侍婢解劍伏侍。（《三國志通俗演義》卷之十一《錦囊計趙雲救主》）

> 夫人怒曰：「吾兄既不以我為親骨肉，我有何面目重相見乎！今日之危，我當自解。」於是叱從人推車直出，捲起車簾，親喝徐盛、丁奉曰：「你二人慾造反耶？」徐、丁二將慌忙下馬，棄了兵器，聲喏於車前曰：「安敢造反。為奉周都督將令，屯兵在此，專候劉備。」孫夫人大怒曰：「周瑜賊匹夫欲造反耶？我東吳不曾虧負你！玄德乃大漢皇叔，是我丈夫，是汝主人之妹丈，千百年之至親，非是反國之臣。我已對母親、哥哥說知回荊州去，並不是私奔至此。今你

兩個於山僻去處，引著軍馬攔截道路，意欲劫掠我夫妻財物耶？」
徐盛、丁奉喏喏連聲，口稱：「不敢。主姑息怒。這的不干我小將之
事，乃是周都督的號令。」孫夫人叱之曰：「你只怕周瑜，獨不怕我
也？周瑜殺得你，我豈殺不得周瑜？你快回去，說與周瑜匹夫，我
夫妻自回荊州去，干你甚事？我兄吳侯尚且讓我幾分，何況周瑜村
匹夫哉！」把周瑜千匹夫、萬匹夫，大罵一場，喝令推車前進。……
四員將見了孫夫人，只得下馬，叉手而立。夫人曰：「陳武、潘璋，
來此何干？」二將答曰：「奉主君之命，請夫人同玄德回。」夫人正
色叱曰：「都是你這夥匹夫，同謀我兄妹不睦！我已嫁事他人，今日
歸去，須不是與人私奔，玷辱上祖。我母親慈旨，全我夫婦去回荊
州，誰敢阻擋？便是我哥哥來，也須大禮而行。你四人倚仗兵威，
欲待殺害我耶？」罵得四人面面相覷。（《三國志通俗演義》卷之十
一《諸葛亮二氣周瑜》）

趙雲入艙中，見夫人抱阿斗於懷中。夫人喝：「趙云何故無禮！」
雲插劍聲喏曰：「主母何故不令軍師知而便行？」夫人曰：「我母親
病在危篤，無暇報知。」雲曰：「主母探病，何故帶小主人去？」夫
人曰：「阿斗是吾子，留在荊州，無人看覷。」雲曰：「主母差矣。
主人一生只有這點骨血，小將在當陽長阪坡百萬軍中抱出。今日何
暗抱將去，是何理也？」夫人怒曰：「量汝只是帳下一武夫，安敢管
我家事！」雲曰：「夫人要去，留下小主人。」夫人喝曰：「汝半路
輒入船中，必有反意！」雲曰：「總然萬死，亦不敢放夫人去。」夫
人喝侍婢向前揪摔，被趙雲推倒，就懷中奪了阿斗，抱出船頭上。
（《三國志通俗演義》卷之十三《趙雲截江奪幼主》）

以上三個片斷都見於嘉靖本《三國志通俗演義》，其所敘內容，與京劇舞臺上
的《甘露寺》《美人計》《截江奪斗》大體相同。但是，關於《別宮祭江》《孝
義節》中的內容，在嘉靖本《三國志通俗演義》中是看不到的，那是毛宗崗的
加工創造。且看以下描寫：

時孫夫人在吳，聞猇亭兵敗，訛傳先主死於軍中，遂驅車至江
邊，望西遙哭，投江而死。後人立廟江濱，號曰梟姬祠。尚論者作
詩歎之曰：「先主兵歸白帝城，夫人聞難獨捐生。至今江畔遺碑在，
猶著千秋烈女名。」（毛本《三國演義》第八十四回）

讀了以上幾段描寫，我們不得不佩服羅貫中驚人的創造力。在《三國志通俗演義》這麼一個充滿陽剛之氣的男性世界裏，他居然能夠以寫眾多男性英雄人物之餘墨，為我們塑造了一個千年不朽的英姿颯爽的女性英雄形象。

孫夫人的的確確是一個了不起的角色。面對一代梟雄劉玄德，她居然能淡淡一笑；面對全副武裝的東吳戰將，她居然能大聲呵斥。哪怕是在許多人聞風喪膽的趙子龍面前，她也能夠擺出主母的架勢，「奴視」這位百戰百勝的常山將。然而，孫夫人並非一味豪橫，一味男子氣。如果那樣的話，這個女人就顯得過於簡單化了，就不那麼可愛了，從而也就失去審美價值了，當然我們也就沒有必要來研究她了。

孫夫人身上還有非常濃厚的人性蘊含，她是一個通情達理的、善良的人。你看她對丈夫劉備是多麼摯愛、多麼真誠，你看她對遠在異國他鄉的老母親是何等思念，對沒有母愛的阿斗又是何等垂憐。作為一個女人，她也是非常合格的。她是孝順的女兒，恩愛的妻子，慈愛的母親（而且是後母）。進而言之，孫夫人更是一個悲劇人物。她被自己的哥哥孫權作為誘餌去陷害劉備，雖然最後陰謀失敗，但貴為郡主的她說到底不過是孫、劉兩家政治鬥爭的一枚棋子而已，她的結局只能是悲劇的。與劉備成為夫妻以後，雖然來到夫家荊州，但不久又被哥哥利用其孝母之心將她騙回東吳。最後，當處於敵國的夫君在與自己的家邦的戰爭中兵敗身死的時候，這可憐的女人，這東吳皇帝的妹妹兼蜀漢皇帝夫人的高貴而又可憐的女人，最終只能「望西遙哭，投江而死」。而孫夫人之死，反倒實現了她審美價值和歷史價值的最大化，因為這個女性形象在投向滾滾長江的那一剎那，實際上已經證明了一個震撼人心的事實：在那樣的時代，只要是女人，就注定是悲劇的！

這才是舞臺上的和小說中的「孫夫人」的永恆的藝術魅力！

二

細心的讀者或許已經注意，在上一節文字中，凡涉及京劇劇本中的孫夫人均明言「孫尚香」，而涉及《三國志通俗演義》中的孫夫人則未表明她的名字。那麼，在羅貫中筆下，這位孫夫人究竟叫做什麼名字呢？請看：

> 卻說孫堅有四子，皆吳夫人所生：長子名策，字伯符；次子名權，字仲謀；三子名翊，字叔弼；四子名匡，字季佐。吳夫人之妹，孫堅次妻，亦生一兒一女：子名朗，字早安；女名仁。（《三國志通

俗演義》卷之二《孫堅跨江擊劉表》)

原來，這裡的孫夫人並不叫「孫尚香」，而是叫「孫仁」。然而，這只是「小說家言」，在更早的戲曲作家筆下，孫夫人又不叫「孫仁」，而是叫「孫安」。且看元人雜劇中的描寫：

> （旦兒扮夫人領宮娥上，詩云）自出長沙到石頭，至今猶為長兒愁。不是仲謀能破敵，誰保江東數十州？老身孫權的母親是也。
> 夫主孫堅，所生二子，長是孫策，次是孫權。有一幼女，是孫安小姐。（《兩軍師隔江鬥智》第一折）

更有意味的是，在鄭州圖書館收藏的一部清代乾隆元年的彈詞抄本《三國志玉璽傳》中，孫夫人卻又有另一個名字——孫萬金。該書第二卷寫孫堅的兩位夫人吳氏姐妹共生有六子一女，「次妻生下勝珍珠。名曰萬金孫小姐，才生周歲性聰明」。

其實，歷史上的孫夫人究竟叫什麼名字，今天我們是無法知道了。因為查閱《三國志》，壓根兒就沒有「孫尚香」之類字樣。不要說產生於西晉的史書《三國志》了，就是產生於宋元間的講史話本《三國志平話》中也沒有孫權這位妹妹的名字，而是以「孫夫人」代之。

有趣的是，儘管在各書中「孫夫人」的名字不同，但與之相關的故事卻是大同小異的。我們不妨先看《三國志平話》中關於「劉備招親」的描寫：

> 卻說周瑜到於江岸，各下寨，與魯肅評議：「吾有一計。」魯肅問，周瑜言：「討虜有一妹，遠嫁劉備、暗囚臥龍之計，可殺皇叔。」元帥使魯肅過江見討虜，言孫夫人，嫁劉備，陰殺之，當夜，孫權引魯肅見太夫人。夫人曰：「你每祖父，元本是莊農，宗祖積陰德，你父為長沙太守。今日與皇叔為親，有何不可？」魯肅出衙。孫權說與母親。「今周瑜定計，欲使小妹殺皇叔。」太夫人暗問女子。子笄年十五歲，「我父破董卓；今嫁劉備，暗殺皇叔，圖名於後矣！」太夫人言：「禮長當行，禮短則止。」……後有皇叔引從者數千人，其鋪設秀花，勿知其數。邀夫人入荊州，初見帳舍廳館。軍師請夫人拜見，廳掛起神真，上至高祖，下至獻帝二十四帝。夫人曰：「我家本莊農出身，不曾見帝王之神。」夫人喜。來日筵會，夫人帶酒，應周郎之計。夫人即便當與皇叔過盞，眾官皆驚。荊王曰：「夫人過盞。」夫人見魯肅帶酒，有意殺皇叔。只見金蛇盤於胸上，夫人不

忍殺之。……數日，累次說：「皇叔累代帝王之孫。皇叔豈不知禮？我家母親年邁，兼家兄專等皇叔回面。」皇叔言：「共軍師評議。」皇叔暗與諸葛說回面事，諸葛軍師笑而言曰：「皇叔遠逐夫人去江南，萬無一失。」皇叔再言：「恐有周瑜計。」軍師言：「主公過去，諸葛將五萬軍屯於江岸，下鎖戰船，左右關、張二將，使吳將不敢正視主公。」皇叔上路赴江南，和夫人同到建康府。……孫權說：「劉備奪了荊王，動三十萬軍，夏口退了曹賊。劉備非是有恩之人，若到江南，兒子有意殺皇叔。」太夫人言：「你耶耶種瓜為生，爾家本是莊農，後統領大軍，乃祖宗積到底福。吾兒之妹嫁與皇叔為妻，吾兒若殺了皇叔，你妹嫁甚人？皇叔若來到，當好相待；若不仁，後殺未為晚。」孫權聽母親之言。太夫人與孫權接玄德。數日，接入城中，百姓覷皇叔面顏，無有不驚者。衙內筵會數日。太夫人暗問孫權：「玄德如何？」孫權言曰：「今觀皇叔，漢之親也，相貌堂堂，後必為君也。」子母皆喜。後管待二十餘日，皇叔拜辭太夫人。……又說江南岸上有周瑜大寨，探事人說與周瑜，元帥高叫：「江南孫夫人道六條計，皆不許一條。」令甘寧引三百軍，南迎孤窮劉備。甘寧引軍至車前，下馬見夫人。夫人搭起簾兒，夫人煩惱，高聲罵：「周瑜儴軟！長沙太守的女，討虜將軍親妹，我今到來，更不相顧；兼上此處有皇叔荊王。非是欺玄德，蓋因不覷我！」喝一聲，喏喏而退。復回說與周瑜，笑而叫：「吾將三萬軍到車前，拖皇叔下車，斬猾虜之賊，與夫人再言，若見討虜，問我甚罪！」周瑜眾官，南見夫人，車前下馬，鞠躬施禮。夫人再言：「我家母親並家兄使荊王過江，即合準備房船桿。」周瑜高叫：「劉備負恩之賊！」夫人笑，令人搭起簾兒，使周瑜再覷車中。周瑜叫一聲，金瘡血如湧泉。眾官扶起周瑜，孫夫人到江北岸，與皇叔過江。（《三國志平話》卷中）

一開始，這位孫夫人是秉承兄長的意思要去暗殺劉備的，只不過後來瞻仰了漢代諸皇的神像，受到震懾，又看到「劉皇叔」有「金蛇盤於胸上」，乃真命天子，於是終於放棄了東吳的暗殺計劃，轉而一心「相夫」。再往後的表現，可就與《三國志通俗演義》差不多了。只不過《三國志平話》與《三國志通俗演義》相比，在時間上有點差距。前者是先招親，後回娘家，劉備兩次都有風

險。後者則是劉備東吳招親，將孫夫人帶回荊州，只有一次風險。而且，此書從頭到尾，孫夫人及其母親吳國太都是堅定地站在劉玄德這一邊的，從來沒有想到過要暗殺劉備。

元雜劇《兩軍師隔江鬥智》中劉備招親故事的描寫，基本上與《三國志平話》相近。首先，是由周瑜定計要用美人計陷害劉備。且看：

> （魯肅見科）（云）元帥呼喚魯肅，有甚的事來？（周瑜云）大夫，今日請你來，不為別事。某數次取索荊州，被那癩夫諸葛亮氣殺我也。某如今又尋思得一個計策，可取荊州。（魯肅云）元帥，計將安出？（周瑜云）大夫，我想劉備在曹操陣中，折了甘、糜二夫人，一向鰥居。有俺主公妹子孫安小姐，可配與劉備為婚。（做低語科，云）俺如今要得孫、劉結親，那裡是真個結親，則是取荊州之計。俺這裡暗調人馬，等他家不做準備，則說是送親來的，乘機就奪了城門。這個是頭一計，倘若不中，等劉備拜罷堂，著小姐暗裡刺殺劉備，某然後大軍直抵荊州，必能取勝。大夫，你道此計如何？
>
> （《兩軍師隔江鬥智》第一折）

而劇中孫夫人的表現呢？當她明白了哥哥的美人計之後，先是有些擔心，而且不太願意，後來在哥哥的重壓之下，無奈何同意實行哥哥的陰謀。並答應哥哥一定嚴守秘密：「（正旦云）哥哥，你妹子知道。（唱）雖則你圖為造次，我可也聰明無二，怎肯把軍情洩漏了一些兒？」（同上）但是，當她親眼見到劉備及其手下諸多英俊以後，立場發生了微妙的變化，感情的砝碼已經悄然向著劉備一方轉移：「（正旦背云）我看劉玄德生的目能顧耳，兩手過膝，真有帝王儀表，以為丈夫，也不辱抹了我孫安小姐。」「我只笑那周瑜好癡也，你自家沒智識索取荊州，卻將我送到這裡，你須要做的功勞，我為甚來倒替你守寡一世？」（同上第二折）立場、感情的轉變自然會導致行動的改變，孫安小姐不僅沒有暗殺劉玄德，而且心悅誠服地成為「劉皇嬸」，並且帶著這位乘龍快婿回到東吳娘家，最終又陪同丈夫返回荊州。至於在回荊州的路上，孫安小姐怒斥東吳將領的行為，卻又與《三國志平話》和《三國志通俗演義》幾無二致了。她的這種行為，甚至得到了丈夫劉備的表揚和感謝：「到得江口，被甘寧、凌統當住，虧俺夫人喝退，放了過來。不覺已近漢陽了。」（同上楔子）

至於《三國志玉璽傳》中的孫夫人，在劉備東吳招親這一故事單元中的

表現，除了一些細節描寫以外，與《三國志通俗演義》等作品並無太大區別。只是該書最後第二十卷的故事的有了不小的變化：

> 孫權知劉備登基，拍案大怒：「棄我妹兒重別娶，借我荊州不割清。」與呂蒙與陸遜設計取荊州。「可惜大人孫氏女……三年夫妻相分別，十載淒涼信不聞。」孫權將劉備稱帝、立吳氏為後事告訴萬金。萬金氣得「死去再還魂，痛罵劉玄德負心。今年料必恩情斷，埋沒深宮做甚人？剪髮為尼修道去，玷辱橫心黑意人」。此卷後半寫孫權在劉備死後，亦登基稱帝，為妹萬金在宮外敕建一庵。孫萬金「年深月久功行滿，坐化龕中魄入雲。本是天宮仙玉女，償還凡孽脫紅塵」。（張弦生《劉備的五位夫人》，載《黃鶴樓前論三國》一書）

由上可見，從宋元話本《三國志平話》到元人雜劇《兩軍師隔江鬥智》再到章回小說《三國志通俗演義》直至明清的戲劇舞臺，孫夫人的名字雖然各不相同，但她所行之事，卻是大體一致的。

三

以上所說的宋元話本、元人雜劇、章回小說、明清戲曲舞臺、民間彈詞唱本所表演的孫夫人及其故事，其實都是一種藝術創造。接下來的問題就是，這些藝術加工而成的人物和故事究竟有多大程度的歷史真實性？

為了說明問題，我們不妨來看一組史料記載：

「琦病死，群下推先主為荊州牧，治公安。權稍畏之，進妹固好。先主至京見權，綢繆恩紀。」（《三國志·蜀志·先主傳》）

「先主既定益州，而孫夫人還吳。」（《三國志·蜀志·穆皇后傳》）

「《漢晉春秋》曰：『先主入益州，吳遣迎孫夫人。夫人慾將太子歸吳，諸葛亮使趙雲勒兵斷江留太子，乃得止。』」（同上裴松之注）

「劉備以左將軍領荊州牧，治公安。備詣京見權，瑜上疏曰：『劉備以梟雄之姿，而有關羽、張飛熊虎之將，必非久屈為人用者。愚謂大計，宜徙備置吳，盛為築宮室，多其美女玩好，以娛其耳目，分此二人，各置一方，使如瑜者得挾與攻戰，大事可定也。今猥割土地以資業之，聚此三人，俱在疆場，恐蛟龍得雲雨，終非池中物也。』權以曹公在北方，當廣攬英雄，又恐備難卒制，故不納。」（《三國志·吳書·周瑜傳》）

　　根據以上材料，我們可以斷定本文以上兩節所涉及的孫夫人及其故事大都是有一點歷史因由的，均不是空穴來風。歷史上孫權的確有一個妹妹嫁給劉備，不過不是周瑜的鬼點子搞什麼「美人計」，而是孫權看見劉備實力日益增大，因此將妹妹送給劉備以作政治聯姻。而劉備取得益州以後，由於種種原因，這位孫夫人最終回到了東吳。在回東吳的時候，不知是出於什麼目的，孫夫人居然將劉備的命根子「阿斗」帶回去。幸而，這一「不軌」行為被諸葛亮察覺，派趙雲斷江奪回太子，這才使得蜀漢大業後繼有人，儘管是世界上最窩囊的「後繼有人」。至於與「甘露寺」相關的「劉備招親」「美人計」等情節，歷史上雖然沒有真正發生過，但周瑜卻實實在在有此動議，只可惜孫權沒有採納，失去了一次考驗劉備「拒腐蝕，永不沾」的機會。

　　但無論如何，這樣一些史料卻給後代的文學家、藝術家們留下了無比廣闊的想像發揮的餘地，使得他們能夠創造出那樣一些令人看了十分「養眼」「養耳」的人物和故事以及精彩的舞臺表演和唱腔設計。

　　文章寫到這裡似乎可以結束，但還有最後一個有趣的問題需要解決：孫權與孫夫人究竟是同父同母的兄妹還是同父異母的兄妹。

　　對於這個問題，以上各文學作品有的含糊其詞，只是說孫權有一妹；有的則說得明明白白，《三國志通俗演義》《三國志玉璽傳》都說是同父異母，《兩軍師隔江鬥智》則說同父同母。兩相比較，則後者的說法是對的。孫權與孫夫人是同父同母的兄妹。但是，這個劇本中的說法又有點錯誤，因為劇中吳國太自己說：「老身孫權的母親是也。夫主孫堅，所生二子，長是孫策，次是孫權。有一幼女，是孫安小姐。」似乎吳國太與孫堅只生了二子一女。那麼，歷史上的真實情況如何呢？請看《三國志》中的記載：

　　「孫破虜吳夫人，吳主權母也。本吳人，徙錢塘，早失父母，與弟景居。孫堅聞其才貌，欲娶之。吳氏親戚嫌堅輕狡，將拒焉，堅甚以慚恨。夫人謂親戚曰：『何愛一女，以取禍乎？如有不遇，命也！』於是遂許為婚。生四男一女。」（《吳志·吳夫人傳》）

　　這裡說得清清楚楚，吳夫人與孫堅「生四男一女」。或許有人會問，《三國志通俗演義》中不是也寫的是「孫堅有四子，皆吳夫人所生」嗎？只不過這位吳夫人沒有生女兒，生女兒的是她的妹妹「小吳夫人」。該書不是也說得清清楚楚嗎？「吳夫人之妹，孫堅次妻，亦生一兒一女：子名朗，字早安；女名仁。」焉知這裡說的不是事實呢？

要想弄清這個問題，必須仔細閱讀上引《吳志‧吳夫人傳》中的那段話。尤其是有兩點要讀清楚：第一，這段文字明確記載吳夫人「生四男一女」，她有一個女兒。第二，這段文字其實已經表明吳夫人並沒有妹妹。你看，這裡只說吳夫人「與弟景居」。如果有妹妹，則勢必要記載「與弟妹居」。而且，後來她對親戚們所說的話也很明白：「何愛一女」，根本不涉及「娥皇女英」式的二女同嫁一夫的內容。

結論是，吳夫人沒有妹妹，只她本人嫁給孫堅，生了四男一女，這四男中的老二就是孫權，孫權有一個妹妹，嫁給了劉備。

至於其他的東西，多半都是藝術創造。而至今膾炙人口的「孫尚香」及其「龍鳳呈祥」等一系列的故事，就是以上歷史事實與藝術創造相結合的結果。

（原載《東吳文化暨第二十屆〈三國演義〉學術研討會論文集》，安徽大學出版社，2010 年 8 月出版）